誓把彩虹铺天下

SHIBA CAIHONG PU TIANXIA

国立军◎编著

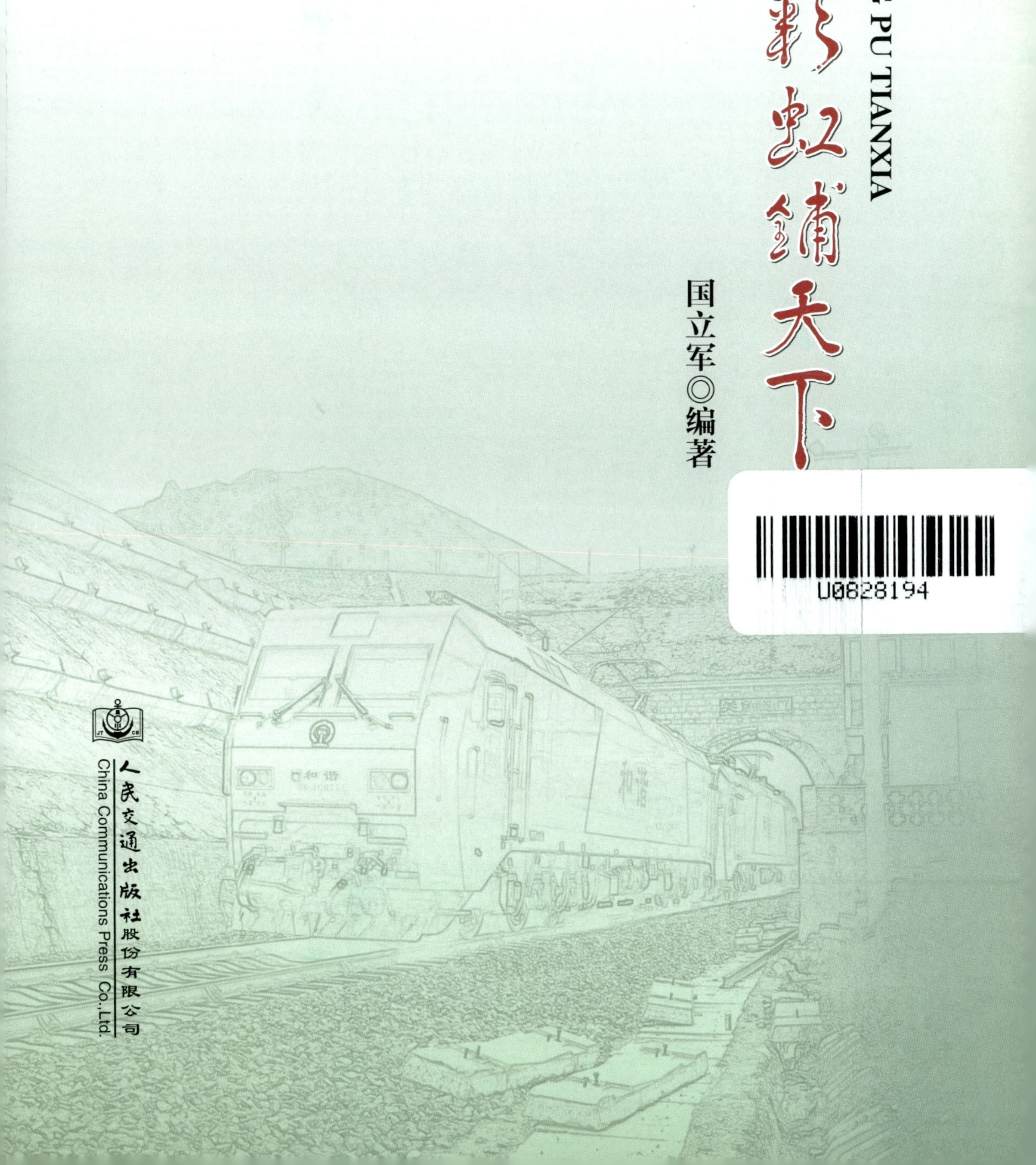

人民交通出版社股份有限公司
China Communications Press Co.,Ltd.

内容提要

这是一部以中国人民解放军铁道兵铁十师47团团长国波为代表的铁道兵浴血奋战的史诗。全书由国波同志回忆录、火红年代、英烈永存等五部分构成。其中三大线路贯通、真人写实、调查报告、报告文学等内容真实地记录了中国铁道兵可歌可泣的奋战史。该书图片丰富、珍贵，数据翔实，是“中国梦”浓墨重彩的精华篇章。

图书在版编目(CIP)数据

誓把彩虹铺天下／国立军编著. —北京：人民交通出版社股份有限公司，2017.7

ISBN 978-7-114-13278-0

Ⅰ. ①誓…　Ⅱ. ①国…　Ⅲ. ①回忆录-中国-当代　Ⅳ. ①I251

中国版本图书馆CIP数据核字(2016)第195482号

书　　名：誓把彩虹铺天下
著 作 者：国立军
责任编辑：张征宇　刘永芬
出版发行：人民交通出版社股份有限公司
地　　址：(100011)北京市朝阳区安定门外外馆斜街3号
网　　址：http://www.ccpress.com.cn
销售电话：(010)59757973
总 经 销：人民交通出版社股份有限公司发行部
经　　销：各地新华书店
印　　刷：北京市密东印刷有限公司
开　　本：720×960　1/16
印　　张：22.5
字　　数：359千
彩　　插：16
版　　次：2017年7月　第1版
印　　次：2017年7月　第1次印刷
书　　号：ISBN 978-7-114-13278-0
定　　价：58.00元

国波同志

革命軍人證明書
軍證字第 號
國波同志係一九四六年二月
參加我軍現在 工作
其家屬得按革命軍人家屬享受優待
此證
中國人民志願軍政治部
一九五四年 月 日
中國人民志願軍政治部之印

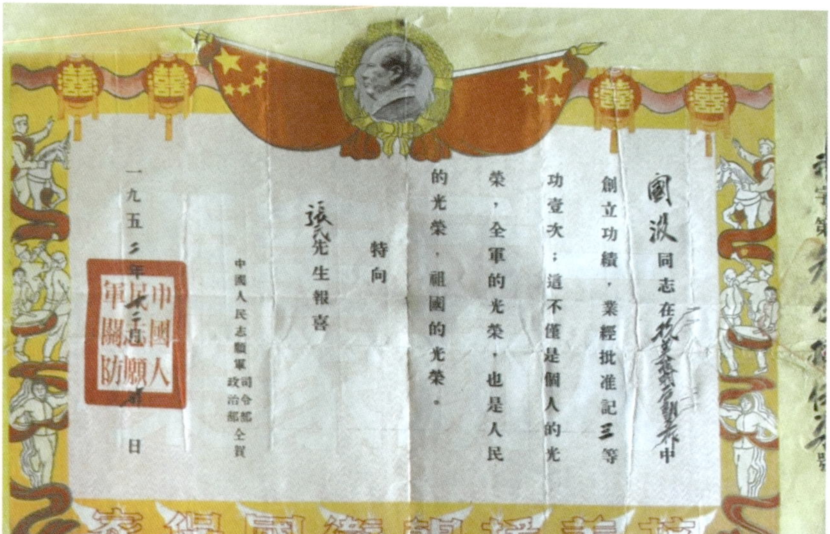
國波同志在 中
創立功績，業經批准記三等
功壹次；這不僅是個人的光
榮，全軍的光榮，也是人民
的光榮，祖國的光榮。
特向
張 先生報喜
中國人民志願軍司令部政治部仝賀
一九五 年 月 日
中國人民志願軍
抗美援朝衛國保家

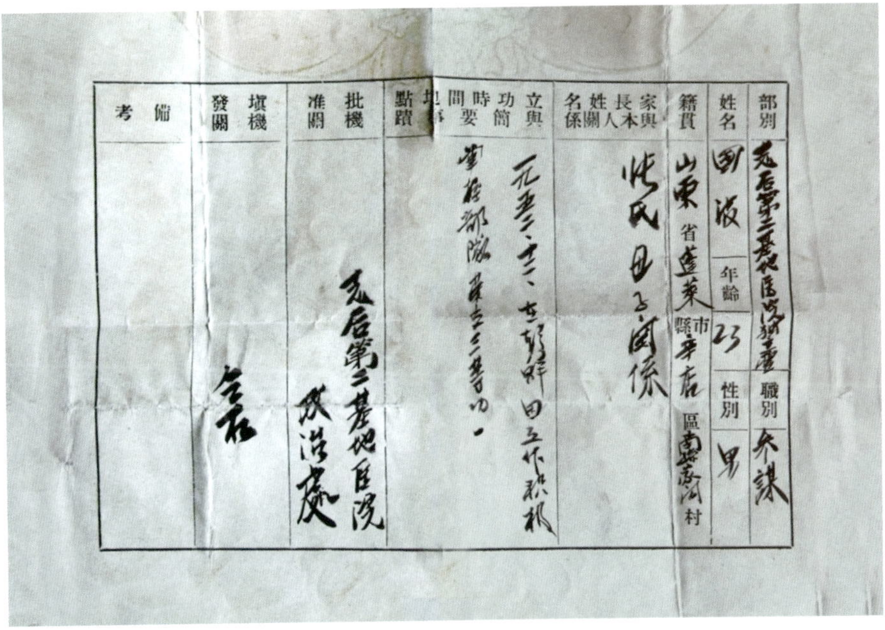

部別	姓名	籍貫	家長姓名與本人關係	立功時間簡要事蹟與地點	批准機關	填發機關	備考
志后第二基地医院政治处	國波	山東省蓬萊縣(市)辛店區南王家沟村	姚氏 母子關係	一九五八、二、十三、在战时田工作积极 当后部队荣立三等功一	志后第二基地医院政治處	会后	
職別 參謀	年齡 23	性別 男					

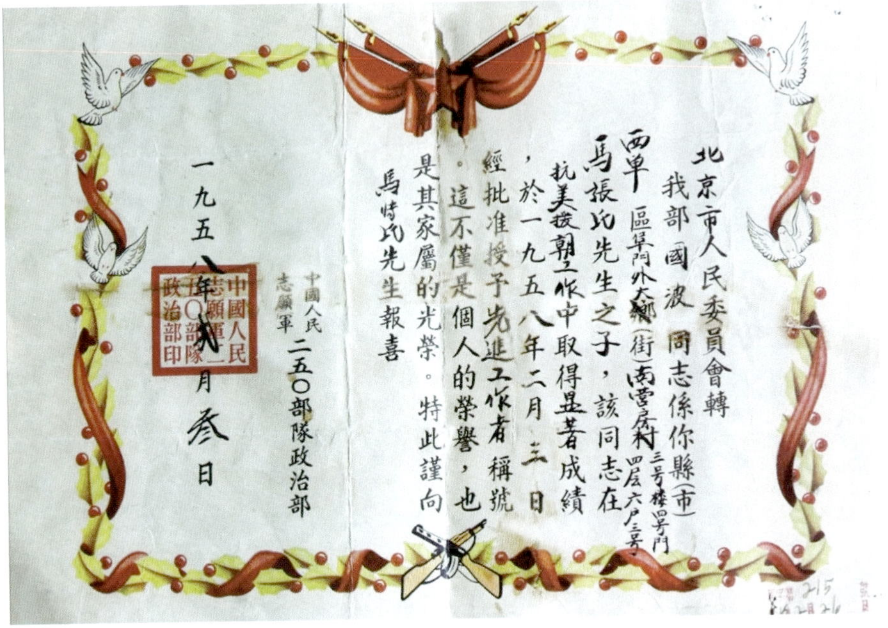

北京市人民委員會轉

我部國波同志係你縣(市)

西单區阜門外大鄉(街)南營房村三号楼四号門四层六户三号

馬振兆先生之子，該同志在

抗美援朝工作中取得显著成績

，於一九五八年二月十三日

經批准授予先進工作者稱號

。這不僅是個人的榮譽，也

是其家屬的光榮。特此謹向

馬特兆先生報喜

中國人民志願軍二五〇部隊政治部

中國人民志願軍二五〇部隊政治部印

一九五八年貳月叁日

成昆铁路大桥湾一号桥

陕西旬阳烈士陵园铁道兵雕像

襄渝线沙沟段

青藏铁路关角山脉

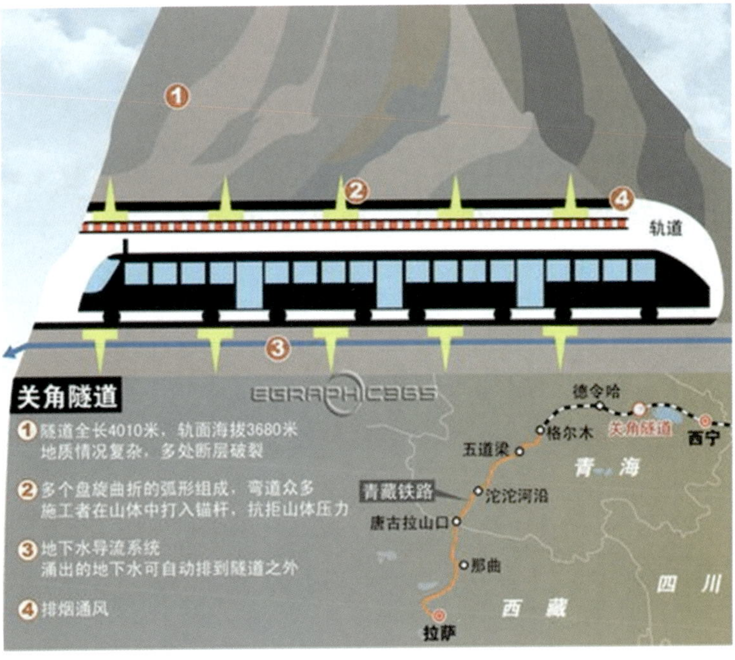

关角隧道示意图

总政文化干校二大队干部，摄于 1985 年 5 月（国波位于后排左 3）

海军老干部大学第四届结业文学班合影留念（国波位于前排右 4）

海军老干部大学第四届结业书法班合影留念（国波位于前排右 2）

海军万寿路干休所纪念红军长征胜利七十周年（国波位于后排左 3）

许观兴 2 岁时在干休所门口与姥爷一起庆祝香港回归

战友联谊会汇集的照片

战友探望，2008 年合影（国波位于中间）

铁道兵47团和团卫生队战友北京聚会
2016年9月19-22日

北京万寿山留影 1958.5.

北京颐和园留影 1975

鸿飞
庚寅年季秋於京華 國波書

序

我和国波同志是20世纪50年代抗美援朝时期，在朝鲜洗浦郡志愿军九大站相识相知的(九大站位于五圣山北麓，上甘岭是在五圣山的南麓)，至今已经60多年了，可谓生死与共、并肩战斗一生的亲密战友。

1958年5月志愿军从朝鲜撤军回国到了甘肃酒泉，编入铁道兵第十师，参加清绿铁路支线(清水—绿园)建设。这是一条为建设国家酒泉卫星发射基地，在戈壁滩上修建的军事专用线。随后又参加了成昆线、襄渝线、青藏线的铁路建设，一干就是26年，直到20世纪80年代铁道兵撤销与铁道部合并。可以说，国波同志的青春年华，都贡献给了祖国的解放事业和祖国的铁路建设事业。

我认为，国波这一生，活得很灿烂。打仗搞建设，南征又北战，血汗洒红湖，足迹留河山，一心为人民，无私做贡献。他，不愧为一个忠于祖国，忠于人民，忠于党的共产主义战士。

说起国波同志的做人做事，可以这么说：做人，品德高尚，与人为善，是一个公而忘私的人；做事，勤勤恳恳，扎扎实实，是一个求真务实的人。他把毛主席教导的为人民服务，实事求是，艰苦朴素，密切联系群众，理论联系实际的品格和作风，学习了一辈子，宣传了一辈子，践行了一辈子。他是一个说到做到，言必行行必果的人，要求别人做到的自己首先做到。他运用毛主席教导的革命法宝，首先铸造了自己的革命人生，同时把它运用到领导部队建设和修建铁路的伟大实践中，为部队建设和祖国铁路建设做出了重大贡献。

今天，国波同志的回忆录《誓把彩虹铺天下》终于问世了，我们仅以此书缅怀敬爱的国波同志，愿国波同志的英灵永存。

姜世禄

2016.7.25于北京

目　录

第一部分　国波同志回忆录

第二部分　火红的年代

第三部分 经验和教训

第四部分 烈士英灵永存

第五部分 永远的铁道兵

第一部分

国波同志回忆录

誓把彩虹铺天下

国　波

参加革命

我 1931 年 5 月 11 日出生在山东省蓬莱县孙家沟一个中农家庭里。

我从 1946 年 2 月参加革命。开始是在山东省蓬莱县纠察队当战士，后任青年班长。不到半年的时间，我就被调到胶东军区招待所，给所长“王彪”当通讯员，任务很简单，就是做一些打水、打饭等服务性工作。随后，我跟首长到胶东军区卫生大队当通讯员。干了半年多，又跟首长到胶东军区卫生部民运科当通讯员，后来又跟着首长到胶东军区后方基地医院工作。这段时间的主要任务就是保证首长安全。再后来，又随首长调到后勤部生产科当通讯员。我前后共干了 6 年多的通讯员、警卫员工作。

国波 1946 年参加革命

直到 1950 年春季，我被调到胶东军区军政大学学习。当时学习的主要课程除了军事知识外，还有社会发展史等。到了秋季，全队（学员四队）被调到胶东军分区警教营一连学习，主要学习军政课，练习射击、投弹和急行军 5～10 公里。当时，正是全国镇压反革命运动时期。

推着小车上朝鲜

1950 年 6 月 25 日，朝鲜战争爆发，全国开始动员："唇亡则齿寒"，有钱出钱，有力出力！一切为前线！打败美帝野心狼，保家卫国！直到派出中国人民志愿军，抗美援朝。1951 年 3 月起，我先后担任中国人民志愿军人力运输第四团一营一连副排长、排长，团政治处见习干事、见习参谋，后因人力运输团拆编，1952 年我又任中国人民志愿军后勤部第二分部基地医院独立营见习参谋、参谋，后来担任连长。

朝鲜某高地

我们部队入朝参战时间是 1951 年 5 月 27 日，是推着小车进入前线的。当时日宿夜行，白天休息，夜间装卸汽车。除了防敌机和防敌特外，我们把战备物资和生活物资从火车上搬下来，再装上汽车，分散运到前线。开始运到阳德（也叫邑坡），后来推小车运到金城前线。当时，部队各方面条件比较艰苦，只吃炒面没有青菜，不久就有部分官兵得了夜盲眼，我就得过两次。后

从朝鲜回国在北京全家合影

来条件逐渐好起来，我们从前线撤到阳德，任务是保卫医院，修建医院防空洞，保护伤病员的安全。1953 年停战后，我们就地帮助朝鲜建设医院和营房。

加入铁道兵

1958 年 5 月 27 日，我们从朝鲜回国，我所在的营被编入独立支队，共有四个营，我们是一营。回国的路上，一路鲜花我们受到祖国人民的热烈欢迎。

原计划我们部队到甘肃敦煌开荒，途中发生变化，编入铁道兵十师独立支队，我担任一营三连连长，修建酒泉卫星发射基地专用铁路线。从一路鲜花突然到一片沙漠荒地，对于我们每个人都是一个大转弯，一场六考验，我也不例外，以前学的什么都用不上，要从头学起了。

党组织为了培养我，1958 年 7 月把我从连队调到石家庄铁道兵学校一大队一中队学习。学习课程主要有：战时抢修，施工管理，机械，汽车驾驶，文化基础课等，整整学习了三年（属于高级完成系）。毕业后，我于 1961 年 6 月回到铁道兵十师担任作战科参谋，主要负责搞调查，针对战备用的材料、战时如

1961 年北京实习

何抢修等做方案。1963 年 4 月,我从作战科调到训练队任副大队长,后任大队长。我真正开始修建铁路,应该是从 1965 年 10 月到 47 团任副参谋长开始！后来又先后在 47 团担任参谋长、副团长和团长等职务。

铁道兵学校高级完成科毕业留念

初战成昆线

1965 年 10 月至 1967 年,我们 47 团在成昆线北段吴场至金口段施工。主要构筑物有:石板沟大桥(110.42 米)、鲁岗大桥(120.50 米)、土坟包 1 号中桥(85.30 米)、大桥湾 1 号中桥(83.92 米)、轸溪车站大桥(216.30 米)、轸溪大桥(118.66 米)、轸溪中桥(44.88 米)、会仙桥 1 号大桥(110.76 米)和会仙桥 3 号大桥(209.02 米),土山包 4 号隧道(766.50 米)、大桥湾 1 号隧道(937 米)、大桥湾 2 号隧道(670.80 米)、大桥湾 3 号隧道(626.69 米)、灰窑坪隧道(731 米)、和平隧道(711.26 米)、深溪 1 号隧道(257 米)和刘沟 1 号隧道(487 米)。

成昆线地质复杂,号称“地质博物馆”。大桥湾是主要隧道群,从隧道出来就是桥梁,桥隧相连。当年,我们抢修三线的口号是:“宁肯自己少睡觉,也让毛主席睡好觉!”战士们一天工作远远不止8小时,为了抢进度,有时干了8小时正班,再加几小时的副班,一天工作甚至超过12个小时。有的工种工作时间就更长了。但战士们士气高涨,干劲十足,成昆线北段工程进度很快。

成昆线大桥湾一号桥

当时土石方都完成了,隧道也都打通了,铁路要铺轨时天公却不作美。记得有一天晚上下大雨,我在一营往五营打电话,突然被雷打了一下,干脆就去五营24连查看防洪设施。我蹚着洪水走进灰窑平隧道进口,一看整个路基都被大雨冲垮了,堆放的材料也随水冲跑了,连二营建桥墩的砂石料也被冲走了,一连的帐篷和三营12连的营房也被大雨冲坏了一部分。当天晚上还冲走一个排长,一个战士也牺牲了。雨停后,抢修桥墩的工作干了一个星期才完成,冲垮的路基和挡土墙都要重新做,冲走的材料集中一个连干了好几个月才搜集回来一部分,有些永远也找不到了。当时正是铁路架桥、铺轨通过我团区段的关键时刻。

后来北段工程收尾,大部分部队转移到成昆线南段(西昌到米邑),我团在连德段施工。当时正赶上“文化大革命”,工程材料运输受阻,两派搞派系斗争,工程施工进度受到很大影响。虽然毛主席提出要“抓革命,促生产”,可到了下面却打派仗,什么生产不生产全然不顾。上级再三催促要保证工程进度,而部队却抽了大批干部去“支左”，工作环境时好时坏，施工进度进展缓慢。当时情况下施工、革命真有些两难，但不管怎样总算把成昆线施工的铺轨收尾工作完成了，1970 年 7 月 1 日成昆线胜利通车后，部队开始转移到襄渝线施工。

成昆线铁道兵 8817 部队领导在毛主席接见前在天安门前合影留念

抗美援越归国，国波在友谊关前留影

会战襄渝线

襄渝铁路起点位于襄阳站,终点到达重庆西站,由襄阳北站离开襄阳铁路枢纽,经老河口东站、谷城站、武当山站、十堰站、白河县站、旬阳站、安康站、紫阳站、万源站、达州站、渠县站、广安站、华蓥站,经由北碚站进入重庆铁路枢纽,全长837公里,其中襄阳—老河口东与汉丹铁路共轨。汉丹铁路自湖北省武汉市汉西站北咽喉引出,向西经孝感(长江埠、云梦、安陆)、随州、襄阳、老河口至湖北省丹江口市丹江站,全长412公里。

这条铁路横贯鄂、陕、川、渝三省一市,东与汉丹、焦柳铁路衔接,中与阳安铁路相通,南与达成、达万、巴达(在建)、遂渝、成渝、川黔、渝怀铁路相连,是联络中原和西南地区的交通大动脉,对发展经济、加强国防具有重要意义。该线襄阳至莫家营段56公里1960年建成通车,新建铁路正线长859.6公里,由铁道部第二、第三、第四勘测设计院和电气化工程局设计,主要由铁道兵负责施工。参加施工的铁道兵部队有8个师、2个独立团,另有铁道部大桥工程局、电气化工程局和湖北、陕西、四川等省民工和三线学兵参战。全线东西两段分别于1968、1969年开工,中段于1970年第1季度开工,1973年10月接轨通车。1975年11月至1979年12月分别交付运营。

1964年,毛泽东主席发出建设大西南的号召,经铁道部第二勘测设计院于1965年12月勘测设计,确定线路由襄阳至成都,称襄成铁路。1968年初,中央出于国防建设的需要,做出了先修渝(重庆)达(县)铁路、缓建成(都)达(县)段的决定。1969年底,中央确定渝达、襄成两线合一,称襄渝铁路。同年12月29日,周恩来总理主持召开会议,研究加快铁路建设问题,铁道兵司令员刘贤权、铁道兵西南指挥部司令员何辉燕参加了会议。会议要求襄渝铁路于1972年铺轨通车。

襄渝铁路东段为鄂西北丘陵低山区,中段为秦岭巴山区,西段为四川盆地丘陵区。铁路横穿武当山、白云山,走经华蓥山、中梁山,在仙人渡、旬阳、紫阳3跨汉江,9跨东河,7跨将军河,33次跨后河,在北碚跨嘉陵江。沿线两岸山高谷深,水流湍急,悬崖峭壁,地势险峻,地质复杂。全线要建桥梁 716 座,隧道 405 座,多线隧道 13 座,桥高隧长,最长隧道 1685 米,最高桥墩 76 米。工程任务艰巨,施工条件差。尤其是陕西境内,交通闭塞,人烟稀少,物资匮乏,300 公里长的铁路沿线没有公路,没有电力,施工初期工程和生活物资奇缺,主要靠人挑背扛。

1970 年,襄渝铁路中段开工。一季度,中央军委调动从成昆线撤下来的铁道兵第 10 师进入陕南旬阳,在具有伟大战略意义的襄渝铁路线上展开工程会战。

我团担任了陕西省境内蜀河到展园地区的施工任务。管区长度曾多次变动,基本管区(自 1972 年 1 月—1973 年 8 月)由蜀河隧道进口至展园隧道进口(展园隧道全长 1790.66 米,我团担任进口施工 493.14 米),起讫里程 K209+585.45~K218+743.14,全长9.12954公里。主要工程数量有:路基土石方 66.1 立方米(其中干砌 3.659 立方米),锚固桩 1362.5 米/4605.45 立方米,附属圬工结构 5060 立方米,隧道 3.5 座,总长 7172.05 米,桥梁 5.5 座,正线延长 698.80 米,备铺隧道道碴 4.46 万立方米,正线铁路房屋 5201.2 平方米,安康—旬阳公路 20.791 公里(土石方 116 万立方米),临时房屋 83.120 平方米。47 团投入兵力最多时达 16000 余人,从 1970 年 2 月设防至 1974 年底竣工,整个工程工期历时五年。

在毛主席“备战,备荒,为人民”的伟大战略方针指引下,具有伟大意义的襄渝铁路在党中央和毛主席的正确领导下,在周总理的亲切关怀及各级党委领导下,在全国人民及铁路沿线广大人民群众大力支援下,广大指战员、民兵和学兵发扬“一不怕苦,二不怕死”的革命精神,让高山低头,叫河水让路,逢山打洞,遇水架桥,英勇顽强,日夜奋战,克服了重重困难,终于在 1973 年 10 月 20 日胜利接轨了!这是毛主席革命路线的伟大胜利,是毛泽东思想又一个丰硕成果,也是全体指战员、职工及修路的民兵、学兵团结一致共同努力的结果。这条铁路的建成,对于加强战备,巩固国防,支援社会主义革命和加强社会主义经济建设都具有深远的历史意义和伟大的战略意义。参加会战的部队、民兵、学兵所做的贡献是伟大的,是任何人也不能否认的,成绩和缺点是九个指头和一个指头的关系。参加修路的军民用一首诗歌颂这一伟大建设工程的战绩：

万炮齐鸣震宇宙，襄渝线上把营扎。
面对秦岭，背靠巴山，
脚跨汉江，头顶蓝天，
天做帐，地当床，风展红旗如画。
毛主席挥巨手，战士最听党的话。
马列宝书，风枪一杆，
险山恶水只等闲。
战严寒，斗酷暑，
扫塌方，排洪水，
军民苦战四余载，千条困难踩脚下，
建成长廊数万丈，彩虹直跨川陕鄂。
火车汽笛一声响，巴秦汉蜀奏凯歌。
颂歌献给毛主席，人民战争闻天下。
备战备荒为人民，反帝反修把敌杀。
忆往昔：
名曰官道一条四通八达，其实是羊肠小道难行走，
只听到汉江船夫拉纤的号子声。
看今朝：
铁路公路四通八达，
人民仰望铁龙奔腾，
幸福泪涌说不出话。
铁道兵今向何处去？
志在四方，五湖四海。
马列主义毛泽东思想齐武装，
为人民造福，誓把彩虹铺天下！

在襄渝铁路线上有一道奇观，那就是各式各样的铁路桥。这些桥有大有小，还有造型独特的钢梁桥。这些多姿的铁路桥是连接铁路运输大动脉的锁链，更是贯通湖北、陕西、四川、重庆四省市的“彩虹”。襄渝铁路沿线多是重叠连绵的山峰，群山之间，碧绿清幽的江水急急东流，一座座铁路桥横架在急流险滩之上，一座座桥下江水湍急，桥影如月映在水中。

襄渝线红旗单位合影

决战青藏线

1974 年 3 月 4 日，奉中央军委（74）军字第 17 号令和铁道兵关于“十师由襄渝线调防青海，担负青藏线哈尔盖—格尔木段（中心里程 K162+747 ~ K845+395 长 682.65 公里）修建任务”的指示，铁道兵十师下达行军调防令，部队分期、分批向青海开进，师机关驻青海省乌兰县城。1974 年 5 月至 6 月，线路系统施工设计文件在乌兰铁十师指挥部进行了技术交底，哈尔盖—柯柯（希里沟）段全线开工。任务划分是 47 团承建关角隧道（此段工程为咽喉要道）和 K279+480 ~ K320+250 段线路长 40.77 公里。

关角隧道地理位置及概况

“关角”,藏语意为“登天的梯”。位于青海省天峻县和乌兰县境内的关角山,横亘在天峻大草原和柴达木盆地之间,是通过柴达木进入青海高原的“东大门”。

关角隧道是当时世界上海拔最高的铁路隧道,位于青藏铁路西(宁)格(尔木)段的青海省天峻县内,全长 4010 米。洞内轨面最高处海拔 3692 米。由于地处高海拔地区,气候严寒,空气稀薄,年平均气温 0℃,最低气温为-37.5℃,四季飘雪,长冬无夏,即使在 7、8 月份隧道内还必须穿棉衣。隧道附近气候变化无常,一日之内经常是几度雨雪,施工条件极其艰苦。隧道地质构造复杂,要通过 11 个大断裂层,含有大量泥灰岩、高岭岩、蒙托石等膨胀性岩层,且多次塌方。在隧道掘进中还遇到了大量涌水,最大时每天涌水量达 10000 立方米。这些特殊情况给施工带来意想不到的困难。

从关角隧道施工过程看实践是检验真理的唯一标准、以及科学技术就是生产力的论段很重要。

1974 年 10 月,不可一世的关角山冷峻无情地凝视着聚集在山脚下的这群铁道兵们。要在关角山中腰钻通全长 4000 多米的隧道,真非儿戏!它海拔 3700 米,是全国最高的铁路隧道,所经地段地质极为复杂,遍布着沉积岩、变质岩、火成岩侵入体。在洞口两端叠满了片岩、高岭岩、蒙托石。隧道穿过关角垭口时,又与地质断层相遇,每天含水层涌出 10000 吨地下水。

关角隧道早年已同原西宁铁路局某处施工队做过一番较量。这个队伍几千名职工,和关角山苦打苦拼了整三年,只完成成洞米 2532 米!由于地下水越来越凶猛,再赶上国家困难时期财力不足,后勤无援,只得筑墙封洞,饮恨退下阵来。

关角隧道是青藏线哈格段(哈尔盖—格尔木)的关键工程,中心里程 K314+389.1,全长 4009.89 米,单线隧道,是全线控制工期的重难点工程。穿越青海南山关角垭口,山顶海拔高为 4002 米左右,隧道进口路肩设计标高为 3688.78

米，出口路肩设计标高为3671.16米。隧道最大埋深约520米，线路坡度由进口向出口，30米为8‰下坡，400米为2‰的上坡，2440米为4‰的下坡，1160米为8‰的下坡，平面为直线。进口原设计有两个斜井，一号斜井长85米，距洞口290米；二号斜井长214米，距洞口814米，出口设计有导洞，长873米，横通道7个，平导洞与正洞线间隔为20米，其交角为45度。

该地区是高寒区，空气稀薄，气候干燥，人口稀少，冬季施工期从9月15日至翌年的5月15日，长达八个月之久。最低气温-35℃至-40℃，平均气温为-1.7℃。年降雨量为100毫米左右，且一般集中在八、九两个月。大气压仅456~460毫米汞柱。空气含氧量12%左右，较内地减少8%以上。

关角隧道曾于1961年4月停工，停工时做了封闭处理。原西宁铁路局施工成洞米为2531.83米，尚余1473.17米（实际上没有完成那么多，大量碴子未取出来，就报了成洞米了）。各工序剩余工程数量为：上导坑1032米，下导坑847米，中层1548米，扩大1193米，导口1746米，边墙1774米，拱圈12224米，压浆1904米，铺底水沟1918米。此次复工新增加设计含预制埔式整体道床，全长40011.37米。原设计内燃机牵引，改为电机牵引，增加了工程量。我们进洞核实：各停工工序与停工资料基本相符。但是该隧道已施工部分由于长期被地下水浸泡，中层、边墙下沉引起倒墙、掉拱，拱圈开裂也非常严重，进口更为突出。K313+217~K313+289地段倒墙、掉拱46米，牵连长度72米；K314+486~K314+558地段倒墙、掉拱25米，牵连长度52米。原西宁铁路局施工已完成衬砌的墙拱发生不同程度纵横开裂，总长1167米，占完成衬砌总长度的42.3%。需要重新套拱（换拱）628米，占已完成拱圈总数的22.5%。换墙628米，占已完成边墙的28%。

关角隧道复工之后基本上采用上下导坑法施工。上导坑进、出口分别从1974年10月3日、11月11日进洞开始清理。进口于1976年7月31日清理完毕，出口于1976年1月22日清理完毕。出口增设平导1122米（含横通道350米），于1975年9月6日开工，1976年11月28日完工。下导坑进、出口分别于1976年8月4日和1976年2月5日开工，同年11月25日贯通。主体工程于1977年6月16日全部完成，整体道床8月5日完成，8月15日铺架列车通过

吴克华司令员(左 2)到关角隧道视察,国波(左 1)1976 年于青海

(因整体道床需要养生十天)。历时两年又十月。

在青藏线哈格段(哈尔盖——格尔木)工程中,我团投入兵力一营,二营,三营 12、13 连, 四营 16、17 连,加上 46 团的 17、18 连,共有 15 个连队担负青藏线天峻县境内关角隧道 4010 米主体工程的施工任务。进出口土石方 90000 立方米(进口 60000 立方米,出口 30000 立方米),其中石方为 8000 立方米。扩大 1193 米,导口 1746 米,边墙 1774 米,拱圈 1224 米,压浆 1904 米,铺底水沟(含仰拱)1918 米,整体道床 40011.37 米,处理塌方两处 71 米(不含出口倒墙掉拱 26 米),套(换)拱 625 米,换边墙 628 米。其中含隧道已完工地段设计共需清除正洞、平导、2 号斜井的淤泥及塌方,落底、导坑回填片石和回填碴及拆除圬工结构的废渣等总方数为 48475 立方米,约等于开挖一座 1200 米长的中等石质隧道出碴量,折合成洞米约 885 米。经报铁道部审批预算,投资复工处理费用由原来的 167.3 万元增加至 872 万元。

铁道兵司令员吴克华 1976 年 8 月率工作组亲临关角隧道检查工作,给部队广大干部战士鼓舞很大。全团干部战士一致表态,一定早日打通关角隧道,为早日铺轨而努力奋斗。

整个隧道工程投入兵力最多时达3160多人，历时近三年的时间。在党中央、毛主席“备战、备荒、为人民”方针的指导下，以及各级党委的领导和青海人民的大力支援下，广大指战员和职工发扬“一不怕苦，二不怕死”的革命精神，“让高山低头，叫河水让路”，逢山打洞，遇水架桥，英勇顽强，日夜奋战，斗严寒，抗缺氧，战塌方，克服重重困难，于1977年8月5日达到铺轨程度，8月15日胜利铺架。这是毛泽东思想和“科学技术就是生产力”的伟大胜利，是全体指战员和职工团结一致共同努力的结果。青藏铁路哈格段的建成，对巩固边疆、支援社会主义建设、繁荣少数民族的经济发展都有深远的历史意义。参加铁路建设的部队官兵和职工做出了巨大贡献和牺牲，他们的丰功伟绩将永远载入史册。指战员们用一首诗来歌颂这个战绩：

天茫茫，地茫茫，风吹草低见营房；
天做帐，地做床，铁道兵战士志如钢。
战风沙，抗缺氧，斗严寒，治塌方，
炮火连天开山忙，铁牛怒吼过山冈。
战天斗地献青春，誓把彩虹铺青藏！

忆修天路

（借用王翰凉州词反其意而用之）
葡萄美酒夜光杯，欲饮琵琶铁马催。
醉卧天路君欢笑，今来征战凯旋回。

经验和教训

遵照毛泽东同志“要认真总结经验”的指示，用一分为二的观点，从正反两方面检查我们的工作，以便今后少犯或不犯错误，有着十分重要的现实意义和指导意义。回忆已走过的路，成绩是主要的，但缺点也是严重的。下面我想着重用“实践是检验真理的唯一标准”观点，来分析地质对工程的影响。由于自己认识水平低，加之对地质性质不太懂，对问题看不准、说不透，只能提出几点粗浅的不成熟的看法。

一、认识不足，调查研究不够

毛泽东同志指出：“我们是马列主义者，马克思主义者叫我们看问题，不要从抽象的定义出发，而要从客观存在的事实出发，从分析这些事实中找出方针、办法来。”我们和自然界做斗争也是这样，必须从客观事实出发。但是关角隧道停工已13年之久，资方介绍洞内封闭设施系按停工后三年进行设计的，同时设计复工时，因旧隧道内积水较深，倒墙、掉拱严重，无法进洞进行调查，是以停工时资方提供的资料进行设计的。设计院交付设计文件后，我们经过复核审查，总觉得资料不全，不能指导现场施工。本着毛主席“指挥员的正确部署来源于正确的决心，正确的决心来源于正确的判断，正确的判断来源于周到的必要的侦察和对于各种侦察资料的连贯起来的思索”的指示，我们47团成立了关角隧道调查小组，由团首长亲自主持，组织有关人员参加。施工前我们乘竹筏对洞内进行了五次调查，并引领设计单位到现场核实。经过调查了解发现，由于洞内长期水淹，已施工地段的中层、边墙下沉，引起拱圈开裂，倒墙、掉拱现象普遍存在，已完成衬砌的拱墙发生不同程度纵横开裂。其病害隐患和复工加固补强，接小边墙，遗留成洞米的尾工等项工程数量相当大，与设计文件提供的剩余工程数量出入颇大，全隧道已完工地段需清除正洞、平导、2号斜井的淤泥及塌方数共计48475立方米，约等于开拓1200米的中等石质隧道的出碴量，折合成洞米约为885米，加上续建1473.13米，总共2358.17米。

根据上述调查的资料，团、营两级专门召开会议，研究施工兵力部署方案，组织设计了实施性施工组织设计，规划洞内外场地部署，并提出出口为隧道主攻方向，建议入口增设1200米平行导坑。但是倒墙、掉拱、塌方开裂原因研究不够，错误地认为是长期水泡的原因，当时水浸泡到拱脚以上了。这水泡仅是原因之一，而没有对复杂地质引起足够重视，也知道片岩多是泥灰岩、绿泥岩等，受浸泡后变软化且有可塑性，但是否有膨胀就弄不清楚了，对施工影响到底有多大更不知道，因而成了自然的奴隶。战士们吃尽了苦头。上级多次批评我们，我们自己也不满意，设计部门和上级认为是施工质量问题。当然，施工也不能说没有一点问题。当时施工中想了不少法子不断改变设计，如提高混凝土等级到200级（原来为140级），加大拱的厚度和拱脚，打托梁等，但效果不明显，仍存在拱架未拆前拱脚以上一米处纵向开裂。有时拱架压断，卡口梁挤断、变形现象仍然不断发生，直到全洞通车后又发生整体道床上涨20毫米。在1290米长度内，严重的80米，炸掉重新抑拱，铭仰拱。1977年5月5日，K313+949附近水准点上涨424毫米。我们将情况报告设计院，并取回样品到兰州化验，结果是水沟倒歪，洞中心线移位，检查整体道床质量超强。我们又取样品到北京地球物理研究所请教，汇报施工过程和化验样品地质分析。经过铁道部第一勘测设计院化验，蒙托石30%，伊利石50%，高岭石20%，结论是地质问题。专家分析在这样的地质情况下建隧道是很麻烦的，主要没有考虑到地质流变、地下水处理的问题。1974年中科院微生物研究所胡海主任到现场勘察，当时说服不了现场个别有关人员，他回京后就写信给铁道兵政委吕正操，阐明了观点，关角隧道灾害是地质问题造成的！为什么施工单位和科研所的意见一致呢？因为前者从实践是检验真理的唯一标准得出来的，后者是科学的分析结果。那么为什么设计部门和个别领导和个别技术干部不承认地质问题呢？一是对地质这门自然科学发展认识不足（事实上也不可能全部认识），依照原来结论，是怕否定了原来结论也否定了自己？怕承担不了责任？说到底没有实事求是、没有从实际出发的科学态度；二是忘记了毛泽东同志说过的："人类总得不断地总结经验，有所发现，有所发明，有所创造，有所前进。"抱残守缺阻碍了前进，这也不足为奇。正如列宁所说："生活，实践的观点，应该是认识论首先的和基本的观点。"毛主席又说："知识的问题是一个科学问题，来不得半点虚伪和骄傲，决定的需要的倒是其反面——诚实和谦逊的态度。"一就是一，二就是二。经过科学化验，分析实践证明，统一了认识：地质问题是主要的。设计与地质不符，承受不了地质本身造成的压力，所以横向开裂，土质上胀是必然的结果。最后，实事求是地改变了设计，进行有效处理，才解决了问题。但是，这给国家造成了资金、材料、人力、物力和时间上的浪费。

我们挖进下导坑时白天挖进支撑,第二天看就不成形了,被压得下沉,东倒西歪,根本不能用。没有办法,就更改为上导和拱,加边墙向前进,这样才好起来。也是针对隧道条件的不同,我们采用不同的方法,因地制宜,慢慢调整工序,这样施工才有底了。虽然经常变工序,对施工有干扰、有影响,也是没有办法的办法,不改不行呀!

二、在施工中没有处理好几个关系

1.拉沟与进洞的关系

拉沟拉不出来,就没有办法进洞(西宁铁路局施工时是用斜井、坡道加卷扬机),拉沟是为进洞打基础。我们认识到,必须借鉴总结前人的经验,所以开工时首先对进、出口土石方进行施工。将 9 万土石方拉出 7.8 万方,为进洞打下良好的施工基础。但是应该看到,剩下的 1.2 万方为以后工作带来很大麻烦,又要重新调动机械,增加了不必要的经费,使造价相应提高。为什么不一次拉完呢?上级有安排,我们提出意见也没有用,下级服从上级嘛。正确的做法应该是:一次拉完,既省工,又省机械调动,也不会造成铺轨前的不必要紧张,对隧道施工也是有利的。

2.复工处理与新建工程的关系

由于对隧道复工清理和病害地段处理认识不足,想的简单,对地质情况了解不清,研究不够,对困难估计不足,单纯想拿新建地段成洞米,主观和客观不能统一,使一些地段清理不仅没有为后来施工创造条件,反而成了拦路虎。如:进口下导坑清理时,原计划一个连一个月清完。一方面连队一味往里钻,忽视了导坑的断面按设计加宽和加固支撑,结果中层下沉,支撑变形,翻斗车都无法正常通行,不得不返回来处理中层,被迫改变为上导坑前进,形成上下导坑法施工、上导坑领先的合理工序;另一方面对地质不良又长期受水浸泡已呈饱和状态,开工后又抽水、中层必然引起下沉的规律认识不足。上级非叫清下导坑,几次向上反映都没有用,直至下导坑清理无法进行才被迫同意停止,改为上导引进。按地质不良隧道上导坑引进、紧跟衬砌才对,可是上级不同意打拱,又怕下导,所以采用中层施工放炮打掉拱,这样又造成不少塌方,影响了工程质量和进度;在进出口下导坑不能按时贯通时,必须改变施工方法,按实际情况决定方针政策才对,应该上导和出口下导贯通,这样通风和贯通测量才是正确的。可是上级不同意,经过反复争论才同意,把进口上导与出口下导贯通。实践证明,应打好基础开好头,先清理后续建才对。进口地质不良地段下导坑根本不应该清理,应该上导坑引进,紧跟衬砌,左右马口式交替前进,接小边墙再落底才是正确的。这叫稳扎稳打,这样在形式上看是慢了,但实际上是快的,在成昆线南段沙坝隧道和芝麻地隧道出口就是这样干的,但之前这个道理不被人充分认识。特别是:出口落底时,上级的指示没有结合现场的实际情况,只顾速度快,扩大工作面,使几十米边墙悬空,结果造成原隧道施工边墙倒墙,掉拱26米,导致在洞内施工的127名官兵被封堵在隧道里的重大事故发生。1975年4月5日10时半,距隧道出口100多米处,出现了不可遏止的大塌方。1500多立方米土石倾泻而下,把正在洞内施工的127名官兵严严实实地封堵在隧道里!

险情就是命令!时间就是生命!一场惊心动魄的战塌方、救战友的战斗打响了。由党员干部组成的抢险敢死队,冒着涌水和随时出现新的塌方的危险,开到隧道塌方处,展开抢险激战。

堵在洞内的官兵在生与死的危急关头,首先想到的是保护施工机械设备。他们摸着黑把施工工具一件件收拢到一起,搬到高处。八名党员干部自觉地聚到一起,在黑暗中召开了紧急党支部扩大会议,做出两项决定:一是做好思想政治工作,稳定大家的情绪;二是党员发挥模范作用,带领大家寻找突围口。在党员干部的带领下,127名官兵组成梯队,摸黑爬上拱顶扒碴,向外寻找出口和通气孔,人人都争着把生的希望让给别人,把死的危险留给自己。师、团、营领导组织队伍紧急抢险,经过14个小时的奋战,终于在52米的塌方体上挖出一条通道,堵在洞内的127名官兵顺利脱离危险。这个事件惊动了青海省、兰州军区、铁道兵西南指挥部、铁道兵、中央军委,铁道兵首长乘专机赶到现场亲自处理此事。当时襄渝线收尾完成,我被安排去北京铁道兵团师干部读书班学习。走到陕西安康师部留守处,给青海打电话打不通,第二天到了北京才知道出事了。127名官兵安然无恙,真是不幸中之万幸啊!这次事故耽误工期三个月零二十天,浪费了大量人力、物力和财力。

实践证明,只能采用跳跃马口式接小边墙再落底的方案才是正确的。古人讲得好:“欲速则不达”!“关角隧道大塌方”就是违背自然地质客观规律造成的必然结果,必然会受到大自然的惩罚。

3.数量与质量的关系

列宁说:“宁肯数量少些,但要质量高些。”毛泽东同志说:“要多快好省地修建铁路。”多是对数量的要求,快是对速度的要求,好是对质量的要求,省是对效益的要求。这几个方面,是统一的整体,均不可偏废,是建设的准则,行动的准绳。可实际情况呢?特别是任务压得紧时,再加上反“右倾”,在口头上也讲多快好省,而行动中并非如此,往往忽视了工程质量;对工程进度完成任务大讲特讲,对工程质量仅是一提而过;没有再三强调:“百年大计,质量第一”这是关系到子孙后代的大事。因此,施工措施不得力,忽视了工程质量。例如,多次发生边墙跑模造成蜂窝麻面,混凝土搅拌不按配合比施工,振捣、回填不实,挖大

1977年8月47团部分营以上干部合影

后排(左起):丛建兹、曾广记、戴尚勋、诸兆文、王连清、余天华、魏振中、刘茂轩

中排(左起):王连慧、狄炳洪、顾官胜、王成林、国波、杨天树、山其兴、熊力、刘耀宗

前排(左起):张更开、李清稳、郭国法、王政义、徐有民

导口等。尤其严重的是，进口在冬季边墙施工中，不按冬季施工养扩的要求办，为了抢时间周转模板，混凝土浇筑只有24小时就擅自拆模板，造成6米边墙当即倒塌。又如：出口处一连、二连灌注边墙混凝土时，有4米边墙背后回填支撑木和钢模板，设计边墙厚度60厘米，实际浇筑厚度仅有20~30厘米，最薄处仅有10厘米，46团17连、18连也有类似问题存在。这样就造成边墙严重开裂，必须进行返工处理，严重地影响了工程质量和进度。

所以说，没有质量就没有数量，只求数量不讲质量的做法，只图虚名，必招实祸。这是万万不能做的事情，是违背实事求是精神的。

4.施工组织设计与施工的关系

施工组织设计是一门科学，科学是不断发展的，是无止境的。简言之，施工组织设计就是向大自然作战的一种形式，必须是在实践中不断总结而来。施工组织设计应当有利于向大自然开战，这才是先进的施工组织设计。

三、组织指挥上有些地方欠妥

毛主席说："军事家活动的舞台建筑在客观的物质条件的上面，然而军事家凭着这个舞台，却可以导演出许多有声有色威武雄壮的活剧来。"

关角隧道是青藏铁路哈格段的重点工程，也是难点。全隧道既有1473.17米成洞米的续建工程，又有大量的复杂复工病害处理项目，前后工序穿插零乱，参加施工单位多，兵力集中，相互干扰大，现场矛盾突出。能否取胜，关键在于要有坚强的、统一的领导，实施强有力的组织指挥，科学计划管理和科学施工。团部下大力量狠抓现场组织指挥工作，由师、团主要首长亲自挂帅，成立两个指挥组，负责全隧道布置和指挥，定期开工程会议，及时分析形势，适时调整部署。

师、团领导在1975年全面开展施工时就组成了两个工作组，由师、团长率领长期分驻两个口，和营部一起成立现场指挥部，并设立五个小组，建立了工地值班室。师工作组最多时达20人，从副总工程师、副参谋长到师长。五个小组分别是指挥组、政工组、调度运输组、机电组、后勤保障组，各组分工明确，各负其责，有序地工作。另外指挥部副参谋长、总工程师也经常到现场蹲点。

施工中各级领导深入现场组织指挥,发现问题,解决问题,抓住关键,突破难点,及时处理施工不同时期现场出现的主要矛盾。其一,施工准备阶段,为了尽快投入洞内施工,争取主动,我们集中力量抓了出、入口路堑和排水系统的施工,以及风、水、电设备的安装。复工后,我们突击平导、2号斜井的清理和进口的两个塌方处理。其二,全面施工后,开挖是重点,尤其上下导坑和出口平导的掘进,是隧道能否全面开展快速施工的关键。在主体工程即将完成的时候,根据进口落底数量大(最高2.5米)的实际,我们及时调整兵力,实行统一指挥,由四班倒改为三大班倒的施工方案,减少干扰,按期完成了任务。其三,在保证重点、兼顾一般的原则下,整个施工中,我们除抓了各个时期不同的重点外,同时还兼顾其他工序,尤其对复工病害的处理工作,安排力量,力争早做多做,实践证明是正确的。如:进口整体道床施工从1977年6月20日到7月15日,由洞口向里施工,根据兄弟单位技术人员的经验,整体道床能否快速施工,关键在于人行道先行。大家认识统一了,干起来既称心又顺手,最高月成洞105米,平均86.5米,完成1644米,并且保证了质量。清底锚固中心桩、架钢轨、支撑架、固定挂预制块、粗调、细调、灌注支撑等一系列流水作业的工序,一环扣一环,否则就不能快,反而会慢。开始出口就没有按上面方法做,而提出在水沟边上架电瓶车跑道,吃了不少苦头!为什么?师首长,师副总工程师不同意这样做!那只好让事实讲话了。从客观上讲,人力紧张,可是没有算细账,磨刀不误砍柴工!水沟边上架电瓶车跑道既费工,又费材料(因为还要拆除),还不安全。结果电瓶车翻了,损失半箱电瓶,还差点伤人。不讲科学施工,早晚是会遭到惩罚的!事实教育了人们,大家统一了认识,集中力量,用了三天时间打浇筑了1200米人行道,整体道床工程施工进度由原来的每天70~80米提高到了162米,平均91.03米(出口整体道床从1977年6月13日—8月5日从洞里向洞外施工),尝到了甜头,共完成2367.29米,施工26天(中间因整拱停工17天)。

工作组有他有利的一面,第一是抓重点,及时发现问题,快速解决问题,保证物资供应及时,防止偏差。要防止包办代替,经常听听下面的意见,要发挥两个积极性,防止下面依赖工作组,这样不利于施工。每一个工程组织的人员,应相对稳定,不能经常换,以免各个首长有各个的"绝招",这样对施工不利。尤其隧道施工,首先工序调整会影响进度。其次兵力使用上,应尽量避免两个团的部队在一个洞口施工,说轻了不听,说重了又不行。指挥上有矛盾时,团、营又不好协调处理。这期工程幸亏师工作组在关角隧道出口负责协调。

第二是工期问题,由于认识不足修改几次了。原来根据设计文件和剩余工程及上级指示,定于 1976 年 9 月底打通关角隧道。因清理工程增加,地质和设计图不符,改为 1977 年 3 月底达到铺轨程度。一个计划要留有余地。当时社会上批"唯生产力论"的歪风刮到部队,对干部战士有不好的影响,只好重新改变计划,最终定为 1977 年 8 月 1 日达到铺轨程度。这是对的。认识事物只能是实践—认识—再实践—再认识,循环往复才能取得正确结论。如果工期按基建程序厘定出科学工期,就可以为国家节约很多开支。

总之,关角隧道施工有成绩,也有教训。战士在洞内施工,相当于海拔 5500 米进行艰苦作业(总后科研所实地测量得出的结论)。教训也是深刻的,设计不合理,未能根据现场地质情况进行设计,造成工程质量差、工效低、造价高,后患无穷,给后期工程作业带来了不必要的麻烦。

经过我们三年的艰苦奋战,关角隧道终于在 1977 年 6 月胜利贯通,在中国和世界的铁路史上谱写了壮丽的篇章!

军校生活

关角隧道胜利贯通后,1977 年上级调我去"铁道兵学院"任干部学员七队队长,围绕铁道兵未来的出路在于机械化和科学管理,培养和造就未来的铁道兵人才,为实现誓把彩虹铺天下的宏愿,培养领导人才!1981 年 8 月担任二大

铁道兵学院第四期二班毕业合影

在总政文化学校与二大队炊事班全体人员合影

队大队长，1983年7月担任中国人民解放军总政文化干校（前身铁道兵学院）二大队大队长（正师级），1985年9月30日离休。

新的开始

我于1985年9月从“总政文化学校”（前身是铁道兵学院）离休，作为人生的另一个起点，二十多年来我通过在“海军老干部大学”不断学习，书法和绘画水平不断提高，活到老，学到老！人生旅程又是一个新的开始！

我先后于海军老干部大学书法班2-9期、文学班3-7期毕业，书画班两期毕业。代表作品有：芙蓉国里尽朝晖。专长书法，担任海军万寿路干休所书画组副组长，中国老年书画研究会会员，中国工艺美术协会会员，国际中华人才专家协会会员，中国艺术学会会员，中国时代艺术家，中国爱国艺术家联合会会员…… 多次获得过金奖、银奖、优秀奖等。

回忆自己参加革命几十年的路程，每一步都是在党的培养教育下走过来的，集体领导分工负责，自己只是干了份内的工作，成绩是大家的，缺点是自己的。在朝鲜七年整，由于自己工作干出一点成绩，立三等功一次，被评为先进工作者一次；在学校学习三年期间，被评为五好学生一次，受的其他奖励就记不清了。风风雨雨几十年，我做到了无愧于党，无愧于人民，努力工作，圆满完成党和人民布置的作业！

几十年逢山开路、遇水架桥、风餐露宿、沐雨栉风的筑路生涯，使我深切地感受到：铁道兵的根本出路在于机械化和科学管理，但最根本的在于能否继承和弘扬“一不怕苦，二不怕死”的革命传统和奋斗精神！

“誓把彩虹铺天下”，半个世纪前的愿望已成为现实！

但愿在实现“中国梦”的伟大历程中，通过此书能够警示后人：不忘历史，缅怀先烈！更好地认识和把握成功的规律，更加健康幸福地成长！

2014年4月完稿

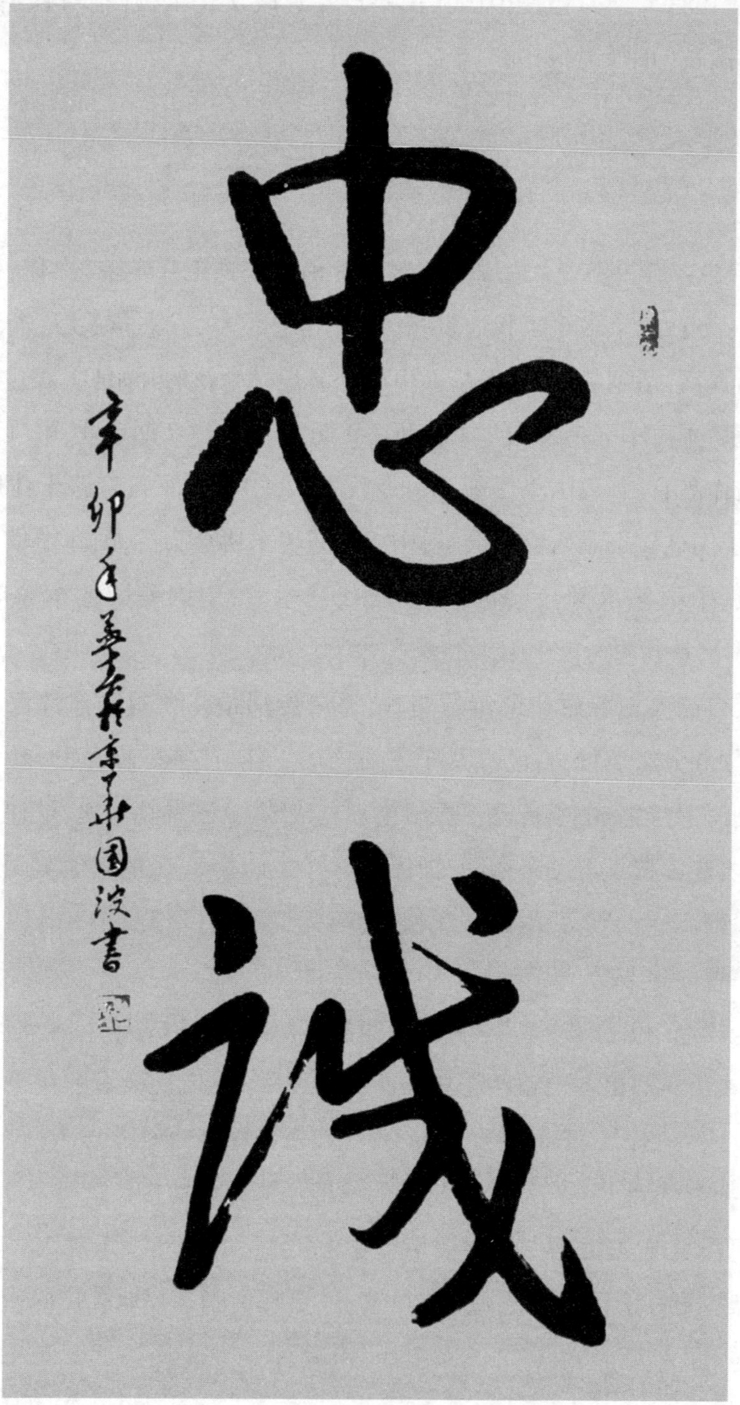
忠诚

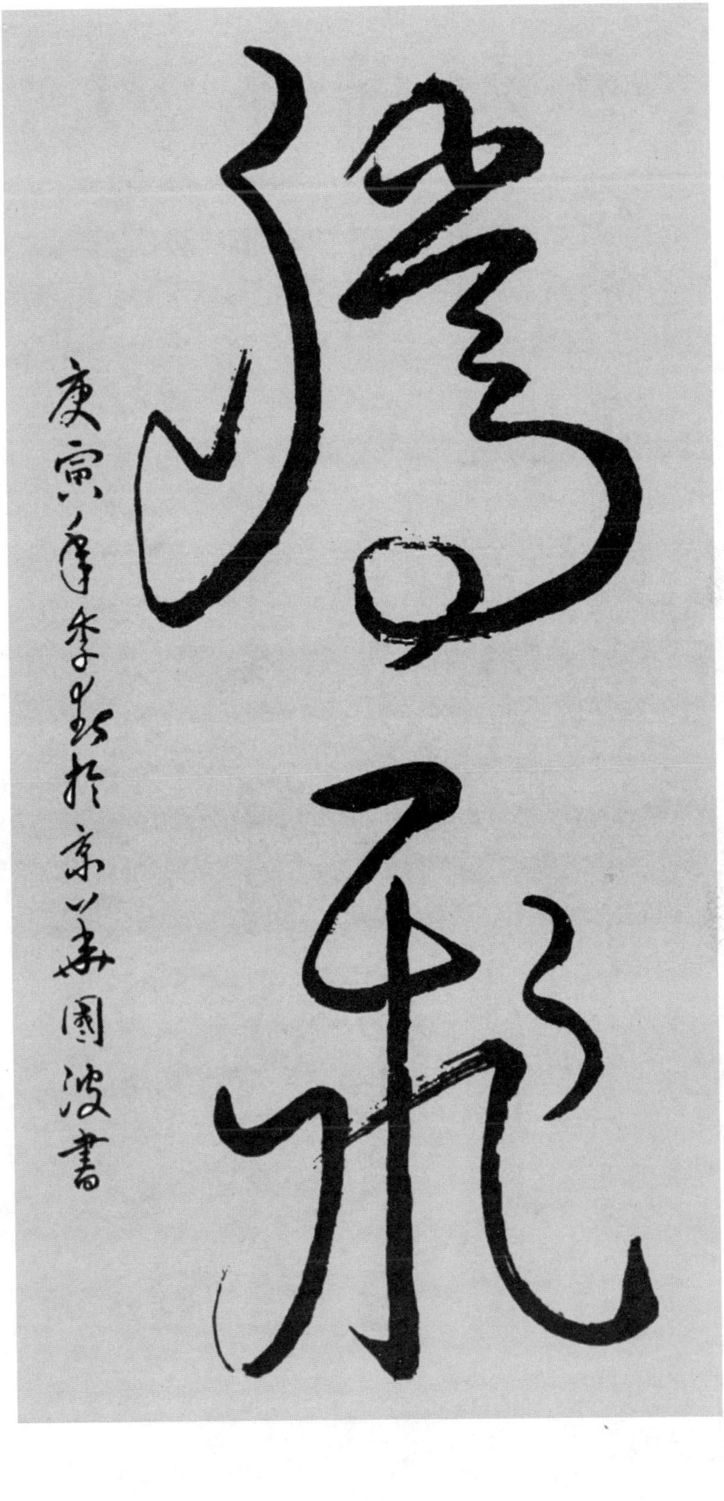
庚寅年季夏於京華
國波書

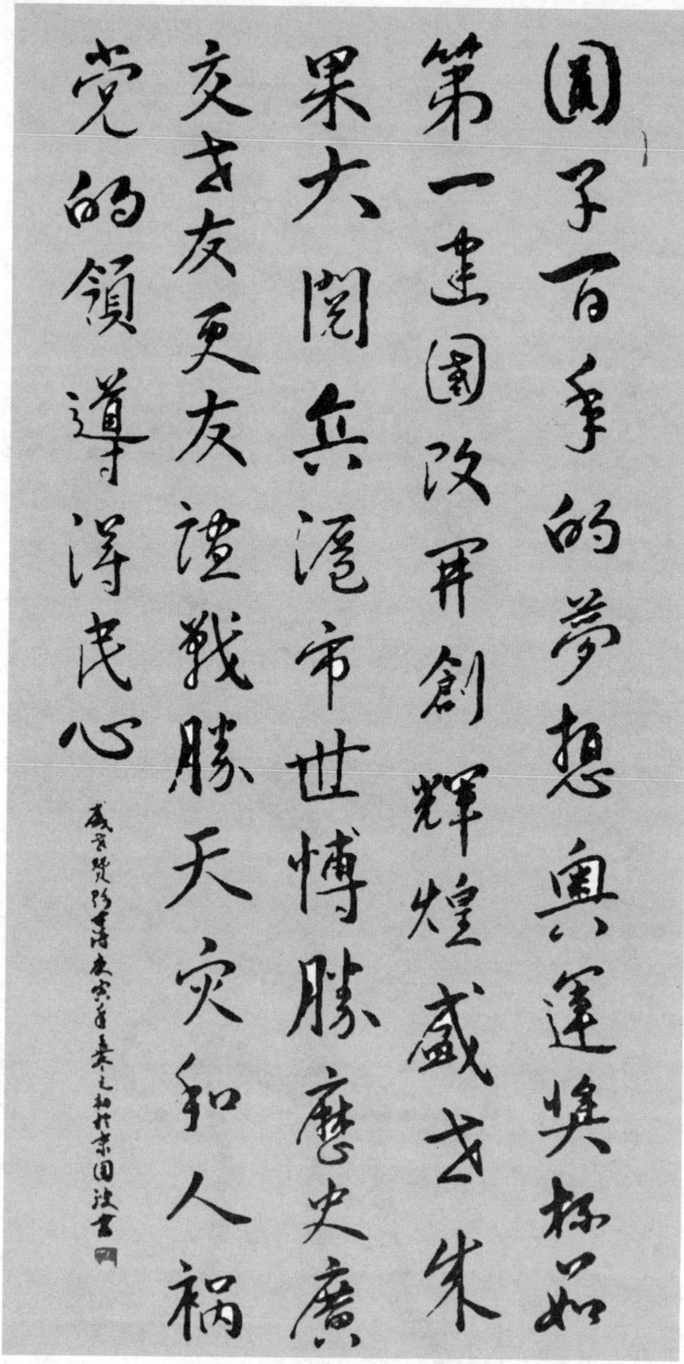

爸爸教我迈向成功之路

国立军

一群平凡的人,做了不平凡的事,成就了自己幸福的人生!

铁道兵——当年服兵役时间最长(铁道兵五年,而海军、空军三年,陆军只有二年)的一个特殊兵种,一只与众不同的部队!

“背上了行装扛起枪,满怀豪情斗志昂扬,毛主席挥手我前进,奔向祖国最需要的地方!打通昆仑千重山,又战东海万顷浪,林海雪原铺新路,金沙江畔摆战场,精心设计精心施工,万里山河铺上铁路网!一不怕苦,二不怕死,建设祖国保卫国防,备战备荒为人民,革命重担挑肩上!胸怀祖国放眼世界 ,铁道兵战士志在四方!”这就是他们威武雄壮的嘹亮兵歌,这就是他们战天斗地的光辉历程,这就是他们艰苦奋斗的真实写照,这就是他们忘我奉献的博大胸怀!

一群平凡的人,跨进铁道兵的队伍,经过苦与累的锤炼、生与死的考验,便学会了克服一切艰难险阻,具有了一种忘我的精神:远见卓识,乐观向上,一不怕苦,二不怕死!树立了古人所说的“先天下之忧而忧,后天下之乐而乐”的政治抱负,奉行着“鞠躬尽瘁,死而后已”的献身精神,创造出“惊天地、泣鬼神”的工程奇迹!铁道兵是钢铁汉子的形象:性格鲜明、脾气火暴,但他们有着一幅幅铮铮铁骨,有着一颗颗赤子丹心,不惧艰难万险,不求名利地位,为了祖国甘愿献出自己的青春、热血甚至生命!

他们在艰苦环境和实践中逐渐学会、掌握了人生成功的六大法则:

1.耐心。胜利属于耐心等到最后一刻的人,机会总在最后一刻才现身。

2.考虑周到。凡事三思而后行,要考虑事情的每一层面,不要“一窝蜂”跟着潮流走。

3.毅力。要有坚韧不拔的毅力,眼光永远盯紧目标,从不放弃梦想。

4.朋友是不可或缺的。在追求成功的旅途中,必须依靠团队的力量,孤军奋战是不行的。朋友能够提供意想不到的支持。

5.团队合作精神。如果想要身边有志同道合的朋友,如果想要融入团体里面,就必须有良好的团队精神和人际沟通能力。

6.拓展人际关系网。当你社交圈子不断扩大后,你需要建立一个人际网络。如果你留给别人良好的印象,并且恰如其分地与人交往,那么你就会有一群好朋友,甚至不需电话召唤,他们就会主动与你联系。

掌握这些法则会使人受益无穷!更使那些养成成功习惯的铁道兵们幸福一生!也使他们培养了千千万万像他们一样具有成功习惯的子女!

我自豪,有一名当铁道兵的父亲——国波,在关键时刻指点我的人生,这使自己在人生道路上走了不少捷径!

想当初,1976 年我在北京北宫门小学上戴帽时(初中一年级),看到班里很多军人的子女去当小兵了,也跟父母要求想去当兵。父母教导我:“你们俩(指我和妹妹)现在的首要任务是好好学习,天天向上!想当兵要等到大学毕业后,只有这样才能有更广阔的视野,才能更好地报效祖国!”

1977 年 2 月,我到北京一〇一中学上初二。当时,“文化大革命”刚结束不久,学校千疮百孔,百废待兴,教室的窗户上没有一块完整的玻璃。班里汇集了学校周边一亩园、西苑小街和颐和园三个地方的调皮孩子头,个个膘肥体壮,都不是善主!但当时瘦高的我,摔跤摔倒他们三五个易如反掌,开学的第一天我就把他们都整服了!马上,老师、同学们一致推举我当班长!当年,父亲当铁道兵在四川、陕西修铁路,母亲下放湖北“五七干校”,我跟随奶奶在伯父家(山东淄博博山大柳杭小学)上小学。父母教导我自己的事情要自己想办法解决!起初,为了不被别人欺负,课间、课后我经常用心地练摔跤;后来,为了争第一,我特意找父亲要了本擒拿术精心揣摩,发挥自己腿脚灵活的特点,擅于观察抓住对手的弱点,学会用全身力量与对手对抗,克敌制胜!

我还在学校领导、老师,特别是班主任高楠老师和全体同学的支持和帮助下,带领大家齐心协力修窗户、安玻璃、粉刷墙面和修理屋顶等事情,很快,班集体面貌焕然一新，学习气氛浓厚，初二·六班成为北京一〇一中学先进班集体！很多年以后，同学们依然都是很好的朋友，当初的经历都难以忘怀！特别是当时西苑小街那位调皮捣蛋的孩子头，一直非常珍惜当时班集体的良好学习氛围享受到的学习机会，多少年以后托关系把儿子也弄到北京一〇一中学，而且想方设法弄进我们当年的班主任高楠老师的班里学习，这一直在我们同学中传为佳话。

1979年"文革"后北京市第一次中考，我成绩非常好，以本校第五名的优异成绩，考上了北京一〇一中学，前五名中有三名来自原来的初二·六班，其中包括1981年高考理科状元。但使我不解的是，父母竟给我换了班。我问父母为什么？他们对我说：一是多接触一些人，二是这个班班主任负责，三是为今后工作着想。他们认为未来30年在首都北京发展会很好，但当时未被大家重视的有两个行业：建筑业和农业。他们问我喜欢哪个行业？我选择了建筑业。父母教导我："选择比努力更重要！"既然选择在北京未来从事建筑业，建筑业主要是同人打交道的劳动密集型行业，未来经常打交道的人最好是大学的同学和校友！符合这一条件的高校北京有一所——北京建筑工程学院。我当时都傻了：清华大学不合适吗？他们以他俩的亲身经历教导我："要为未来30年喜欢的工作选择4年的大学学校和生活地点，这样才会事半功倍，幸福一生！"

1985年大学毕业分配时，系主任问我想去哪里？（由于我在学校担任了三年系学生会干部，辛勤地付出了很多，系领导当然想照顾一下我。）我毫不犹豫地说："我想去北京城建！"系领导很诧异地问我："为什么？留校你不考虑？第三梯队（市委、市政府和市政管委等机关）你也不考虑？"我理直气壮地回答："我父亲让我到基层锻炼至少十年！要勇于吃苦，掌握一定的领导才能和管理技能！今后，做任何事都能习惯归零，学会从领导的角度把握大局，这样能受用一生！而且，北京城建是铁道兵为承建北京地铁组建起来的，部队转工后更需要大学生！"系主任高兴极了，感慨地说："那就去北京城建一公司吧！如果都像您父亲那样英明，全系的学生我半天就分配完了，也不必整天东躲西藏的。"

不负众望，1997年9月，当我离开北京城建一公司时，公司荣誉柜中总共有15个奖杯，其中8个是我作为项目技术负责人获得的！如亚运会昌平自行车赛车场是我国第一个符合国际赛车标准的赛车场,其跑道工程获得建设部颁发的公司第一个鲁班奖,跑道面层施工技术获得国家级工法,亚运会昌平自行车赛车场获得北京市优质工程奖等。

我坚信:“一不怕苦,二不怕死!”习惯改变人生,享受一生幸福!

铁道兵从组建到撤销的35年间,先后有300多万官兵转业退伍,他们在中国乃至世界的舞台上,以多姿多彩的方式延续着当年开路先锋的时代传奇,誓把彩虹铺天下的豪迈壮志、昂扬精神是他们最明显的标志!而铁道兵那种“一不怕苦,二不怕死!”不畏艰险、勇于开拓、勇争第一的精神,永远是他们内心世界的主导力量,是他们实现个人价值乃至造福民众的最强动力!正如原铁道部副部长、党组成员卢春房所说:“在铁道兵,我不仅学到了技术,更重要的在思想上、在作风上、在纪律上得到了培养和锻炼!实际上,为今后的发展,打下了坚实的基础!”中国铁路建筑股份有限公司总裁张宗言在大型纪录片《永远的铁道兵》里说:目前面对全球经济一体化的挑战和机遇,我们更需要把铁道兵精神与现代化企业管理融合在一起!在做强、做大、做优中国铁建的过程中,让铁道兵精神不断地升华,真正成为企业的核心竞争力!

愿父亲的英灵永存!

在父亲去世一周年之际书文以纪之。

2015.7.1

怀念爸爸

国立耘

整整半个世纪是我和爸爸的人生有重叠的时间,可是我跟爸爸真正在一起的时间全部加起来也不过3年。因为他常年随部队在崇山峻岭中修铁路,当他离休时我已上大学,之后我又出国留学十年。在我眼中,爸爸是个典型的军人,坐如钟，站如松，行如风，加上一丝不苟的着装，即使是身着便装也掩饰不了他的军人风姿，他具有自律、坚毅和甘于奉献的军人特质。

爸爸原本姓马，祖籍山东蓬莱，是家中5个孩子中最小的，15岁时(1946年)参加了中国人民解放军。因为同一个村里的人都姓马，为了不连累族人，就随着早几年参加革命的长兄改姓国。20世纪50年代，爸爸参加了抗美援朝战争，是运输兵。穿梭于战火中的经历给他留下了终身的伤痕，腿上的一块未能取出的炮弹皮和受损的听力。回国后，爸爸随部队转为铁道兵，历经了成昆铁路、襄渝铁路和青藏铁路的建设，直到离休时，他才恋恋不舍地离开部队回到北京与家人团聚。

小的时候，课本里描述的英雄都是那些在战争中英勇杀敌的军人。想着爸爸的双胞胎兄长就是在济南战役中牺牲的，从小当兵的爸爸一定也有些可炫耀的英雄事迹。我曾兴奋地问爸爸杀过几个敌人，当听说他做过的只是警卫员、运输兵和铁道兵，没有上过前线与敌人面对面战斗，我失望极了，也曾为他感到遗憾。可是爸爸只是平静地说："都是革命工作，分工不同而已"。后来我去了他的部队，看到他和他的战友们在极简陋的生活条件下，用简单的工具和机械在大山谷中架起高耸入云的桥墩，凿开一个个穿山隧道，看着满载物资和乘客的火车在崇山峻岭中穿行，我才认识到他和他的战友虽然不曾上前线，也不愧是和平建设中的英雄。

铁道兵去的地方都是最穷、最偏远的。爸爸在陕西旬阳修建襄渝铁路时，我去过他们的驻地，连汽车都不通。我和妈妈从最近的车站下了火车后就只能搭乘部队运送货物的军用卡车到爸爸部队的驻地。公路是部队为了运输建设物资临时开凿出的，许多地方只够一个车通行，因为雨水冲刷而高低不平。坐在车中，我的身体经常因为颠簸被抛起来，头重重地撞到车顶。开车的叔叔路上因为胃痛，不得不休息了几次，妈妈知道后把随身带的治胃疼的药给了他。后来才知道，由于路上人烟稀少，吃饭根本没有准点，时间长了，这些跑运输的汽车兵很多都有胃病。出于好奇，趁停车休息时，我从左边驾驶的位子往外看，才发现距车身2、3尺远的下方就是万丈悬崖，下面是一条大河，奔腾汹涌的河水冲撞着岩石发出哗哗的声响。我吓得紧紧地抓住座椅，本能地尽量往右靠,再也不敢低头看了。从心里佩服这些汽车兵叔叔技术高超,在这么惊险的路上行驶那得有多大的胆量和体力呀!后来回来时从另一条路走,车沿着盘山路开了整整一天,我也吐了一天,肚里东西倒腾完后吐得都是酸水。

1976年8月,爸爸在青海天峻县修建青藏铁路时我也去过,去前还为将要看到"风吹草低见牛羊"的大草原和体验"围着火炉吃西瓜"的见闻而兴奋。我和妈妈在西宁的招待所等了两天才坐上了一辆去天峻的运货车。在旷野中奔驰了一天,除了远处蓝蓝的青海湖和草原上的荒草,只在路过的小镇上见到了几个梳着很多小辫的藏民。牛群羊群的影子见都没有见到。当时是8月,去的路上我还穿着单衣,晚上才到了海拔3000多米的天峻县。第二天一早,我就不得不把带来的所有厚衣服都穿在了身上。想跑到周围看看,刚跑起来就觉得身体轻飘飘的,腿像棉花一样软,气也喘不上来了,这才知道高原缺氧是什么感觉。而那些铁道兵战士要在这样恶劣的自然环境条件下,在隧道中工作。

围上了火炉,可是哪里有西瓜呀,蔬菜都是奢侈品。我们坐的货车就是去甘肃一带购买蔬菜的,运回来的番茄很大,但是硬硬的,没有一点红色。因为,只有没有成熟的果实类蔬菜才能经受长途的运输,绿色的叶菜在那里也是见不到的。我至今还记得一位叔叔,因为他与别的战士不同,没有把我当小孩,跟我说话的语气就像朋友,所以印象特别深。他称我"姑娘",说是他们老家对女孩的称呼。他自我介绍说是爸爸以前的勤务员,这次是利用休息时间来看爸爸的。他跟随部队来高原做准备,是最早一批来高原的。后来是因为手指甲外翻(每个指甲的两侧向上翘起,露出下面的肉),沾水就疼,他就不能做爸爸的勤务员了。指甲外翻是在青海高原生活遇到的另一类身体反应,主要原因是因为食用新鲜蔬菜少,缺乏维生素所致。尽管知道原因后,部队给所有人员配发了复合维生素片,可是他的外翻指甲已经不可逆了。看着他翻起的指甲和缝隙中露出的肉,想到他未来生活的不便,我的心感到隐隐的痛。

作为铁道兵的家属也是不容易的。作为铁道兵的子女,父爱在我们成长过程中的大部分时间里都是空缺的。我出生前,爸爸就已经是铁道兵了,每年也就回来几天,还总是来去匆匆。因此,爸爸的样子在我儿时的记忆中是模糊的,只记得他高高的,穿着军装。即使跟妈妈去连队探亲时,他也难得陪我们,不是在工地就是下连队，周日也总是因为有急事，被匆匆叫走。小时候，每当大人们问我想不想爸爸时，我总是努力地想他的样子，然后茫然地摇摇头，因为见得太少，根本记不清他的样子。妈妈早年在中央机关工作，在中央机关下放到湖北五七干校，我们一家人分在3、4个地方时也考虑过随军。记得，妈妈带我走访过几位随军的家属，聊家常。几位阿姨说，随军生活并不稳定，铁路建好一段就要向前搬迁一次，小孩不得不经常转学，还要习惯不同的方言，对小孩的学习影响很大。有位阿姨说，她家老大期末考试，几门成绩加起来还不够60分。那以后，妈妈就再也没有提起随军的事，别人问起时，她说主要是为了我和哥哥的教育。

爸爸年轻时的文化程度不高，但他对有文化懂技术的人特别尊重。每当他谈起部队的技术人员在工程中发挥的作用，赞赏与羡慕之情总会溢于言表，令我也向往。他自己也利用一切机会学习，一直在努力提高自己。记得我小的时

1976年8月在青海天峻县与父母合影

候，爸爸常读错字，总把摄影读成“聂影”，我还笑过他。后来才知道，许多字都是他自学的。因为爷爷死得早（在日本侵略中国的战乱期间在东北被土匪打死），家道沉落后读不起书，是奶奶靠给人缝补才勉强供他读到高小，一直到从朝鲜战场归来他才有机会在部队大学学习了一段时间。也许是这样的亲身体验，他总是叮嘱我们要珍惜读书的机会，努力学习。离休后，有了上老龄大学的机会，爸爸特别的珍惜，风雨无阻，连续几年把文学、书法、绘画学了个遍。等到我回国时，满屋子都挂满了他的字画，令他的外孙崇拜不已。再聊起来文学知识，我已自叹不如。

国立耘和国立军兄妹合影

虽然与爸爸相处的时间短，但是他的教诲在我记忆中却是深刻的。印象最深的是从小他就教导我们不要搞特殊化，要自己努力。记得第一次到部队去，到后的第一天他就反复叮嘱我，如果别人问你爸爸是谁，就说是干革命工作的，不许炫耀爸爸的官职，要尊重部队里的每一位叔叔阿姨。我上中学后，每次探亲结束回部队之前他必做的事就是召集我和哥哥进行“训话”，内容不外乎三点：(1)好好学习；(2) 要帮妈妈干家务；(3)保持艰苦朴素的作风。也正是这样的教育,使我从小就树立了一切要靠自己努力的信念,也造就了今天的我。

爸爸是个节俭而自律极严的人,他不抽烟也不喝酒,年轻时唯一奢侈的爱好就是摄影。他有个海鸥 135 相机,记录了他的工程、战友和我们一家人在一起的时刻。

他的行装极简单,一个装着换洗军装的小旅行箱(珍藏在陕西安康博物馆);一个打开就是小书架的木质对折箱子,里面放着他的书,从部队离休回来也基本就是这些。印象中他随身的小用品是:一个很小的繁体字的小字典;一个印着“送给最可爱的人”的破旧的搪瓷杯,这是参加抗美援朝时的纪念品,一直跟他到老;还有一面手掌大的小圆镜,那是他每天用来检查自己军容风纪的。

爸爸没有吃零食的习惯,我们想买零食,从他那里是要不到钱的,因为在他眼里这是不必要的浪费。但是,对于大的必需的花销,他又是很慷慨的。所以,我们小时候总结出来的经验是“小钱向妈妈要,大钱向爸爸要”。我当初出国留学的 3000 元机票钱(大概是那时爸爸离休后一年的工资了),爸爸二话没说就给我了。

爸爸的自律在我看来有时近乎苛刻。他离休前,正赶上 20 世纪 80 年代的大换装,对于从军 40 年的他,多么希望能在离休前穿一次漂亮威武的新式军装啊。我们也都希望看到爸爸穿新军装的样子,盼着一睹他的风采。当看到他穿着摘掉了领章和帽徽的旧式军装回来时,我和哥哥特别失望也感到奇怪。后来,妈妈悄悄告诉我们,本来爸爸已收到了一套定制的新军装,因为衣服的尺寸是在半年多前就量好了。后来又有文件说将要离休的人员不在这次换装之列,按说爸爸是可以把新军装留下的,因为并没有人来向他要回。可爸爸抚摸了那套新军装很久,第二天一早又把它叠得整整齐齐的交回去了,都没有穿上它照张相。我觉得特别遗憾,心里怪爸爸太死心眼,可嘴上又不敢说。我知道,以爸爸对部队的感情,他比我更希望留下那套新军装。

爸爸是个温情的人。他常年在外,身体瘦弱的妈妈一个人把我和哥哥带大,他自觉亏欠妈妈很多。离休后他从学做菜开始,慢慢地把家务都包了,还帮我带过一段时间孩子。特别是到了晚年,妈妈身体不好,也都是爸爸在照顾。去世前,爸爸还对我说,他前半生亏欠妈妈的太多,所以用后半生来弥补。

爸爸把他一生中三十多年的时光都贡献给了国家的铁路建设,他和他的战友们为国家的建设做出了无私的奉献,对此他从无怨言,而且引以为自豪。相比牺牲在济南战役中的爸爸的同胞兄长和那些为祖国建设奉献出生命和健康的铁道兵战士,爸爸是幸运者;相比那些没有机会受到良好教育的铁道兵子女,我也是幸运者;希望人们能够记得爸爸那一代人默默的付出。尽管我与爸爸生长的时代不同,对一些问题的看法也不同,但是在我的心中,爸爸永远是最帅的老兵!

(国立耘,中国菌物学会理事,中国农业大学教授,博士生导师,美国夏威夷大学植物病理专业博士)

2015 年 8 月 22 日

我的姥爷

许观兴

姥爷曾经是铁道兵,我小时候住在姥姥、姥爷家里,姥爷就会像训小兵一样训练我。站姿、坐姿,样样都要规范,要达到标准。也正因为曾经当兵的缘故,在同龄人都因腿脚不便在家休息甚至坐上轮椅时,姥爷还经常大早上骑自行车去买菜。

姥爷很有艺术天赋,国画、书法都很擅长,小的时候我总爱坐在姥爷旁边看他画山、画树,或者用毛笔写着我看不懂但却觉得很帅气的繁体字。每次去姥姥、姥爷家,客厅里总是挂满了姥爷的作品,让人赏心悦目。姥爷很爱下棋,军旗、象棋都是他教会我的,虽然与姥爷的对弈很少能赢,却是我童年时必不可少的娱乐活动。

姥爷还是个大厨,记得小时候我最爱吃的两道菜就是姥爷做的青椒鸡丁和土豆炖豆角。我自己也尝试过做这两道菜,但味道总不及姥爷做得那么好。

最让我惊讶的是姥爷台球打得也很好,台球在我眼里一直是年轻人时髦的运动,而第一个带我接触它的却是我姥爷。所以姥爷在我心中真的是一个很全能的人,这也是为什么他一直是我从童年到现在的偶像。

2015 年 8 月 22 日

许观兴看姥爷写书法

许观兴 2 岁时在干休所门口与姥爷一起庆祝香港回归

朝鲜战场上的一对好搭档

——陈德墀与国波两个老战友的点滴记录

窦学锋

陈德墀,1928年生,是山东省藏马县(现胶南市)泊里镇贡口村人。

陈德墀1946年参军,所在部队番号是滨北军分区海防营。他曾参加过潍县战役、打击国民党还乡团等战斗,独立执行过看管俘虏、护送伤员等任务。

由于读过几年私塾,工作又积极肯干,陈德墀参军一年后就入了党并担任连队的文化干事,1948年经军分区教导队学习培训后提为干部,任连队司务长、党支部书记等职务。

前排:国波(左)与陈德墀

1951年朝鲜战争爆发后,陈德墀参加志愿军,在志愿军后勤部人力运输团任连指导员,连长就是小他三岁的国波。

国波活泼幽默,爱开玩笑,军事素养高,陈德墀老成持重,工作细致认真。两人工作配合默契,互相尊重,从没红过脸。急难险重的任务连长总是抢在前头,就连晚上查哨也是亲力亲为,从不叫醒指导员。那时生活条件艰苦,陈德墀曾经用从国内带去的被面、手表到朝鲜老乡那里换来蔬菜、咸鱼等副食品,改善连队伙食。他们用自己的肩膀扛着给养,保障一线部队最远到了汉城郊区。执行任务总是连长在队伍的前面,指导员负责断后。有一次晚上往前线送炒熟的黄豆,每人肩扛一麻袋,由于山高路远,有个顽劣的战士贪图轻省,在麻袋上抠了一个洞,走一路洒一路,被细心的指导员发现,受到严肃处理。

两个老战友在一起摸爬滚打到1958年才分开,因为国波被抽调到军校学习。陈德墀1958年最后一批从朝鲜回国。

在朝鲜期间,两人经历了艰苦卓绝的战斗岁月,也完成了艰难繁重的建设重任。停战后,他们一直承担为朝鲜建设学校、医院等基建任务,为朝鲜的战后重建做出了很大贡献。

在朝鲜战场,他们经历过生与死的考验,也有他们那个时代的欢乐。平时在连队,战士们都是以国连长、陈指导员称呼,有人就私下打听他们的名字。那时的战士文化水平很低,"德墀"两个字他们根本就不认识,而连长叫"国皮"却流传开来,这成为他们一段时间内开玩笑的主要内容。陈德墀经历过炮弹在脚前钻了个洞却没炸的险情,经历过和卡车一起翻下山坡的惊魂,经历过防空洞被敌机炸塌人被埋又被战友挖出的传奇。1956年,陈德墀的妻子到朝鲜探亲,国波亲自张罗了一桌简单的饭菜做为接风宴,还叫上了副连长王守敬和一排长、排副等人作陪,都是山东人,相谈甚欢。国波和陈德墀妻子开玩笑说:"你还是个高小生呢,口音咋这么土?"。

从朝鲜回国后,国波和陈德墀一个是铁道兵,一个是基建工程兵,各自在自己的岗位上辛勤工作到离休。直到晚年,他们俩才在一个很偶然的机会通了次电话,一诉衷肠!一个在北京,一个在山东淄博,由于身体原因不能相见,成为终身遗憾!

现在,两位老人都已故去,但他们的崇高精神,他们的无私奉献,他们的担当、勇气和责任,都永远是我们后人的财富!他们是民族的脊梁,是最可爱的人!

(注:陈德墀是我岳父,国波是山东建材学院(现济南大学)老书记国华的弟弟、国立军的父亲。立军在父亲去世后开始整理老人的回忆录,嘱我作文以纪之。)

2015年1月25日

怀念我的兄长国波同志

喻烽星

我和国波同志在铁道兵十师工作中有三次近距离的接触,第一次是在1965年我团大桥湾一号隧道的塌方处理中,师团工作组在现场组织事故的处理。第二次是1966年底我同国波一起参加十师抗美援越见习组,在一起工作了五个多月。第三次是1967年我调入十师作训科,同国波同志在同一科里工作。

我是1961年7月从包头铁道学院毕业,分配到铁道兵十师47团一营实习,而后在一营技术处任技术员,1963年调47团作训股工作。我和国波同志相知还是在1965年,我们团那时在成昆线北段施工,团部驻扎在四川峨眉县符溪镇。1965年5月我团施工的大桥湾一号隧道发生塌方事故,有六名战士不幸牺牲,这在当时是师里比较严重的安全事故。团里的柳永洪团长和总工程师胡在落立即率工作组(我也是工作组的成员),亲赴事故现场同营连领导干部一起研究处理事故。两天后师长尚志功、李国华副总工程师率领师工作组也到了事故现场,因施工工地部队住房很紧,把我们团工作组住的帐篷让给师工作组来住,团后勤处又调来几架单帐篷给我们住,在师、团两级工作组的分工过程中,我认识了国波同志,他当时是十师作训科的参谋,我是47团作训股参谋,都是一个系统的见面后很快就熟悉了。师工作组在事故现场工作了半个多月,就撤回九里了,我们团工作组在现场工作快一个月,事故基本处理完成后我们才回到团机关。

1965年越南向中国提出要求,中方派出铁道兵部队援助越南修建河内至太原的标准轨铁路,越南境内的铁路原来都是法国人修的米轨铁路,长年设备陈旧,标准很低,运量很低。为了保障越南北方战争的物资运输,越南向中国提出请求中方派出铁道兵部队修建河内至太原的铁路,同时保障越南北方的米轨铁路改造成“三条腿”的标准轨铁路,并负责平时和战时铁路运输的保障任务,中国政府立即同意越南的要求,决定派出铁道兵二师担任这项艰巨的任务。经过铁道兵二师一年多艰苦战斗,铁路建设和改造的任务基本完成了。铁道兵机关为使部队在平时得到平战结合的训练,经请示军委,批准由国内各师组成援越抗美轮战组赴铁道兵二师见习。1966 年 10 月底我铁道兵十师由各团营抽调精干人员四十余人,由副师长陈有国,副政委徐守华带队组成见习组,全体人员赶赴成都集中由师里的领导动员,学习有关文件。11 月底全体人员从成都乘火车出发,经重庆到达南宁,同十师一起赴越南学习的有铁道兵七师的见习组,两个师的两个见习组在南宁集结后又集中学习有关文件,换成蓝色的便装(原海军的制服)。这次参加师援越抗美见习组,国波和我都是见习组的成员,这是我和国波同志第二次接触,在一起工作。吕让佩、刘居才和我安排在二师作训

1967 年 1 月铁道兵十师派去越南参加抗美援越(摄影:喻烽星)

科见习。国波同志安排到团、营见习，我们深入到团、营时还和国波同志有过协同和联系。1967 年 4 月底我们见习组完成了在铁道兵二师的援越抗美见习任务，回到了国内，大家见面都非常高兴，在“友谊关”总结时大家提出希望能到“友谊关”照张相，陈有国副师长，徐宋华副政委同意后，大家来到“友谊关”，我们来时就带了一台 120 的相机，就合照了全体人员的合影照片，又给每个同志照了个人的照片。回到师里我和国波同志一起在师作训科的暗室里把这些照片先冲出底片，又加洗了照片，每人都分有合影照片和个人的照片，大家看到自己的照片都非常高兴。

1967 年 2 月从越南回来后，我从 47 团作训股调入铁道兵十师作训科任作战参谋。

在 20 世纪 60 年代里，我同国波同志三次在一起的工作中，建立了深厚的感情，国波同志对同志那种豪爽诚恳的精神，对工作兢兢业业、认真负责的态度，给我留下了深刻的印象。国波是一位参加过解放战争的老同志，是我的兄长和老大哥，我们在一起工作时他都是热情地教我怎样对待工作和怎样做人。我的家和他的家都在北京，每次我们探家，回到北京，都会互相探望对方的亲人，他回北京还专程去探望我的父母亲，我回北京探家都会去探望他的夫人和孩子。

我 1971 年调到北京总部机关，离开了铁道兵十师，国波同志的工作也多次调动，但我同国波同志一直保持着深厚的战友情怀和亲密的联系。

国波同志 2014 年 7 月 1 日在北京因病逝世，使我党失去一位忠诚的无产阶级战士，使我失去一位多年战斗在一起的兄长和战友。国波同志去世前把他的书法作品分送给在北京的战友，我们看到国波的这些作品非常怀念他，悼念他。

（作者为原铁道兵十师作战科参谋）

老团长的教诲我永远铭记在心

张双明

我叫张双明，现年74岁，1961年8月入伍，1982年5月退伍。是在铁道兵第十师47团服役21年的北京老兵。

在这21年当中，我跟随老团长国波参加过三条铁路线（成昆、襄渝、青藏）的修建任务。

说起老团长来，让我回忆起当年与首长一起工作、生活过的战斗历程。这位身经百战的老团长给我留下很多难以忘怀的深刻印象，他把自己的毕生精力无私地奉献给了祖国的铁道建设事业。

那是1964年的春夏，我团由内蒙古转战到成昆线，初战北段，修通后接着就进入南段（西昌—米邑）。1967年我从汽车连队调团后勤处任车管助理员，从这时起我和团长打交道就多了，可以说从他当参谋长开始，一直到他当副团长、团长这十几年都没分开过，一直到1978年团长调长沙军校才分开。

回忆当年不管成昆线、襄渝线还是青藏线都是自然条件较差的地方。不论哪条线哪些最困难的工程，上级总是交给我们团来完成，说明我们团具有很强的实力，能打硬仗，能啃硬骨头。更重要的是：我们团有一位真抓实干、指挥有方的好团长。不论工程多难，只要有团长在，大家心里就有了主心骨！通过多方积极努力，总能攻克一道道难关，圆满地完成上级交给的各项任务，我们团曾多次受到铁道兵领导的好评和嘉奖。

下面我想说的是国团长真抓实干给我印象最深的几件事：

我记得47团刚进入成昆线北段施工时，遇到的困难相当多，通往隧道口的路一条都没有，只有少量的羊肠小道，有的地方根本上不去。只有先修公路后修铁路，所以说没有公路就没有铁路。否则，就无法把大量的施工物资运送到现场。

在面临工期短、任务重的情况下，一些施工连队刚安营扎寨就立即投入到抢修公路上去了。那时我是汽车司机班长，部队运力极缺，全汽车连共有22台苏式老掉牙的老爷车，但在我们眼里都看成宝贝，要担负全团的军需给养和人员上下班的运输，时间不长，一条条弯弯曲曲的盘山路修通了。趁大渡河的水还没涨上来就抓紧时间抢运砂石料，自倾车有几台，大部分是马槽车用人工装卸，因没有存料场地，只能运到河岸边(高处)堆放，一场暴雨，几台车用了一个多月抢出1000多方的砂石料，一夜间被暴涨的河水冲得一干二净。记得团长看到心疼得不得了，连午饭都没吃，但他却安慰我们："没关系！等河水退了我们再干，不能叫它把我们难住。"他调来几台推土机在山坡上推出一片平地，用于储存砂石料。运力不足，又调来一个施工连，除了装、卸车外，还人扛肩抬。经过一个季度的抢运，砂石料已经足够几座隧道用的了，再也不愁河水上涨取不到砂石而影响工期了。从中可以看出：团长指挥得力、抓重点、抓时机、统筹兼顾，他的雷厉风行、苦干加实干的精神，赢得了全体指战员的称赞和爱戴。

特别是1975年从襄渝线转移到青藏线后，我团担负关角山隧道施工任务。在海拔高达4000多米、高寒缺氧、条件极度恶劣的情况下，修建号称世界屋脊上海拔最高的隧道，任务十分艰巨。青藏线能否按期铺轨通车，打通关角隧道是关键。扳倒拦路虎，拼上生命也要打通这座隧道！在面临人力物资高度缺乏、施工设备较陈旧、运力跟不上的情况下，国团长带领团党委"一班人"深入实际、调查研究、因地制宜、土法上马，科学地调整部署，合理布置兵力，调动一切可以调动的因素，苦干加巧干，发扬"一不怕苦、二不怕死"的革命精神，全体官兵一起奋斗，从而攻克了一道道难关，为打通关角隧道奠定了坚实的基础。

有一次我找团长请示工作，在工地上他头戴安全帽身穿工作服，满身是泥巴，一眼真没认出他，这充分体现出官兵一致的精神，我很受感动。

我曾一度想转业复员，想走他的后门回京。真没想到，他毫不客气地把我批评了一顿："你千万别有这种念头！现在部队正处在紧要关头，正需要你的时候，怎么能撂挑子呢！我告诉你，不打通关角山隧道你别想走！"我还是听他的话了。他身教重于言教的作风，谦虚谨慎的态度和深入实际的传统和作风激励了我，我认为他批评的对，我虚心接受，我向团长表态："我不走了！"我从团长身上学到不少东西,他教我怎么做人做事,让我安心服役,继续当好铁道兵……

平时他很关心战士的疾苦,不管多忙、多累,经常深入到后勤车管和汽车分队。遇到施工物资供应不上时,他经常蹲点在我们车管不走,和我们一起想办法。工地急需什么,我们就设法运送上去,从没有因为物资供应不到位影响施工。在运力紧张、点多线长、车况差、出勤率低、司机新、事故多的情况下,他经常到汽车分队指导工作,进行传、帮、带,帮助连队改善伙食,让司机们吃好吃饱。他决定:把机关的小灶改成中灶,减下来的伙食费给汽车分队,从而鼓舞了大家的士气。他曾多次指示:既要保证安全,把安全放在第一位,又要圆满完成运输任务。

我最难忘且受教育最深刻的一件事

我记得在1974年秋季,我团接到上级指示:由团长带领下属有关部门(后勤车管、汽车分队连长)共五人,全副武装,徒步行军,从西安出发到咸阳参加27军的汽车事故现场会。团长和我们一样,身上的背包、水壶、挎包还有一杆步枪,一样不少。一路上,团长始终走在我们前面。为赶路,大半天顾不上吃东西。中途有的同志实在走不动了,脚上打了血泡,团长见谁体力不支,就主动把枪接过来自己扛上,可谁也没发现他的两只脚同样打了血泡。他看我们走得很艰难,提出原地休息一会儿,他还教我们用马尾线穿透血泡打结的办法,这样可以继续行走。在团长给我们做示范帮我们处理血泡时,我发现团长的袜子上都补了几块补丁,可想而知,团长不仅有行军作战的本领,还树立了艰苦朴素吃苦耐劳的精神,他深深地教育了我。我们都知道身后跟着一辆收容车呢,如果谁实在走不动了随时可以上车,由于团长给我们做出了榜样,脚怎么疼也得忍着点,谁也不好意思上车。在团长的带领下无一人掉队,按时到达指定的地点报到。如果没有团长的身先士卒和细心呵护,这一路我们是难以走到终点的。

会后团长强调指出:你们不能把这次拉练看成一次简单的拉练,不仅仅是让你们吃点苦。要知道,汽车分队如没有过硬的车管干部,是带不出一支好的司机队伍来的。通过这次拉练要很好地总结教训,也学习27军的做法,用请进来和走出去的方法,外事当家事,从严格管理狠下功夫,把安全行车放在第一位,把事故降低到最低限度。

通过这次拉练,我亲自看到老团长对运输安全极为重视,充分体现了首长以身作则、严于律己、艰苦朴素的作风,他深深地教育了我。

我们的评价:凡是国团长带出来的兵都是响当当的、最优秀的、具有一股子铁劲,我们车管干部的过硬作风都是跟团长学的,是团长亲自带出来的。

军民鱼水情

我团进入青藏线承担关角山隧道的施工,地点位于天峻县。施工连队一律住帐篷,团机关住在县城,卫生队、汽车连、仓库都住县郊区,条件还算好些。这当然离不开当地政府的大力支持,给我们筑路大军事事都提供了方便,称我们是最可爱的人,铁道修到哪里都能看见他们的身影,拥军爱民工作开展得有声有色。

我记得 1976 年秋季的一天,草原着火了,从远处看就像一条火龙,横向大面积地向县城袭来。在这紧要关头,团长立刻下命令:司政后全体官兵紧急集合,带上灭火器去救火!汽车连的水车和救火队伍一起奔向火场。由于风大,草的燃烧速度也快,已经距县城不远了。情况十分危急!团长亲临火场指挥战斗,用扫把打、铁锹拍,有的同志用皮大衣扑火,水车上的水都用尽了,火势仍然未减,控制的力度不够。团长下令调汽车增援,并让大家在汽车的保险杠上固定一块钢板,像推土机似的边跑边推。别说这办法还真灵!紧张的灭火战斗用了大半天的时间终于扑灭了。县城保住了,我团仓库保住了,藏民的羊群保住了,最终没让当地的老百姓受到损失。

在收尾处理余火时,我们的紧张情绪总算松了一口气。再回头看看,每个干部、战士身上的衣服烧的全是洞,脸上黑得简直像非洲人,都认不出谁是谁。要不是团长大喊"撤"的命令声,根本看不出他是我们的团长。

团长在灭火现场讲:太危险了,大家干得很好,如果没有我们奋力扑救,天峻县的老百姓将面临一场重大损失。施工如战场,今天我们救火也如同战场。当人民需要我们的时候就应该挺身而出,不惜一切代价,无条件地保护人民群众的利益，保护人民群众的财产，这是我们的责任。

事后，天峻县政府组织慰问团，敲锣打鼓来47团驻地慰问子弟兵。他们激动地说：是解放军救了我们，我们天峻人民永远不会忘记你们！是你们把铁路修到我们家门口，是你们多次大雪覆盖草原抢险救灾，让牛羊安全过冬。你们不愧为人民的子弟兵！这场草原大火要不是你们，我们的天峻县不知会变成什么样子？所以你们是我们的救命恩人呀！

团长很谦虚地说：一方有难八方支援，我们是人民的子弟兵，军地本是一家人嘛！你们的事就是我们的事，找我们就算找对了，来日方长。今后你们有什么难事，我们一定伸出援助的手，让我们军民关系更加密切更加团结。

经过上述几件事，主要是团长对运输、后勤保障方面的正确领导，充分体现出团长重视汽车分队的建设，并且从自身教育入手，带出了一个最好的团队。铁路修到哪里，哪里就留下了老团长的足迹，他的事迹一时是说不完的，他是永远值得我们怀念和敬佩的！当我们亲眼看到巨龙奔驰在自修的铁路线上时心里感到无比自豪，激动地真想大喊："铁道兵万岁！万万岁！"

如今，没想到我的老团长离开了我们，说实话真的和他没有待够，他的教导、他的言行、他的品质印在我的脑海里永远铭记我的心中。说句心里话，我为失去这位老团长而感到惋惜和悲痛，但愿今后让世人都知道国团长的名字，让他的功绩永载史册！

2014年8月于北京

深切缅怀我的老领导——国波团长

颜炳荣

当我翻开《战友通讯录》，您——国波团长"通讯录连着战友深情厚谊"的题词出现在眼前的时候，思绪迅即把我带回到20世纪60年代。您带领着我们跨越山山水水，从成昆线转战到襄渝线、青藏线（哈尔盖到格尔木的第一期工程）共同相处的日子，在那个激情燃烧的年代里发生的往事历历在目，仿佛就在昨天。

国波团长，您是一位坚持党性原则、心系人民群众的好领导。记得那是从1966年底到1970年，我们部队在四川省德昌县担负成昆铁路第二期工程施工期间。当时，您是司令部参谋长，我是军务股的保密员，由于文件收发等工作上的关系，彼此交往接触较多，如今回忆起来，有些事情仍记忆犹新。部队施工任务繁重，工期离通车时间越来越近，当时全国范围的“文化大革命”运动开展得轰轰烈烈，四川省又是首当其冲的重灾区，西昌地区两大造反派之间的争斗日趋激烈，已逐步升级到枪炮相加的程度。有一天，接到上级通知，说其中的一个群众组织被迫撤退西昌，顺安宁河南下，其中还有不少老人孩子随同，一路向我们驻地沿线而来。为防止可能造成对部队的正面冲突和枪支弹药被抢等事件发生，上级要求从机关到连队全体指战员，要从思想到物质上做好充分准备。对此，您及时召开办公会议做出具体部署，并迅速以调度会议形式向部队传达贯彻，对加强枪支弹药管理，部队生活及粮食安全等方面提出具体意见，还要求不能影响施工。您同时提出，既不能使部队的一枪一弹落入任何一个群众组织

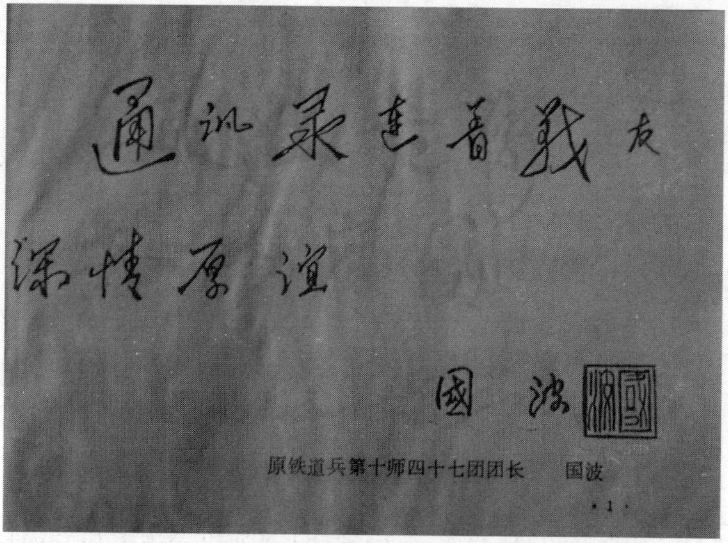

国波为47团通讯录题字

之手,以免造成武斗升级,又要尽可能地帮助他们解决在衣食住等方面的实际困难,尤其是老人和孩子,要尽可能地让他们不受饥饿寒冷以及疾病的困扰。做到饿了有饭吃,冷了有衣穿,有病能得到及时医治。这些事在今天看来似乎不难解决,但是处于当时特定环境中能够这样提出确实不容易,只有心里时刻装着人民群众,才能在此时此刻考虑得如此周到。

您又是一位工作认真负责,平易近人的长者。我有一次到您办公室送文件,您正在电话里与对方交谈工作,示意我放下文件待会再去办公室。后来,我知道是因为您要外出较长时间学习,因此需要把所有文件及时清退。我知道您对文件的管理和施工工作一样,也是极其认真的,放置很有规律,所以很快就清理好了,但是却发现有一份下落不明,当时您对这份文件在登记本上做了尚未归还的记号。直到您学习三个月回来才清退,原来是一位下属股长因工作需要借用后,留下了借条放在文件夹里,但未见到借条一时又没有想起来。对一份普通的文件,您的处理是那样认真、那样负责,在我的心中留下了难忘的记忆,对自己后来认真负责做好本职工作的影响是潜移默化的。

那次防止群众组织冲击部队的工作部署以后,您又一次来到我们股里,检查了解贯彻落实情况,尤其是对部队番号、代号的印章,文件档案材料的管理措施,一一落实,李长禄股长均一一做了汇报。说到印章的管理时,我们商量如果造反派少数人强行冲击军事机关,实施抢夺和打砸抢,我们人员不得不暂时撤离营区的情况下,印章等物品随身带走。如果遇到可能面对面动手搜查,我们已经准备了包装袋将印章藏到野外去。驻地附近就是一片稻田,当时秋苗长势很旺盛,田里有水,泥土松软,随便找个地方就藏起来了,这一点请领导放心,我们决不能让它落入造反派之手。说到这里,您的脸上露出了满意的笑容说:"对造反派组织冲击军事机关的行为,我们一定要做好政治思想工作,做好宣传教育,做好安全防范工作,防患于未然。一旦发生此类事件,决不能开枪误伤无辜的人民群众"。从这一件事情上,我又一次深切地感受到,您作为部队领导,对每件工作总是有布置有检查,注重抓落实,对待下级讲党性讲原则,阐述道理是那样平易近人,是我们年轻人的知心长者。如今细细想来,我从您身上所学到的不仅仅是认真负责的工作态度,还有更重要的是诚恳待人、表里如一的做人道理。对于当年我这样一位刚踏上工作岗位的年轻人而言,前进路上有您这样一位领导、一位长者,是一件多么幸运的事啊!

仅以此文献给我敬爱的部队老领导——国波团长!

2014 年 10 月 16 日

赞国波老团长

孙宝根

相识团长蜀德昌,来团任职参谋长。
司政工作各有别,只知其人素不详。
升任团长抓全盘,始有偶随了解他。
为人正直干战夸,优良作风传大家。
言行一致不虚伪,和蔼可亲众敬仰。
严于律己表率先,脚踏实地恶浮快。
淡泊名利不居功,平易近人无官架。
艰朴克俭身力行,军人本色不走样。
困难险境总亲临,“三荣”思想[1]好榜样。
历史变迁兵种消,军魂永驻志坚刚。
兢业尽责丝不苟,高贵品质服上下。
丁巳解甲回故乡,从此离开国团长。
三十七载转眼逝,再见机缘天不降。
噩耗传报首长走,相聚泡影心悲伤。
岁月作祟不留缘,天堂相会老首长!

2014 年 7 月

[1]“三荣”思想是指劳动为荣,艰苦为荣,当铁道兵光荣。

文化入骨　蔼然如春

——回忆我与国波团长的几次交集

韩怀仁

我 1972 年 12 月走进铁十师 47 团的时候，就听老兵说过：我们的团长（当时称部队长）名叫国波。不过那会儿我觉得这个名字跟我的距离非常遥远，远得就像天上的玉皇大帝、太上老君，就像人间的毛主席、周总理——他们的名字早已如雷贯耳，但真要想和他们见面，却只能在虚幻的梦境里。团长，那是多大的官啊！单是一个连长，就让我觉得高不可攀呢，更何况管着好几千人的团长！我这样一个刚由农村青年变成解放军战士的新兵，怎么敢奢望和团长面对面地说上几句话呢？

我怎么也没想到，一年之后，这奢望居然变成现实了——因为我由施工连队调到团机关当了收发员。收发室就在团机关院子，自然和团首长能天天见面。原来没有近距离接触时，觉得这些首长都高得像天上的星星，只能仰望，无法亲近。及至近距离和他们在一个小环境里生活工作时，才觉得他们都是实实在在、普普通通的平凡人，他们也有七情六欲，也有喜怒哀乐，也各有各的个性。国波团长给我的印象是：虽然不苟言笑，但却和蔼可亲。在机关院子里，几乎没见他和哪个干部或战士说笑，但也没见他板着面孔训过人。尽管我并不知道他的学历，但是凭直觉我感到他是一个有文化或者喜爱文化的人。果然，1974 年第一期的《连队文艺》（师政治部办的一个内部刊物）诗歌专号上，就发表了他的一首诗歌，证明了他确实是有文化的人。能写诗并且写的诗还能发表，他能不是个文化人么？当然，在刊物目录里看到“国波”这两个字的时候，我心里除了对团长更为敬重之外，还突然生出了一种强烈的自豪感。因为这期“专号”也发表了我的五首诗。我的诗能和团长的诗发表在同一期的刊物上，说明在诗歌文化的园地里,我跟团长是可以平起平坐的“诗友”呢!对于一个刚刚入伍一年的战士来说,这是多么荣耀的事啊!紧跟着的,就是一种亲近感。通过诗歌,我觉得和团长的距离一下子拉近了。不是有个成语叫“惺惺相惜”吗?团长既然爱诗,爱文化,想必对像我这样也爱诗的人会另眼相看吧。

果然,1976年2月,我和国波团长不仅有了真正的近距离(两人面对面,相距不到一米)的交谈。而且这次交谈让我感到温暖,也给了我后来不断奋斗的动力。

那是我人生道路上一次重大转折,铭心刻骨,我一辈子难以忘怀。

在和国波团长面对面交谈的前一天晚上,我和军务股的林参谋发生了一次较为激烈的语言冲突(当然,没有骂人,也没有一个脏字,只是情绪激烈而已)。不过,这次冲突更深的根子却是扎在1974年的8月间,我和我的顶头上司——通信股赵参谋之间的一次争执。

那次争执,如果详细记述起来,完全可以写成一个中篇小说。简单地说,就是在赵参谋去草原上打猎的时段里,我的本职工作遇到了一个比较紧急的难题,在无法找到他当面请示的情况下,我主动找了两位同年入伍的战友帮忙解决了那个难题。原以为我主动克服困难完成了工作任务是干了一件好事,没想到那天因打猎不顺所获甚少而心绪不佳的赵参谋却认为我干了一件有僭越之嫌的坏事。他质问我:“你一个收发员,有什么资格调动通信排的战士?”因为在他看来,通信排的战士只能由他或其他干部调动,而我这个战士身份的收发员是没有资格调动的。尽管我一再声明我不是调动而是请求他们帮忙,但他仍认为我干的是一件错事而不是好事。我那时候年轻气盛,也实在过于认真或者叫作天真幼稚,不善于察言观色,居然慷慨激昂地跟赵参谋争辩开了,给他引经据典,向他指陈利害。

那场争论的结果,从表面上看是我胜利了,因为最终赵参谋理屈词穷,实在无法再对我指责;但是实际上却是我失败了,而且败得很惨。那失败的恶果在几个月后即无情地显现出来了——

11月份发展新党员的支委会上,尽管别的支委都对我大加赞扬,说了许多好话,但是赵参谋却提出了一个让其他人都无法再开口的意见:“这个小韩,虽然工作上很努力，很积极，但是有一个很致命的缺点，就是考虑问题幼稚，而且骄傲自大，目中无人，常常自以为是。我觉得还不够成熟，还需要再考验一段时间。”他是我的直接领导，他的意见自然是最有分量的意见。直接领导这样表态了，别的人还能说什么呢？于是，我就继续接受考验。

虽然在半年之后，赵参谋的支部委员被换掉了，而我也顺利地入了党，但是1976年2月，当老股长王志敏转业而赵参谋接任股长后，立即决定把我从机关“处理”到基层连队。当时有个不成文的规矩：机关兵下连队，只要没犯过什么错误，一般都下到汽车连或卫生队，顶不济也到机械连、修理连，为的是能学个一技之长，将来复员回农村好歹也有个手艺。只有表现极差或有较大劣迹（如偷盗、不正当男女关系）的机关兵，才下放到施工连队，多少有点“劳动改造”的意味（谁都不这样说，但却都心知肚明）。而新任赵股长对我的处理意见是：回到原来的连队——正在路基工地上施工的13连。

说实在话，对于这样的处理，我心里是很难过的。

偏偏那天又出事了。

已经是晚上9点多了，警卫排的老乡李建民（临潼县西泉公社人）在他站岗的时候，离开岗楼走了20多米，来到收发室还我一本书，结果偏偏让军务股查岗的林参谋给抓住了。李建民知道大事不好，紧张得说话的声音都有点发颤。他说：“我给小韩还书来了。”

建民的恐惧让我十分同情，他下午刚刚被支部大会通过入党了，随意离岗的错误极可能让他的党员又变水中月镜中花。我连忙指着桌上那本书作证：“就是，他给我还的就是这本书。”

我的话刚出口，林参谋立即勃然大怒，伸手在桌上狠狠地拍了一下，大喊一声：“没有问你，谁要你来多嘴的？！”

也许是心情不佳肚子里本来就憋着一股火吧，他这一声吼一下子把我的火给点燃了。我也提高了嗓门说：“我主动给你说说情况行不行？”

这一下，火全引到我身上来了。林参谋的声音更高，桌子拍得更响，而我居然质问他：“你身为干部，怎么能用这样的态度对待战士？”

言来语去，林参谋竟然被我问得也有些对不上话来了。他愣了几秒钟之后,大声说:“我管不了你,咱们找团长去!”

就这样,晚上10点多了,我们三人(林参谋、管理股余管理员和我)来到了团长的房间门前。

林参谋敲门,得到团长允许后我们进入了他的卧室。团长本来已经睡下了,听林参谋说有重要情况,就披上棉衣靠在床头听汇报。

林参谋说:“我从大门口经过时,发现岗楼里没人,结果在收发室见到了那哨兵。我本来要批评的是那个哨兵,可是小韩却跟我大吵起来。”

团长问我:“是这样吗?”

我说:“小李到我屋里还书是事实。说到吵架,是因为我刚张口说明情况,林参谋就拍着桌子大声训斥我,我没压住火气,就争起来了。”

团长问:“还有别的情况吗?”

我说“没有了”。林参谋也说“没有了”。

团长说:“那好吧,你先回去。”他的声音是沉稳的,平静的,没听出来温和,但也没听出来恼怒。

走出团长的屋子我却并没有走,站在窗外,我听到了林参谋重新向团长进行汇报,他历数我的种种“劣迹”:骄傲自大,目中无人,老乡观念严重,自由主义泛滥,喜欢背后议论领导,上班时间在屋里唱歌,有时还让下边连队的战士在收发室里住宿……从他的表述里,韩怀仁就是一个品质很坏的兵,不说十恶不赦,起码也是个应该给予严厉处分的货色。

也许是余管理员实在听不下去了吧,他插了一句说:“其实小韩平时表现还是很不错的,本职工作做得很好,没有出过差错,还经常到炊事班帮厨、打扫卫生,卸煤、储存冬菜,全是自觉自愿地义务劳动。真的表现挺好。只是今天晚上有点反常。”

林参谋“哼”了一声,说:“还不是因为叫他下连队,闹情绪呗!”

团长问:“他原来是哪个连的?”

林说:“13连的。”

团长略沉吟了一下,说:“那就还让他回13连吧。”

听到这里,我知道想下汽车连、卫生队、修理连的一切幻想都破灭了,于是便转身离去，回到了自己的屋子。

我的心全冷了。唯有的一点温暖，就是那位善良的余管理员还说了几句公道话、良心话，让我又一次在背后听到了从别人嘴里说出的关于自己的好话。我很感激余管理员。

那天晚上，我彻夜未眠。想到的东西大概比我前20年思考的总和还要多。我想到了缺吃少穿的少年时代，想到了艰难的中学生活，想到了一场“文革”彻底打碎了的大学梦，想到了三年困难时期，大哥轻率离开兰州炼油厂回到农村以后，家中发生的一系列矛盾，想到母亲因自己没有一个儿女能端上国家的铁饭碗那失望忧伤的眼神……

然而现在，由于得罪了两个对我的前途有着决定性权力的人物，下连队劳动一年之后将打背包回家（后来的事实证明我的这种猜想绝不是“以小人之心度君子之腹”），而我将是我们村子第一个被处理复员的人！我将怎样面对父老乡亲那质疑的目光：你犯什么错误了？你干什么坏事了？为什么别人都还在部队吃白米细面，却单单让你早早地回来“修理地球”了？……最让我承受不了的，还是母亲那失望至极无比忧伤的眼神！她老人家肯定不会对儿子有半个字的抱怨，但她压在心底的悲苦，无疑是我难以承受的一座大山。

我绝望了！我入伍时的一切美好憧憬都烟消云散了！我在部队“好好干从而争取端上铁饭碗”的梦想彻底毁灭了……

于是，我想到了死！就这样回家，我“无颜见江东父老”啊！

我在床上辗转反侧，哭了一晚上，想了一晚上，最后终于仍然决定：活！咬紧牙关活下去！无论遇到怎样的挫折打击，都绝不要轻易去死！

第二天，公务班的战友悄悄告诉我：在听了林参谋历数我的多条“罪状”之后，团长已经决定，让我下到二营六连去。六连是二营最为辛苦的连队，在海拔3700米的关角隧道担负掘进任务。掌子面上的工作，劳动强度最大，出事故死人也最多。对于品行不端的“劣兵”进行改造，到这个连队去劳动就是对他最好的“教育”。

这个消息让我的心再一次沉进了冰湖雪窟。但是，我不甘心。我要为自己的清白做一次证明的努力。我要说赵股长让我下施工连队，是因为1974年那次对他的冒犯;而林参谋则不仅因为这次我和他争吵,还因为我和战友们曾对他的许多作为进行过抨击。从基层连队来机关的战士,都想到收发室来看看有没有他们的家信。虽说不是"烽火连三月"的战争年代,但是"家书抵万金"的情愫却是古今一理。在通信技术很不发达的年代,家信无疑是战士想家念亲最好的精神慰藉。好不容易来一次机关(县城),谁不想在收发室看看有无家信并先睹为快?这种情不但是可"圆"的,而且是可悯的,我没有理由不尽量满足他们的愿望。其实来收发室看信的战友是五湖四海天南地北都有,相比而言陕西兵要多一些,于是林参谋就认为我的"老乡观念严重"。而他自己经常从连队食堂、从团部库房拿肉、拿菜、拿花生米、拿午餐肉罐头,然后召集一帮老乡聚在一起,又是煎又是炒,吃得嘴角流油,喝得酩酊大醉,却不认为自己有"老乡观念"。他可以把工地上施工的木料成捆拿来给自己做箱子,而在路上看见某个战士或许因为刚干完活而没有把军装穿整齐,他就把人家叫住狠狠地"尅"一顿。大家在我屋子里时不时地有所议论。也许是他从我的屋外走过时听到了,也许是有听到的人向他传话了,总之这就成了他憎恶我的原因。但是这些话如果不对首长说明,首长只听他的一面之词,心中也许真以为我就是一个品质恶劣行为可憎的"刺毛兵"了。把话说明,就是下连队,我也要下得清清白白。至少我认为首长心中会认为我是清白的。我没干坏事,我只是脾气耿直冒犯了顶头上司的尊严而已。

我直接去找国波团长。喊了报告,团长让我进了屋。问我:"你有什么事?"

我说:"关于昨晚我和林参谋的冲突,有些情况我想向首长再做一些说明。"

团长说:"你是司令部的战士,有情况先向你们刘副参谋长反映吧。"那语调,不热,但也确实不冷。

我退出了团长的屋子,来找刘副参谋长。

刘副参谋长则明显的一脸冰霜。他斜睨了我一眼,冷冷地问:"是来做检讨的吗?"

我说:"昨天晚上吵架,我是有错误的。但是,林参谋的态度……"

没等我把话说完，刘副参谋长就大吼了一声："昨天晚上一切都是你的错！林参谋没有任何错误！"

我压着自己的怒火，问："刘副参谋长，您能听我把话说完么？"

他说："我不听！我一句都不想听！昨晚的冲突全是你的错，你必须做出深刻检讨！"

我说："首长你还让人讲理不？"

他火气冲天地喊："跟你这样的人我就不讲理！"

没办法，我只好又来找团长。

团长说："让你找刘副参谋长，你找了吗？"

我说："找过了。刘副参谋长根本不听我说话。"

团长说："那好。你坐下来说吧。"

我说："我还是站着说吧。"

团长微微笑了一下，从旁边拉了一把椅子，说："坐下说吧。坐下咱俩好说话。"

那一笑，让我感到温暖。尤其是刚刚见识了刘副参谋长那一脸冷霜，就更觉得温暖了。他拉椅子让我坐下的举动，让我觉得非常和蔼可亲，我觉得他是一个能够倾听战士心声的首长，眼角竟不知不觉有些潮湿。

我坐下了，坐在团长对面，和他相隔不到一米的距离。

我望着他，他也看着我。他脸上的神色是平和的，目光也是温暖的。他说："你把要说的想说的都说出来，我力争不插一句话。"

这神色，这目光，以及这说话的语气，一下子给了我要把想说的话全都说完的信心和勇气。我就从1974年那次争执说起，一直说到昨天晚上我情绪冲动的原因，说了足足有二十多分钟将近半个小时。这么长时间里，团长真的一句话都没有插，一直在静静地听着，时而目光里闪出几许诧异，时而微微皱皱眉头似在思考，时而还在桌面上放着的一沓公文纸上记上几个字。

我说完了，我承认我昨晚的冲动有错误，但是把我对赵、林的看法却也核桃栗子枣，一股脑儿都倒了出来，心中有一种如释重负的舒畅。

团长听完以后，很亲切地说："你说得很好。你说的好多情况我原先还真的不知道。说来这也是我有点官僚主义吧，和你们接触少，了解得更少。不过就你这次下连队的事，你也别想得太多。机关兵吐故纳新，新兵替换老兵，这也是部队的惯例，不一定有什么个人恩怨在里头。至于没让你下到直属队而让你去施工连，你也不要太计较。既然出了昨晚吵架那件事，现在再改变计划显然也不合适。军务股的同志往后还要开展工作。你也别把他们想得太'那个'，现在让你去的是九连而不是六连，九连主要负责用电瓶车运送石碴，其劳累程度和危险程度，都要比六连好得多。你刚才也说了，你不怕吃苦，这我完全相信。何况九连的工作确实还不是太苦。那么多战士都在隧道第一线能坚持，我想你也一定能在那里干好的。下去以后别背思想包袱，好好干，越是艰苦的环境越能锻炼人，说不定以后你还会有更大的出息呢。"

团长的一番话，像在寒冷的大地上吹来的春风，像在焦渴的土地上降下的春雨，我的心情虽然还说不上豁然开朗，但那种委屈和愤怒，却确实平静了许多。

后来，一位了解内情的干部告诉我：林参谋最初的确是一定要让我下到六连的。13连虽是我的老连队，但却不让我去了，因为在草原上砸石碴铺路基，辛苦固然辛苦，但到底要安全得多。要教训这个"刺毛兵"，还是放到六连让他尝尝掌子面的滋味才更有意义。是团长说了话，才又改变了计划。仅此一点，我又一次对国波团长心里充满了感激。

在给新来的收发员交代了所有工作事项之后，我打好背包，来到了关角隧道进口的二营九连。我记住了国波团长的话："好好干，越是艰苦的环境越能锻炼人，说不定以后还会有更大的出息。"凭着自己以往的信念，我努力工作，很快不但赢得了连队战友的信赖，而且也得到了连队干部好感，半个月之后就当上了少数民族班（主要是青海、甘肃入伍的回族、撒拉族）的副班长。班长休假不在，我就成了班里的"最高领导"，带着16个少数民族弟兄在隧道里大干苦干。倒石碴时斗车夹掉了中指的一块肉，我到营部卫生所包扎一下继续干活。装石碴时用力过猛，导致疝气复发，一大截肠子滑进阴囊导致走路时腹部被抽得疼痛不已，但我仍然坚持和战友们一起上工地，一次病假也没休。

我用自己的鲜血和汗水向战友们证明了自己不是个坏人，大家和我相处得十分友好。就在我甩开膀子要在这艰苦的工作中实现自己人生梦想的时候，突然接到了一个意外的好消息：师政治部要调我去文艺宣传队搞创作。从此，我的人生道路就又出现了另外一番风景。

我调离47团之后，再也没有见到国波团长，但是和他有限的几次交集，却成了我人生中非常难忘的珍贵记忆。

2014年见到国波团长的儿子国立军，得知国团长已经永远离开了我们，我心中不由得生出了几分伤感，不由得又想起了四十多年前我和他的那几件往事。

和国波团长接触虽然不多，但每当回忆起国团长时，"文化入骨，蔼然如春"几个字就会从心海里浮现出来。的确，能够真正让文化入骨的人，他无论处事还是待人，都绝对不会是一块冷硬的"寒冰"。这是我几十年人生体验的一点感悟。

愿老团长在天堂里永远快乐！

2015年5月18日

（韩怀仁，中国人民解放军第二炮兵工程学院高级教授，著名军旅作家，陕西省作家协会会员）

第二部分

火红的年代

▶初战成昆线

成昆铁路概述

1984年12月8日上午10点,在美国纽约联合国大厦,联合国官员向各国代表郑重宣布:象征人类征服大自然和进入宇宙空间的三件礼物,被评为联合国特别奖。这三件礼物是:中国,成昆铁路象牙雕刻艺术品;美国,阿波罗宇宙飞船带回来的月球岩石;苏联,第一颗人造卫星模型。它们分别代表了人类在20世纪创造的三项具有划时代意义的伟大杰作!成昆铁路象牙雕刻是中国政府赠送给联合国的一件精美礼品,此次被排在三件礼品特别奖的首位,它艺术地浓缩了中国在险峻山区修建一条铁路干线的伟大创举。

成昆铁路穿越地质大断裂带,设计难度之大和工程之艰巨,均属前所未有。成昆铁路以其神话般的诞生,奠定了人类筑路史上无可争议的王者地位。沿线山势陡峭,奇峰耸立,深涧密布,沟壑纵横,地形和地质极为复杂,曾被外国专家断定为“修路禁区”。而成昆铁路的修筑,为人类在险峻复杂的山区建设高标准的铁路创造了成功的范例,堪称世界筑路史上的辉煌奇迹。

审视20世纪60年代前后的国际背景,毛泽东主席果断提出:“备战、备荒、为人民。”“一定要把成昆铁路打通!”于是,中央军委调遣铁道兵5个师,扩编到18万人,参加成昆铁路的大决战,并统一由西南铁路建设工地指挥部领导。

成昆铁路自成都经彭山、眉山、夹江、峨边、甘洛、喜德、西昌、德昌、元谋、禄丰、安宁到昆明。铁路涉及范围包括四川、云南两省7个地、市(州)和其所属的县、市,共13.6万平方公里。沿线物产丰富,资源丰富,位于川西平原的成都至峨眉段,素有“川西粮仓”之称。四川省的西昌地区和云南省的元谋至昆明一带,也盛产粮食和经济作物。沿线蕴藏着煤、铁、铜、铝、锌、石棉、磷、岩盐等多种金属矿物和非金属矿,开发前景十分迷人。成昆铁路建成后,对于改善西南地区的交通状况，密切西南边疆与内地的联系，建立机动灵活的战略大后方，促进西南地区的经济发展和巩固国防，起着举足轻重的作用。

成昆铁路所经地区，由于受历次地质构造运动的影响，有500公里位于裂度为7度到9度的地震区，其中8度到9度的有200公里。沿线有沉积岩、岩浆岩和变质岩，因受强烈构造作用大多比较破碎，有些地段是含盐、含硝、含石膏地层。在成都和昆明附近，以及安宁河、金沙江、龙川江等河谷内，还分布着"成都黏土"、"昔格达层"、"龙街粉砂"、"元谋组"等特殊性质的地层，五花八门的地质现象，使其有"地质博物馆"之称。

沿线地下水发育，有的断层水的涌水量每昼夜达2万吨。还有膨胀性的含盐、含石膏地层中的地下水，并具有高浓度的硫酸盐侵蚀性。

沿线气候差异显著，变化多端。不同区段和同一段的不同高度，常常呈现令人惊异的各种气候。当地民谣中有"金沙江的太阳，泸沽湖的风，普雄下雨就过冬"和"山高一丈，大不一样"的说法。多变的气候和明显的日温差，使岩石剧烈风化，即使是坚硬的花岗岩，风化厚度也达10~30米。在此气候条件下，岩石在开挖暴露过程中就将迅速风化剥落，给工程的稳固造成巨大的隐患。

险峻复杂的地形、地貌、水文气候状况，产生了各种严重不良的地质现象。也许大自然仍嫌不够热闹，还把河岸冲刷、山体错落、岩溶、岩爆、有害气体等罗织在此，给设计和施工摆下了一个个难以突破的"八卦阵"。

曾几何时，一些外国人得知中国人要在这里修建一条钢铁大动脉，嘲笑道：

“中国人简直是疯了。”有的权威甚至预言:“即使建成了,狂暴的大自然也必使它变成一堆废铁。”

然而,中国铁道兵注定要在这里创造一部神话！当然,他们也付出了血的代价。在大相岭隧道、莲地隧道、黑井隧道,在60米高的桥墩铺架中,每天都有险情发生,每天都有铁道兵战士献出年轻的生命……成昆铁路通车举世闻名,而它的沿线却留下1000多座革命烈士的墓碑。

1970年7月3日,沟通川滇两省的成昆铁路正式建成通车。铁路全长l083.3公里,云南境内有339.1公里,桥梁和隧道总长达400多公里,占全长的40%,工程共耗资达30.7亿多元。成昆铁路以其艰巨宏伟的工程,全新的设计施工和建筑艺术,创造了举世辉煌的业绩。有17项新技术、新工艺达到或超过国际水平。

1985年,成昆线荣获国家科学技术进步特等奖。

1986年5月,成昆线大型立体模型远渡重洋,应邀参加在加拿大温哥华举行的以“世界在运动”为主题的“世界交通、通讯博览会”。展出期间各国友人争睹“禁区”铁路的奇异风采,惊叹之声不绝于耳。

1992年5月,国际隧道学术会议在成都举行,成昆铁路被各国隧道交通专家、大师称为“地下铁道”,堪称“世界一大壮举。”

我的军旅生涯

周树华

新兵训练的日子

1966年元旦刚过,为期三个月的新兵训练开始了。

训练内容包括政治教育与军事训练。

政治教育的第一课是宗旨教育，学习《为人民服务》。文章的第一句话："我们的共产党和共产党所领导的八路军、新四军是革命的队伍，我们这支队伍完全是为着解放人民的，是彻底地为人民利益工作的。"

进行第一次思想教育是端正入伍动机，树立铁道兵党委提出的"三荣"思想，即艰苦光荣、劳动光荣、当铁道兵光荣。

教唱第一首歌曲是《铁道兵志在四方》。这首被称为铁道兵的兵歌，歌词写得朗朗上口，就像与你谈家常，曲谱旋律也特别优美动听！凡是当过铁道兵的人，多少年后也不会遗忘："背上了（那个）行装，扛起（那个）枪，雄壮的（那个）队伍浩浩荡荡。同志呀，你要问我们哪里去呀？我们要到祖国最需要的地方。离别了天山千里雪，但见那东海万顷浪，才听塞外牛羊叫，又闻（那个）江南稻花儿香。同志们哪迈开大步呀朝前走呀，铁道兵战士志在四方……"

军事训练的科目是队列、投弹、射击、单兵训练等。这是从老百姓转变为军人的必修课。

队列训练是每天重复的内容。在这寂静的小村庄里，操练的口令声和队列行进的脚步声，不时回荡在空旷的田野上。

射击和投弹，都是新兵的新鲜科目。然而，同年入伍的新兵，大多在家乡都当过民兵，尤其是珠海边防前线的基干民兵，射击，投弹、刺杀都驾轻就熟，有的还能大显身手。如湾仔的黄伟明，三灶的陈流安，刺杀都是一把好手。唯独我这位从学校入伍的学生兵，没有丁点民兵味，权当学童，一切从零开始。年龄小，体力弱，投弹科目是一个难点，曾一度影响了全班的成绩。带兵的老班长陈木根，看在眼里，急在心上！是他，与我结成"一帮一，一对红"，利用业余时间为我开小灶。从握弹、引弹、送胯、转体、挥臂等基本功教起，使我慢慢地掌握了卧姿和立姿投弹的基本要领。功夫不负有心人。到训练考核时，我已经可以投40多米了。实弹射击训练考核时，9发子弹也打出了78环的良好成绩。

不过，新兵训练让我们广东兵最难熬的是两件事。

第一件事是吃辣椒。新兵连，炊事班从班长、副班长到炊事员都是清一色的四川兵。入伍第一天，就以他们的拿手菜——辣椒炒肉为我们接风。可惜根本不对广东人的口味，别说吃，连闻一闻都受不了。为了照顾新兵的情绪，新兵连的领导不得不从新兵中挑选了几位广东兵进炊事班,以调整一下口味。不过,入乡随俗,吃辣的这一关还是要过的。

另一件事是洗澡。由于广东的天气,习惯冲凉就成了每日不可缺少的科目。但新兵连没有这个条件,经常是一周才能洗一次澡,所谓洗澡也就是用一个铁桶烧一桶水,在无人之处胡乱冲一番作罢。

记得有一个星期天,趁着外出的机会,我们班七八个新兵溜到了驻地附近一个大水塘,不管三七二十一,脱了衣服大呼几声便跃入水中。天气虽冷,但青春的热血无惧那寒风凛冽。

正当我们奋游兴浓、极其得意之时,一个严厉的声音在岸边响起:"给我立即上岸!"原来,副连长丁继福背着手站在岸上,在大声训斥着。

晚上点名之时,我们被批评了。

还好,指导员岑添德是广东人,他很理解广东新兵。纪律虽严,但在游泳和洗澡方面有时也会睁一只眼闭一只眼。

新兵连里,还有不少印象深刻的事情。

给我印象最深的是同班的"大头兵"卢铁喜。此人是小学文化,个子不高,身体肥硕,宽阔的脸膛黝黑黝黑的。别看他说话有点磕巴,给人的印象有点傻乎乎的。但在我看来,他还是有点内秀的,思想也活跃。训练中,我俩常常不离左右。练射击时,他就经常对我说:"瞄靶为什么要闭左眼?用双眼同时瞄准肯定不会累的,而且精准。我以后要研究发明一种双管枪来解决这个难题。"

虽然,他没有发明这种枪,但思想是超前的,用现代的话来说是很有创意。其实,这种双管枪,美国在上世纪70年代就最先生产了。

1966年3月31日,为时三个月的新兵训练结束了。就在这一天,我们戴上了红帽徽、红领章。按部队惯例,授衔后才能成为一名正式的军人,所以,我们的入伍时间是1966年3月。

穿上了带帽徽领章的新军装,这草绿色更加鲜活,这人更有朝气。"一颗红星头上戴,革命的红旗挂两边",真令人心醉。我对着门边的小镜子左照右照,情不自禁地唱起当年部队传唱的歌曲:"红色的帽徽红领章,红色的战士红思想,全军上下一片红,颗颗红心向太阳。毛泽东思想红旗举得高,千年万代放红光……”

颁发帽徽和领章那天,新兵连首长从马村公社照相馆请来了摄影师,专门为新兵照相。于是,大家纷纷在驻地的竹林里、溪水旁照相留念。

新兵训练结束后,紧接着就进行兵员分配。

按“先师直属队挑,再各团分”的分兵原则,我和刘金球、陈流安、薛金洪、黄伟明、黄顺德、欧观有、吴金桓、陈耀明、叶观旺、卓金伦、邬善齐、黎才、黎松、周平恩、罗大根、曾章伦、伍社根共18名珠海籍新兵分到了铁十师后勤部机械营2连;前山公社的吴桂有分配到师后勤部汽车营;其余81名珠海籍新兵分配到了铁十师47团。

我们入伍时,师长尚志功,河北人,1938年入伍的老八路;师政委徐冰,山西人,1939年入伍的老八路。师部驻四川峨眉县九里镇,代号8815部队。

此时的铁道兵十师正参加成昆铁路的修建任务。

为加快成昆铁路建设,当年集结了铁道兵5个师(十师、五师、七师、八师、一师),从北至南,依次排开。另外还有独立机械团、独立汽车团共计18万兵力。此外,还有铁道部第一工程局、第二工程局、第四工程局、大桥工程局等。铁道兵与铁路职工共计30万人。

为统一指挥,党中央还成立了成昆铁路建设指挥部,中共西南局书记李井泉为总指挥,铁道兵吕正操、郭维成,铁道部刘建章任副总指挥。

记得当时的建设口号是:一个思想(马克思列宁主义、毛泽东思想),三大任务(建路、建章、建国),八个字要求(从难、从严、落实、过硬)。

新训后,新兵本应立即分配到老连队,去参加成昆铁路建设。但新兵训练支队的25个连队,一律成建制地分到铁十师各团参加施工劳动三个月,据说要锻炼一下我们这批广东新兵。

1966年4月3日,新兵12连从夹江县到达了乐山县轸溪镇,进驻了铁道兵47团2营营地,配合2营施工。

2营的主要任务是负责成昆铁路轸溪隧道出口的施工(进口为1营)。

作为新兵,没有施工经验,只能做一些配属工作。我们新兵4排的主要任务是给隧道内施工的水管和排风管除锈、上漆。

除锈和上漆一般都是在露天工作,但装卸都需要进出隧道。我也因此见证了隧道施工的过程。那个年代打隧道没有现代化施工机械,基本上是靠人工使用风枪来打炮眼。隧道施工一般分成上导坑和下导坑开挖,战士们也分为“三班倒”。隧道里风枪“突突突”地响个不停。打完炮眼后装上雷管炸药“轰轰轰”地响个不停,然后再用小推车把土石方一车车运出来。

乐山地区的隧道地质属于风化岩层,经常出现塌方。有一次,连接轸溪隧道的大桥湾隧道发生了大塌方,一个班的战士被埋。47团22连战士徐文科(1965年入伍的四川兵)也被大量的碎石压在上半身,他对前来救他的战友说:“先不要管我,救别的战友要紧!”后来,由于失血过多,没能救活他。在红色的年代里,他把死亡留给自己,把生的希望留给战友的精神激励了部队。铁道兵机关授予他“模范共青团员”称号。

是的,在那个火红的年代,每个成昆铁路的建设者,都有着激情澎湃的闪光点。对国家、对民族高度的责任感、使命感,对理想极度的忠诚和执着已经深深地融入到了我们的血液中,而且变成了一种最自然、最自觉的意识和行动。

正是在这大环境里,我第一次荣立了三等功。

1966年5月15日,星期天。连的干部指派我和同班战友邓煜年到峨边县百家岭隧道送材料。回途中,经过一座大桥桥下时,远远就听到喊救命的声音。有情况!我俩循声奔跑到一个大水塘边,看到有个孩子正在水中挣扎,另一个小孩在水塘边哭喊着。见此情景,说时迟,那时快,我来不及多想,也没脱军装,飞快地往水塘跑去,纵身跳进水中,奋力向小孩沉没的方向游去,不一会就游到他的身边,一手抓住他的衣领,一手奋力前游,费了很大力气才把他拉到岸边。在战友的配合下,终于把他救上了岸。原来这两位八九岁的小男孩是在水边玩耍时,一个不小心掉进水里,另外一个想去救他的伙伴害怕不敢下水,在岸边哭喊。这水塘里有一座刚建好的铁路大桥的桥墩,水深有3米多。小孩被救上岸后,惊魂未定,一个劲地哭。我们一边安抚他们的情绪,一边把他们身上的衣服脱下来,拧干,晾晒。折腾了一个多小时,等两个小男孩离开后,我俩才返回连队。

归队后,邓煜年把事情的始末向连指导员岑添德做了汇报,连首长又把此事逐级上报。1966年5月31日,新兵12连指导员岑添德、副连长丁继福为我请功。经代管的47团2营营长李范增、政治教导员张更开审查同意,6月24日,由47团团长丛树轩、政委王贞国批准,给我记三等功一次。当立功喜报寄回家乡时,小林公社负责民政工作的黄妙洪亲自敲锣打鼓地向我家人报喜。

参加“三支两军”

1966年下半年,史无前例的无产阶级文化大革命开始了。起初,还是红卫兵串联,揪党内走资派。但到了1967年1月,“文化大革命”进入了“全面夺权”的新阶段。这时,全国各级地方组织和政府机关,已陷入瘫痪和半瘫痪状态;公安、检察、法院等机关,已失去或基本失去作用;工矿企业呈现停产或半停产局面;各地武斗成风;社会秩序混乱;全国局势已难以控制。在这种情况下,毛泽东主席作出指示,人民解放军要支持左派群众,支援农业生产,支持工业生产,实行军事管制、军事训练院校师生。简称“三支两军”。

从1967年3月至1972年8月这五年多,全军先后派出了280余万人,分赴全国各条战线执行“三支两军”。其范围之广、规模之大、人员之多、时间之长、任务之巨,是解放军建军史上前所未有。这期间,铁道兵十师也派出了1 2支军宣队,参加“三支两军”！人员有干部532人,战士2126人,我是其中一员。

当时,铁道兵十师主要负责四川省西昌地区所属的西昌、德昌、米易县的“三支两军”任务。十师机械营的任务是参与德昌县的“支农”。

当年3月中旬,机械2连支农小组成立,由1963年入伍的北京兵王志华任组长。成员有我和刘金球、欧观有、陈流安、黄伟明、薛金洪等,主要任务是赴德昌县永郎公社的永红大队,与当地农民同住、同学习、同劳动。

永红大队靠西昌至渡口(今攀枝花市)的108国道旁,是一个很大、很分散的自然村。全大队有5个生产队,1200多人。队与队之间是沿山而上,真是苍穹之下,山林清幽,梯田密布,农民出门就得爬坡。

进村后,给我第一个印象的是,上了年纪的老人竟然说的是客家话。一打听,原来这个村的祖先来自广东。时任永红大队大队长罗昌友的妈妈朱氏说,他们的父辈是清朝乾隆时期从广东迁来的。村外山坡上那块块坟茔更是明证，碑文上刻写的多是广东龙川人氏。多年以后，我在北京解放军政治学院读书时，曾去图书馆查阅了有关资料。据记载，明末清初，久经战乱的四川地区极度荒凉，属“土旷人稀”。史载康熙初年的四川当时约9万余人，在全国是倒数第二：“蜀省有可耕之田，而无耕田之民，招民开垦，询属急务”。1795年，清政府采取了优惠垦荒政策，鼓励外省人入川落籍垦荒。由此，一度曾出现过“湖广填四川”大规模的移民运动。据资料介绍，当时至少从广东嘉应的龙门、龙川一带迁徙了近十万人去了四川，安置在宁远、保宁、广安等地。朱德元帅的先辈也是那个时期从广东韶州（今韶关）迁徙到四川广安的。

在永红大队，我们的支农任务还是很繁重的。既要协助大队干部抓革命促生产，还要训练民兵。当时，全国提倡在农村建立社会主义文化阵地，要求队队搞“文化室”。每个生产队要腾出一间房，墙上挂上毛主席像和毛主席语录，桌子上摆着毛主席著作和一些政治宣传的小册子。白天，我们与农民一起参加劳动，晚上，组织农民参加政治学习，讲解“文化大革命”的政策，同时，还要辅导农民学文化。

在支农的日子里，工作上的事情还算平稳，但令我们难以忍受的是经常挨饿。当地农村习惯一日两餐，早上一清早就得出工干活，9点多回家吃上午饭，接着又干活至下午3时回家吃下午饭（实际上是吃晚饭），然后干活至天黑才收工回家。这种生活方式，对我们吃惯三顿饭的广东人来说真是难以适应。那时，四川农村吃的大都是盐巴煮开水、开水煮青菜，当地人称作“沾沾菜”。我们在一个有3个小孩的人家搭火，由于晚饭吃得早，加上没油水，半夜里常常被饿醒。

为了少挨饿，黄伟明和陈流安利用业余时间经常穿沟过坎，翻山越岭走上两小时回连队，挂包里塞满的馒头就是我们的干粮；或者，去山里采摘野果充饥。当地盛产番石榴，还是野生的，这种果子广东很多，四川就德昌、米易县的区域内才有。当地人是不吃番石榴的，说它是“神果”。初夏时节，满山遍野都长满了这种野生的番石榴。广东人本来对番石榴是情有独钟，何况是饥肠辘辘的我们呢？

7月初，当地已是夏粮收割的时候，我们也完成了支农任务，返回了连队。

为了表彰我们支农小组，机械营2连给予王志华、刘金球、欧观有、黄伟明、薛金洪等嘉奖；给我报请了记三等功。1967年8月18日，由铁十师后勤部部长张新生、政治委员潘强批准，我第二次荣立三等功。

支农期间，1967年5月16日，我加入了中国共产党。两位入党介绍人分别是与我一起入伍的战友欧观有和政治指导员盛言义。

支农结束后，7月上旬，我调到了连部当文书。

在战士当中，文书是一个很重要的岗位。负责上情下达，接收、保管文件，保管战士档案，保管登记枪支弹药，还负责连队的文字工作。按照部队要求，文书一职一般是由有点文化，又能写手好字，还能写点材料的兵员担任的。

就在我接任文书的时间，机械2连由德昌普坝移师至米易县挂榜公社，担负成昆铁路挂榜车站的土石方施工任务。

米易米易，顾名思义就是大米来得容易。此地产甘蔗，亦可种植香蕉。这里虽然不是真正意义上的天府之国，却是川南最富庶的地方。挂榜，田歌婉转，牧笛悠扬，禾苗葱茏，菜花飞香，好一派田园风光。

可是，连队进驻挂榜后，很长一段时间都在停工待料，连队进入整训。

成立毛泽东思想宣传队

1967年8月初，连队就成立了演唱组。那时，我刚刚当上文书，连首长指定我牵头。演唱组成员有刘金球、陈流安、欧观有、薛金洪、黄伟明、张荣光、李明溢、陈杰琛等十多人，清一色的广东兵。他们都受过中学教育，文化素质较高，有的会唱会跳，有的还会点民族乐器。

演唱组成立不久就适逢国庆节，所排练的《长征组歌》片断，参加了48团的国庆文艺会演，获得了优胜奖，受到了机械营副教导员于尚臣的表扬。

宣传队成立后，下设三个小组，节目编写由我和刘金球负责；乐队由陈流安负责；导演和演员组由薛金洪和黄伟明负责。

其实，宣传队的队员都没有经过正规的专业训练，再加上那个文化生活极其贫乏的年代，很难找到精彩的演出节目，特别是适合连队演唱组的节目。为了一个多小时的节目，大家集思广益。枪杆诗、对口词、快板书之类就是当时的流行曲。而这些语言类的节目又恰恰是我们的短板，只因广东人的普通话，十有八九是咬字不清，吐词不准，也曾闹出许多笑话。

依据自身条件，我们只能在歌舞及乐队方面下大力气。于是，加强基本功训练成了宣传队的当务之急。

我们的策略是走出去和请进来相结合；发挥内部潜力与外面合作相结合。

“偷”艺，是我们的拿手戏。为了提高演出水平，我们经常到西昌、会里、会东等地，向地方的文艺宣传队学习基本功，学习新节目，吸取新经验；凡是有文艺团体来周边演出，只要能抽出时间，不管路途多远，不管舟车劳顿，我们都派出人员去观看，去揣摩，去偷艺。

“偷”师，是我们的基本功。驻地附近，是四川省文化厅“五·七”干校湾丘分校，他们当中有很多文化英才和行家里手。那时讲军民鱼水情，连队主动与干校结对子，派出军代表帮助他们搞军训；派出干部战士交流学习毛主席著作的心得体会。久而久之，与他们混熟了，自然而然也“偷”来了师傅，给我们作声乐及舞蹈方面的辅导。至今，我还记得两位舞蹈老师的名字，一位是苟学云，另一位是徐月仙。是她俩手把手地教我们练形体，练舞蹈基本功。一招一式，一柔一刚，由浅入深，由单人到集体，一整套的技能技法毫不保留地传给了我们。几十年后的今天，我记得当年排演的《草原上的红卫兵见到了毛主席》的情景，还记得那骑马动作的基本舞步。

耕耘是收获的前奏，这个人们再熟知不过的哲理在我们的身上得到了充分的体现。不到半年，宣传队的综合素质上了一个台阶：声乐有了乐的旋律，舞蹈有了舞的韵味。

黄伟明天生就有几分艺术才情，尤其是出演的丑角惟妙惟肖，幽默诙谐。

薛金洪的舞蹈功底深厚，刚毅柔美，演出时有模有样。

欧观友的板胡有板有眼，激奋昂扬，伴奏、独奏是绝好的技巧之作，为演出添色不少。他还被调到师后勤部宣传队担任过独奏演员。

吹笛子的张荣光，人称“笛仔光”。牙齿虽不齐，吹起笛子有点漏气，可他想方设法去为牙齿“整容”。再加上好学苦练,演出时,一支竹笛从头吹到尾,直吹得余音袅袅。

宣传队的队员们,人人都是多面手,每个人都会一两件乐器,带弦的能拉,带眼的能吹,锣鼓能敲,快板能打。当然,这是业余的,绝不能与专业的比。

为了这个集体,连队宣传队的每位队员都付出了辛劳,贡献了自己的智慧。

那时,不知道是年轻,还是纯真,也不知道什么是苦、什么是累,反正大家的热情很高。刘金球是高中毕业生,思维敏锐,文笔很好,搞创作是把好手,节目的改编及创作大多是他挑担子。

我也经常参与节目的编写和改编,虽然文字水平不高,但也拿得出手,连队水平嘛！至今我还依稀记得按照山东快板韵律配唱的《夸夸咱连的八大员》中的几句：“打起锣鼓拉起弦,唱唱咱连的八大员。给养员他一心为兵不怕苦,样样工作走在前;材料员他精打细算业于勤,保质保量保安全;炊事员不怕脏来不怕累,做菜样样味道鲜……”

宣传队的热心人要数陈流安。他连初中的门槛都未迈过,但他天资聪慧,对音乐很有悟性,什么乐器都能捣鼓。有一天,他搞来了一张羊皮,没几天就捣鼓了一个低胡。随后,他又弄来一张蟒蛇皮,制作了一把三弦。他还与刘金球共同试制过一架木琴。宣传队所用的手鼓、腰鼓之类小件配器,大多是他制作而成。

诚然,宣传队的成长离不开连队首长的支持。在那困难的年代,副指导员田万国还特地拨款购买了一架扬琴,那是团一级的宣传队才能配备的武器呀！我就是从那时学习扬琴的。

连队宣传队是清一色的男儿,演出的效果难免枯燥乏味。为增强演出效果,经连首长同意,我们与驻地挂榜公社青杠大队宣传队合作,经常一起排练节目,同台演出。《洗衣歌》、《逛新城》、《在北京的金山上》等歌舞是当时的主打节目。在我的记忆中,当时同台演出的有青杠小学教师何丽,还有青杠七队的杜文珍、文怀英及其姐文怀琼等。

写到这里,尘封了40多年的记忆闸门也打开了,从哪些记忆的碎片中,我极力地去搜寻那逝去的岁月……

是的,上述那些名字太熟悉了,她们的音容笑貌至今还存储在我的脑海里。

印象最深的是文怀琼。她在家里排行第七,人们直呼她为“文老七”。她在宣传队里算得上队花了,身材适中,长着一张白里透红的瓜子脸,弯眉毛双眼皮,清澈的眼里常常流出惊异的色彩。红唇小嘴,再加上那动人的曲线,在这小小的乡村里,在我们这些大兵眼中,算得上美丽动人了。她家住在我连正在施工的挂榜车站边上,紧靠安宁河,连队的干部战士都认识她。她的俏丽吸引了许多战士的目光,我们的连长葛昌信对她也有好感。正是这种好感,也使我的老连长差点栽了跟斗。

记得一天下午,葛连长在挂榜车站指挥施工,巧遇外出回家的文怀琼,他俩就坐在工地边上一块大石头上闲聊。这一镜头不知被哪位战士捕捉到了,随后报告了营部首长。在那个男人女人拉拉手都视为生活作风不端正的极左年代,那可摊上大事了。于是,上级派人来调查。结果,葛昌信连长背了个党内警告处分,不久就脱下军装转业到四川乐山地区汽车运输公司。2010 年 7 月 3 日,我参加成昆铁路通车 40 周年活动,途经乐山见到了这位时年 76 岁的老连长,我俩还笑谈那事,老人家仍感到许多无奈。是的,如果用今天的视角再去重复当年的故事,那简直是不可思议,更是天方夜谭。

青杠宣传队还有一位女孩叫杜文珍,认识她时大约 17 岁,初中毕业便辍学在家。她家离连队营房只有 20 多米,她每天打猪草回家必须经过连部后面那条弯曲的小路。而每次路过我的窗前,总要探头进来,用那纯正的四川话叫上一声“周同志”,然后回眸一笑,露出甜蜜的笑容和酒靥,显得清纯又可爱。她偶尔也会从家里煮上几个鸡蛋送过来给我和通讯员宾深源。与我们一起排练节目,一起演出,相互都很熟悉。

2010 年 6 月,珠海的刘金球、欧观有和薛金洪、叶观旺等战友,重返四川米易县挂榜公社旧地重游,也曾寻找过当年的青杠宣传队员,可惜,一个也未见着。据说杜文珍已嫁到米易县城,但她家那座土房子,至今还是老样子,真是时过 40 年而景物依旧啊。

正是这段难忘的岁月,才有那些值得珍藏的记忆;也正是当年的这种合作方式,使得我们这支小小的连队宣传队小有名气:

参加过师政治部的文艺调演；

代表过机械营，甚至代表过铁十师后勤部到其他部队巡回演出；

驻地周边的工矿、农村留下我们的足迹……

上永郎，下回龙，跨越安宁河，把艺术送到了矿山和村庄；顶风冒寒，跋山涉水，把毛泽东思想送进了彝家山寨。

1969 年 3 月中旬，宣传队背上背包，带上干粮，扛着乐器，徒步登上了海拔近千米的米易县白马乡，在这山高林密的山寨里住了好几天，一是慰问演出，二是走村进户，宣传毛泽东思想。

白马乡是彝族自治乡。乡政府所在地名叫白石堆，顾名思义就是几块石头堆起来的地方。

来到这个还残留着刀耕火种痕迹的彝家山寨，一切都是那么陌生，一切都是那么新奇。

彝族人是不用铁锅炒菜的。他们的瓦板屋中间都设有一个“锅庄”的大堂，上面置一个支锅的铁三角，中间吊着一个铁锅，下面烧着木柴。平时煮土豆、玉米，过节时炖羊肉，冬天还可以取暖。

彝族人睡觉是不用床的。在那空空荡荡的瓦板屋内看不到床铺。一打听才知道，彝族人是坐着睡而不是躺着睡的。当兵出身的乡武装部长对我们说，彝族人是人死了以后才躺着，那才叫寿终正寝。怪不得彝族人每人都有一个黑色的披肩，称“查尔瓦”，形如斗篷，长可及膝，白天当外衣，晚上当被子。

彝族人杀鸡宰羊不用刀。凡是逢年过节或贵客登门，彝族人都要杀鸡宰羊，但他们不用刀。杀鸡用手捏死，杀羊用木棒捶死，再把羊肉切成拳头大小的块块，然后放在吊锅里煮，吃的时候只能用手抓，他们管这叫“沱沱肉”，类似青海藏民的手抓羊肉。喝酒不用杯子，而是用大碗，先把酒倒进大碗里，你喝一口递给我，我啜一口传给他，轮着喝，这就是“转转酒”。正是：汉人贵茶，彝人贵酒。

岁月的流逝已经冲淡了太多的记忆。然而，当年那种特有的毛泽东思想宣传队的经历，那些特有的艺术形式，裹挟着我们一段最宝贵的生命时光，承载着我们铁道兵战士的悲与欢。一句话，我们的节目不是排练出来的，而是用心血和汗水浸泡出来的。

是的,在修建成昆铁路期间,铁道兵的文化艺术工作者的确创作和演出了不少反映铁道兵部队生活的文艺作品,如歌舞剧《军民鱼水情》、《雪里送炭》、《南瓜下蛋》,歌曲《铁路修到了凉山下》等,这些铁道兵耳熟能详的优美旋律,伴随着我们这些铁道兵战士的一生。

铁路通到凉山下

1968年9月5日,随着最后两个省区,即西藏、新疆维吾尔自治区成立了革命委员会,实现了全国山河一片红。国内形势逐步好转,各行各业在稳定发展,铁路建设也被提上了议程。此时,毛主席他老人家发出了指示,“成昆铁路不通车,我睡不着觉”。

为了贯彻毛主席的指示,1969年5月12日,周恩来总理主持召开三线建设会,决定成立西南三线建设委员会,以四川省为主,云南、贵州省加入,并撤销原西南铁路建设指挥部。西南铁路建设由铁道兵统一指挥。根据上级决定,铁道兵党委调派兵部参谋长何辉燕参加西南三线建设委员会,并在成都成立了铁道兵西南指挥部,代号是总字520部队,何辉燕担任司令员。继而,铁道兵兵部要求在成昆线各部队排除一切干扰,集中精力加快铁路施工进度。

1969年8月,周恩来代表党中央和国务院发出号召:“成昆铁路务必在1970年7月1日全线通车。”

如同雷霆万钧之势,这个最新指示迅速传达到每个施工工地。因受武斗威胁而离去的数万铁路职工在半月内陆续回到了工地,铁道兵部队也从训练转入施工阶段,从那时开始,成昆铁路沿线30万筑路大军进入了决战阶段。

随即,铁道兵十师迅速调整了兵力部署,以桥梁、隧道、土石方为重点,集中兵力打攻坚战。一时间,在这“摔死猿猴撞死鹰”的崇山峻岭中,到处是沸腾的施工场面,到处有频传的施工捷报。风枪的轰鸣声,开山炮的巨响声,推土机的吼叫声,汽车的喇叭声,声声入耳,犹如一首交响曲,回响在千里成昆铁路线上。

铁十师机械营所属的3个连队,200多台机械全部进入三班倒施工。我们2连负责土石方施工的挂榜车站也进入了施工高潮。白天,机器隆隆,尘土飞扬;夜晚,灯火通明,彻夜鏖战。施工机械往来穿梭,构成了长长的车龙,好一派繁忙景象。

而在这一决战时刻,1969年8月,我从文书提拔为机械营2连2排副排长,与排长王道泉一起,夜以继日地坚守在挂榜车站施工工地上。

机器的轰鸣,吹奏着工程进度的飞跃。经过近30万筑路大军的浴血奋战,原来要求在1968年8月1日通车的成昆铁路,在延迟了近两年之后,于1970年6月25日,终于在西昌铁十师管区内的礼州车站胜利接轨,为1970年7月1日举行通车典礼奠定了基础。

而成昆铁路通车之前一个月,我连宣传队抽调了部分人员到西昌师后勤部演出队排演节目,住在西昌县长板桥师后修理营,而通车典礼打彩旗的任务正好落在师后勤部修理营,师后勤部宣传队也随修理营行动。

7月1日凌晨3时,起床的哨音便吹响了,我们来不及吃早餐,只好带上干粮,背上水壶,手持彩旗,徒步直赴西昌火车站。

西昌火车站位于西昌县红旗公社袁家山大队境内,通车典礼就在这里举行。

从驻地长板桥到火车站约7公里,由于参加典礼的人员大多汇集在这条公路上,行走缓慢。两个小时后才到达目的地。

早上6时多,师修理营一千多人的队伍被安排在面对主席台的袁家山山坡上,每人手持一面彩旗,形成了一片旗海。

借着黎明前的曙光,我清楚地看到主席台上悬挂着毛主席的巨幅画像,画像上方的横幅写着"庆祝成昆铁路七一通车大会"的大字,主席台的两边,四个大氢气球悬挂大幅标语,上面写着:"庆祝成昆铁路七一全线通车!""庆祝中国共产党诞生49周年!"

在我们队列的背后,由几千名部队战士用鲜花摆成的"毛主席万岁!""中国共产党万岁"的图案不时地变换着画面;西昌火车站两旁红旗猎猎,彩旗飞扬。

7时多,旭日东升,金光四耀。随着更多的部队官兵和驻地群众陆续进入会场,霎时间,西昌火车站的里里外外,山坡的上上下下,挤满了欢庆的人群,整个袁家山成了人海、旗海、歌海。据事后报道,足足有十万人。

那些彝族同胞像过节一样,穿着节日的盛装,跳着彝族同胞特有的锅庄舞,笑容写在脸上,喜悦荡漾在心田。广播里时不时传出广播员满怀激情的声音:"今天,在泸山脚下,安宁河边,红旗如海,歌声如潮,锣鼓喧天的美好时刻,我们迎来了成昆铁路的通车,让我们手捧红宝书,胸怀朝阳,敬祝伟大领袖毛主席万寿无疆!"

上午8时多,中央祝贺团入座主席台。代表团团长是时任中央政治局委员、中国人民解放军副总参谋长、空军司令员吴法宪,还有四川省革命委员会主任张国华,云南省革命委员会主任谭甫仁,铁道兵司令员刘贤权、政委宋维栻,昆明军区政治部主任鲁瑞林以及铁道部等部门的代表。

上午9时正,成昆铁路通车典礼正式开始。仪式由时任四川省西昌地区革命委员会主任杜林主持。

一曲《东方红》乐曲过后,时任中共中央政治局委员、中国人民解放军副总参谋长、空军司令员吴法宪(后来是"林彪集团"成员),代表毛主席、党中央、中央文革小组和国务院向到会群众问好。接着,他宣读了中共中央的贺电。贺电祝贺成昆铁路七一建成通车,赞扬筑路军民为党和人民做出的巨大贡献,勉励军民再接再厉,在"九大"团结的旗帜下夺取新胜利。

随后,张国华代表四川省和成都军区讲话。还有铁道兵、铁道部、铁十师、工人和农民代表也分别讲话。大会还通过了给毛主席的致敬电。

上午11时,在《大海航行靠舵手》的乐曲声里,在喧天的锣鼓声中,随着"呜"的一声汽笛长鸣,第一列从成都方向开来的新型旅客列车,披红溢彩,装点华丽。最惹人眼的是崭新的火车头挂着巨幅毛主席像,长鸣着汽笛开到主席台前停下。与此同时,另一列从昆明方向开来的同样列车,也在主席台前面停下。此时,铁二局12名青年工人满怀喜悦站成两排,把预先准备好的钢轨拨到位,钉好道钉,拴好夹板。吴法宪、刘贤权、宋维栻、张国华、谭甫仁等领导走下主席台来到接轨的地方剪彩。然后,两列火车上的司机从车上走下来互赠纪念品。不一会,代表团的首长及主席台上的英模人物登上了两辆列车,分别向南和向北驶去。吴法宪以及几位省、军队领导都坐上南去的列车。因为同一天,西昌南面的渡口市(后改称攀枝花市)钢铁基地还举行出钢典礼。是的,当时就有专家说过,成昆铁路的建成,至少影响和改变了西南地区 2000 万人的命运,使那片"不毛之地"陡然进步了 50 年。

望着远去的列车,我们心潮激荡,感慨良多!因为,修建成昆铁路,铁道兵栉风沐雨、风餐露宿,付出的不仅仅是汗水,还贡献了美好的青春年华甚至宝贵的生命。几年间,铁道兵 5 个师一共有 2102 名战友牺牲在成昆铁路线上,平均每公里铁路线就有两名战友倒下。千里铁路线埋下了他们的铮铮忠骨。其中,也有我们一起入伍的珠海籍战友黎松。

时过 35 年后即 2005 年 8 月,中央电视台综合频道播出了一部重现铁道兵奋战成昆铁路的电视剧《铁色高原》,一共 20 集。所选取的故事虽然反映的是铁道兵七师,但它通过一个点面,反映了整个成昆铁路建设的立面。故事真实感人,催人泪下。

在这部电视剧的结尾,有一段祭文真是令人荡气回肠:

"日月昭明,苍天在上!鞠躬致祭,悲风荡荡!遥想四十年前,旌旗指处,一声号令,二十万大军,齐集西南,风餐露宿,艰苦奋战!伏猛虎于峻岭,降蛟龙于祟山!如精卫之填海,比夸父之逐日,九死无悔,忠贞不贰!碧血洒处,前仆自有后继!头颅轻抛,有大义而无小我!牺牲惨烈,壮举惊天!青山做证:成昆一线,实为铮铮铁骨铺就。苍天可鉴:地上彩虹,原是勇士热血凝成!谁人无父母,人皆盼幸福,然唯有以国家为父母者,乃真男儿也!以天下为己任者,乃大丈夫也!悲壮牺牲,皆为理想。念兹在兹,痛哉惜哉,能不伤哉悲哉?而感先辈精神魂魄之壮伟,又孰能不歌之咏之?当今盛世,乾坤朗朗,国运大昌。我等在此,洒酒祭拜,以慰忠魂,风云一色,天地同辉。"

(周树华,原铁道兵十师 49 团政委)

成昆铁路建设组图 1

成昆铁路建设组图 2

成昆铁路建设组图 3

成昆铁路建设组图 4

成昆铁路建设组图 5

成昆铁路建设组图 6

成昆铁路建设组图 7

襄渝线概述

战 略 意 义

襄渝铁路东起湖北襄樊,西经陕西南部秦巴山区,南达四川重庆。襄渝铁路沟通了我国西南和中南的铁路网,具有极其重要的战略意义。

襄渝铁路西段(四川段)1968 年 4 月展开施工,襄渝铁路东段(湖北段)1969 年 3 月展开施工,襄渝铁路中段(陕西段)1970 年 3 月展开施工。经过近 6 年奋战,襄渝铁路于 1973 年 10 月 19 日全线接轨通车。

襄渝铁路全长 915.6 公里,新建正线 859.6 公里。襄渝铁路新建正线由铁道兵承担修建任务。

铁道兵修建襄渝铁路部署了 8 个师、6 个师属团、2 个独立团,共 23.6 万兵力。鄂、陕、川三省动员大量民兵配属铁道兵各师施工。1971 年襄渝铁路进入施工高潮时,湖北省动员民兵 14 万,陕西省动员民兵和学生民兵 15 万,四川省动员民兵 30 万,三省总计动员民兵 59 万,加上铁道兵 23.6 万兵力,军民筑路大军共达 83 万兵力(未计铁道部、水利电力部、交通部和建筑材料工业部等部组织的工人数量)。

襄渝铁路中段(陕西段)大部分位于陕西省境内,陕西段总长 264 公里,穿越陕西省南部 5 个县。襄渝铁路从湖北省郧县进入陕西,经过陕西安康地区(今安康市)的白河县、旬阳县、安康县和紫阳县,在陕西汉中地区(今汉中市)的镇巴县境,穿越大巴山主脊,进入四川省万源县。陕西段山重水复,地形险峻,人烟稀少,交通困难,施工条件极差,工程尤为艰巨。陕西段桥隧折合单线长达 215 公里,为陕西段线路长度的 81.5%,就是说襄渝铁路陕西段基本是在大山的“肚子”里穿行，是名副其实的“打不烂、炸不垮”的钢铁运输线。陕西段从白河县西经旬阳县、安康县到紫阳县是沿着汉江修建，从紫阳县城到镇巴县是南溯汉江的支流任河修建。铁道兵在襄渝铁路陕西段部署了重兵。有7个铁道兵师进入陕西境内施工，其中5个铁道兵师的师部先后设在陕西境内。铁道兵兵部还向陕西段调来了铁1师第2团、铁5师第23团、铁14师第70团、铁12师第60团，进行兵力支援。襄渝铁路陕西段的铺轨任务由铁1师、铁5师和铁7师完成。

历 史 原 因

当时修建襄渝铁路，陕西省劳力严重不足。无奈，陕西省领导想起陕西省1969届、1970届初中毕业生还没上山下乡，提出组织这些学生去修铁路。经过铁道兵同意，1970年8月，西安市（含今咸阳市的秦都区、渭城区，这两个区当时称为“咸阳市”，归属于西安市）的10000名1969届初中毕业生报名上了三线，和铁道兵、民兵并肩奋战。学生连队不同于部队，也不同于民兵，“2107工程陕西省建设指挥部”命名为“学生民兵”。由于“学生民兵”文化程度高，头脑灵活，学习快，肯吃苦，很快成了桥隧施工的主力军，铁道兵和政府都很满意。1971年3月，铁道兵又从西安市、宝鸡市、铜川市、宝鸡地区、咸阳地区和渭南地区招录了15000多名1970届初中毕业生上了三线（其中含少数西安市以外的关中地区城镇的1969届初中毕业生；还有一些老三届学生和城镇社会青年）。这样，陕西省共有两届25800名初中毕业生作为知青上山下乡的一种形式，参加三线建设修建襄渝铁路，其中女学生5129名。

25800名学生共编为141个连队，其中女子连队26个，配属于铁2师、铁10师和铁11师，后来有几个连队改属了铁1师。绝大部分学生连队呈带状分布在襄渝铁路建设工地沿线，连队按部队编制和管理，学生连队的连长、指导员和司务长（部分连队的卫生员）由陕西省抽调干部担任，铁道兵向学生连派军代表协助管理。

在襄渝铁路即将接轨通车、绝大部分桥隧工程已经完工的情况下，1973年

4月,10000名1969届“学生民兵”退出了三线建设战场,政府给分配了工作。1973年7月,15000名1970届“学生民兵”退出了三线建设战场,政府给分配了工作。从1970年8月到1973年7月,25000多名陕西学生民兵在襄渝铁路上奋战了将近3年。

这种大规模的直接从学校组织初中毕业生到环境恶劣的山区修铁路的情况世界历史上没有过,这支世界铁路建设史上绝无仅有的十六七岁的学兵大军,25000多人的队伍比当时一个满员的铁道兵师的兵力还要多。这支大军扑上疆场,虎虎生威,能征善战,功勋卓著。没有路开路,没处住自己盖房,大山深处供应困难,常常不能饱腹,但并不影响学兵在施工中拼搏。铁路施工中几乎所有的工种学兵都做过,而且一做就成了行家里手。学兵流血流汗冲锋在前,有100多人把年轻的生命献给了襄渝铁路。这支学兵生力军的加入,为襄渝铁路的建成,立下了不可磨灭的汗马功劳!

历史回顾

列车一日一日在襄渝铁路不歇息地奔驰,时间一年一年如滔滔汉水东流逝去,转眼间到了2010年,学兵们奔赴襄渝铁路建设工地40周年了。学兵们怀念那个火一样地充满了信念的年代,怀念那段永生难以忘怀的特殊经历,于是,学兵们自己动手记录自己的历史,自己动手编写自己的书籍,自己集资续写自己的辉煌。2010年7月,《三线学兵连》丛书正式出版,献给了三线学兵自己,也献给了祖国。《三线学兵连》丛书一共三本:《学兵岁月》、《学兵情怀》、《学兵风采》。这套大型丛书从2009年10月“三线学兵连”网站管委会决定编撰,到2010年7月由“西安出版社”出版发行,历经10个月。丛书的编纂得到了广大学兵战友和各界朋友各种方式的热情支持。

2010年8月8日,“三线学兵连”网站组织的“纪念陕西学生参加襄渝铁路建设四十周年大型文艺晚会”在西安第四军医大学“长乐大礼堂”隆重举行,来自全国各地的三线学兵2000余人欢聚一堂,在歌声和笑声中共同追忆那段激情燃烧的岁月。襄渝铁路铁流滚滚,三线学兵英名永存!

三线学兵连

三线学兵连是一个特定历史词汇。1970 年 8 月和 1971 年 3 月,陕西省动员 25000 多名初中毕业生,到陕南秦巴山区修建襄渝铁路。襄渝铁路是当时中国三线建设重点战备工程,代号 2107 工程。这些初中毕业生按照部队编制,组成了 141 个连队,直接由铁道兵部队指挥。“2107 工程陕西省建设指挥部”将这些学生连队命名为“学生民兵”连,统一编号,从“2107 工程学生民兵第 1 连”依次排到“2107 工程学生民兵第 141 连”。但在施工中,这些学生连队大部分直接由铁道兵各团直接管理,小部分由铁道兵各师直属营直接管理。为了方便管理,铁道兵各团营又给学生民兵连队按部队团营为单位重新编号,比如“2107 工程学生民兵第 125 连”被铁 11 师第 53 团编号为“5853 部队学生 2 连”。学生民兵连队当时在襄渝铁路建设工地一般被简称为“学生连”,也有被简称为“学兵连”的。1973 年 4 月和 7 月,学生民兵连队退场后,社会上一般称之为“三线学生连”或“三线学兵连”。

三线学兵文选

三线学兵们奔赴襄渝铁路建设工地已经 40 多年了。40 多年来,学兵们没有忘记那个火一样地充满了信念的年代,时刻怀念那段永生难以忘怀的特殊经历。于是,他们自己动手记录自己的历史,自己动手编写自己的书籍,追忆那段激情燃烧的岁月。这里选编的文章,作者都是当年在国波任团长的 5847 部队的学兵。

玻　璃　脆

宋汉萍

2001年3月,我有幸参加三线学兵植树团,回到了阔别几十年的陕西旬阳蜀河原来连队的驻地。在火车上,碰见了几位当年一同在蜀河隧道口施工的宝鸡学兵六连的战友,其中一位叫平均的战友一见到我就说:“我一眼就认出了你,你还是当年的样子。你知道我们当年如何称呼你的?嘿嘿,也就是你的绰号。”

我当时一愣,“啊!我有绰号?说说看哦。”

平均说:“那时,你的工作地点就在我们连队下面的公路旁边抽水机房,我们经常能看见你。那时你长得瘦弱小巧,我们大家管你叫——玻璃脆。”

我说:“当年不管你们管我叫什么绰号,我现在都喜欢。”

他接着又告诉我:“当年,我们连队每天在蜀河隧道平行道口前等待交接班时,都可以看到你们连的女学兵上班列队从我们面前走过,那时候我们年轻、调皮,所以为你们连很多的女学兵都起了绰号。”

他这样一说,我还真的回想起了当年男女学兵每天路遇的情形。

那时候,男女学兵连都有着严格的组织纪律,相互之间不可以来往。我们女子连是机械连,要配合蜀河隧道铁道兵部队、学兵、民兵施工。除工作非要说话以外,平时我们是不多说一句话的,以免破坏连队纪律。每当我们和男学兵相遇的时候,男学兵们就起哄,不知道在喊些什么,我们女学兵根本不予理睬,高昂着头,只管走我们的路。有一次,我隐隐约约听到一男学兵大声唱着“俄罗斯老太太,穿着美丽的花裙子……”什么曲调我已经记不住了。后来才知道,被称为俄罗斯老太太的是我们连一个班长的绰号。

随着时间的流逝,当年曾记忆的那些绰号慢慢淡忘了,但无论如何,脑海里那些男孩子虽然裹着打隧道的一身疲惫、一身尘污,但却仍然调皮的面孔和女孩子矜持的羞容永远抹不掉!

有趣的是几年前,我因工作需要去宝鸡出差,利用闲暇之际和久违的战友聚会时竟然碰上了在三线给我起绰号的男孩子。

当我们面对面在一起的时候，他举起手中的酒杯对我说："抱歉，我当年给你起绰号真的没有恶意啊！"

我也举起了酒杯："感谢你起的绰号，我喜欢！绰号的拥有，使我想起了我们共同走过的难忘岁月。"

离开襄渝线铁路建设工地已经很多年了，往事难以忘却，非常怀念曾经在一起共同奋战过的老铁和学兵战友，也眷恋当年在连队生活和工作过的点点滴滴。

（作者：宋汉萍，女，网名水晶，原 2107 工程学生 70 连，铁道兵 5847 部队学兵 8 连班长。）

学兵在沙沟大桥施工工地上

班长带我去放排

丁　力

往事如烟，记忆中那段埋藏多年的往事，时常浮现在我眼前。

当年，为了落实伟大领袖毛主席“三线建设要抓紧”的最高指示，在我国湖北襄樊至四川重庆的崇山峻岭中，曾聚集过几十万人的筑路大军，他们就是襄渝铁路的建设者。在这支大军中，除了解放军部队和地方民兵外，还活跃着一支由十六七岁孩子组成的充满活力的队伍，他们是从陕西各地学校抽调的学生，又叫学兵。别看他们年龄小，完成的施工任务却和大人一样，从不减少。由他们组成的学兵连，在整个襄渝铁路建设中，发挥了重要作用。

我就是三线学兵中的一员。

那是1971年4月的一天。我们从江边往山上扛了一天的油毡和水泥，晚饭只分到一个馒头和一小块榨菜，连同一小碗照人脸的稀饭，满打满算也没填饱肚子的一半。我无奈地回到帐篷，想早早休息，保存一点体力。因为，明天还有同样艰巨的任务在等着我们。

天刚黑，班长黄美健从部队回来了（黄班长是部队派驻学兵连的军代表，按理他要和我们同吃、同住、同劳动。但他看到大家顿顿吃不饱，就经常在吃饭时间“潜”回自己部队混饭吃——部队是供给制，而把自己那一份让给班里其他学兵吃）。他把我叫到帐篷外，我以为又是从部队给我“偷”馒头回来了。这段时间，饥肠辘辘的感觉实在不好受，要不是黄班长隔三岔五给我弄点吃的回来，还真有点顶不住了呢。谁知，他劈头就问，你会游泳不？我说，反正沉不下去。他神秘地说，有个任务，不准告诉任何人。团里让我们连派两个人明天参加运木料，连长让我选一名学兵同去，我看你很老实，工作也主动热情，想带你去，咋样？并得意地告诉我，还可以吃饱肚子。

上级的信任本来就让我受宠若惊，又听说可以吃饱肚子，就毫不犹豫地答应了，心里十分感激黄班长。

从家乡踏上去三线的路，先乘火车，后改乘卡车沿着简易公路向深山行进，又在刚炸过的片石嶙峋的公路上连夜步行数十公里,终于到达了目的地——汉江边半山坡上一块十几平方米的空地(这是先进入的部队为我们提前开辟的)。连续多日的奔波,本来已经饥寒交迫,又马不停蹄地支帐篷,打地铺,上山打柴,从江边往山上扛物资。加上食物不足,大家一直在饿着肚子干活。突然面对这样的环境,很多同学受不了了。

当天晚上,帐篷里的人早早进入了梦乡。尽管劳累了一天,可我却兴奋得怎么也睡不着。明天,就要单独执行到三线以来上级交给的第一个任务了,而且是全连唯一的一个人,又是和解放军班长一起去,还要保密,好不浪漫。“文化革命”以来,由于家庭的影响,我还从未受到过这样的待遇呢。想到明天就要告别饥饿,肚子又咕里咕噜地叫了。不知什么时候,我睡着了。那天晚上,我做了一个梦,梦见身边摆了一大堆饼干,我抓啊,抓啊,可老是抓不着。

正睡着,有人推我,是黄班长,该出发了。我们到部队炊事班带足了干粮。来三线时发的草绿色军用挎包,让我塞得满满的,除了馒头,还抓了几块榨菜。天蒙蒙亮,我们就赶到了沙沟,乘上了开往安康的客船。

上了船,黄班长就开始打瞌睡。而我,早就惦记着那一挎包的美味了。一边啃着馒头,一边就着榨菜,真有一种神仙般的感觉。

船到安康已经是晚上。匆匆报了到,在招待所住下,自然少不了一顿供给制的饱餐。第二天一大早,我们到达指定地点——江边港口。任务是,把分配给我们工地的一组圆木排,沿江漂回。我正要上木排,黄班长叫住我。先是一起仔细检查了木排各个部位捆绑是否牢固,又到附近工地扛回了两块钢模板。他说,带上有用。后来我明白了,黄班长知道沿途山上会时不时放炮。

木排启航了。黄班长不愧是江边长大的,轻车熟路的掌着舵。在宽窄相间的江面上,我们顺利地通过了一个个激流险滩,时缓时急地行进着。我开始还紧张的心情逐渐放松下来。

一路上,黄班长操着广东普通话,给我讲他的家乡,讲他那没过门的未婚妻……有时讲到兴头,还唱几句广东歌,真有意思。

果然不出黄班长所料,一路上,沿江部队都在开山修公路,炸山的炮声,此起彼伏。前方不时传来紧急的哨声,安全员向我们不停地摇摆着小红旗,而后是隆隆的炮声，炸起的石块铺天盖地压向江面，有的石块像小房子那么大，飞扬的尘土，遮盖了大半个天空。刚炸过的江面上，会偶尔漂起一些翻白了的鱼，那是炸山落下的石块砸死的。

每当听到哨声，我的心就是一揪，如果木排真到了炮口下，牺牲是肯定的了。而这时，黄班长总是轻轻地将手中的舵把一拉，让木排远远停靠在禁区外。等炮声过后，再重新起航。

拐过弯，前面就是我们团的驻地了，我长长地松了一口气，暗暗庆幸这一趟神秘旅行的圆满结束。

不料，意想不到的事情发生了。由于安全员的大意，没有发现我们这条从弯道驶来的木排，山上的炮手点着了导火线，当我们驶过弯道时，再通知已经来不及了。木排顺着激流冲向放炮禁区。

山上，到处弥漫着来自各个爆破点导火线散发出的蓝白色烟雾，现场施工人员已经全部撤离了，只有禁区外安全员那无力的哨音还在汉江两岸漂荡，好像在说，他已经尽力了。远处，部队的战士们都在大声地向我们呼喊：快躲开，放炮了，快躲开呀！前面放炮了。而江面上，我们这支已经进入爆破范围的小小木排，显得那么无助。

大难即将临头，面对这突如其来的场面，我吓傻了，两眼直盯盯地看着黄班长，浑身都在发抖，眼泪几乎夺眶而出。黄班长大声对我说："站着干什么，快把钢板顶到头上。"他自己一手举着钢板，用另一只手和身体拼命推着舵把，嘴里还咕里咕噜地操着广东骂，迫使木排向江对面急拐。木排还没靠岸，炸山炮就响了。我们迅速蹲下，把钢板顶在头上。

随着震耳欲聋的炮声，我们周围扑通扑通地落下了无数的石块，在江水中溅起大大小小的水柱和水花。飞来的石块，像雨点一样，噼啪噼啪地砸在钢板上，有一个石块差点把我砸倒。爆炸的烟雾很快笼罩了木排，四周什么也看不见，只有呛人的尘土夹杂着浓烈的硝烟味，几乎让人窒息。这短短的两三分钟是那么的漫长，我亲身体验到了死亡的恐惧和求生的愿望。

炮声停了，硝烟渐渐散去。山坡上，江面上，死一般的沉静。我和班长慢慢地放下钢板。你看着我，我看着你。也许是上天的怜悯，也许是放炮的药量不大,也许是炮口没有正对着江面,我们竟躲过了这一劫,安然无恙。

当我们站起来时,山上的部队、民兵、学兵战士们顿时爆发出一片呐喊声、狂叫声、口哨声。我知道,他们是为我们绝地逢生而欢呼。

洗去了满脸的泥灰,抖掉了身上的尘土,拉回了偏离的舵把,拨正了布满碎石的木排,我们又重新启航了。

回过头,再看一眼刚才的山坡,人们还在向我们挥手、呼喊。

几十年过去了,这次神秘的旅行,到现在想起来,还有点心惊肉跳,但我始终没告诉别人。因为,在三线时说,没人认为新鲜;回来后说,没人认为真实。几十年后的今天说,就算带给大家一点那个年代的回味吧。

(作者:丁力,网名顽顽人生,原 2107 工程学生 75 连,铁道兵 5847 部队学兵 13 连战士。)

我的排长我的排

孙伟明

晚秋,深山僻静的黎明,四野里寒雾弥腾。操场上一阵急促的“滴滴滴滴……”哨子声响起,犹如牧人凌空的长鞭,一百七十条“牛羊”从睡梦中惊醒。同学们提着裤子、趿拉着鞋子往操场窜,我们一排队伍前站着个小白脸军人,瘦马脊杆的硬是背手挺着个胸,俨然是个将军。他就是军代表杨排长,是部队派到我连搞训练的一个大兵。

杨排长来自上海,是从上海育英中学参军入伍的。他常常说起上海的国际大厦亭台高低,白渡桥下轮船多少,育英中学如何盛名悠远。他那带着沪杭乡音的普通话,让人咋听了都有点儿油腔滑调,还掺着些自命清高。因我祖籍上海,偶尔小憩时,杨排长也与我攀着些“八竿子”以内的乡里乡亲。

国庆节时,连里开联欢会。我连学生歌手迟胖子豪情激扬地高歌一首《乌苏里江》;木工班熊黑子来一段快板书,两手舞得飞花流莺,竹板子噼啪作响;全连鼓掌吆喝着:“杨排长!来一个!……”杨排长倒是也大方,他紧紧腰带,整整军装,摸出一副墨镜架在鼻子上,从小凳上拉起我连的秀才圆圆。俩人叽咕片刻,他自己扮作了"刁德一",圆圆头扎花毛巾权充做了"阿庆嫂"。俩人对唱起京剧《沙家浜》的段子。杨排长倒背双手半偏头,两只眼珠子滴溜溜打转,把个阴阳怪气、笑里藏刀的"刁德一"演得活灵活现,人群里有人笑得前仰后合,众人叫"好"声不断。打这以后,同学们都叫他"刁德一",日子久了,大伙居然连他的姓氏都忘记了,有时还闹出些笑话来。杨排长管得是我们一排,二、三排的同学与他相处不多,见了他却口口声声叫他"刁排长",弄得他似笑非笑,欲哭欲恼。

杨排长虽然住在我们排,和学生排长王大头并铺睡,可人家吃饭却是回部队营里的。他管我们出操训练、生活纪律,平时里嘻嘻哈哈,严肃不够,真动起火来也就俩字"贼孬"!那阵子,连队天天早操训练,黑黢黢的五更三刻,他就弄些"半夜鸡叫"的事情来,站在小操场上狂吹集合哨。自然,他给人"治病"的方子也不少。提裤子,掉鞋子,来晚两分钟的罚站半小时,偷懒装死不出被窝的罚"单练"——在操场上练长跑。连里开会战誓师大会,各排列队唱歌,他站到队前凭空舞划着两臂打拍子,大伙必须吼得一声更比一声高!

人,毕竟不是机器。洞子里的活累,时间长了同学们也就疲沓了。凑着掌子面放炮排烟的机会,总有些人溜进横通道里"躲猫猫",藏在排架后面睡会儿觉。王大头不是叫不动就是找不着,杨排长灰头土脸地从洞子里钻出来,一对眼珠子里满是懊恼。天傍黑时,空中落下了蒙蒙细雨。我们扛着耙子踢踢踏踏着走出隧道,杨排长和王大头带队回到营地,全排列队立正,站在雨地里洗什么"脑筋"。不准吃饭、不准方便,当然,杨排长和王大头也同样成了瘪塌嗉子的落汤鸡。

指导员远远地站在连部门口,他踱来踱去,终于忍不住拉着连长出面给大伙说情。杨排长打着寒噤摆摆手,俩老汉干脆脱了雨衣陪着我们站到了雨地里,他才气呼呼的解散了队伍。

寒霜为大山脱去了姹紫嫣红的晚装,灰蒙蒙的冬天来了。

熄灯号已响过两遍,杨排长和王大头拿着电筒还在我们一排的几间房里查铺转悠。他们把铁丝上乱搭的潮湿衣服一件件晾开,又逐一关掉屋里的电灯。来到风枪班,纪民正摸摸索索地还没睡下,他床头上点着蜡烛,床铺上摆着一碗包谷糊糊泡馍渣。

“为啥还不休息?”杨排长用手电筒指着问。

纪民瞟了他一眼,说:“我胃里的酸水都开锅了,能睡吗?”

风枪班的哥们儿一见这个“刁”排长,就像种豆子的撞上养兔子的,一个个拱出被窝眼珠子都往外吐怨气。康二球冷冰冰地说:“哎,咋! 你是个当兵的,我们算干啥的! 你吃的啥,俺们吃的啥!”他说着,从床头上抓起一疙瘩苞谷面发糕狠狠地摔在地上。杨排长愣了会儿,他捡起地上的发糕抠掉泥土,又放回康二球的床头,背起手一句话也没说就走了。

王大头骂道:“狗贼,胡喊啥咧! 杨排长今儿也是在咱连吃的饭。”

第二天起,杨排长又必回部队吃饭了。不过,他每次吃完饭回来总是背着个鼓鼓囊囊的黄书包,时常给风枪班的弟兄们带些白馍来。大伙儿乐不可支,可康二球第一次分了个白馍时,喉咙鼓动半天,嘴却没有张开,似乎这个白馍已不再是欲望里那样香甜。据说,杨排长不抽烟,但学会了送烟。

新年就要到了,门前,山崖上依然是积雪映天。

康老大两天发烧不退,面色潮红,嘴皮干裂,一整天的只喝些水。杨排长和王大头急着进洞子抓进度,一大早便吩咐少年老成的纪民陪着康老大去部队营部卫生所看病。二人从连队山腰下到沟底,又从沟底爬上便道,走走歇歇,好不容易挪上了卫生所的山坡。一进门,康老大便一屁股坐在长条凳上。

“怎么啦?”军医操着安徽腔调头也没抬问了一句。这军医20多岁,军装外套件白大褂,鼻梁上架着黑腿眼镜,坐在椅子上两只皮鞋在桌角翘得老高,一边看书一边烤着火炉。

纪民赶紧掏出包“恒大”烟递过去:“大夫,我这同学发烧几天了,能不能给打几针?”

军医接过烟卷瞥了一眼扔进桌下的废物篓里,径自从军装口袋掏出一支烟叼在嘴上。他冷冷地说:“打什么针? 配点儿消炎片,吃点阿司匹林睡一觉就好了。”

康老大哭丧着脸道:“我都睡了几天了,阿司匹林没用。”

“大夫,麻烦你就给打几针吧,要真是为了阿司匹林,我们也不敢来麻烦你老哥大军。”纪民也在一边乞求说。

军医从桌上抽下两腿，手中的书本一摔，不耐烦地说：“我是医生，还是你们是医生？嗯？我说吃阿司匹林，就吃阿司匹林！”

纪民质问道：“你看都不看，就知道吃阿司匹林，你太不负责。”

军医一听就火了，他“嗖”的蹦下椅子，一手叉腰一手指着二位说：“要看病就拿阿司匹林，不看病，出去！马上出去！”

康老大终于跳起来，身上的病此刻也无影无踪。他指着军医骂道：“我没见过你这样的医生，妈的！”那军医也急红了眼，喷着唾沫星子开骂：“老子就是给你们这些畜生看病的！你们没见过我？可像你们这种家伙老子见得多了！没病呻吟，小病装大病，大病装死人……不想进洞子，可以学别人吗，用钉子把自己脚底板扎个窟窿……”

病到底也没看成，纪民扯着康老大窝了一肚子火悻悻而去。山道上，康老大心酸的直流眼泪。

下午，杨排长和王大头过来看康老大，几个同学正围在床边七嘴八舌的骂军医。听了纪民的诉说，杨排长气得脸色发青：“娘的！老虎不发威，当我是病猫！”

营房门口，杨排长吼道：“风枪班全体集合！”他整整军帽军装，领着十几个学生呼啦啦直奔营部卫生所。

军医正在桌前逗弄小白鼠，房门“砰”的一声被撞开，他惊得差点蹦起来。杨排长近前猛地戳起手指用上海话骂道：“侬是养老虫（老鼠）的？还是看毛病的？娘操屁！老子勒洞子里巷码命，侬勒房盖（间）里巷做白相人，是哇！”那军医也不示弱，嘴里胡诌几句就往桌后转。杨排长身后的康氏兄弟康老二早已耐不住性子，飞起一脚踹翻了军医的办公桌，盘子、碟子、杯子、瓶子满地翻滚，那军医也被撞了个踉跄趔趄。杨排长上前一把揪住他衣领喝道：“走！咱们见营长去！”俩人推搡撕扯起来。几个当兵的跑进来，好说歹说劝开了两边，杨排长临出门提起军医的椅子扔下了山坡，大伙心头出了一口恶气。

一下午，杨排长和王大头的心情都不好。大伙心里痛快，可没人敢说说笑笑，王大头合计：“这事做得过分了，就是那军医‘哈怂’，可也不该砸了卫生所，鬼知道有啥后果?”他说:“杨排长,要不咱先给连里汇报一下?”杨排长说:“不用了,这是我个人的问题,与大家没关系,总归,天下没有不散的筵席。”他说着,脸上闪过一片疑虑,低着头愣神似的搓摸着手中军帽上那颗红艳艳的五星。

黄昏时,通讯员海娃突然找上门来。他说:“杨排长,营里来电话,说叫你带上两个上午去看病的学生马上去,连长、指导员还问是咋回事呢。”

杨排长没说话,他摆了摆手,拉起纪民和康老大的兄弟康老二往外走,王大头也跟着去了,大伙心里忐忑不安,都有些替杨排长担忧。

营部设在卫生所东边的山坡,数十排黏土夯筑的平房错落在山坡的平地上。片石砌成的斜径小道,曲折盘绕,转过山脚便是峪口,豁然望见那条宽阔平静的汉江。

杨排长几人走进营部,大气不敢喘,小气不敢出,两只脚咋站都觉得不对路。敦厚壮实的营长气度威严,他那张大黑脸很难笑容浮现,他招招手说:“小伙子们,都坐下吧,今天请你们吃饺子,呵呵!”他扭头冲着套间的绿布帘子喊道:“老婆子,客人都来了,上吧!”

少许,门帘子掀起,一位40来岁的妇女应声出来,她腰束蓝底白花士林布围裙,两手端着一大盆腾着热气的饺子摆上桌,营长握着把大笊篱逐个给每人盛了一碗。他招呼大家就座,自个儿斟了一杯酒。几个学生却呆板地不敢动筷子,杨排长悄悄使个眼色,几个人才羞羞答答夹起碗里的饺子。起初,他们假装斯文的细嚼慢咽,后来……那顿饺子也许是他们人生中最难忘怀的美食。

吃到一半时,营长又冲着门帘子喊:“小三,还不死出来!”从里屋走出来的竟然是那个欠揍的军医,他一脸羞涩,对着大伙直点头,手里也端着半碗饺子。营长挺挺腰板说:“老子叫你到部队来,是为人民服务的,不是让你来给老子塌台的。你以为学生娃不是战士?嗯?老子说他们用啥药都不欠资格!”军医低头一声不吭,这时我们才知道,这军医居然是营长的亲外甥。

营长拍拍康老二说:“小伙子,今儿敢不敢陪我喝两盅?”康老二饿死鬼一般模样,口中裹了一腔的饺子,憋得直鼓起眼珠子,惹得营长和一屋子人都笑了。

初夜,杨排长领着几人踏上山路。峪口上野风萧萧,江涛荡荡,“月河”隧道口灯火依然金灿辉煌。

襄渝线上的咸阳学兵

唐　明

20世纪70年代初,在“毛主席挥手我前进,三线建设炼红心”的战斗口号鼓舞下,我和咸阳地区的1874名69级、70级初中毕业生唱着“铁道兵战士志在四方”的雄壮歌曲,与西安、宝鸡、铜川、渭南地区的广大学兵一道,满怀豪情地投身于支援襄渝铁路建设的洪流中,在旬阳、安康、紫阳一线和铁道兵、民兵摆开了三线建设的战场。据咸阳市档案馆的档案记载,咸阳的学兵包括市区(二中、四中、五中、铁中、各厂子弟校等)1421名,兴平、三原、长武、彬县、永寿、乾县、户县(当时归咸阳管辖)7县453名,其中女学兵386名。我们共组成了十几个连队,有的单独组成咸阳连队,有的与西安的学兵混合编组,配属铁道兵施工。主要涉及的连队番号是:69级学生组成铁10师5846团学兵21连、22连、23连(女)、24连,5850团学兵4连(女);铁2师5808团学兵10连、14连(女)。70级学生组成铁10师5847团学兵17连、18连、19连(女)、26连(女);铁11师5852团学兵16连、17连、18连、21连(女)。

我们学兵连的建设工地处在秦巴山区的高山峻岭之中,交通极其不便。为了尽快到达驻地,5846团的学兵坐着大卡车到达镇安县后就因公路不通开始了步行。每天早上4点多钟,学兵们摸黑背着几十斤重的行装,凭着手电筒的亮光,排着一字形队伍,一个紧挨一个,沿着崎岖的山路,涉过大腿深的河水,急速前进。每天要走80里左右,5天后才到达旬阳县城。后又坐船顺汉江东下,在大棕溪区安营扎寨。而我们5847团的学兵则乘火车从兴平出发,绕着大圈经过河南,到达湖北的六里坪。又坐上一天的卡车到达旬阳的兰滩后已是晚上的九十点钟,稍事休整,便开始步行六七十里山路,拂晓时才到达驻地展园。初来乍到,大自然就给了学兵们一个“下马威”——走到沙沟附近,遇到了公路大塌方,黑灯瞎火的我们也不知怎么爬过去的。

我们学兵18连是由咸阳所辖6个县的150多名学兵组成。驻扎在旬阳展园的山坡上,首先面对的是艰苦的生活关。刚去时住在稻草做地铺的帐篷里,后在那简陋的干打垒油毛毡房里一住就是两年多。陕南的夏日闷热潮湿令人难以忍受,还有那不知名的小蚊虫叮得人奇痒无比。就连老鼠也来光顾,晚上躺在床上,看着老鼠一家子先大后小排队,在挂蚊帐的铁丝上蹿来蹿去还真有意思。在家从未做过家务的男学兵们学着缝补、洗衣服时可真够呛。缝被子时,有的吃针过深将被褥、床单缝在一起;有的将要拆洗的棉袄、被褥整个扔进汉江边的水里棒打脚踩。那时,单从装束上就能认出学兵来,大都不修边幅,纽扣掉了用别针一别,有的干脆在腰间系一根“导火索”,特殊的经历形成一种特有的气质。

盖营房、洞内施工填塞和支撑,需要大量的木料,每个学兵初来都有过一天往返几十里扛木头的经历。一天,我上山扛木头,在返回的途中遇到了大雨,光秃秃的山上无处避雨,我只能用绳拉着木料往下跑。“扑通”,滑了一跤坐在地上,紧跟着木头滑下戳破了一个指头的皮,鲜血直流,四处无人也没法包扎。我只能按住流血的手指头忍住痛,咬紧牙关,默默念着“下定决心,不怕牺牲,排除万难,去争取胜利”这当时最常用的毛主席语录,继续扛着木料冒着大雨往下走,血水、泪水、汗水、泥水交织在了一起。

学兵们最难熬的莫过于在高强度的体力劳动下却吃不饱肚子了。百万筑路大军开进陕南山区,吃饭成了大问题,粮食不断告急。安康山区道路不通,通往外界的唯一通道便是汉江水路。为了抢工程进度,在物资保障是先工程后生活的原则下,粮食供应常常是连队就地自己想办法解决,搞到什么吃什么。每日三餐常是一人一个馒头,而且粗粮的比例较高,玉米面、高粱米等等都没少吃。副食经常是一丁点压缩菜或一小匙盐水煮的黄豆,偶尔才能吃到一点新鲜蔬菜和肉。在缺粮时,像红薯片、南瓜汤什么的都吃过。为了填饱肚子,学兵们拿着家里寄来的粮票或旧衣服,偷偷地跑到附近的老乡家换红薯、柿饼和橘子吃。上山扛木头饿得头发昏,有的学兵爬在农民地里偷吃生豆角,有的学兵摘野果子吃引起中毒、上吐下泻。逢上难得的星期天,几个人相伴,扒上铁道兵的汽车,到四十里外的蜀河镇小食堂美美吃一顿馒头、面条,那是再高兴不过的事了。那儿的文化生活十分匮乏,在那儿的两年多时间里我看的唯一一场朝鲜故事片《卖花姑娘》,成了我一生中最难忘的电影。铁道兵、民兵、学兵三兵几千人坐在汉江边上的大沙滩上观看，电影中卖花姑娘的悲惨遭遇和凄凉歌声使男、女学兵个个泪流满面。工余时间我们则坐在汉江边，背靠巴山，面对秦岭，向关中方向望着，偷偷唱着自编的《学兵之歌》："从咸阳到旬阳，路途多么遥远，妈妈拉着儿的手，热泪满胸膛……"想着家乡和亲人，盼望着铁路早日通车，更坚定了我们火车不响决不下战场的决心和信心。

在建设工地上，除女学兵19连在安康师部农场进行农副产品生产加工，17连进行物资转运外，咸阳学兵参与和承担了白岩隧道、岚河隧道、南溪沟隧道、牛家沟隧道、桑园隧道、小棕溪隧道、沙沟隧道、崩石沟隧道、棕溪大桥、沙沟大桥以及南溪沟车站、长沙坝车站、大棕溪车站等重大工程的建设任务。我们学兵18连和宝鸡、铜川的几个学兵连承担了2096米长的罗向岩隧道施工任务。为了使毛主席他老人家能放心、睡好觉，我们以超凡的智慧和顽强的精神，在一两个月内就适应了环境，掌握了各种施工技术，开始独立施工。从隧道的开挖、掘进、被复，以至于打风枪、打边墙、拱圈、架支撑木、爆破等每道工序，都可以看到三线学兵熟练的身影。就连女学兵也一样，不管严冬酷暑，下汉江筛沙子、搬石头、扛水泥等等，那泼辣的劲头一点不亚于男学兵。特殊的战场环境不分男女，在施工最紧张的时刻，女学兵14连、23连、26连等毅然打破女人不能进洞施工的禁令，主动请战进洞。她们打风枪、放炮、扒渣、出渣，样样都行，比男学兵更辛苦。兴平学生组成的5847团17连在安康等转运站转运物资，不管时间早晚，物资随来随到，每个学兵每天装卸的水泥大都在10吨以上，他们经常在完成任务后瘫软地睡在地上。我们曾用稚嫩的肩膀，瘦弱的身体，3个人抬过几百公斤重的木梁。这是一种在特定环境下迸发出来的精神力量，如果其中的一个撑不住，那么惨剧便会发生，至今回想起来仍令人胆寒。为了加快工程进度，我们经常参加超负荷的"红五月""红十月""创月成洞百米"大会战。再苦再累，我们都挺下来了。我们日记本上记着这样的话："苦不苦，累不累，想想万恶的旧社会；苦不苦，累不累，想想革命的老前辈；苦不苦，累不累，想想我们修路是为谁！"

那个年代，机械化程度不高，由于地质情况异常复杂，工程采用的是"人海"战术，安全措施也无法完全到位。极艰难的施工条件，使每个学兵都冒着洞内缺氧、毒烟、瓦斯、粉尘、爆炸和随时塌方的危险施工,每个人都不知面临过多少次生与死的考验。为了早日打通大动脉,许多学兵进洞前都把遗书悄悄地写好、藏好,随时准备献身。永远忘不了那一幕幕惊心动魄的战斗场面:山洪暴发,齐腰深的洪水涌进了隧洞,我们照样在掌子面前坚持施工;随着不断地向洞内纵深掘进,放炮后的硝烟排不出去,一排人中毒昏倒撤下来,另一排人又冲上去……战友们宁让自己险万分,不留同志一分险,奋不顾身冲在最前方,经历了一次又一次大塌方抢险。罗向岩隧道施工中,学兵14连的刘松岐刚推斗车出洞,猛不防被山顶滚下来的石头砸中头部壮烈牺牲;而一次意料不到的大塌方就夺取了包括女学兵肖梅英在内的6个人的宝贵生命,追悼会上,全连的姑娘们哀思如潮,哭声一片,但大家决心化悲痛为力量,早日修好襄渝线。

在襄渝铁路工程这场硬仗中,光咸阳的学兵就因各种意料不到的事故牺牲了10人,他们有的死于塌方,有的死于瞎炮,而张宝会牺牲在岚河隧道的一场大火之中。他们牺牲得多么惨烈悲壮!在艰苦的环境中,在当时缺医少药的情况下,周银达因被蚊虫叮咬,未获及时治疗身患败血病不幸身亡。我们连的回族兄弟马有义因心脏病突发去世……让我们永远记住这些长眠战友的英名:段金邦、张宝会、梅小明、陈宝玉、王治军、任振营、吴利新、武冬雨、周银达、马有义。更让咸阳学兵自豪的是为抢救战友而牺牲的彬县籍西安学兵吴南烈士。

陈宝玉、任振营牺牲后,他们的姐姐陈宝芬、任素珍及其肖梅英的妹妹肖梅菊,擦干眼泪前仆后继,义无反顾地接亲人的班,来到了火热的铁路建设工地,投入到紧张的施工中去。

两年多的部队生活,特殊的环境使我们百炼成钢,经受住了生活关、劳动关、生死关的严峻考验,一直坚持到铺轨机轰隆隆地开过来时才光荣退场。咸阳的1874名学兵以自己的青春年华,甚至以自己的鲜血和生命为代价,换来了襄渝铁路建设伟大胜利,为家乡父老争了光。学兵们有的火线入团入党,有的抢险立功受奖,143名学兵提了干,成了建设美好咸阳的栋梁之材。

一晃已经四十年,现在每当碰见三线的学兵同学或提起三线的往事,我的心里总荡漾着一种激情。虽然岁月匆匆而过,那段悲壮的历史不可能再重演。但那段岁月在我们这些学兵的人生道路上却留下了深深的烙印。三线生活丰富了我们人生阅历,锻炼了我们特有的个性,那就是不畏艰险、坚韧不拔、舍生忘死、以苦为乐的三线精神。在任何工作岗位上,三线学兵都是一块好钢,放在哪里都能闪闪发光。1993 年 4 月,江泽民总书记为《大三线丛书》题词:“让三线建设者的历史功绩和艰苦创业精神在新时期发扬光大。”这是党和历史对三线建设者的崇高评价,也是今天对三线精神的呼唤。今天,在咸阳的机关、企事业单位,不乏三线学兵的身影。更多的学兵,尽管他们的身上留下了伤痕和疾病,甚至有的已经下岗,生活不很景气,仍然默默无闻地无私奉献、顽强拼搏,为振兴咸阳再铸辉煌添砖加瓦,在他们身上仍然闪耀着三线精神的光芒。

三线学兵精神永存!

(作者:唐明,原 2107 工程学生 80 连,铁道兵 5847 部队学兵 18 连副排长。)

连队杂忆

李少华

写　信

在三线,我们和家里、和朋友的联系靠书信,同团的战友联系也靠书信。平时最盼望的就是看到家人、朋友、战友的来信。连通讯员每次从团部回来,大家就像追星族迎接明星一样,远远地迎了上去,询问有无自己的信件。闲暇时,我们就把写信当成一件很重要的事情来做。

连队人多,文化水平低,开始时大家写信也是千奇百怪。

比如落款,应写某某地某某部队某学生连,有人在信封上落了个“金珠玛米”。

又比如有人给家里回信,没有信瓤子,只寄回一个信封。

还有一个人看完家里的来信,把自己的回信留下,却把家里的来信寄了回去。家里收到后,吓坏了,赶紧向连里发电报询问情况。

连里一看这怎么行?连长召开大会通报写信问题,引起大家的重视,以后问题就少了。

尴　尬

有一天的休息时间，我们站在大院，和供应股冯助理等人聊天。冯助理是个广东人，50多岁，说话大嗓门，快言快语。

这时，女生26连一位排长带着两个学兵，赶着两头猪路过后勤大院。这位排长留着短头发，一米七左右的个子，长相十分端庄。冯助理平时认识这个排长，看见她们赶着猪过来，不假思索地打招呼问："小张，干啥去？"一句话问的这位女排长脸红到了脖子根，无法回答，其他两位女学兵也不好意思地转过头偷着笑。冯助理见状，仔细看了一下，忽然觉得问话不妥，也觉得十分尴尬。"啊……啊……"冯助理支吾了两声，赶紧把话题转开，双方才都下了台。

原来，她们是赶猪去给猪配种。十七八的大姑娘出这差，确实难为她们了。她们过去后，一个战士告诉我："那个女排长特别能干，抡起大锤来，赛过小伙。"我听后，十分钦佩。女学兵，英雄啊！

捕　鱼

为改善连队的生活，团供应股从广东购买了一张渔网，准备在汉江捕鱼。

一天，联系好了机动船，干部战士十余人，来到沙沟口的汉江边，进行试捕。当时汉江正是汛期，江水浑黄，水位大涨，已漫进沙沟口。

这渔网好大，有六七十米长，网中间有一个兜，像英文字母大写的"D"字，这是大海里捕鱼用的网。我们把网的一头固定在岸上，另一头固定到船上，准备以岸为圆心，像圆规画圆一样捕鱼。机动船拖着网驶向江心，开始逆水包抄。当开足马力向上拖时，只听见船"嘟嘟嘟"地干吼，却不见船前进。可见，由于水流太急，渔网的阻力太大，机动船已无能为力。这条船可是在当时当地部队里马力最大的呢！

我们又改变了方法在沟里的回水里捕鱼，由于水浅，机动船又进不去。大家用力拉网，根本拉不动，只好作罢。忙了半天，一条小鱼也没捕着。

后来这个渔网还是发挥了作用，把它拉到白河，在那里捕了不少鱼，给各连队分了下去。

（作者：李少华，原2107工程学生25连，铁道兵5847部队学兵25连班长。）

尘封的记忆——走过蜀河口

闻祥云

蜀河，汉水中游旬阳县的一个古镇。依稀的记忆中——一条窄窄的青石板路数百米长，砖石砌盖高低错落的一两层木质小楼分列两旁，小街古朴沧桑，自北而下，仿佛要和蜀河一齐汇入汉江。

20世纪70年代初，襄渝铁路全面开工，几十万筑路大军从四面八方挺进陕南腹地。我们从虢镇车站乘坐火车途经河南、湖北两省，在六里坪兵站换乘几十辆军用卡车颠簸十多个小时进入陕西白河。午夜时分，车队停靠在简易公路下的大沙滩上。吃过夜饭，背起行李打着电筒，来自宝鸡的几个学兵连队沿着汉水徒步前行。

天渐渐露出鱼肚白色，前面有星星点点的灯光，山沟里一排排干打垒的土石工棚，沟口还传来压风机的轰鸣声，江对岸的山坡上也隐约现出模模糊糊城堡似的村落。我们疲惫的脚步再也不愿挪动了。“跟上，跟上，别掉队，这才到蜀河口，还有三五里地！”带队的军代表大声呼喊着。哎哟，还有三五里地，走了多少个三五里地呀！我们这群刚走出校门，甚至好多连家门都不曾离开过的十六七岁的少年学生叹声一片。

回首望望一路走过蜿蜒回转的山间小道，脑袋上悬挂着开山放炮后留在便道上龇牙咧嘴的山体巨石，脚底下漂动着行李散架后滚落在汉江水中的盆、碗杂物，那青山绿水一线天的清晨全然没有课本上描写的那么美妙。我们磕磕绊绊地向前移动，困倦的、无意识的脑海里仅留下了一个新的地名——蜀河口。

一个月后，我们再次来到蜀河口，准确地说是来到汉江南岸的沙沟。沙沟是个公社，也就是来时看到那星火闪亮的地方，它和对岸的蜀河镇隔江相望，人们习惯地把这一片地统称为蜀河口。当年的沙沟比蜀河镇红火多了，它是铁道兵5847部队的团部所在地，也是该团施工辖区工程物资、生活用品的唯一中转集散地。麻雀虽小五脏齐全，这不起眼的小山沟里驻扎着几千号人的施工队伍，商店、服务社、邮电局、粮站等虽简陋也很分散，但还算应有尽有。

要去的单位、连队很多，十几名学生在军代表的带领下忙活了一上午，山上山下、沟里沟外往返十几趟将粮食、工具、材料搬运到船上。这次出差不仅粮站、材料库跑个遍，顺便捎带着在部队服务社、邮局也溜达一圈。令人喜出望外的是军代表虽说是11分队的，却长期在团文艺宣传队工作，附近的铁道兵连队他都很熟，帮我们安排联系好一顿午饭。

来到炊事班，抬上来一大筐米饭和一桶白菜煮粉条，我们班十几个人三下五除二一扫而光。不用说，那吃相肯定非常狼狈，以致炊事班长悄悄地把军代表拉到一旁小声嘀咕道："你们来时没吃早饭?"军代表用他那略带点儿上海口音的普通话"嗯，啊，是的……"支支吾吾了半天。听着两位铁道兵老大哥近乎滑稽的对话，我们强忍着才没笑出声来，也许是班长察觉到了点儿什么，又端出一箩筐凉馒头分发给我们。这一天是到三线最快乐的一天，去过的人都知道，得个连嘉奖什么的，也不会比吃顿饱饭更让我们这些少年学兵们兴奋。

扬起风帆离开蜀河口，离开沙沟，不过这次是乘船逆水而上。当时简易公路还未竣工，沿江途中不少地段扩路放炮，我们只好走走停停。临近老鸹滩时，船工抛下竹缆，大家争先恐后地跳到岸上，踩着沙石、踏着江水，在艄公悠扬高亢的汉江号子声中过了一回纤夫瘾。船在江中行，江水碧绿，四周群山相拥，站在船头抬眼远望，飘着白云的蓝天也显得开阔了许多。在这诗情画意的山水中，展园西坡上的连队营地越来越近了。

以后的两年，襄渝铁路建设进入最后攻坚阶段，就很少有时间再去蜀河口。首战开门红，大战红五月，决战……一场战役接着一场战役。月复一月，日复一日的点名出发、放炮出渣、工地隧道、讲评睡觉，成了学兵苦乐年华的生活轨迹。每月的外出日，大伙儿集体下汉江清理个人卫生，几名准了半天假的学兵担负着为战友补充生活必需品的义务，一同外出，这样的好事我也享受过两回。整天困在这巴掌大的连队驻地，能有机会去外面看看，那种感觉还是蛮好的。没得说，这方圆几十里可去之处也就是蜀河口了。

连队离蜀河口很远，如果扒不上合适的顺路车，我们会急行军直奔沙沟，从沙沟坐船过江就到了蜀河镇。跑邮局、进商店，抱上一摞信封、邮票、牙膏、毛巾等杂七杂八的东西，沿着小街从南向北走去。街道不长，走到尽头时间也差不多了,赶紧收拾收拾东西往挎包里一塞,又马不停蹄地赶回去。由于行程匆匆,蜀河镇没有留下多少印象,只觉得小街商铺相连也很集中,房屋老式陈旧,因江北没有施工队伍,这里看起来比较繁华但很宁静。

岁月如歌,转眼几十年过去了,往日的经历在记忆的长河里逐渐淡漠、流失,唯有曾走过的兰滩、险滩沟、蜀河、沙沟、老鸹滩、展园、罗向崖、关口……这一连串蕴含着汉水韵味的地名时不时地跳跃出来,在眼前飘动。

(作者:闻祥云,网名云晓,原 2107 工程学生 76 连,铁道兵 5847 部队学兵 14 连战士。)

妈妈的眼泪

董宝华

一

我从小生活在一个比较富裕的家庭里,1971 年去三线的时候,因为我的年龄不满 16 周岁,再加上我本身个子又小,所以来招人的部队领导也不要我。说实话,我爸爸妈妈心疼我,也真不想让我去,可那时我闹着一定要去。一来是学校我们这一届的男生基本上快走完了,剩下来的也没有几个了。二来是年轻人那时都羡慕当兵的,在听动员报告时,来招人的部队领导一吹:“我们这次招去的学兵除了不带领章帽徽,什么都跟当兵的一样。”我一听这话就更闹着要去了。

随着时间的推移,报名和内定的时间基本快结束了,我打听到还没有我的时候就心急如焚地回家找我的爸爸,让他找我们学校的工宣队和学校领导说说情,设法让我能够如愿去三线。

爸爸语重心长地对我讲:“你年龄确实还太小,你从来也没离开过家。你仔细想好了,到三线去不是玩去了,而是修铁路,要吃苦的。”妈妈也在一旁说:“你爸他们厂很快就要招工了,你如果不去三线也可以很快参加工作,而且就在家门口,也不会吃什么苦。”“我不怕吃苦,我就是要去。”我嘴上争辩着,心里却在想，“我才不到你们厂去呢。”因为当时我爸爸还处在“文革”后期靠边站的状态，他在厂里属于“反动技术权威”，我总觉得在外人面前抬不起头来，我当时特别恨我爸爸他们厂，我心里想“我就是下乡到农村去也不到你们厂”。根本体谅不到父母的心情，他们是爱惜我舍不得让我离开家，这些我后来才慢慢体会到。

看到我执拗的样子，爸爸妈妈都不说话了，爸爸低下头抽着烟，妈妈默默流着伤心的眼泪。半晌，爸爸抬起头来对我说：“好吧，既然你下定决心一定要去，我也就不拦着你了。这样吧，我去找你们学校试一试，如果实在不行，那我也就没办法了。”

通过我爸找人说情和努力，最后，我终于被批准去三线了，我沉重的包袱一下放掉了，我成了一名光荣的学兵战士，我太高兴了。

在接下来的几天里，妈妈默默地为我准备着行装，我经常发现妈妈一个人背着我们偷偷地流泪。所以，出发的时候我说什么也不让我妈去火车站送我，我害怕我妈伤心落泪，我实在是不敢看我妈妈那伤心欲绝的脸庞。

去火车站送我的是爸爸。火车站挤满了前来送行的人群，亲人们拉着孩子的手，说不完的叮嘱话，我爸爸挤在人群中一直目不转睛地注视着我——此时无声胜有声，多少千言万语都在这深情的目光里流淌。

终于，火车慢慢地开动了，站台上响起了一片哭声，送行的亲人们在跟自己的孩子告别，这时我看到我爸爸举起了他那双大手向我挥舞着，泪水挂满了他的脸颊……

二

在我到达了三线之后的日子里，每隔几日便能接到家里的来信。爸妈在信里千嘱咐万叮咛，字里行间透露出老人殷切地挂念。我在回信的时候为了不让爸妈担心，每次都尽量只拣好的讲，闭口不谈吃不饱和工作危险的事。日子长了以后，老人从别人的嘴里慢慢听到了一些关于学兵在三线吃不饱饿肚子、干活危险、经常出事的传言。时间久了，我妈由于担心、思念过度，加上身体虚弱，一下子就病倒了。病情拖了一段时间后慢慢加重，我爸在没有办法的情况下给我拍了一封电报,让我赶回家中来看我的妈妈。

我们连队接到电报压了两天后才给我,当我看完电报后,马上跟连长、指导员请假说我要回去。指导员说我们连队没有批假的权力,要回家批假需得到营里的同意。于是我立即动身赶往二十里地以外的营部。因为我们二营分两部分驻扎,一部分在罗家岭,一部分在险滩沟。两地相隔二十余里地,批假需到险滩沟的那个营部去。

我拿着电报搭了一辆汽车赶到险滩沟营部,见到营长徐杰后我递上电报讲明事由,满怀希望马上得到批准,谁知徐营长看完电报后说,“工作忙任务重不予批准。”当时我就像五雷轰顶立马就蒙了,我怎么也没想到营长会这么不通情达理,一点人情味也没有。

事已至此,我也别无他法,只好一走了之。当时也曾有人劝阻过我,说宝华如果你自己偷着走了你想过后果吗?这在当时部队编制下的学兵连来说是属于开小差行为,最低也是要受处分的。但在当时我什么也顾不上了,我就一心想赶快回家,就想着马上回到妈妈的身边。

因为我这个人爱交际,在三线的时候交了不少的朋友,铁兵十一师汽车连有几个我的唐山老乡跟我关系特别好,当我得知他们近期有车要到湖北襄樊去,就决定搭乘他们的车神不知鬼不觉地绕道赶回宝鸡。

在与老乡的详细协商和精心准备之后,我在两天后悄悄地搭乘我唐山老乡的汽车,经由湖北襄樊转乘火车绕道郑州回到了宝鸡。

回到家里时已经是半夜了,给我开门的是我的哥哥,他开门后竟然问我找谁?我离开家才一年多,难道真有那么大的变化吗?后来我才明白,因为在三线晒的太黑、人变瘦了的缘故。我突然回家惊醒了全家人,妈妈更是惊讶得说不出话来,抱着我的头哭个不停……

在回到宝鸡的十几天里,妈妈天天拉着我的手看不够,一边抹着眼泪一边嘴里念叨着,“我儿瘦了,我儿晒黑了。”妈妈的神情让我心酸不已,她越是这样越是让我无法离开。

妈妈见到了我之后,心情大为好转,自然病情渐渐也就有了起色。我知道,我回家来是老人家最好的一副良药。后来妈妈得知我是偷着跑回来的实情之后非常着急，便一再催促我赶紧回去。我看到妈妈的病情有了好转后，就决定赶回三线去。

临走的时候自然又是难舍难分，妈妈执意要把我送到车站，我看着妈妈大病未愈的样子心中非常难受，但还得强装笑脸安慰妈妈，在我们大家的劝说之下，老人家终于同意只送我到路边。

“儿行千里母担忧”，这句话一点都不假，母亲千嘱咐万叮咛说不完的离别话，在亲人和众多学兵家长的送别下，我终于又踏上返回三线的路程，重新投入到那如火如荼的三线建设当中去了……

三

从三线回来后，我很少跟妈妈谈及我在三线受那些苦和磨难，更不敢说那次因为回家看妈妈回去后受到的处分，虽然说最后临走时把处分给我取消了，但我怕因此而引发妈妈的自责，让她心里不好受。

1975 年，因我爸爸工作调动我们家搬到了河北保定，我也于 1984 年因父亲去世从陕西省建三公司调到了河北保定铁路部门工作。

1998 年底，我到宝鸡出差，遇到当年曾在襄渝线上与我共生死的一个班的学兵战友索元串。他激动地告诉我，“陕西电视台拍摄了一部电视连续剧《三线学兵连》。”临别时，他送了我一本书《青春无悔》，那是我们三线学兵自己写的书，还从别人那里设法弄到的几盘电视连续剧《三线学兵连》的录像带。

从宝鸡回到河北后，我迫不及待地想赶快把录像带看了，但那时我们家里也没有录像机，别人的又不太好借。为了看录像带，不富裕的我一咬牙就到商店买了一台录像机。当我把录像机搬回家的那一天，刚好是星期天，妈妈和妹妹都到我家里来，吃完饭后我就安装好录像机放进磁带，全家人围坐在一起看了起来。

“背上了行装扛起了枪，满怀豪情斗志昂扬……”当这首慷慨激昂的《铁道兵战士志在四方》响起的时候，我心潮澎湃，热泪盈眶。随着电视片《三线学兵连》剧情的深入，当年那一幕幕奋战在襄渝线上永远也磨不掉的记忆又重现的时候，我整个人融入其中，渐渐地由开始流泪抽泣到后来失声痛哭，最后泪水模糊了我的双眼,实在无法看下去了。

当演到安康为了修水库将烈士们的陵墓搬迁到高处安葬,重新装敛学兵的遗骨时,打开学兵的棺材,看到里面的陪葬品竟然都是罐头,沉重的解说词是这样的:“在那个吃不饱的时候,给牺牲战友的棺材里放进罐头是当时最好的奢侈品了。”我的妈妈在一旁早已是泣不成声了,妈妈边哭边说,“我真的不知道你们会这么苦,我要早知道这样,说什么我也不会让你去。”

妈妈自从看过纪实片《三线学兵连》后,一直闷闷不乐伤心了好些天。看到妈妈郁闷的样子我也特别后悔,我真不该让妈妈看这部片子,不应该让老妈跟我一起伤心地回忆过去。她老人家身体不好,看到我们在三线受那么多苦,年龄那么小正是长身体的时候,整天吃不饱还干那么重的体力活,老人心里实在是接受不了。我应该更多地给她宽心和幸福,让她度过幸福的晚年,而不应让她的心灵受到刺痛。

三线的经历虽然说是锻炼了自己,使自己在人生的道路上磨炼出了坚强的意志。但在我去三线的这些年里,也让老人为自己担了很多的心,这是我一生都报答不了的。

妈妈离开我已经六年了,在怀念老人家的同时,我谨以此文献给我伟大慈祥的妈妈!

(作者:董宝华,网名30连万能胶,原2107工程学生88连,铁道兵5847部队学兵30连战士。)

那年中秋……

董邦耀

那年中秋,家乡的慰问团来“襄渝”铁路建设工地,慰问我们这群十六七岁的“三线学兵”。

那是20世纪70年代初,举国上下“深挖洞,广积粮,备战备荒”的时期,当时,物资奇缺,生活相当艰苦。大家离开父母亲人,开山炸石,架桥梁打隧道,每顿饭一人只有一个馒头,一碗高粱米稀饭,下饭的菜是能数得清的盐水煮黄豆,偶尔吃一顿白菜烧豆腐,简直就是过年。就是有钱,在工地上也买不到食品。要买食品,得到几十里外的镇子上,可吃饱肚子跑回来,又空空如也了。学兵们饿着肚子,干着强劳力的危险活,都很想家,尤其是亲人团聚的节日,就连唐代大诗人王维也有"每逢佳节倍思亲"的感慨,更何况我们这些初次离家的毛头小子。

慰问团的到来,就好像给大家注入了"兴奋剂"!家乡的父老还惦记着我们,还带来了月饼和《慰问信》。信上说我们二万五千多名"学兵",积极响应毛主席"三线建设要抓紧"的号召,奔赴巴山汉水,与铁道兵、民兵一起投身于战备铁路建设,发扬"一不怕苦,二不怕死"的战斗精神,逢山开路,遇水架桥,是毛泽东思想培育的信得过的革命事业接班人。平生第一次受到这样的礼遇,真让人感动,什么苦啊、累啊,顿时都烟消云散了。

分月饼了。我们班十二个人,领到了三个不同馅的月饼,班长蒋宏亮用刀把每个月饼切成四牙,正好我们每人领到一牙。大家手捧表皮金黄酥脆,内瓤橙红香甜的月饼,用手捧,上上下下、里里外外先看个够,再放到鼻子跟前嗅一嗅,用牙咬一点点,再咬一点点,慢慢地、轻轻地咀嚼着,品尝着,就像吃的是金子似的,生怕一下子吃光了,没有了。"你尝尝豆沙馅的!""你尝尝枣泥的!""你再尝尝芝麻的!"大家互相在对方的那牙月饼上轻轻地咬一点点,在嘴里吧唧着,眼睛睁得大大的,脖子伸得长长的……

我没有吃。我要等出公务的刘锋回来,一起赏月时再吃,他是与我同住上铺的好兄弟。我连同他的那牙月饼,小心翼翼地一起放在了上铺。

那天的月亮特别懒,总不见它露脸,刘锋也好像是去国外而不是去团部出差似的,迟迟不见回来……

当月亮露出月饼似的圆脸的时候,刘锋带着一帮出公务的学兵,每人扛着一麻袋高粱米回来了。他用干毛巾一边甩打着肩上、背上和裤腿上的尘土,一边看着我递给他的《慰问信》。我说,还有月饼呢!没等他洗完脸,我就爬到上铺去取月饼。

我端下碗一看,怎么只剩一牙了?我的心一惊!再仔细看看碗里的月饼,有一牙已经被老鼠偷吃的只剩下蚕豆大的一丁点儿了,上面布满了黏黏拉拉的鼠齿痕。刘锋看了看碗里的月饼,又看了看尴尬的我,扶了扶眼镜,风趣地说:“老鼠也知道这是咱亲人送来的,给咱还留了一牙。来,吃月饼,有这一牙就够了!”说着,拿起老鼠吃剩的另一牙月饼,掰成两半,递给我一半。

我接过月饼,心如潮涌,炽热的泪水蒙胧了我的双眼。这时的月亮,已爬上了我们的头顶,那么圆润、那么明亮。

我们对着明月,慢慢地将月饼送到嘴里,轻轻地咀嚼着。我们品尝到的,分明是那浓浓地亲情、友情……我们四目相视,哈哈一笑,那爽朗的笑声回荡在空旷、柔美的月夜里……

(作者:董邦耀,网名dd1955dd,原2107工程学生77连,铁道兵5847部队学兵15连战士。)

永远的路

邓宝斌

依然是那山,似利刃,直指蓝天。
依然是那河,像蓝色的带,浪轻拍着岸。
依然是那星,如宝石,镶嵌在夜空,亮闪闪。
还有那路,铸进了大山,化作永远!

绿营,铁兵,已十分久远,
军号声声,依然在耳边回旋。
那支唱了几十年的歌,
还在山河间缠绵。

山,还是那山,
山中的老房东,
早已不在人间。
河,还是那河,

河中摆渡的,
也不是当年那条船。
星,还是那星,
也是在星移斗转,东出西还。
唯有那路,
铸进了大山,化作永远!

回访那山,
山说,
我认识你,隧道就在我身边。
回访那河,
河说,
我认识你,大桥就在我身边。
回访那星,
星说,
我认识你,
你是当年地面上无数灯火中的一盏。

回访那路,
路说,
我认识你,就是你们
你们把我铸进了大山,化作永远!

我回访了留在那墓碑后的战友,
战友说,
青春无悔,无悔青春,
看我们,依然是当年那稚嫩的脸,
几十年了,你们别挂牵,

我们已和那路，
一同铸进了大山，化作永远！

路，铸进了大山，化作永远，
几十年了，我一直把你挂牵，
每次回到你身边，
我都能听见，
听见军号回旋，
听见歌声缠绵。
便道旁的山崖上，
老排长的笔迹依然醒目，
几十年风风雨雨，
竟然没使他有丝毫改变，
他也铸进了大山，化作永远！

噢，
山，河，星，
永远是永远。
隧道，大桥，路，
也是永远。
那些没回来的战友们，
也是永远。
连我的梦，
我的梦
——也化作了永远！

(作者：邓宝斌，网名风枪手，原2107工程学生78连，铁道兵5847部队学兵16连战士。)

5847 部队学生驻地　张爱梅供图

女学兵在涵洞上面留影

无悔的青春

陶玉和

参加襄渝铁路的修建，已经过去了40年，每每回想起来，都仿佛发生在昨天一样。

40年来，我们数代人为之奋斗的中华人民共和国发生了翻天覆地的变化，政治、经济、科技、文化、国防，都和四十年前不可同日而语，中国在国际上的地位也容不得列国小觑。以牺牲自己的青春为代价、以奉献自己的血汗为自豪的我们这一代人可以坦然地说，我们没有虚度自己的年华，我们曾为共和国这座大厦添砖加瓦。如果说，我们这些三线学兵后来的命运有了很大的差异，可在襄渝铁路的那一段用血和火练就的岁月里，我们每一个人都无愧于自己的父母对我们的养育，无愧于国家对我们的培养。我们稚嫩的双肩承担起了本不该我们这个年龄承担的重担，我们还没有完全摆脱孩子般的单纯心灵，接受了汗水、泪水和血水的洗礼，我们用超人的毅力和忍耐，在很短的时间里完成了成人的仪式。

这些年，我多次向自己的孩子和当代的一些年轻人讲述当年我们三线学兵的经历，不是我想吹嘘和诉苦，我只是想让现在的年轻人不要为一点点烦恼而怨天尤人、不要为一点点困难而不知所措。每每讲起这些，我最大的疑惑是，现在的年轻人居然不相信在我们身上曾发生过的一切。他们不理解、不相信生活中为什么会有这样的故事，这实在让我感到无言的痛楚。如果连父辈为建设共和国的经历都处之漠然，那么祖辈抛头颅、洒热血缔造共和国的经历又会给他们多大的激励呢。

40年了，这段尘封的历史是不会被人们忘记的。最近，中央电视台播出五集纪录片《三线学兵》，终于将几十年前的这一段鲜为人知的往事再次揭示在世人的眼前。

对三线学兵连的评价、对两万五千多名三线学兵的评价，我们既要站在几十年前的历史时空里看待，更要用发展的眼光，从各个角度去分析当年我们这一特殊群体的价值，以及对当今社会的启迪作用。

到三线参加襄渝铁路修建的三线学兵，都是来自西安等城市的初中69级和70级毕业生。我们本该是1966年小学毕业上初中，如果按部就班地念下去，1970年我们应当进入高中学习。由于受“文化大革命”的影响，在我们小学即将毕业的时候学校停了课。这一停就是好几年，无学可上的我们，终日里就是看着、听着造反派战斗队的口号和红旗、大批判的文章和标语、游行静坐的队伍和场景、文攻武卫的棍棒和枪声。虽然那时的我们思想上已经有了自己的认识和看法，可我们在革命的大潮中没有被列入工农商学兵中的主体中，革命和造反都与我们没有关系。到了1968年，中央提出“复课闹革命”，我们这才进了中学的大门。

我们进入中学的时候，前面的几个年级都奔赴广阔天地接受贫下中农的再教育了。在中学里我们满打满算两年时间，除去学习伟人的著作，就是到工厂学工、到农村学农、到部队学军，还到贫穷地区访贫问苦，坐在课堂里的时间少得可怜。数学、物理、化学、语文、政治几门课程都浮皮潦草地学了一些，英语课压根就没有开。我的一些语文和史地底子，都是自己在襄渝铁路工地上，从自己带去的初中和高中的教科书上胡乱看来的。不是我们不想学，上学的时候我对所有的课程都很用功，离开学校前所谓的毕业考试，我的政治成绩是优、数学100、物理100、化学错了一道大题得了86分，这还是全年级的最高分，历史和地理只是考查课没有考试。算起来我的总成绩在全校也名列前茅。

现在的人们说起红卫兵，脑子里就是造反派的形象。我们在学校也有许多同学加入了红卫兵，可那不是抄家造反的红卫兵。“文革”开始，学校的共青团组织瘫痪了，学生中没有可以代表先进学生的组织，复课闹革命以后，所有的学校都在校革委会和工宣队的领导下成立了红卫兵，这是因为在那个年代只有这个名称可以体现革命的先进性。这时的红卫兵不是造反组织，没有抄家游街的举动，没有打砸抢的劣迹。那时的红卫兵在复课、在维护学校正常秩序方面起到了积极的作用。直到我们毕业前夕共青团组织才慢慢地恢复，并逐步地替代了红卫兵组织。

我们这一代人在十六七岁的时候，心中绝少私心、绝少胆怯、绝少索取、绝少退缩，那是一个崇拜领袖、崇拜理想、崇拜英雄、崇拜牺牲的年代。

所以，当号召我们参加襄渝铁路的修建时，人人奋勇，个个争先，许多人写下了血书。虽然那时的行为，在今天看起来有许许多多的不足，无可取之处，可当时，我们都是打心眼里抱着坚持全心全意为人民服务的信念、坚持为中国和世界革命献身的理想而响应党和政府召唤的。用今天的眼光来看当年襄渝铁路对我们的选择，和我们对襄渝铁路的选择，许多人会有很多的不理解甚至指责，有些人会将这种指责夸大为残酷。我敢说如果放到现在，在那么艰苦危险、又几乎没有报酬的条件下去修建铁路，恐怕西安市的初中生两百个人也难以动员出来。只有我们这些亲身经历这一切的三线学兵，理解我们对那一段生活的情结，懂得这是我们人生的宝贵财富，这是我们人生中难得的历练，我们所受到的痛苦磨炼使我们终身受用。襄渝铁路上的经历是我们一辈子难忘的，也是我们一辈子引以为自豪的。

这些年来，三线学兵们时常以各种方式聚会，大家在一起有哭泣有欢笑、有痛楚有自豪、有辛酸有感慨，唯一没有的就是后悔。没有人为自己当初选择了奔赴三线感到后悔，没有人为自己在三线吃尽艰辛感到后悔，没有人为自己在三线流血流汗甚至留下伤残感到后悔，所有的人都将几年的三线生活当成自己人生的宝贵经历，所有的人都将自己在襄渝铁路的时光当成自己最值得骄傲的阅历。“无怨无悔”、“青春无悔”也是大家不论嘴上说不说，心里都在坚持践行的格言。

当年修建襄渝铁路是在紧张的国际形势下，为了应对外敌入侵的举措，虽然战争没有爆发，但这条铁路的战略意义丝毫没有受到影响。这是一条我国东西大动脉的迂回线，对促进沿线及西南地区的发展起到了重要的作用，几十个县市、数千万人因此改变了面貌和命运。2008 年四川汶川大地震，宝成铁路一度中断，襄渝铁路在运送救灾物资和人员方面发挥了极大的作用。现在襄渝铁路的复线工程即将完成，一条电气化的钢铁大动脉更加畅通快捷。一批人能为祖国做一些载入了史册的贡献，难道不值得骄傲和自豪吗！

2006 年国庆节期间，我和当年的学兵杨向民、尤德平、杨天生相约又回到了离别三十几年的旬阳县。当年我们用了四天才到达的地方，坐在火车上两三个小时就到了。

今天的旬阳今非昔比,到处是高楼大厦,我们也住进了舒服的旬阳宾馆的房间里。最让我们魂牵梦绕的是当年我们生活和战斗过的大磨沟、死人沟、长廊沟等地方。不顾洪灾后的道路垮塌泥泞,我们沿着当年的足迹一步步的再次踏上汉江沿线小路。我们在大磨沟的住房遗址驻足,房屋已无影无踪,却栽植了大片的桑林,这使我有一种时光流逝、沧海桑田的感觉;在吴家嘴老船工的屋前,当年的老吴除了腿脚不便外,精神依然矍铄,谈起当年的情景他仍然记得我们许多同学的名字,老屋屋檐下"三线建设要抓紧"的大幅红框白字标语还和当年一样给人鼓舞;在死人沟里,我们的营房也成了茂盛的庄稼地,山区的小孩接过我们送给她的小食品开心不已,使我们感到这里的日子仍然并不富庶;所有的隧道口上方都镌刻着毛泽东主席手书的"为人民服务"的大字,这是当年我们在这里时就有的,红色的油漆随着岁月流逝而显得斑驳。看着隆隆的列车由这座隧道驶出,跨过大桥,又钻入另一座隧道呼啸而去,我们又好像看见听见当年的施工场景和劳动号子;在数座我们参与修建的隧道里和桥梁上,我们脚下踏着钢轨和枕木,百感交集,不知是想哭还是想笑;在长廊沟隧道口,我拥抱了一个正在沿着铁路巡道的约摸四十来岁养护工,当他知道我们是当年铁路的修筑者后,只是说了一句"放心吧",这一句普通的话语差一点使我的眼泪流了出来;在大磨沟里,造纸作坊早已不见踪影,河水依旧清澈甘甜,在扛柴时常歇脚的大槐树下,问起那位可敬的大娘,她的儿子说老人一年前刚刚过世了,她生前常常将我们这些来自西安的学兵挂在嘴里,说这些学生在这里吃苦了;在庙岭车站,我们忽然闻到了阵阵桂花的清香,循着香味找去,当年小学校门前的桂花树更粗壮了,树上的桂花依然繁茂;在一户户我们认识和不认识的山民家,只要听说我们是当年的学兵,他们马上就会递座倒茶,热情无比,有的还张罗着做饭,尤其是那些年纪在五六十岁以上的人,提起当年的事情,个个都有说不尽的话,其中说得最多的就是,你们这些学生娃当年把苦吃扎咧,听到那熟悉的陕南口音,真有一种回到家乡的感觉。

我不知道我们现在还能为这里做些什么,只是用感慨的目光到处搜寻着一切可以唤起我的回忆的东西,回想着我们当年在这里的每一个日日夜夜,回想着我们在这里的火热生活,回想着那一段我永远无法忘怀的日子。同时,我也深深地怀念为在修建襄渝铁路过程中献出了自己宝贵生命的铁道兵官兵、民兵兄弟和119名学兵战友，比起他们来我们要幸运许多。我们永远不会忘记自己在这里的奉献，秦巴山水将不会忘记我们在这里的奉献，共和国将不会忘记我们在这里的奉献，那是一种无私、无畏、无怨、无悔的奉献。

三线学兵连在襄渝铁路中的卓越贡献永存！

襄渝铁路工程中铸就的三线学兵精神永存！

二〇〇九年三月至七月於三爻书斋

5847部队学生26连快乐的炊事班女学兵　郑芸供图

追寻襄渝情

白保平

金秋十月，又逢国庆节长假，我们几个人早已约好，沿着当年的足迹，去追寻三十年前修建襄渝铁路的那段情结，以圆我们多年的青春“梦”。

我们五人当年都是一个连队的战友，可以说是风雨同舟，患难与共，生死之交。将近三十年了，每次和战友重逢、相聚，总免不了回忆当年修建襄渝铁路的那段经历，每个人心中都有一个夙愿，盼望再次回到当年修建襄渝线的地方看一看。因为，我们曾在那里流过血、流过泪、吃过苦，甚至有人把生命都奉献了出来。青春的岁月曾在共和国的三线建设中闪过火花，三线建设留给我们的追忆太多了……

凡当年学兵，谁能忘记那刻骨铭心的记忆？

坐上"西安—安康"的火车，思绪又回到了三十年前……

1971 年 3 月初春，在一代伟人毛泽东发出"三线建设要抓紧"号召下，我们咸阳市（当时叫咸阳专区）2000 多名十五六岁的青少年，带着美好的憧憬，沸腾着青春的热血，在红五星、绿军装的吸引下，告别了亲人，离开了家乡，奔赴陕南山区安康、旬阳、紫阳等地，修建中国的战备铁路——襄渝线（当时因保密，代号为 2107 工程）。

襄渝铁路全长 915.6 公里，据说是毛主席在中国地图上画线，周恩来总理亲自抓的工程。它贯穿中国鄂、陕、川三省，是一个以隧道、桥梁为主的铁路干线，整个线路几乎全部隐藏在大山深谷之中，即使走在这条线的附近，你也看不到铁路的踪影。按照当时的说法，敌人丢下一颗原子弹，对襄渝铁路也无可奈何。

毛泽东把陕西及中国的西部作为三线建设的主战场，也可以称之为当年的西部大开发。我们这些十五六岁的青少年便成为世界铁路建设史上独一无二的"童子军"。从此我们开始了悲壮的行旅，艰难的生涯，肩负起沉重的使命，投身于襄渝铁路建设的伟大洪流之中，献身于当年的西部大开发。

在两年多的时间里，我们用超人的意志、非凡的毅力、平常人难以想象的超负荷劳动，舍生忘死的和铁道兵一起凿山开洞，修路建桥。

在隧道大塌方抢险中，我们曾用稚嫩的肩膀、未发育好的瘦弱身体，几个人抬过几百公斤重的木梁。这是在特定的环境下迸发出来的精神力量，如果其中的一个人未出力，那么惨剧便会发生，至今回想起来依然胆寒。在陡峭的汉江边，一个人曾扛过两袋水泥狂奔在施工工地（肩上扛一袋，再用胳膊和胯部的力量夹一袋），就是为了抢修大塌方。更令人不可思议的是，当时要面对饥饿的威胁,经常吃不饱饭,每顿饭只有一个馒头,一丁点压缩菜或一小勺盐水煮黄豆。吃上一顿饱饭,成了我们当时的奢望,多么酸楚的年代!

人生最严峻的考验莫过于“死亡”。当死神与你擦肩而过的时候,你才会体会到生命的可贵。即使在以后的工作和生活中遇到再大的困难和挫折,你也会淡然处之。

我们曾经面对过一次次“死亡”的威胁。一次,隧道刚放完炮,我和三个战友起身去清除石渣,刚刚离开,一块桌面大的巨石从洞顶落下,砸在我们四人刚刚离开的地方,巨大的冲击浪把一个战友当时就吓瘫了,直至收工时我们的腿还在发软。

大家都说,谁未经历过生与死的考验,谁就不是真正的学兵。

有的战友为吃一顿饱饭,游泳去对面汉江的食堂,差点被激流淹死;有的战友上山扛柴,因饥饿过度,一脚踩空,险些掉下悬崖摔死……最难受的是看着刚刚和我们一起走进山洞上班的战友被人抬出来,已让塌方的石块砸得面目全非时,我们那一颗颗幼小的心灵颤抖了。谁不怕死?尤其是我们这些十五六岁的青少年,过去连死人都很少见过,现在却每天同死亡打着交道。厄运会不会降到我们头上?所以每次进山洞之前,我们都会心惊肉跳,祈祷山神保佑。

据有关资料统计,陕西省参加三线建设的25000多名学兵中,共牺牲了119名。他(她)们中大部分死在了施工中,有被洪水冲走的,也有为抢救战友、抢救国家财产而英勇献身的。还有因异常的艰苦生活、超负荷的劳动而累死的。他们牺牲时都只有十六七岁,其中一些女战友,真正死在了如花的季节。他(她)们死时可能才明白,他们是为那个时代的豪情壮志而献身的。假如他们不参加三线建设,或者说当时的生活、劳动条件好一点,他们一定会活到现在的,他们是为当年的西部大开发而献身的。

在那个特殊的年代,有句名言叫“一不怕苦,二不怕死”。

是的,连死都不怕了,还怕苦和累吗?

“呜——”一声长笛,打断了我们对往事的回忆,火车到达安康车站了。按照我们的原计划是从安康乘船到旬阳,顺江而下。出了火车站坐上出租车,开车的小女孩根本就不知道有码头,最后从一位老人口中得知,襄渝线修通以后,汉江上这条唯一的水路已停航多年了。老人还说,坐火车去吧！又快又稳。可见襄渝铁路在安康人民心中的位置。

第二天,我们一行到达旬阳县展园村,说是一个村,实际上是汉江转弯处一个只住着十几户山民的地方,这里正是我们生活战斗过两年多的驻地。

当三十年后的今天,重新站在这块土地上,望着眼前的一切,风风雨雨,坎坎坷坷,惊心动魄的一幕幕往事,又重现在眼前……

我们五个人中没有一个人吭声,凝视旧地,举目远眺,都陷入了对往事的追忆。

秦巴山还是那么苍翠,汉江水依然在东流,那条早已修好的钢铁大动脉——襄渝铁路无言地静卧在大山腹中。

“背上了行装扛起枪,

满怀豪情斗志昂扬。

毛主席挥手我前进,

奔向祖国最需要的地方……”

豪情奔放,震撼人心的《铁道兵之歌》主旋律又在我们耳边响起。我们五人不由自主地又唱起这首当年脍炙人口的战歌。当年,我们唱着这首歌,告别了亲人,离开了家乡,奔赴三线建设,献身于祖国西部大开发。今天,我们又唱起这首歌,追忆往事,思念战友,面对现实。

这是一支难忘的歌,一支熟悉的歌,一支动听的歌,一支千人唱、万人和的歌,一支永远唱下去的歌……

是啊！沧桑巨变,弹指一挥间,又是三十年。

巍巍的秦巴山,滔滔的汉江水,大山腹中的襄渝铁路,可曾记得当年那群十五六岁的大孩子吗？他们今天看望你们来了。你们可以作证,他们曾为共和国的三线建设出过力,流过汗,淌过血,捐过躯。他们是当年西部大开发的开拓者、建设者,是中国西部的牛仔,是中国的保尔·柯察金。

翻上一个山坡,当年住过的油毡房,早已无了踪影。一片绿油油的农田展现在我们面前,依稀辨得是我们当年所住的位置。留影拍照期间,过来一位老大娘,和老人谈及往事,老人惊喜地说:“你们是当年的学娃子！快到屋里坐。”

老人为我们沏上山里人招待贵客的红糖水，迎接我们这些远方的客人。他们的淳朴、热情没有变，对当年筑路大军的感情没有变。言谈之间，得知老人已经八十多岁了，但她对三十年前的往事依然清晰地记得，推算了一下她的年龄，当年也就五十多岁。老人深情地对我们说："你们当年受苦了，都是些小娃娃。铁路修通以后，山里人不缺吃、不愁穿，就是想念你们哪！"接着，她手往江沿岸一指，"现在都没人了，空得很呀，你们在时多热闹。"老人流露出了对往事的一丝眷恋。听到这里，再看看眼前寂静的深山峡谷，我们五人不免生出一丝凄凉之感……是啊！三十年前，千军万马战襄渝，汉江两岸摆战场，是何等的气魄！正是"为有牺牲多壮志，敢教日月换新天"。可如今，人去山静，喧闹的工地，灯火通明的营房，气势如虹的施工现场，再也看不到了。

岁月的流逝冲淡了山里人多少记忆，但冲淡不了对学兵、铁道兵及民兵修筑钢铁大动脉壮举及其无私奉献精神的记忆。山里人不会忘记，他们的子孙后代也不会忘记。

告别了老人，我们急匆匆赶往烈士陵园，气喘吁吁地爬上了一个山腰。烈士陵园呈现在眼前，几十座坟墓，隐没在一片蒿草和灌木之中，在萧瑟的秋风中，显得荒凉和落寞。看着眼前的情景，我们五人心中都沉甸甸的。

一个建造于1974年5月的烈士纪念碑。碑文虽然有些模糊不清，但仔细辨认还可以看出端倪：

革命烈士　永垂不朽

一九七〇年三月，我部奉命挺进陕南山区与陕西省人民组成的万余民兵、学兵一道，光荣参加了襄渝铁路的修建。

襄渝沿线，高山峡谷，激流多滩，地形险恶，地质复杂……用毛泽东思想武装起来的筑路大军，顶寒冒暑，夜以继日，凿山辟岭，越谷跨沟，在战天斗地的宏伟战斗中，涌现出英雄万千。×××等四十二名同志临危不惧，舍生忘死，挺身而出，光荣献身。

他们的业绩永世记载！他们的精神永垂不朽！

中国人民解放军五八四七部队
陕西省平利县民兵一团
一九七四年五月一日立

读完碑文，泪水早已挂满每个人的脸颊。“男儿有泪不轻弹，只是未到伤心处。”往事猛烈地震撼着我们的心扉，叩击着我们的情感，谁能忘记那血和泪的年代。

“亲爱的战友们，在姗姗迟到的三十年后，我们来看望你们来了，不要责怪我们来迟了……”我们手捧着采摘的山花，在战友的墓前，向他们默默地道歉。

深山老林，荒草灌木，掩埋着你们的忠骨；秦巴山区，汉江河畔，飘荡着你们的幽灵。你们可能死也不会瞑目，因为你们毕竟才是十六七岁的孩子，你们死得太早了，留在这个世界上的时间太短暂了。在当年修建襄渝线的时候，你们甚至没有吃过一顿饱饭，就为共和国的三线建设献出了年轻的生命。活着的战友们不会忘记你们！人民不会忘记你们！秦巴山、汉江水不会忘记你们！

在悲痛、压抑和一种难言的氛围中，我们为女战友献上了山花；因为我们清楚，她们生前都是活泼可爱的少女。女孩子都爱美，相信她们一定会喜欢这些烂漫的山花。在男战友墓前，我们为他们点燃了香烟，并排放在他们的墓碑前。淡蓝色的烟，袅袅上升。猛然间我们发现，这五支香烟一直在自燃，没有一支熄灭。而女战友墓前的山花，在没有一丝风的情况下，也微微颤动，点头颔首。我们这时候突然想到，或许是战友们的情谊惊动了他(她)们，使他们的灵魂来和我们相聚！

缕缕青烟，串串山花，给空旷、寂寞、荒凉的烈士陵园带来了生机。

离别的时候，我们再次面对烈士纪念碑，向牺牲的战友三鞠躬。我们对着他们说：“安息吧，亲爱的战友们，人民不会忘记你们！战友们不会忘记你们！秦巴山、汉江水不会忘记你们！你们的丰功伟绩必将载入中国西部大开发的史册。因为，襄渝铁路可以作证，陕西省25000名学兵可以作证。”

随后，我们对着群山、汉水一起狂吼：“三线学兵连精神永存，为三线建设献身的烈士们永垂不朽。”这吼声，久久地回荡在秦巴山间，汉江河畔……这吼声，引来了群山呼应，惊动了山顶的两只苍鹰。它们扇动着巨大的翅膀，直刺苍穹。在万里晴空下，那矫健的身姿，一直在我们头顶盘旋、翱翔。

奠祭完烈士，我们不由得对原铁道兵第十师5847部队的首长和全体官兵致以深厚的敬意。感谢他们在我们离开襄渝线以后，把原来分散在方圆几十里的烈士遗骨安葬在一起，又建立起烈士陵园，使牺牲的战友们不再孤单。更令我们感谢的是，让烈士的坟墓面对秦岭，背靠巴山，望着修好的铁路，望着远方生他养他的关中大地——富饶美丽的八百里秦川。

远望可以当归，悲歌可以当泣。大风思猛士，壮士不复返。

国际悲歌歌一曲，狂飙为我从天落。

蜀河火车站的汽笛响了，望着山脚下巨龙一般的列车风驰电掣般地驶去，我们久久地凝视着……我们的血汗没有白流，换来了襄渝铁路的贯通。我们对着远去的列车说："亲爱的乘客们，当年修建这条铁路的建设者，向你们祝福，愿你们一路平安。"

短短的五天追寻襄渝情结束了。在即将踏上归程的时候，我们用无限眷恋的目光，深沉而又复杂的心情，内心默默念叨，秦巴山，汉江水，襄渝铁路，淳朴的山里人，牺牲的战友们，我们还会回来，还会再来看望你们的。

三线学兵精神永存！

（作者：白保平，网名乡党，原2107工程学生80连，铁道兵5847部队学兵18连战士。）

回忆"迷路"的姐姐丁平

丁　曼

当我得知有个《三线学兵连》网站时，我几乎每个星期都上来看看，但只是看，并没有想写什么，清明节快到了，我突然想应该写点什么，以怀念姐姐，代表姐姐，因为她应该永远和学兵们在一起。

虽然我不是学兵，可联系着我和三线学兵的纽带是我的姐姐：她就是丁平。我们从小在一起长大从没有分开，可就是在那个1970年，她去了三线，我们分开了，就再也没有见过——三线期间她从没有回来过一次！再见时，已是那蒙着白纱的照片。我一直保留着姐姐的一本日记，在那日记本上，我永远记着那一天，1972年7月1日，她在日记上只写了日期，还没有写下文，就出去抢险了，这是一篇永远也写不完的日记！

去年8月我跟随着学兵连的战友们去了姐姐的墓地，看着姐姐的墓碑，我泣不成声：我愧对姐姐，30多年过去了，我才第一次来看她，我代表爸爸、妈妈、小妹及全家人来看她。我告诉她："爸爸、妈妈身体还好，只是我们不敢提你的名字，一说起你，妈妈就泪流满面，爸爸就阴沉着脸，你是全家人的痛。30多年过去了，妈妈现在还老一个人偷偷地拿着你的照片泪流满面。姐姐，你知道吗？我时常做着一个梦，梦见你突然有一天带着笑容从大山里走出来，对我说：'我在大山里迷了路，好容易才走出来。'我高兴地抱着你直叫喊姐姐、姐姐，直到把自己喊醒。"

现在想起来真是后悔，那年去三线，如果我的年龄够就应该是我去，因为姐姐的身体实在是不好，在家总是生病。后来，当听到学兵的战友们回忆当时的情景时，我十分惊讶姐姐那瘦弱的身体是怎么坚持下来的？是怎么承受那些劳累、那些饥饿，那些超出体能的伤痛（姐姐从小就有关节炎，是不能受寒的）！我记得姐姐有一次写信，让家里给寄二斤白糖，军人出身、对我们要求很严格的爸爸没有让寄，说不能搞特殊。我一直在后悔，当时怎么就不知道偷偷地寄呢！这次去的时候，我专门买了二斤白糖撒在姐姐的墓地上，愿这迟来的白糖能给长眠在冰冷地下的姐姐带去些许蜜甜！

看着姐姐的墓碑，我到现在也不敢相信18岁的姐姐就这样长眠于地下。18岁，多么好的年华，多么美的青春，她要是现在还活着，那应该是什么样子？

11月份，我又一次去了安康，到烈士陵园去看望姐姐，我告诉姐姐："你放心吧，我会代你好好地孝敬爸爸、妈妈，我会永远地想着你，我还会来看你，我也会代你时常去《三线学兵网》去看战友们，代你向他（她）们问好！"

泪已模糊了双眼，无法再继续写下去！停笔！

注：丁平，女，原2107工程学生82连，铁道兵5847部队学兵20连班长，1972年7月在三线因在洪水中抢救国家财产和落水人员而牺牲。有关历史资料一般称之为丁萍。

（作者丁曼，丁平的妹妹。）

“柏赖子”的贡献

——襄渝铁路险滩沟隧道遇险亲历记

韩怀仁

凡救过我们性命的人，我们都应该感谢他，记住他，否则就是忘恩负义。

所以，40多年过去了，我一直忘不了那个曾被我们看不起但却救了我们十多人性命的“柏赖子”——一个四川籍的铁道兵战士。

1972年12月入伍后，我被分在铁十师四十七团新兵一连。因多少有点“文艺特长”，新训一个月后，又被抽调到新兵团演出队去排练节目。新训结束，坐了三天三夜闷罐车，从西安绕湖北赶到了驻地在陕南旬阳沙沟的“老部队”。新兵团演出队在“老部队”各营巡回演出结束后，我即来到十三连，被分配到十二班——担负隧道排架支撑任务的木工班。

木工班有个七一年的老兵（1970底入伍，其实就比我们早两年），名叫柏代志，四川开江人。他的老乡根据名字的谐音，给他取了个绰号，叫“柏赖子”。

我从团文艺宣传队到十三连的头一天，他就对我说：“你这个新兵蛋子哪个搞起的嘛？在文艺队不用打风枪刨石碴，漂亮的女娃儿又多，要起好安逸噢！你到这险滩沟来干啥子吗？”

单是这几句话，他在我的心目中就留下了很不好的印象。第一，我虽是新兵，但却很讨厌别人称我们为“蛋子”。可他却特别喜欢把我们这批七三年兵叫“新兵蛋子”。他嘻嘻笑着，说因为1971年林彪外逃的“九·一三”事件，七一年底全军都没有征兵。由于没有新兵入营，所以在其他老兵面前他们就一直是新兵，且一直是“蛋子”。我们入营后，他们才算是彻底摘掉了“新兵蛋子”帽子。他说：“老子连着当了两年‘新兵蛋子’，吃了好大的亏，现在就要多喊你们几声‘新兵蛋子’，好把我们吃的亏补回来。”为了“补亏”，他就有意在我们面前拿老兵的架子——动不动就喊:“新兵蛋子,来帮老兵做件事情。”第二,我虽然对女人也很有好感,但他那种“跟漂亮女娃儿要起好安逸”的说法儿,让我总觉得有一股“流氓味儿”。

所以我就很“正气”地回答说:“毛主席的战士最听党的话,哪里需要到哪里去,哪里艰苦哪安家。党认为十三连需要我,我就在十三连好好干呗。”能在新兵团演出队呆,那些革命歌词我还是记得很熟的。

他听了后先是一“扑哧”,接着就“嘿嘿嘿”地大笑了一阵。笑罢,他说:“格老子的。你个新兵蛋子还给老子唱高调子哩。你是人家文艺队不要了才发落到这里来的。”

他这句话还真刺到了我的心痛处。我不得不在心里承认他的坦率和承认我的虚伪。新兵团演出队解散后,队长选了一部分“优秀演员”留在了“正式的”老部队演出队,“差火的”也就是不怎么优秀的,就分到各个施工连队了。我没有被留在“上头”而是被分到了“下头”,说明我是“不优秀”的。可是出于虚荣心,我还要打肿脸充胖子,用革命的高调来掩饰自己被淘汰的失落。

“你知道这条沟为什么叫险滩沟吗?”见我不说话,他就又继续问。

险滩沟这地名儿是怎么来的,我并没有调查研究过,顾名思义想当然吧——也许,这条沟在进入汉江的地方,泥沙乱石在汉江的航道上形成了一处险滩;也许,这条沟本身就十分凶险,每当暴雨洪水时期,沟里的泥沙乱石会在或拐弯或转角的地方形成多处险滩。不管怎么说,此沟能以“险滩”名之,肯定和“险”有关联。

不过我还是摇了摇头说:“我不知道。”

他又是嘿嘿一笑说:“险滩沟就是这沟里出的险事多。死的人多。”

接着,他就讲了一件令我不寒而栗的事情:和我同年入伍的一个洛南兵,第一次进隧道,就被电瓶车挤死了!进洞之前,排长、班长和老兵都反复交代过:隧道的洞壁上,每隔一段都有一个凹进去的避车洞,如果遇到拉石碴的电瓶车过来,一定要赶快跑到洞里避车。可是这位从山区农村来的战友从来没见过像小火车一样的电瓶车,当看到那个长龙一样的家伙跑过来时,他竟像吓傻了似的,听到了躲车的命令,两条腿却一步也迈不动,呆呆地站在轨道边茫然不知所措。偏偏那一段既是弯道而空间又比较狭窄,等到老兵发现险情想要拉他时已经来不及了。由于洞内光线昏暗,当司机发现这个战友想要急刹车的时候也已为时过晚。就这样,他被斗车挤伤了,大家连忙送他到卫生队去抢救,可惜最终还是因为失血过多而不治身亡了。

我本来就对进隧道心怀忐忑,听了这件事,心里越发紧张了。第一次跟随战友们进隧道时,心脏“嘭嘭”跳得跟怀里揣了个小兔子一样。不过,随着进洞次数的增多,那种“谈洞色变”的恐惧感渐渐也就消失了。因为熟悉情况后我马上就明白了一个道理:尽管洞内危机四伏、险象环生,但只要提高安全意识,随时注意观察,头脑灵活些,动作机敏些,一般是不会有什么危险的。

可是这个“柏赖子”总是给我们发号施令,一会儿说这里不敢去,一会儿说那里有危险,叫我们要注意这个注意那个,说是在隧道里干活,一定要听老兵的。偶尔有谁没听他的指挥,他就会很不高兴地教训人家:“这个屌兵,老兵的话都敢不听!”我们几个新兵都不喜欢他,都暗地里说他是既没当上班长也没当上副班长,就想在我们几个新兵身上来过一过“当指挥员”的瘾,而且指挥我们完全是为了他自己不干活。

大约是我进隧道一个多月后的一天,我们上的是大夜班,任务是把上一班爆破后炸松的石碴装进斗车运出洞外。在那个大家都羡慕“商品粮”、“铁饭碗”的年头,我们这些从农村出来的新兵,百分之九十以上的人心中都揣着一个梦想,就是想通过在部队“好好干”,最后能够争取“留队”从而彻底跳出“农门”。所以在工作中,人人都想给领导和老兵留个好印象。到了工作面,我们七八个新兵不管三七二十一就甩开膀子干了起来,有的用钉耙刨,有的用畚箕撮,遇到大块的石头,索性就伸开两只胳膊抱起来扔进斗车。谁都不想落后,眼前仿佛只有那些石碴,全然没想到还会有什么危险(起码我当时是这样,只想着干活,而没想着别的)。这天晚上,柏老兵还和往常一样,象征性地在石碴堆旁扒拉了几下,就站在一边点了一根烟,一边抽,一边指挥我们。同时,他还不断地向着洞顶望上几眼。我心想,这个懒家伙又开始摆他的老兵谱儿了,心里很有些瞧不起他。但部队就是这样,等级是比任何地方都森严的,老兵就是有这点特权,没治。我们头上边的洞顶,是上一个工班刚刚支撑好的排架。——用大大小小木料支撑起来的棚架,遮住刚刚爆破以后洞顶和部分洞壁那龇牙咧嘴的面目,也挡住洞顶部因震动而可能随时掉落的碎石,这就是排架的作用。在我眼里,那排架是没有什么问题的,我们完全可以放心地在下面刨石碴装斗车。可是“老柏”却不断地说,这排架看起来有点不太稳当,他告诉我们干活时一定要机灵些,随时注意安全,千万别傻乎乎地光闷着头干活。我当时在心里说:你大概是想偷懒不干活,故意要充当义务安全员吧?其实每个工班儿都配有专职安全员的。我们那晚的安全员是九班副班长,一个六九年入伍的上海老兵。

干了一会儿,忽听老柏向九班副喊:“有一个小石块砸到我安全帽上了。”我听了很不以为然,其他的新兵大概也和我一样地不以为然。进隧道施工,没有浆砌的洞顶总难免时不时掉落小石块,我们都戴着安全帽,谁也没出过什么事。但是老柏却很认真地再一次喊了一声。这一声显然不仅是喊给九班副听的,所以我们也都不约而同随着他的声音抬起头来朝洞顶看了看。

身为安全员,九班副自然不敢大意。他连忙走到柏老兵身旁,打开装有四节电池的长筒手电,开始朝洞顶观察。就在这个时候,洞顶又连续掉下了四五块小石碴。柏代志大喊一声:“要塌方,快撤!”这一下我们才都慌了,慌急之间竟有些晕头转向。柏代志一个箭步冲到我们几个新兵跟前,把我们朝后搡了一把,大声喊道:“别朝外跑,快向下导坑里撤!”我们在他指挥下,连滚带爬跑进了石碴堆后边的下导洞里,还没来得及喘口气儿,就听得“轰隆”一声巨响,我们眼前什么都看不见了。我当时心里一沉,暗暗喊了声:完了!我们肯定被埋在导洞里了。待塌方的声音平息下来十几秒钟之后,我们的眼前露出了依稀的光亮,那是隧道口方向照进来的灯光。这一下我们才都把悬着的心放了下来——我们既没有被塌死,也没有被堵埋在导洞里面。

当确信头顶再没有塌方危险的时候,我们扒着塌下来的石头和木头,从导洞里爬了出来。出来之后全都惊出了一身冷汗——塌下来的石头和木头足足有二三十立方,如果不是及时躲避,我们十几个人肯定全都没命了。

死里逃生!我们逃过了一劫!这是柏代志的贡献啊!我们从心里感激他,不管是嘴上还是心里,都不再称他为“柏赖子”而称“柏老兵”了!这个时候,他平时劳动不积极、不卖力,却喜欢指挥新兵等等毛病,似乎都有了非常宝贵的价值。试想,假如那天晚上他跟我们一样都拼命地想表现,只顾着埋头干活……那后果真是不堪设想啊!他的不埋头苦干,也许正是他把生命看得比立功受奖甚至入党提干更重要吧?他爱惜自己的生命,也爱惜战友的生命!他不埋头刨石碴,却用更多时间留意战友的安全。

生活的辩证法常告诉我们这样的哲理:同一事物,从这一角度观察时它可能是暗影,但从另一角度观察时,它却正是一种亮色。

2015 年 5 月

我为祖国画红线

韩耀先

披红挂彩的列车,沐浴着火红的朝霞,载着满车的欢乐,沿着新镶嵌在大地上的两条锃亮钢轨,唱着、跳着驶向绒绣般的金色草原。

我坐在充满欢歌笑语的第四车厢,翻阅着这条新建铁路的有关资料。忽然,一张叠得整整齐齐、但有些发旧的祖国地图从挂包里掉出来,我忙捡起,铺在膝盖上看起来。上面几条用铅笔画的红线特别醒目,一下子映进我的眼帘。那鲜红的颜色和粗壮的笔划,不由得引起我对往事的遐想。

我从小就喜欢火车,但我们那地方却没有。我问爸爸:"咱们这里怎么没有火车?"爸爸叹口说:"咱们这里是乡下,没有火车道,火车开不来。"我上学后,听老师讲地图上的粗红线就是火车轨道,回到家便爬上椅子,在墙上的祖国地图上找到我们的县名,用红铅笔沿着木尺画了一条到北京的又粗又直的红线,心想:火车道有了,火车该开到我们这里来了吧?

我刚满十八岁那年,报名参加了解放军。我心里暗喜:这下可以坐上火车了!我小心翼翼地把家里墙上那张地图揭下来,叠好放在挂包里,准备坐火车时对站名。汽车把我们一直拉到火车站。看着那两头望不到边的锃亮钢轨,我不禁赞叹:"这就是地图上画的红线呀!"

接兵的排长指挥我们登上一节干净整洁的绿色车厢。随着汽笛一声长鸣,列车缓缓驶出车站,奔驰在宽旷的原野上。望着车外随风摇曳的绿杨翠柳,听着脚下车轮有节奏的撞击钢轨的铿锵声,我心里那个美呀,简直无法用语言形容。坐在我对面的排长虽然是见过世面的老兵了,但从他那兴奋的眼神里可以看得出,他的心情也是不平静的。我发现,他不停地用右脚掌有节奏地拍打着车厢地板,合着这隆隆作响的车轮声,像是在演奏进行曲呢!

“排长,你也喜欢火车吗?”我看着他那动作怪有意思的,便笑着问他。

他微笑着点点头。

“排长,咱们部队干什么?”

“画红线,修铁道!”他的话语里充满着无比的自豪感。

修铁道?那一定离不开火车了!嘿,真走运!原来只想着坐坐火车过过瘾就行了,没想到以后竟要天天和火车打交道啦?我暗暗庆幸自己当了铁道兵有福气。

坐了两天两夜的火车,又坐了一天汽车之后,一阵锣鼓把我们迎进汉水江畔半山腰间的帐篷里。只见这里路挂云雾间,满目峰连峰,不闻汽笛声,但听松涛鸣,哪还有什么火车哟!上班不是只想坐火车,而是推斗车,不是逛城市,而是钻山洞。这是什么铁道兵啊?我在火车上的那股高兴劲全没了。

到部队的第一个星期天,我伏在床上,从挂包里拿出地图,看着远离的家乡,铺开信纸给家里写信。可只写了个开头,就怎么也写不下去了。指导员不知什么时候走了进来,坐在我的床边,亲切地问我:“是不是想家啦?”我赶忙把信纸团在手里站起来,真有点不好意思。他承受手拿过那张铺开着的地图,看了看,然后指着我画的那条从我们家乡到北京的红线问我:“这红道道是你画的?”我点点头。“什么意思?”“火车道。”“好啊!画得好!”指导员高兴地拍着我的肩膀说,“不过,光会画个红道道还不行,要脚踏实地的干。咱铁道兵战士都是实干家哩。”他又指着地图对我说:“你看,在我们祖国九百六十万平方公里的大地上,红线太少了。咱们要用手中的风枪、大锤做彩笔,把红线画到你的家乡,画到祖国的东西南北,让火车跑遍全国。”他又给我讲了铁道兵的光辉战斗历程。我开始对火车、对铁路、对铁道兵有了新的认识,我想:首先我们是为祖国开路的战士,而不是只想坐火车的兵。

列车在飞奔。我们的老团长来到我们车厢里。也巧,我正在我的那张地图上画红线呢。这引起了他的极大兴趣。他坐在我的身旁,捧着那张地图,讲起了他也有一张这样的地图。

我们团长是一名转战南北的“老铁”。他是1949年10月1日,作为战斗英雄代表在北京参加开国大典后,主动要求转到铁道兵部队参加铁路建设的。当时,他特地跑到书店买了一张祖国地图,并在上面写下“画红线,连各地”几个大字。那张地图一直伴随他三十年。如今,地图上新画的红线已超过了原有的红线,其中好几条新建铁路,都洒有他的汗水。这一条条铁路宛如一道道绚丽彩虹,飞千山,跨万水,打扮得神州大地分外妖娆。

伟大祖国走过了30年的光辉历程,“老铁”团长到铁道兵部队也战斗了三十个春秋。虽然皱纹已爬上了他的额头,白霜浸染了他的双鬓,但他那股铁劲依在,斗志未减,“画红线,连各地”的壮心不已。你看,他现在的心情是何等的激动啊！他拿出那张描了又描、画了又画的祖国地图,用手指向西藏高原,无限感慨地说:“咱们的老司令员王震同志曾经说过,什么是铁道兵的最大幸福？就是把铁路修到喜马拉雅山,在祖国建成四通八达的铁路网。建国三十年来,我们为祖国画了一条又一条红线,但西藏自治区还是一个空白。作为一个铁道兵战士,真感到惭愧。但我们这些‘老铁’有决心,有信心,一定亲手把红线画到拉萨城！当时代的列车跨进2000年的时候,我们要把这张用红线连成四通八达的祖国地图,作为铁道兵战士的礼物,献给二十一世纪的第一个国庆节!”

这是团长的心愿哪,也是全体铁道兵战士向伟大祖国发出的誓言。

听着团长激动人心的话语,在火车隆隆震响的飞速前进中,我仿佛看见,风餐露宿在万水千山的铁道兵战士,挥舞彩笔,饱蘸激情,精心描画出一条条鲜艳的红线,铺筑成一道道纵横交错的铁路。看着老团长的地图,蓦地,那道道红线化作新长征路上的条条跑道,载着伟大的祖国,奔着社会主义四个现代化,奔向光辉的二〇〇〇年!

“同志们哪,迈开大步啊,朝前走啊,铁道兵战士志在四方!”

一串激越的歌声响彻列车,飞出窗外,洒向千里草原……

(韩耀先,原《人民铁道》报副总编辑,本文原载1979年10月1日《铁道兵》报)

襄渝铁路图片

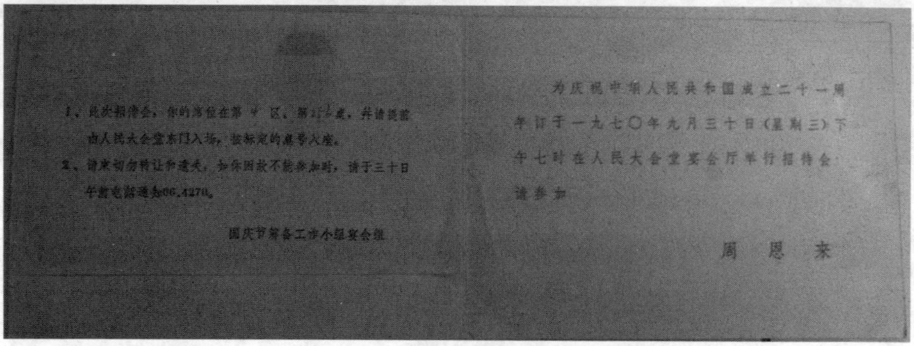

1、此次招待会，你的席位在第 [illegible] 区、第 [illegible] 桌，并请提前由人民大会堂东门入场，按标定的桌号入座。

2、请柬切勿转让和遗失，如你因故不能参加时，请于三十日午前电话通知66.4270。

国庆节筹备工作小组宴会组

为庆祝中华人民共和国成立二十一周年订于一九七〇年九月三十日（星期三）下午七时在人民大会堂宴会厅举行招待会

请参加

周恩来

赵祥根代表 5847 部队参加“中华人民共和国成立 21 周年”国宴请柬

▶决战青藏线

青藏铁路重新上马

周树华

1973年10月14日，星期天。铁道兵司令部值班室一个紧急通知，要求铁十师的几位主要领导立即赶赴青海省西宁市，与青海省领导及有关部门协调青藏铁路上马的有关事项。

其时，师首长正在不同的方位。师长陈友国在成都，副师长姜培敏在兰州，师副政委赛时坤在陕西安康……

军令如山。首长们从不同地点迅速地向西宁集结。

第二天，赛时坤副政委带着我和警卫员小陈从安康出发了。

到达西宁后，整整10天，师领导与青海省委、省政府、省军区以及铁路部门就部队的驻防布点、运输保障、物资供应以及宗教与民族政策等达成了共识，签订了协议，还拟定了部队调防的具体方案。

那些日子，跟随着首长出席各种会议，记录着会议的精神，也记录着他们忙碌的身影。从他们的言行举止中看出他们对交付的任务充满自信，因为其中大多数人曾经参加过青藏铁路的建设。

是的，算上这一次，铁道兵十师已是三上青海高原了。

早在1959年2月，铁十师奉中央军委命令，第一次奔赴青海高原，承担泉吉峡至格尔木178.4公里的修建任务。

说起铁道兵参与青藏铁路建设，是一起与铁道兵无关的事件引起的。1959年初，西藏发生叛乱，平息叛乱后，怎样巩固边疆，怎样巩固国防，是摆在中央政府面前的现实，西藏距内地遥远，交通不便，一旦发生问题，鞭长莫及。

在这样的背景下，铁十师走上了青海高原。

1959年2月25日，根据铁道兵司令部2271号命令，时任铁十师参谋长王清潭率师机关在格尔木设立了指挥所。46团团部设在海西洲锡铁山，47团团部设址格尔木，48团部分兵力也上了青藏铁路。47团2连还执行高原冻土层铁路路基工程试验任务，这一试验，正是为几十年后打开青藏铁路全线贯通的一把至关重要的钥匙。

可是，青藏铁路上马不久，中国发生了三年自然灾害，国家经济实力难以承受，在一片下马声中，青藏铁路被迫停建。

1960年12月16日，中央军委命令铁十师撤出青海，就这样，还没有成形的青藏铁路便中途夭折了。施工部队对未完桥涵基坑一律回填，7座隧道洞口封闭。贫困的共和国当年把3000多万元的资金白白扔在青海高原的荒漠里。

据前辈说，撤退时，正值寒冬季节，战士们没有皮大衣，穿的是棉大衣。为把部队带出这片死地，汽车走一个小时就得停20分钟，让战士下车跳20分钟，去换取温暖。还有的部队在撤退时已缺粮，官兵不得不在寒冷的戈壁滩上挖野麻根、锁阳充饥。虽然死亡的威胁追随着这支饥寒交迫的队伍，但这支队伍中的每一个人，都在这悲凉的撤退中等待着，等待着共和国的下一次召唤。

终于，1963年初，铁十师又一次奉命进驻青海，而这次是为核试验基地修建海晏至克土段铁路干线以及海湖支线。

值得一提的是海湖支线。海湖铁路专用线是从克土车站出岔，向西南方向直达青海湖湖边，全长只有7.5公里，是专为国营221厂修建的。其实221厂对外称青海机械厂，实为核武器研制基地，第一颗原子弹和第一颗氢弹都是在这里研制的。

221厂，距青海省西宁市101公里，海拔3200米，它占地1100平方公里。那个地方，叫金银滩，唐朝时叫三角城，史书上有记载。也是曾经诞生过著名情歌《在那遥远的地方》的地方。

当时，由于保密需要，金银滩的名字一下子就从地图上消失了。直至1995年5月16日，新华社向全世界播发了“中国第一个核武器研制基地已完成了它的历史使命，全面退役”，这才揭开了221厂的秘密。基地退役后，青海省将这里命名为西海镇，别名原子城。2001年原子城被列为全国重点文物保护单位。

2007 年 4 月，原国营 221 厂地下指挥中心正式解密开放。现在，221 厂的厂中央矗立了一个纪念碑，是 1∶1 的中国第一颗原子弹的模型，碑顶是一颗银色的金属圆球，碑上有张爱萍上将的题字："中国第一个核武器研制基地"。

可能是历史的巧合，克土段铁路就是后来青藏铁路的源头，海湖支线也成为中国核武器发展的起飞跑道。

铁道兵十师把铁路修到了金银滩，后来又延伸到了哈尔盖。有人总结说，铁十师是"两弹一星"的开路先锋。

1974 年，铁道兵十师是第三次上青海高原了。根据中央军委(74)第 17 号令，师机关驻海西洲乌兰县，部队代号 89210。主要担负哈尔盖至连湖段 396.9 公里的铁路施工任务。

青藏铁路哈(尔盖)格(尔木)段位于青海高原北缘，行经青海湖北侧，穿越柴达木盆地，沿线经过沙漠、戈壁、草原、沼泽，还有盐湖、盐渍土等特殊不良地质地段。全段线路高度在海拔 2700 米至 3700 米之间，沿线空气中的含氧量只相当于海平面的 70%，机械到了这里，功率要降低 25%。全路段最低气温零下 37 摄氏度，最大日温差 30 度，年平均温度为零度摄氏度，真是高寒低氧，干旱少雨，风沙剧烈，气候恶劣。在这样的环境里，不要说修铁路，部队能站住脚都是一场严峻的考验。

我虽没赶上前两次进青海高原，但我是铁十师第三次上青海高原的先驱者，而且一待就是 10 年，个中的酸、甜、苦、辣难以用语言来表达，只觉得我的青春年华都献给了青海高原了。如今，头发掉了，指甲陷了，这就是用生命的极限与大自然抗衡的结果，如果将自己的一生比作一本书，青海十年的关键词是"艰辛、艰难"。

哈尔盖记事

铁十师从襄渝铁路转战青藏铁路，从陕西安康地区调防青海海西洲，3 万多人的队伍，近万台机械设备，6 万多吨物资，两千多公里的路程，公路、铁路运输,这调防也是一场硬仗。

为了使部队调防方便快捷,调度有序,师机关决定在青海省刚察县哈尔盖设立转运站,由师司令部副参谋长肖继海(1945年入伍的山东烟台人)和师后勤部副部长付培清(1947年入伍的山东福山人)统一领导,司、政、后各派出干部组成工作组,专职全师部队调防的组织指挥、物资转运等工作。于是,师司令部抽调作训科参谋时念友(1959年入伍山东曹县人),师后勤部抽调供应科助理员汤邦金(1965年入伍四川眉山人),师政治部派我参与此项任务。

我们是1974年4月6日进驻哈尔盖的,租借了哈尔盖车站七八间房子就开始办公。虽然,在此地工作了只有短暂的几个月,但却留下了许多美好的回忆。哈尔盖,是刚察县一个小镇,离西宁市181公里,一条铁路连着西宁。它的北端是巍巍耸立的祁连山,那终年不化的皑皑冰雪,闪着非常炫目的亮光;南面不远处是青海湖,而那无边无际的蓝色湖水,蓝得似海洋,又比海洋蓝得纯正。

青海湖的东西两面,是一个宽阔的大草原。春夏之交,小草冒出地面,如毯如毡,而这绿底上又冒出许多叫不出名字的小花,杂七杂八地乱长,加上蓝天白云下的一群群马、牛、羊点缀其中,给人回归自然,返璞归真的感觉。

那一大片蒿草与骆驼草疯长的草丛里,成群成群的野黄羊、野兔到处乱窜。

转运工作的重头戏是师机关的调防,1974年7月20日,师机关及其直属队同时到达哈尔盖,下了火车直接由公路输送。那天,在315国道上,那一字排开的车队,再加上机械营的机械,延绵10多公里,真是千军万马,浩浩荡荡,气势如虹。据说,当时的苏联从卫星搜索了这一镜头时,着实的被惊吓了一下,以为是中国军队大举调动机械化部队于西北,是否有屯兵开战的意图?闹得当时的苏军高层很是紧张了一番。后来,经过我们敬爱的周总理幽默地解释说:“我们没有向边境调动机械化部队,那只是修建铁路的铁道兵部队在正常调防,请不要神经过敏。”

把铁路修到“世界屋脊”

——青藏铁路第一期工程纪事

新华社记者　黄昌禄　张荣大

王震副总理在担任铁道兵司令员时曾经说过，什么是铁道兵的最大幸福？就是把铁路修到喜马拉雅山，在祖国建成四通八达的铁路网。为了在“世界屋脊”上修建一条铁路干线，把青海高原和祖国内地联结起来，铁道兵某部已经沐雨栉风地艰苦奋战了六个年头。现在，青藏铁路第一期工程已经铺轨到终点，铁路顺利地通过了青海湖北岸的茫茫草原，横贯浩瀚的柴达木盆地，已经通车到昆仑山下的新城格尔木了。

一

青藏铁路第一期工程，东起青海省会西宁市，西至通向西藏的门户格尔木，全长834.5公里，其中西宁至哈尔盖的181公里，早已建成通车，铁道兵某部负责施工的，是从哈尔盖至格尔木的653.5公里铁路。

人们概括这段铁路所经地区的自然条件是四个字：高、寒、风、旱。铁路的大部分路基，海拔都在3000米以上，比著名的东岳泰山还要高出一倍。沿线空气中的含氧量，只相当于海平面的百分之七十，机械运到这里，功率要降低百分之二十五到三十，人到了这里，犹如坐飞机生活在高空，不劳动也感到气短、胸闷、头昏、乏力。这里的冬季长达半年以上，有的地方一年脱不下棉衣，六月飞雪是正常现象。风沙之大，也为其他地区所罕见，八级以上的大风要刮七十天，有人形容说：“一年一场风，从春刮到冬”，最大的风可以把几百只的羊群一股脑儿刮进青海湖里。全线还有350公里长的无水区，全年的蒸发量要比降雨量多几倍至上百倍。

在这样的环境里，不要说修铁路，部队能否站得住脚，就是一场严峻的考验。“南昆仑，北祁连，山下瀚海八百里，八百里瀚海无人烟。”多少年来，人们用这样的诗句来描写柴达木盆地的荒凉和险阻。盆地东边，屹立着海拔四千多米的平顶山，山下有个二郎洞，相传二郎神路过此地，被高山挡住去路，他挥剑削平了这个山头，一脚把山头踢了个洞。这古老的传说，反映了人民要征服风雪高原、变天险为通途的强烈愿望。然而，只有在人民掌握了自己命运的今天，神话才变成为现实。

1974 年，根据毛主席和周总理的指示，铁道兵某部陆续开进青海，修筑这条世界罕见的高原铁路。在西去的军用列车上，铁道兵战士议论纷纷，有的说青海苦，有人说青海好。这时，一个战士问某团 18 连连长邓广吉：“连长，你上过高原，到底青海咋样？”个子瘦小的邓连长，操着四川口音对大家说：“青海的条件确实艰苦，可青海也确实是个好地方。青海湖是全国最大的湖，湖里面有个鸟岛，鸟飞起来把太阳都遮住了。那草原一望没边没际，到处是牛羊，还有骆驼。青海盐湖多，柴达木就是有名的盐海，锡铁山有铅有锌，大小柴旦从泥巴里就掏得出硼砂。不修铁路，这些宝唧格运得出来？我们前两次上高原，铁路没修通。这回上去了，不把铁路修通，我决不下来！”战士们听了心头热乎乎的，七嘴八舌地说：“我们为四个现代化架桥铺路，生活苦一点算个啥。”

邓广吉是带病三上高原的，为了使自己的身体适应气候环境，他每天进行适应性锻炼，坚持着带领全连战士在高原安家施工。后来病的起不了床，他仍不愿离开工地，每天早上，让班、排长到他床前，交代工作，晚上回来向他汇报施工情况。十一月上旬，邓广吉的病情恶化，上级领导机关决定送他到内地治病。临行前一天，他让两个同志搀扶着，依依不舍地走遍了施工地点，看望了每个帐篷里住的战士。晚上，他建议指导员在他的病榻旁开了一次党支部会，把高原冬防工作中应注意的问题一一作了交代，他提醒同志们，要抓紧把菜窖挖好，储备的冬菜要保证能吃到明年五月，在帐篷里生炉子、烧火墙，一定要防止煤气中毒，隧道施工要特别注意安全。

邓广吉住在四川的一所医院里,心还惦记着千里之外的青海高原。春节前一天,他看见爱人坐在身边给自己织毛衣,马上想起南方的天气都这么冷,高原上一定是冰天雪地了,于是挣扎起来,伏在床头给指导员写了一封信,问连队的冬菜储备好了没有?帐篷里的火墙烧的热不热?冬季施工遇到什么困难?他还催促陪送他来医院的四排长:"连里干部少,你赶快回去。告诉同志们,我很快就回青海,别看青海条件差,我还要和它碰一碰!"邓广吉哪里知道,他患的是被称为"血癌"的急性白血病,再也回不到青海了。临逝世前,守在身旁的部队首长问他有什么要求,邓广吉同志向组织提出的唯一要求是,把他的骨灰埋在青海高原上,他生前没有把铁路修通,死后也要看到铁路修上世界屋脊!

我们的铁道兵,就是由这些勇于为四化献身的英雄战士组成的。高原的物质条件是艰苦的,可是战士们的思想境界却是高尚的,充满了革命乐观主义精神。在铁路沿线工地,我们看见许多连队住在杳无人际的戈壁荒原上,战士们却在简陋的帐篷四周,砌起整洁的围墙,把围墙粉刷的雪白,在上面写着豪迈的诗句:"身戴冰珠穿冰甲,风雪昆仑战士家。今日我吃千般苦,来年高原现彩霞。"

某团负责施工的120余公里地段,只有两处可供饮用的水源,施工用水,生活用水,全靠由汽车组成的"戈壁水龙"从十多公里乃至几十公里外运来,真是水贵如油啊!战士们为了节约用水,早晨洗了脸,把水留下晚上洗脚,洗脚水还舍不得倒掉,澄清后再用来洗衣服,打煤砖。他们风趣地把这叫作一水四用。

有个团所属连队全部住在海拔3000多米的山沟里,出来时,饭做不熟,蔬菜吃不上。军需股就帮助各连同志用勤劳的双手和智慧改造自然,他们用钢板制成了适应高原气候的大压力锅,修建了可以储存8个月蔬菜的大菜窖,办起了能生产十种以上副食品的小作坊,盖起了长出新鲜蔬菜的塑料棚温室,有些连队还烤出了面包和点心,战士们再也不为吃饭问题发愁了。这个团的五连在营区里修建起篮球场、排球场、乒乓球台,办起了图书室、俱乐部、业余宣传队。施工之余,在昔日黄羊出没、野狼嚎叫的深山里,响起了悠扬的琴声和雄壮的歌声。战士们高兴地说:"居高临下三千五,读书娱乐不觉苦。"

二

同国内已建成的成昆、襄渝等铁路比较，青藏铁路第一期工程的工程量并不算太大，但是这条铁路除了所处的特殊气候条件外，还有许多特殊的地质条件。从哈尔盖到格尔木的六百多公里线路，有一半是修在沙漠和戈壁滩上，要跨越32公里宽的察尔汗盐湖以及盐湖两岸约60公里长的盐渍土和饱和粉细沙地段，铁路还要穿过我国目前海拔最高的一座长隧道，这些工程有的是在我国铁路建设史上首次遇到，在世界上也属罕见。

巍巍关角山，像一座天然屏风，横亘在天峻大草原和柴达木盆地之间，是通往柴达木的"东大门"，穿过关角山的长达四千零六米的关角隧道，成为青藏铁路第一期工程的"咽喉"。

隧道里有十一条断层带，岩石破碎，极易塌方，铁道兵在施工过程中，共发生大小塌方130多次。洞内的地下水特别多，一昼夜最大涌水量达到一万吨，有一段岩石含有膨润土，遇水就会膨胀。而且隧道的轨面海拔高达3700米，在洞内施工，缺氧量相当于海拔5000多米的高度，火柴划不燃，打火机打不着，人在里面工作久了，就会因缺氧而昏厥，一次最多昏倒过32人。

1958年到1961年，铁路工程局四处的职工在这条隧道里开凿过一段，因三年经济困难而停工封闭。经过地下水13年的浸泡，到处坍塌，土石堆积如山，洞内积水最深达三米，比重新开一条隧道更难。

人们把凿通关角隧道，比作"从老虎嘴里拔牙"，担任隧道施工的铁道兵十师47团，从师长到团长都轮流在工地蹲点，他们忍受着高寒、缺氧，冒着随时塌方的危险，深入现场指挥，干部和战士们争先恐后，前仆后继，争着去完成最危险、最艰巨的任务。

47团1营副营长苌根京患有矽肺病，上级不让他再进隧道，让他负责生活管理，可是苌根京想，人总有一死，共产党员活一天，就要为实现四个现代化奋斗一天。为了摸清洞内情况，给制订施工方案提供第一手资料，他第一个划着床板，带上手电，冒着洞顶不断掉下来的土石，进入又黑又深的隧道里去探险。

以后他又多次带着部队，到隧道里完成了最危险的套拱任务，创造了月成洞百米以上的新纪录。

在隧道施工紧张时，47 团 17 连连长陈超，每天背一壶水，带上几个馒头，连续十几个小时不下工地。由于洞内缺氧，加上劳累过度，一次上夜班时，他昏倒在隧道的水沟边，经过几小时的抢救才脱离危险。领导叫他休息一个星期，可是第二天，他就强撑着四肢无力的身体，拄着根棍子，摇摇晃晃进洞去。师、团首长在洞口劝阻他，陈超同志说："全连同志都在隧道里，不进去我不放心，我爬也要爬进洞去。"

1975 年 4 月 5 日，距隧道出口一百多米的地方突然发生大塌方，1500 多方土石从洞顶倾泻下来，把正在施工的 127 名干部和战士封堵在隧道里，狭小的洞内顿时烟尘弥漫，一片漆黑，呼吸十分困难，地下水排不出去，水位不断上升，严重威胁着 127 位同志的生命。在这生死考验的危急关头，跟班作业的八名党员干部自觉聚集到一块，他们想的不是个人安危，而是想到怎样加强党的领导，充分发挥干部和党员的先锋模范作用。一次紧急的支委扩大会议在漆黑的洞子里召开了，会议做出两项决定：一是做好思想政治工作，二是派人找寻横通道，组织同志们突围出去。但是，横通道已被堵死了，进口处的支撑木已经腐朽，随时有倒塌的危险。这时，许多战士赶来，争先恐后地要求承担打通横通道的任务，老战士们说，新同志施工经验少，这个任务我们包了；新战士们说，我们入伍时间不长，更需要经受锻炼和考验；人人都争着把生的希望让给别人，把死的危险留给自己。党支部最后决定，由干部、党员和老战士组成突击组，去承担这最危险的任务。但是新战士们也不肯休息，藏族新战士多吉才让，在伸手不见五指的隧道内，摸着黑把施工工具一件件地收起来捆好；抽水机司机覃达树怕地下水泡坏机器，把一百多公斤重的电动机卸下来搬到高处。有人说："死活还不知道，忙这些干啥？"他回答："就是我牺牲了，也要保护好机器，留给以后进来的同志使用。"经过洞外战友和洞内同志们十四个多小时的奋战，终于在 52 米长的塌方体上部挖出了一条小小的通道，先让洞内的所有战士全部撤出险区以后，副营长吴德安、副指导员吴扬然等党员干部才最后从洞内出来。在这样的干部和战士面前，还有什么艰难险阻不能战胜，有什么高山、戈壁、沙漠、盐湖能挡住铁道兵前进的道路呢！

三

当我们报道青藏铁路第一期工程建设中的英雄事迹时,绝对不能忽视那些同铁道兵指战员并肩战斗在工地的科研、设计和工程技术人员同志们。他们为解决高原筑路中的一个个技术难题,为节省国家的每一分投资,为了给子孙后代留下一条好铁路,不知倾注了多少心血。我国最大的盐湖——察尔汗,是青藏铁路第一期工程必经之地。这个盐湖是祖国盐类资源的一座宝库,可是对于修铁路来说它却是一道难关。铁路通过盐湖及其两岸,地质情况十分复杂。其中有一种叫作饱和粉细沙震动液化地段,地面下十米以内都是粉末状的细沙粒,经盐水浸泡,结构松软,就像棉花包一样,受到震动立即变成稀泥。不但火车过不去,就是人走到上面,稍一晃动也会陷下去。

然而,铁路必须从这里通过。

科研和设计部门经过大量调查研究,决定往松软的地层里打进几万根沙桩,灌入几万立方米的粗颗粒砾沙,以增强地层的密实度,提高承载力。到底这个方案能否经得起实践的检验?施工中依据什么技术规范?都还是未知数。为了搞好这项试验工程,铁道部科学研究院铁道建筑研究所副研究员杨灿文,千里迢迢从北京来到了盐湖工地。

四月的盐湖,成天刮着六七级大风,夜里寒气袭人。年过半百的杨灿文,和铁道兵的干部、战士们一起住在帐篷里,过着同样艰苦的生活。白天他迎着风沙上工地,亲自指导试验工程,晚上在帐篷里掌灯熬夜,查阅国内外资料,研究施工中碰到的问题。他本来患有胃病,疼起来吃不下饭,加上这里高寒、缺氧、干燥引起的高山反应,使这位老科学家的两眼深陷下去。

一天吃罢午饭,杨灿文又发高烧,部队的医生急忙给他打针服药,要他好好休息。这时有人报告工地上打桩机出了故障,杨灿文不顾身体有病,急忙从床上爬起来,一拐一拐吃力地走到工地。团里的副参谋长王德安发现他站在打桩机前,便劝他回去休息,杨灿文指着在"万丈盐桥"上来往奔驰的汽车,激动地说:"你看,公路上一天跑着多少汽车,人民在盼望着这条铁路,我们得加快速度啊!"

杨灿文是研究铁路地质的，按说他只需把地质情况提供清楚就完成任务了，可是他来到盐湖后，不分份内份外，只要对加快铁路建设有力的事情都积极去干。一天杨灿文和铁道部第一设计院工程师金世泽，铁道兵科学研究所技术人员史日鹏一起从工地往回走，三人边走边研究改进打桩机桩尖的问题，回到宿舍又继续讨论，竟忘记了吃午饭。一直讨论到下午上班时，听到起床号音，他们才发觉自己肚子有些饿，这时放在他们宿舍的饭菜早就凉了。

从 1977 年 4 月到 8 月，杨灿文在盐湖上度过了一百多个紧张的日日夜夜。他同其他科研人员、铁道兵指战员一起，胜利地完成了挤密沙桩的试验工程，在海绵般的粉细沙地层上筑起了一条坚实的铁路路堤。这项试验研究成果，受到全国科学大会的奖励，在我国铁路建设史上写下了新的一页。

我们在青藏铁路沿线采访，听到不少工程技术人员因为改善设计，为国家节省了大量建设资金的故事，某团副总工程师陈孔安便是其中的一个。

陈孔安是 1975 年来到高原的，他对全团负责施工的 120 多公里线路进行仔细踏勘和深入调查以后，发现有些地方的施工设计不合理，加大了工程量和投资，他决定向部队领导和设计部门提出自己的建议。当时，正是“四人帮”掀起“反击右倾翻案风”恶浪的日子。有人说，现在又反“复辟”、“回潮”了，我们这些“臭老九”得当心点。有的说，我们是施工现场的技术人员，只要按图施工就行了，何必为变更设计去担风险，自找苦吃？

陈孔安想是的，照图施工，既省事又不担风险，可是能眼睁睁地看着国家的大量资金被湮没在不合理的设计方案中而无动于衷吗？能眼看着战士们的辛勤劳动被白白浪费而不闻不问吗？他鼓励同志说：“我们多吃点苦，战士就会少吃好多苦；我们多担点风险，国家就会少花好多钱。”

为了把饮马峡车站的正线缩短 46 米，减少一座桥梁，少挖十万多土石方工程，陈孔安和同志们先后七次深入现场，进行了反复测量、计算和比较，提出了一个最经济、合理的方案。为了减少从红铁山到欧龙山一段原来设计得过于密集的桥涵，在连续两年的雨季里，陈孔安带领有关人员冒雨守在工地，亲自察水情，测雨量，掌握水的径流和渗透情况，向设计部门提供了第一手的可靠资料。为了缩短铁路石渣的运输距离，陈孔安同另一个工程师、一个实验员，背上铁筛、磅秤和资料袋，冒着风沙的扑打，忍受着烈日的熏烤，在戈壁滩上步行八天，终于找到了一处离铁路最近的石碴场，使运碴距离比原来设计的缩短了12公里。

几年来，陈孔安和团里其他工程技术人员一道，提出了67项变更设计的方案，经部队领导机关和设计部门采纳后，共为国家节约投资180多万元，这个数字，相当于六百多名战士劳动一年创造的价值。

青藏铁路第一期工程，就是科学与劳动、智慧与勇气、实事求是态度与艰苦奋斗精神相结合的结晶。在黄沙滚滚的工地上，我们碰到一位两鬓斑白的老战士，他是指挥部的副总工程师孙仲彻。从铁道兵组建起，他就参加了这支部队，为了新中国的铁路建设奔波了大半生，今年他已满六十周岁了，仍然精神饱满，生气勃勃地战斗在风雪高原上，当我们称赞他的这种革命精神时，他谦朴地说："我像一支蜡烛，要燃烧到最后，把一生都贡献给铁路建设。"

铁道兵是一支为人民造福的英雄部队，他们发扬这种可贵的"蜡烛精神"，宁愿牺牲自己，照亮别人。他们用汗水、青春和生命筑成的通向"世界屋脊"之路，正在为青海高原播种幸福，为少数民族地区增添繁荣，为柴达木送来春天。

海蜃彩虹

韩耀先

我没有到过蓬莱仙岛，也未看过海市蜃楼的奇异幻景。只是小时候听老人讲，海里有一种叫蜃的东西，吐水成彩，哈气成虹，轻轻吐一口气就是一座美丽的城市。从那里起，我就一直憧憬着神奇的海市蜃楼，更想有一天能找到那吐喷虹的"海神"。多少年过去了，"海神"没有找到，渐渐地知道了那只不过是人们的美好幻想而已。然而，在我国最大的半咸水内陆湖——青海湖，我却真的见到了比"海神"更为神奇的绘彩架虹者，看到了人间的海市蜃楼，她比神话中的仙山琼阁更为美好，比人们想象中的海市蜃楼更为壮观。

青海湖,古称“西湖”,蒙语叫“库库诺尔”,藏语叫“错鄂姆博”,都是青色的湖的意思。她犹如从天而降的银星玉盘,飞落在巍峨壮丽的青藏高原,镶嵌在祁连山、日月山、青海南山之间。湖面海拔三千一百九十多米,为世界上最大的高原湖。湖内在海心山、沙岛、海心皮(即鸟岛)、三块石等岛屿。每年夏季,成群结队的南方岛类,来这里生儿育女。青海湖湖水清澈,风景壮丽,物产丰富。世代居住在这里的藏族、蒙古族、哈萨克族同胞,亲切地称她为“高原明珠”。但是,在暗无天日的旧社会,黑云遮地,明珠无光。封建牧主阶级统治下的苦难农奴,头顶皮鞭,脚踩冰刀,滴滴眼泪流作条条小溪,汩汩溶进青色的湖水……青海湖水波连波,涛连涛,成年累月地呜咽着、倾诉着。

共产党派来了金珠玛米,帮助广大农奴砸碎了身上的镣铐,拔掉了草原地千年苦根。青海湖水擦干了满面的泪痕,高唱起欢乐的颂歌。“高原明珠”揩去了满面的浮云,放射出耀眼的光明。翻身农奴过上了幸福美好的生活,用勤劳的双手建造着人世间的“海市蜃楼”。毛主席、周总理对边疆各族人民无比关怀,为把草原建设得更加美好,又派来铁道兵部队给“高原明珠”镶玉带,架彩虹。青海湖水扬起欢乐的波涛,各族人民跃上飞奔的骏马,把筑路大军迎到青海湖边。一顶顶绿色的帐篷,犹如一朵朵盛开的雪莲,怒放在青海湖彼岸,把千里草原点缀得更加绚丽多彩,气象万千。

青海高原的风雪是狂暴的。大风卷着黄沙,把帐篷连根拔起,抛向空中。雪花钻进战士的被窝,拼命地往身上钻,锥髓刺骨。惯于风餐露宿的铁道兵战士,何惧雪暴风狂。帐篷飞了,追回来重新搭好,用大石头压住;雪花来了,把被头裹紧,使它钻不进去,硬是在风的世界、雪的天穹里扎下了营盘。白天,青海湖水伴战士筑路施工响夜晚,战士同青海湖水一起放声歌唱。为了使身体适应高原气候,每天早晨,战士们在宽阔无际的湖水冰场打冰球,追风雪,积极进行锻炼。缺少蔬菜,战士们动脑动手,在湖边垒起块块“小瓜园”,支起塑料棚,撒上来自五湖四海的种子,使这千年万代从不长菜的“高原禁区”,长出了天南海北的“小窝心”、“连心壮”、“苏州青”、“老来红”……星期天、节假日,战士们兴趣来了,砸开冰层,用脸盆舀起一条条活蹦乱跳的青海湖特产——鳇鱼,美美地品尝高原海味。青海湖为自己能为筑路大军做点贡献感到无比光荣和自豪,然而,她更为战士们战天斗地的英雄气概和革命精神所感动！听,她亮开她那特有的豁亮歌喉,高声赞美英雄的筑路部队,放声高唱战士们的火热战斗生活！

青海湖水浪打浪,施工进度节节长。筑路大军克服重重困难,战胜道道险阻,垒起座座桥墩,建起座座涵洞,在青海湖边筑起长长的、一条色蟒似的铁路路基,修建起一座高原铺轨基地。

铺轨机张开巨臂,要铺轨了。

就在这个时候,一股寒流骤然降临,青海湖失去了往日的歌唱,欢路的水面结起一层严冰。什么“你们只顾修路,不看线”呀,“你们是为错误路线生产”呀,“你们是搞唯生产力论”呀……一顶顶帽子压来了,一根根棍子打来了。战士们没有了以前的欢笑,严峻的脸上罩上一层层愁云。铺轨机司机昂杰——这个在青海湖边长大、祖祖辈辈给马依当奴隶的藏族后代,心里像燃起一堆烈火。他咚咚咚跑到青海湖边,挥起拳头砸开冰层,双手掬起一捧清澈透明的湖水,望着死一般沉寂的满湖冰凌,用颤抖的声音深沉地向青海湖发问:“生我养我的青海湖啊,请你说说,他们为什么不让我们修路,不让我们翻身农奴过幸福日子啊？为什么？为什么啊？……”他嗓子哽咽了,双手颤抖了,“哗啦啦!”手里的水一下子倒向冰面上。青海湖水怒吼了！她冲破坚冰,掀起滔天巨浪,卷起撼地波涛,咆哮着,怒吼着,冲向岛屿,冲向湖岸,冲向云天！她要击溃满湖的冰层顽石,她要荡涤清流中的残渣余孽!

昂杰激动了！身上的血液在奔涌,胸中的怒火在燃烧！他摘下皮帽子,抹掉额头的汗珠,让凛冽的寒风吹个痛快!

昂杰欢笑了！笑得那样地傲然,笑得那样地轻蔑:“让那些妄图阻挡历史潮流的乌龟王八蛋见鬼去吧!”他戴上皮帽子,一口气咚咚咚跑回筑路工地,飞步跳上铺轨机。

雨后的太阳格外明朗,雨后的湖水格外清亮,雨后的草原格外新爽。

青海湖岸边,海蜃彩虹居然神话般地出现了!

朝阳下,一道拱桥似的彩虹从天上飘落,给青海湖搭起一座五彩缤纷的大彩门,把蓝天白云和绿色的大草原紧紧地连接在一起,天水浑然一体,“明珠”顿生光辉。看,微风习习,碧波粼粼,青色的湖水倒映出降落岸边的“海市蜃楼”,荡漾着横卧草原的钢铁彩虹。那飞越云天的彩门上,五光十色的露珠水滴,犹如一颗颗晶莹透明的星星,镶嵌在金碧辉煌的彩带上,忽闪忽闪,放射出耀眼的光芒。彩门上,两条驰骋于青海湖岸的银色钢轨,射向遥远的天际!“呜——”一列满载欢歌笑语的彩色列车,披红挂绿吞云吐雾,风驰电掣般地驶进草原,飞上了彩虹。千里草原沸腾了!青海湖水开锅了!聚焦在湖边的人们飞马扬鞭,箭离弦般地向彩车飞追而云。藏族小伙跳起粗犷欢快的锅庄舞,蒙古族姑娘唱起悠扬委婉的牧羊歌,哈萨克族老人弹起优美动听的冬不拉。聚居鸟岛的群鸟飞上彩虹,深藏湖底的鳇鱼跳出水面。草原上修起了铁路,牧羊人坐上了火车,这是翻身农奴们过去做梦都不敢想的啊!“毛主席尕真吉❶!”“策日格赛音❷!”歌声溢满草原,笑语激荡湖波,口号冲入云天。

这是一幅多么雄伟壮观的海蜃彩虹图啊!

青海湖水扬起波涛,欢快地笑了。她笑得是那样地开心,那样地得意!

青海湖水亮开歌喉,放声地唱了。她高唱那站在彩车最前头的英雄司机昂杰,高唱那在风雪高原创造人间奇迹的筑路大军,她更高唱这向社会主义四个现代化进军的滚滚洪流!

（原载《志在四方》1979 年第 2 期）

一曲共产主义精神的赞歌

——记解放军某部风雪高原战塌方的英雄事迹

韩耀先

山顶上白雪皑皑,狂风怒吼,四月的高原仍是一片冰天雪地。

山腹中机器轰鸣,人来车往,呈现出一派热气腾腾的战斗景象。

---

❶藏语:感谢毛主席!

❷蒙语:解放军好!

驻军某部一营指战员正在这海拔3700米的高原上修建一座大隧道。他们通过学习理论,焕发出冲天的革命干劲,决心为加快祖国铁路建设,为在本世纪内把我国建设成为社会主义强国而英勇奋战。

突然,一件意外的事情发生了!

四月五日上午十时半,一连副排长李再益同三个战士推着装满石碴的斗车出洞,来到离洞口约一百六十米处,忽然从边墙上掉下一块混凝土。这引起了他的高度注意,因为这是一座停工多年的未成隧道,掉混凝土块,不就是塌方的征兆吗?领导上曾多次强调安全施工。他抬头仔细观察,发现洞顶裂纹增大,急忙招呼战士们推车快走,并立即将这异常情况报告副连长彭德富。彭副连长赶来时,混凝土正在不断坠落,水管风管也在摇晃,一场大塌方已迫在眉睫。这时,他和李再益只要向外跑出几步,就可以脱险。可是,洞内还有一百多名战友正在施工,如果通知大家跟着外撤,一齐挤到这里,那将要发生重大伤亡!危急时刻,不容多想,他俩果断地大声喊道:“撤,快往里撤!”

在险区劳动的十多名战士刚刚撤离,轰隆一声巨响,1500多方土石像山崩地裂似地倾倒下来,形成了长达52米的塌方体,把127名指战员严严实实地封堵在隧道内。情况万分紧急!

二

紧急情况迅速传向四方。从领导到群众,从军队到地方,千万人一个共同心愿:快,快赶到现场!快,快把遇险指战员抢救出来!

部队领导干部火速奔向现场,冲进隧道,进行观察。上级机关来部队检查工作的负责同志也赶到了。各级领导一起碰头研究,决定立即成立现场抢险指挥所。

顿时,现场上出现了一派紧张热烈的战斗场面:正在吃饭的同志放下碗筷拿上了镐,干了夜班正休息的同志一骨碌跳下床扛起了锹,理发的同志扯下围布就走,住院的同志冲出了病房……他们一齐聚集在抢险指挥所周围。党指向哪里,他们就冲向哪里。奔忙的脚步震动大地,战斗的口号响彻高原。那气势,哪怕面前是一座铁山，也要迅速把它捅开！

险情飞速上报，一位副司令员和指挥部的一位政治委员，分别从首都北京、从驻地乘专机起飞了！

消息传到了邻近的兄弟部队。“兄弟部队的困难，就是我们的困难！兄弟部队的险情，就是我们的险情！”大家立即动员起来了，仓库保管员翻仓清库，干部战士跑步搬运装车，把抢险急需的材料、帐篷、工具、干粮，一车车飞快送到了现场。

正准备去牧区巡回医疗的某军医大学医疗队，闻讯后马上赶到隧道口，和部队医务人员一道，把呼吸兴奋剂吸入针管，把氧气袋充满氧气，在冰地上铺上厚厚的草垫，设立了临时急救所。医生和护士们背上药箱，等候在隧道口，随时准备冲进洞去进行抢救。

地方党组织和广大干部群众对遇险的子弟兵更是关怀备至。省委很快派出负责干部兼程向工地赶来。省有关部门从三百多公里外送来了二十四瓶氧气。正在附近检查工作的州委负责同志立即乘车赶来现场。一位路过这里的地方干部看见抢险场面，马上下了汽车奔向隧道，在洞口被战士们拦住了，他含着热泪激动地说：“同志，草原失火的时候，是子弟兵奋不顾身赶来灭火，今天我虽然不能出大力，进去搬几块石头，尽尽心也好呵！”

消息传到了县委机关，县城的喇叭响起了县委书记急切的声音：“紧急通知，紧急通知，亲人解放军遇险……各部局负责人和医院的医生，立即跑步到招待所门前上车参加抢救！”不到五分钟，各部局负责人和县医院的全体医生赶到了，许多工人、牧民、教师、学生都争着上车。

草原沸腾了！公路上车轮滚滚，喇叭呼叫；山路上脚步飞腾，人如潮涌，人人心里都牵挂着：堵在洞内的同志们，现在怎么样啦？

二

塌方，把隧道内外完全隔绝。洞内气浪扑人，烟尘弥漫，一片漆黑，被砸断的高压风管发出刺耳怪叫。本来高原空气中含氧量就比较少，洞内空间狭小，呼吸更加困难。每昼夜流量一千二百多吨的地下水，塌方后排不出去，地下水位不断上升，随时可能发生新的塌方……这一切，严重威胁着一百二十七名指战员的生命。

在这生与死的考验面前，跟班作业的八名共产党员干部自觉地聚到一块。他们想的不是个人安危，而是想到：情况越是困难、危急，越需要加强党的领导，干部和党员越要发挥先锋模范作用。有了党，就能把一百多个战友团结成一个人；有了党，就有战胜困难和危险的力量。于是，以二连党支部为基础的紧急支委扩大会召开了。会议做出两条决定：一是必须加强思想政治工作，二是派人找寻横通道，争取自救突围出去。

二连副指导员吴扬然，在漆黑中踩着高低不平的石碴堆，摸到战士们中间，一个排挨一个排地给大家讲修建这项工程与巩固无产阶级专政的关系。然后他代表党支部号召全体共产党员、共青团员和革命战士，要发扬战争时期那么一种革命精神和拼命精神，一不怕苦、二不怕死，加强团结，坚持战斗到最后胜利！

党支部的号召激发了大家的革命热情。同志们说："塌方堵住了洞口，堵不住我们战胜困难的雄心壮志；断了风和电，断不了我们和毛主席心连心！"共产党员谢玉林和共青团员陆喜安，带头唱起了京剧《沙家浜》中的一段："要学那泰山顶上一青松，挺然屹立傲苍穹。八千里风暴吹不倒，九千个雷霆也难轰……"一百二十多名同志形成一个战斗的整体。漆黑的隧道内活跃起来，革命样板戏和革命歌曲此起彼应，革命故事争相讲述。今年新入伍的藏族战士南木拉加、多吉才让、娘吉合互相鼓励说："草原离北京千万里，但是党中央很快就会知道我们遇险，同志们一定会来抢救我们的，我们要坚持战斗！"这时候，洞内虽然缺少大自然的氧气，却充满了革命乐观主义的浓厚政治空气；洞内虽然潮湿寒冷，却洋溢着火热的战斗激情。

"咱们也有两只手，不能坐等战友来抢救！"战士们纷纷向党支部请战。为了找寻横通道，副营长吴德安、二连连长郑新成带头去了。接着，排长朱玉富把棉衣一脱，踏进刺骨的地下水中，跟着去了。这座隧道当年通往外面的横通道早已封闭，找寻起来十分困难，一次、两次都没有成功。副指导员吴扬然打着手电，再一次顺着洞壁仔细地摸索。突然，一处略为凹陷的边墙引起了他的注意，他用力猛抠浆砌的片石。手指抠出了鲜血，他咬紧牙坚持住；双腿麻木了，他坚持住；头昏眼花了，他仍然坚持住。抠呀，抠呀，终于抠开了一个小洞。

但是，横通道也已被塌方堵死，进口处的支撑木已经腐烂，随时有倒塌的可能。打通横通道，是个危险的任务！老战士们说，新同志进洞还不到一个星期，施工经验少，身体还不太适应，这个任务我们包了。新战士们说，我们入伍时间不长，更需要经受艰苦的锻炼和考验。新战士、老战士，大家一个心愿：把生的希望让给别人，把死的危险留给自己。

党支部最后确定，由干部、党员和老战士组成突击组，去打通横通道。

眼看着干部和老战士舍生忘死，冲锋在前，新战士怎么也歇不下来。马志清、裴德生两次摸到横通道口去扒碴，都被干部送回了安全地方。第三次，他俩又悄悄地摸了上去，郑连长带着疼爱的心情命令他们回去。小裴一听，急得眼泪都快涌出来了，恳求着说："连长，在战争年代，一当兵就扛起武器参加战斗。今天，战胜塌方，抢救战友，也是一场生与死的战斗，我怎能在危险面前退却啊！"

许多战士被干部挡了回去，但他们并没有休息。藏族战士多吉才让，在伸手不见五指的隧道里，摸索着把旋工工具一件件地捡起来捆好，人到哪里工具就带到哪里，一不小心下巴被钢钎碰破皮，班长让他把工具放下，他用手擦去血迹，坚定地说："不，人在工具在。丢了工具以后怎么施工？"抽水机司机覃达树怕地下水泡坏机器，硬把一百多公斤重的电动马达卸下去搬到高处，他说："这项工程绝不会因为塌方而停止修建。就是我牺牲了，也要保存好机器，留给以后进来的同志继续使用"排长朱玉富把这个战斗集体里年龄最小的战士张大兴拉到自己身边，关切地问："你怕不怕？"小张毫无惧色地回答："不怕，我只怕塌方这么大，不能按时完成党交给的任务。"

被封闭的隧道虽然狭小，战士们的胸怀却是如此宽广！只要生命没有停止，就要为党的事业继续战斗。只要能活一分钟，就要为建设共产主义添砖加瓦！

三

洞外的抢险工作争分夺秒地紧张进行。抢险指挥所的领导干部认真分析情况，迅速作出判断后，立即采取了果断措施，组织抢险队伍兵分两路，一路从正洞塌方体顶部，一路从已被封闭的横通道下面，同时向隧道里掘进。各级领导干部坚持在第一线，时而钻进小洞具体指挥，时而在突破口边进行政治鼓动，时而操起工具同战士们一起猛干。

在横通道担任指挥的是部队政委王成林和三连副连长刘生。刘生刚从团理论学习班归来，当塌方发生时，他正带领战士们在洞外施工，眼看一、二、五连的战友被堵在洞内，心急如焚，一面派人跑步报警，一面把老兵骨干集合到横通道口，严肃地说："同志们，我们正在学习无产阶级专政的理论，学理论要见行动，眼下必须赶快挖小导洞，抢救战友。挖小导洞有一定危险，我们共产党员、共青团员，面对危险是上还是下？"

"上！"

"对，为了战友早脱险，有危险我们要上，就是牺牲自己也要上！"

话音刚落，刘副连长便带头冲到了最前面。小洞里空气稀薄，连打火机也打不着，他呼哧呼哧地直喘粗气，也不愿出洞歇口气。汗水模糊了双眼，他顾不得伸手擦一擦。突然有人喊："石头，快闪开！"刘生扭头一看，不远处浮石在滑动，他立即抱了块木板顶上去，大声说："别怕，我来收拾它！"在他带动下，战士们冲上去了，因缺氧和胃痛呕吐了三次的新战士后满河也冲上去了。他们是在奋力清除前进路上的土石块，也是对"活命哲学"的有力批判。

从正洞塌方体上挖小洞危险更大，因为塌方体比较虚松，随时可能发生坍塌。袁武学、党佰发、李三虎、马成荫、谭国颜等几个"小老虎"，斜躺成一条线，用铁耙把土块扒到胸前，然后用手推到膝下，再曲腿蹬给后面的同志。钻在小导洞最前面的共青团员袁武学，是连队的理论骨干，学习无产阶级专政理论，使这位年轻战士焕发出"毫不利己专门利人"的高尚共产主义思想："为救战友，粉身碎骨也情愿！"他一连战斗了七、八个小时，又累又饿，头昏眼花。一连连长苌根京叫他出去休息,他说:“连长,我已经摸索出经验了,还是让我干吧。换人耽误时间,争取一分钟,战友就早一分钟脱险呀!”后来,苌连长硬把他拖出小导洞时,他的衣服已被汗水湿透了。可是当他一想到被堵在洞内的战友,连喝了三大碗水,强咽下两个馒头,转身又钻进小洞猛干起来。以后苌连长又多次叫人来换他,他总是说:“一百多名战友没脱险,我不能离开战斗岗位!”

为了战友早脱险而忘我战斗的岂止袁武学一个人,其实,苌连长自己就患着较严重的胃溃疡和关节炎,本来准备当天动身去外地治病,隧道塌方后,他早已把自己的疾病置之度外,立即投入了抢险战斗。

在战士们奋勇挖掘下,两个小导洞都在飞速延伸。谁知正洞挖到十六米处,又发生了塌方;横通道挖到十九米处,也发生了连续塌方。抢险遇到了新的阻碍,人们的心弦绷得更紧了。

四

这时,洞内也遇到了更大困难。

横通道边挖边塌,塌下的土石比清除的还多。七八个小时过去了,只掘进三四米。

隧道里氧气越来越少,使人头昏脑涨,饥饿、寒冷一齐袭来,有的同志昏倒了。

在这十分困难的时刻,突然在离原塌方体不到百米处掉下两块混凝土。干部用手电一照,只见边墙裂纹加宽了,延长了,地下水不断上升,浸泡着底部。一切迹象表明,很可能要发生新的塌方。

面对新的险情,八名干部又碰头了。有的主张立即把部队撤到隧道深处,避免再次塌方造成伤亡。有的不同意这样做,认为如果发生新的塌方,部队将被两层塌方体堵塞,抢救出洞的希望更小。怎么办?大家不约而同地都把目光投向潘工程师。

共产党员潘建学,这位经常深入基层、深受指战员信任的老工程师,这时意识到自己肩上担子的重量。他打着手电,再次察看了边墙上的裂纹,经过慎重考虑,果断地说:“我的意见还是把部队往前拉,靠近塌方体,离洞口近些,可以争取尽快突围出洞。”意见统一了,部队迅速靠近塌方体。二连连长郑新成立即派班长郑仕友带一个班到隧道深处去筑坝,防止地下水涌入引起新的塌方。郑仕友清楚地意识到,去险区堵水,可能被新的塌方堵死。作为一个共产党员,应该越是艰险越向前。他暗自下决心:宁愿牺牲自己,也要换来同志们的安全!为了尽量减少不必要的牺牲,他只带了四名战士钻进隧道深处。当他们加高了一道拦水坝,截住地下水后,本来可以离开险区了,郑仕友认为,地下水这么大,一道坝恐怕挡不了多久,应当再筑两道坝才行。虽说在这里多待一分钟,自己就多一分危险,可是多筑一道坝,就为战友们多增加一分安全。于是,他又同四个战士一道,冒着危险继续筑起了两道拦水坝。

在郑仕友带人筑坝截水的同时,由四名党团员组成的另一支突击队,正按照党支部的判断和决定,从隧道塌方体顶部向外挖洞,增加一个出洞的通道。望着这些为革命敢于赴汤蹈火的英雄战士们,郑连长无比激动地说:“在虚碴上打洞子,好比从老虎嘴里拔牙,老虎嘴随时都可能合上,为了一百多个同志的生命,你们要不怕牺牲……这是党支部对你们的信任,也是一百多名战友对你们的希望。”

“我们保证完成任务!”四名突击队员坚定地回答后,转身向塌方体顶部爬去。哪知刚到半坡,被大塌方压断的拱顶又掉下一块混凝土。正在这时,从下面射来一道手电光,同时响起一个镇定的声音:“同志们,上!”

“潘工程师,你……”

“咱们一块儿干,快上!”

突击队员们冲上塌方体顶部了。共青团员刘和平,前一天为抢救一个阶级弟兄刚输了血,今天为了抢救一百多名战友,又以顽强的毅力战斗在塌方体上。过度的疲劳,严重的缺氧,使共青团员杨志峰昏倒在战斗岗位上,醒来后,又坚持着冲上了塌方体。这一幕幕动人心弦的战斗情景,使没有被批准参加突击组的同志们心潮翻滚,人人都争着承担一分抢险工作,替战友分担一分危险。掘进需要支撑木,大家便到隧道深处寻找小枕木。小枕木太长无法支撑,就抡起大锤砸短了送上去……

从隧道塌方体顶部打开的小洞，在一寸一尺地向外延伸。

五

在塌方体的另一端，从洞外向里掘进的战士们，在处理了新的塌方后，又在加速向前掘进，洞内洞外的距离越来越近了，战斗也更加艰巨。

始终战斗在最前面的袁武学，这时感到呼吸特别困难，四肢无力，胸口像塞了一团棉花。但是他想：我们在洞外挖都憋得慌，被堵在里面的战友们一定更难受，要是能捅进一根管子去，既能通气，又能传消息，那该多好啊！他这想法，立即得到抢险指挥所的支持，二营教导员亲自从十五里外的驻地赶送来了一根长长的钢管，可是，管心是空的，一捅不就堵了？小袁正发愁，身后的党佰发递上一只工作手套，说："把它套在管头上。捅透了塌方体，再一退不就得啦！"

无私无畏出智慧，钢管终于通到了洞内。一根钢管连内外，革命战友心贴心。在洞内已经坚持了很长时间的指战员们，突然听到从钢管里传来刘副连长亲切的声音，传来了"各级首长正在现场指挥战友全力抢救"的喜讯时，漆黑的洞内好像升起了万盏明灯。正在同寒冷、饥饿、危险和死亡搏斗的战士们，一下子沸腾起来了，人们情不自禁地欢呼："毛主席万岁！""共产党万岁！"激动的泪花模糊了眼睛，互相拥抱着、跳跃着。老战士杜德明含着热泪说："旧社会我家祖祖辈辈给地主当牛马，冻死饿死没人管。今天我们遇了险，党和人民这样关怀，真是新旧社会两重天啊！"三个藏族战士忍不住放声歌唱："毛主席的光辉，嘎拉呀希喏喏……"

通话给同志们增添了巨大的力量，终于，塌方体被捅开了一个两米来长、脸盆般大的小洞。就在这时，一个满脸尘土的战士顺着小洞硬钻了进去。吴副营长一看忙说："袁武学，里面的人还没有出去，你又钻进来干啥？多危险呀！"

"我，我……"小袁本来想说，洞内的同志们十多个小时没吃没喝，又严重缺氧，一定累得没劲了，我想进去帮着挖呵。可他一见到洞内的战友们安然无恙，兴奋得什么话也说不出来了。

当小导洞完全挖通，遇险的战士胜利外撤，就在这最后的一刹那，黑暗中又上来十多人。

吴副营长忙问:

“谁?”

“我。”

吴副营长一听,是一连副排长李再益的声音。就是这位最早发现险情又首先往里报警的战士,这时又让兄弟部队先撤,自己带着战友后撤。吴德安心里不禁滚过一股热流,忙大声催促:“快,带上战士们撤!”

然而,塌方体上挖出的小洞仅有七八十厘米高,经过一百来个同志出去后,更加虚松。当李再益正带着战士往外撤时,一根支撑木突然倾倒,土石块哗哗直往下淌,眼看小洞又有被堵死的危险。就在这千钧一发之际,吴德安冲了上去,斜躺着身子死死顶住支撑木,一手打着手电照路,一手拉着战士们迅速撤离,他这时只有一个想法:为了使战士们全部脱险,别说一点石块,就是千斤巨石我也要顶到底!

当战士们噙着眼泪从吴副营长的双腿上匍匐出洞后,吴德安和吴扬然才最后撤离险区。

就在撤离出洞的时候,许多同志还不忘携带手中的武器,珍惜地保护着国家的财产。有的抱着一把大锤,有的紧握一把铁锹,有的手里拿一盒雷管……

经过十四个多小时的英勇斗争,遇险的一百二十七名指战员终于在六日凌晨一点零五分全部安全出洞了。早已守候在洞口的首长和同志们,一齐拥上前去,搀扶和拥抱脱险的战友。好像久别重逢一样,纵有千言万语,却一句话也说不出来。就在这时,有十四名战士处于昏迷状态。早已准备好的呼吸兴奋剂注入病员的肌体,早已准备好的氧气输入病员的肺里,早已发动好的救护车立即载着病员向卫生队急驶。某军医大学医疗队和部队的医务人员就在那颠簸的汽车上,怀着深厚的阶级感情,把昏迷的战士紧紧抱在怀里,不断给他们输送着新鲜氧气。

部队和地方的各级领导同志纷纷赶到卫生队,看望这些为巩固无产阶级专政而英勇战斗的战士们。

七日上午,州、县负责同志带着各族人民的深情厚谊,怀着对子弟兵的亲切关怀来慰问病员。当他们走到新战士申福安病床前时,却不见人了,只见茶缸下压着一张告别的纸条,表示要用党和毛主席给予的第二条生命,继续为巩固无产阶级专政,加速社会主义建设而努力工作。此刻,申福安同志正顶着迎面刮来的狂风,艰难地向着工地走去!

申福安的心愿,代表了一百二十七位遇险战士的共同心愿,不,加速社会主义建设,巩固无产阶级专政也正是工地全体干部、战士的共同心愿。任何困难难不倒我们的英雄战士,任何力量拦不住我们的前进道路。广大指战员决心"保持过去革命战争时期的那么一股劲,那么一股革命热情,那么一种拼命精神,"把塌方耽误的时间夺回来,加速工程建设。

工地上红旗飘扬,歌声嘹亮,炮声隆隆,人欢车流,又是一派沸腾的战斗景象。

(新华社1975年6月发通稿,《人民日报》《解放军报》、中央人民广播电台及大部分省、市、自治区机关报都予以刊发、广播。此文与新华社记者、《青海日报》记者、《铁道兵》报记者等合写。)

高原红梅

韩耀先

清晨,一轮红日从东方冉冉升起,喷射出万道光芒,给千里草原洒下了一层耀眼的金光。屹立在南面大青山上的青松,在火红的朝霞照耀下,更加刚劲挺拔。

沐浴着温暖、和煦的阳光,我满怀着激动而又急切的心情,大步流星地朝一营走去。

昨天晚上,通信班小王告诉我:一营技术员凌红梅昨天下午从铁道学院毕业回来啦。听说红梅回来了,我的心里可高兴啦!我们是从小在一起长大,一块上学,又是一块参军来到铁道兵部队的,真可以说是老战友了。今天正好是星期天,我向首长请了假,一大早就起来看她去。

一路走,一路想,和红梅一起共同学习战斗的往日生活,又像电影一样,一幕一幕地在我的脑际浮现出来。

红梅比我小一岁,在学校读书的时候,我们俩是同桌;在新兵连,我们又分到一个班。在我们班里,数她年龄最小,个子也最矮,加之她生长在城市,从小就上学,缺少劳动锻炼,身体比较差。可你别看她年龄小、个子矮、身体差,她的脾气还挺倔哩!记得在新兵连时,有一天夜里搞急行军,一口气跑了三十多华里,把小凌累得直喘粗气,豆粒大的汗珠从她额头一颗颗往下滚,连后脑勺后的两根小辫子都翘了起来。当时,我一把拉过她,要她把枪给我背。可是,她的两只手却紧紧地把枪抱住,恐怕我给她抢去了似的。同志们看到她累成这个样子,也都纷纷争着要替她背枪。她还是无论谁说也不听,谁争她也不给。她还歪着脖子,倔强地跟大家争辩:"当兵不扛枪,怎么能打仗?难道打起仗来,还要有专门给背枪的吗?"那次夜行军以后,同志们送给她一个有趣的外号:"小倔强"。

大前年,小凌受部队党委和广大指战员的委托,被选送到铁道学院上大学。她走的那天,我和同志们送了她一程又一程。最后,她紧握着我的手,含着激动的泪花望着同志们说:"同志们,不要送啦。请你们放心:我决不辜负党和人民的期望。到学校里,我一定好好学习马列和毛主席著作,为加速祖国铁路建设努力学习业务技术,掌握建设社会主义的文化本领。同志们,再见啦!让我们在祖国的铁路建设工地上再见吧!"

冬去春来,时间过得真快啊!眨眼三年就过去了。我们的"小倔强"已经大学毕业啦!

我边走边想:现在,我们部队住在海拔3000多米的高原上,这里气压低,空气稀薄,干燥寒冷,风大沙多,气候瞬息万变,内地人初来大都不大适应,往往会产生一些高原反应。就连我这有名的棒身体,刚来到时,还几天吃不好饭、睡不好觉呢?这时,我担心地想:小凌身体那么差,从内地刚来到这里她能适应吗?会不会因高原反应而生病呢!想到这里,我便加快了脚步。

“张技术员！您到哪里去？”一营测量班小刘跟我打招呼。原来，不知不觉地已经到一营驻地了。

“就到你们这里来呀！凌技术员在家吗？”我揩去脸上的汗珠说。

“她到工地去啦！”

咦，真出乎我的意料之外。

昨天下午刚到，今天就上工地去啦？

“是真的吗？”我又问了小刘一句。

“那还有假。”小刘说，“昨天下午，凌技术员一到，把背包一放，就跑去找营首长要任务。营首长告诉她现在的任务就是休息，可她怎么也不听。营首长不给任务，没有办法，她就穿上一件工作棉衣，跑到工地去啦，一直到太阳落山才回来。今天，刚吃过早饭，她就又到工地去了。”

我静静地听着小刘的叙说，他的话语中流露出对凌红梅的敬佩之情。

“张技术员，到她办公室去坐会儿吧，等一会儿她就回来了。”小刘说。

我跟着小刘来到红梅的办公室。办公室设在一个小帆布帐篷里，长宽差不多有七八米见方。帐篷里虽然比较窄小、简陋，但却给人一种非常舒服的感觉，对门放着一张书桌，一边一个小木凳子，两边各安着一块铺板。我在靠着红梅床铺的一个凳子上坐下，无意地翻阅着书桌上的书籍。忽然，一个红皮，“北京日记”本吸引了我，我忙拿在手里一页一页地仔细看起来。最后一篇是昨天写的。我看着看着，不由得轻声读了出来：

“我今天来到高原，身体有些不舒服，下午到工地转了一圈。打了一阵风枪，回来时只感到头重脚轻，饭也不想吃，这可能是叫‘高原反应’吧？但是，这又有什么了不起呢？为了早日修通这条新线，为伟大领袖毛主席争光，为伟大社会主义祖国争光，再大的困难要战胜，再大的风险要承担！为祖国修铁路，高原再苦也幸福！”

这坚如钢铁的决心，这坚定豪迈的誓言，不正表达了一个革命战士“明知征途有艰险，越是艰险越向前”的无产阶级英雄气概吗？！

“她来到这里身体怎么样？”我转过身问小刘。

“反应可大啦！昨天下午，她在工地干了半天，回来脸色苍白，呼吸急促，头痛发烧，连饭也没吃。稍休息了一会儿，她就向营首长汇报去啦。今天早上，她只喝了半碗稀饭，同志们让她在家休息。趁同志们不注意的时候，她又跑到工地上去了。唉！”小刘无能为力地叹了口气，“她的脾气真倔啊！”

“啊，这个倔强脾气还没改！”我心里暗暗地赞叹着。

已经快吃午饭了，她还没有回来，我坐不住啦：“不行，得看看去！”我告辞了小刘，就快步走向工地。

工地上机器轰鸣，人来车往，到处是一派你追我赶的繁忙战斗景象。

我挤过紧张战斗的人群，穿过来往如梭的车辆，整个工地都找遍了，可就是不见红梅的影子。正在我着急的时候，营部通讯员小李打那边过来了。我赶快迎上前去问他。小李说：“刚才她还在五连和大家一起修理碎石机呢！噢，她可能是到一连去了吧？”

一连和其他几个连队在隧道施工。这里是全线海拔最高、最长的一条隧道，也是全线最艰巨、最关键的重点工程。

我顺着隧道一直往里走去。正走着，忽然听到：“快！快拿圆木来”的紧急喊声。不好！一定是出问题啦！于是，我撒开两条腿就朝着喊声的地方跑了过去。

快走到隧道尽头的时候，我才看到有十几个战士正在紧张地往掌子面上支撑圆木。啊！原来塌方啦！我赶忙抱起一根圆木就往里面冲。掌子面上，一些拳头大小的石块哗啦哗啦地不断往下掉，正上方还有一块像老虎口的巨石，足有两万多斤，张着井口大的血嘴，随时都有掉下来的危险，严重地威胁着同志们的安全。这时，只见跑在最前面的一个小个子，抱着一根比碗口粗的圆木，飞跑到巨石下面，使尽一切力气，用圆木死死地顶住“老虎口”。其他几个战士也都迅速地在“老虎口”里又填了几根圆木。就这样，“老虎口”巨石给牢牢地顶住了，险情排除了。当我用敬佩的眼光再去看那小个子的时候，突然惊住啦：那小个子穿着工作棉衣，戴着安全帽，安全帽下面还露出两根小短辫，真使人感到奇怪。我揉揉眼睛再仔细看的时候，哎呀！那不就是我要找的红梅吗？

“红梅！”我不禁大声叫了起来。

她回过头，朝我看了看，然后飞跑过来。“是您呀，张姐！”她边跑边高兴地叫了起来。

我赶忙迎上前去,紧紧地握住她的手,激动地说:“红梅,你那种勇敢的革命精神,真值得我学习啊!”

她连连摇头说:“我有什么好学的,我要好好向您学习呢!”

我忽然想起了她身体有病,并且已两顿没好好吃饭了,就要同她去吃饭、休息。但她说:“为了早日修好铁路,加快社会主义建设,现在,部队广大指战员响应毛主席‘抓革命,促生产,促工作,促战备’的伟大号召,提出了‘下决心,大干加苦干,早日打通隧道,向毛主席把礼献’的战斗口号,日夜奋战在工地,连星期天都舍不得休息,我怎么能回去休息呢!”

“但你有病啊!你已经两顿没吃好饭啦!”我极力想说服她回去。

“不行!塌方刚处理,不知还有没有问题,我要查清才放心。说什么我现在也不能回去!”说罢,她抱起一架风枪,就向工作面上跑去。

我看她的倔强脾气又来了,也不好再说什么,就跑过去追上她,和她一起走向工作面。

直到又放了两排炮,经检查确实没有什么问题以后,在我和同志们的催促下,红梅才勉强同意回去。这时,我心里可高兴啦!

红梅大步地走在前边,不时地回过头来和我说话。忽然,她的身子摇晃了两下,接着就向前倒去。我赶忙跑上前,将她扶住,才没摔倒。只见她脸色苍白、呼吸急促,一摸额头,烫得厉害。“红梅,你怎么啦?”我焦急地问她。

她抬头看了看我,毫不在意地说:“没有什么,头有点晕。过两天,就会和你们一样适应的。”说罢,她又大步向前了。

一出隧道口,迎面吹来了一阵冷风,我不由得向后退了一步。可是红梅却毫不畏惧,迈着更加坚定的步伐,昂首挺胸,勇往直前!

正走之间,突然狂风大作,乌云四起。我抬头远望,大青山上的青松,迎着狂风,顶着乌云,更加坚如磐石。啊,这青松不是和战风傲雪的红梅一样吗?尽管狂风无情地扑打着它,但它却巍然屹立,不低头,不弯腰,不退缩,毫不畏惧,昂首怒放,显得更加倔强峥嵘,巍峨挺拔!望着它,我心中感慨万分,浮想联翩,不禁肃然起敬!

（原载1974年12月19日《青海日报》）

青海长云

萧根胜

编者按:《青海长云——一个高原铁道兵战士的青春记忆》,是曾在国波任团长的铁道兵第十师四十七团服役九年、转业后任河南省郑县人大常委会主任的萧根胜写的一部30多万字长篇报告文学。作品记述的虽然是萧根胜的个人成长经历,但反映的却是他和连队战友、师团首长们的筑路生活,折射的是铁四十七团、铁十师乃至整个铁道兵的战斗历程。这里选摘其中的部分章节,以表达对国波团长的怀念。

几代人的梦想

新兵连进行的传统教育课系统地介绍了铁道兵的成长历程和光荣传统。解放战争、抗美援朝、援越抗美,每段历史都很光荣,很辉煌。鹰厦铁路、成昆铁路、襄渝铁路,每根钢轨都凝结着铁道兵的血汗,都有可歌可泣的动人故事。让我们这些初入铁道兵行列的青年人精神振奋,热血沸腾。到老连队以后不仅把我们师、团、营、连的历史和传统讲得具体,而且把我们将要投入战斗的青藏铁路的地位、意义讲得很透彻,很让我们亢奋激动,这些激动就是来自于逐步对青藏铁路、对所施工的关角隧道的历史和现状都有比较清晰的认识和了解。

修建一条连接内地与西藏的铁路!最早提出这一宏伟设想的是世纪伟人孙中山。孙中山的铁路建设思想产生于1890年前后,在1891年撰写的《农功》一文中就指出“俄国移民开垦西北,其志不小。我国与彼属毗连之地,亦亟宜造铁路,守以重兵,仿古人屯田之法。”在这里,孙中山初次提出修筑铁路以移民成边,保卫国家的看法。

三年后的1894年，尚属改良派的孙中山上书李鸿章，说："欧美富强之本不尽在于船坚炮利，垒固兵强，而在于人能尽其才，地能尽其利，货能畅其流"，"凡为铁路之邦，则全国四通八达，流行无滞；无铁路之国，动辄掣肘，比之痿痹不仁。地球各邦今已视铁路为命脉矣。"孙中山求见李鸿章，李却不予理睬，由此孙中山掉头投身革命。

孙中山早年在美国生活之所见，尤其是改变美国国运的太平洋铁路的通车，在其内心留下不可磨灭的印象。因此兴建铁路是孙中山"民生主义"的重要内容，孙中山说："故交通为实业之母，铁道又为交通之母"，在后来的《三民主义》的讲话中，孙中山提出"统一之后，要解决民生问题，一定要发达资本，振兴实业。振兴实业的方法很多：第一是交通事业，像铁路、运河都要兴大规模的建筑"，而且"如果中国十八行省和新疆、满洲、青海、西藏、内外蒙古都修筑了铁路，到处联络起来了，中国粮食便可以四处交通，各处的人民便有便宜饭吃，所以铁路也是解决吃饭问题的一个好方法。"

1912年，孙中山在一张6英尺见方包括西藏、蒙古和中国西部最边远地区的大地图上，向《纽约先驱报》记者端纳介绍自己的铁路计划，端纳把这幅地图称为"孙逸仙之梦"。据端纳描述：孙中山规划了三大铁路干线，其一由广州经广西、云南、四川进入西藏，绕到天山之南；第二条……这些铁路完全修起来，每年仅运输费收入就可以达到十万万元，很快就可使中国进入世界最强国之列……

铁路是革命先贤们的强国之路。青藏铁路又是强国之路的必选之路。

新中国成立后，以毛泽东主席为核心的党中央在共和国百废待兴、百业待举的情况下，很快把青藏铁路作为巩固国防安全、加强民族团结、促进经济繁荣的大计入重要日程。"二五"时期确定了西宁至格尔木的青藏铁路第一期工程（称西格段）。1958年8月，青藏铁路西格段分别在青海省首府西宁市和柴达木盆地西北边沿的关角隧道开工。铁路仓促上马之初，上万名铁路职工怀着崇高的信仰，为着几代人的梦想，饱尝着饥饿、寒冷、缺氧等难以忍受的困苦，终未挺过三年自然灾害的冲击，于1961年3月被迫停建。满腔热血的铁路员工含泪惜别布满伤痕和辛酸的工地，无数凿洞筑路工人忍着饥渴、严寒徒步撤离戈壁。有人说，一万多名员工最后在西宁接待站报到的仅有几百人，绝大多数人丧命荒漠，尸骨无踪。这个说法是否真实没有考证，只是听“有人说”。

在关角隧道进口和出口的山坡上，在连队驻扎的附近，随时能看到些被岁月掀开的墓坑，那是关角隧道当年施工中死亡民工的墓穴，没有墓碑，没有棺椁，每每观之，让人顿生悲叹。然而他们在那些不幸的人员中又是相对幸运的，因为有无数的战友在这次撤退中尸抛戈壁，或鹰啄，或狼啃，难得“入土为安”。他们的灵魂、尸骨和名字已被无情的风沙吹得无影无踪，唯一留下的是关角隧道封闭后从洞内流出的汩汩泉水，如充溢的血液，似悲愤的泪水，日夜流淌，经久不息地流入关角沟草原，流进柴达木盆地。血液和泪水裹挟着前辈们的灵魂，蕴含着青海省几百万各族人民的期盼，期盼着梦想能尽早实现！

1973 年 12 月，毛泽东主席在会见尼泊尔国王比兰德拉时，谈到改善中尼边境交通、发展两国贸易时，旧话重提，再下决心，明确表示“青藏铁路还是要搞的”。

1974 年春，我们铁道兵 10 师 47 团奉中央军委的命令，带着襄渝铁路上的尘土和汗水移师青海，进驻天峻草原。我们一营很幸运，来到关角山下，啃这块知名度极高的“硬骨头”——关角隧道。

关角隧道位于青海省天峻县境内祁连山脉中农山系东延部分的关角山下。关角山，藏语意思是“登天的梯子”。它像一座天然的屏风，横亘在湟水河谷与柴达木盆地之间，铁道部第一勘测设计院的专家们经过多种方案筛选，最后确定在这里修一条犹如咽喉一样的高原隧道。让前辈专家们没有想到的是海拔 3847 米高的关角山垭口，在柴达木盆地边沿守候了三四百万年，今天遇到了它命运的“克星”——中国人民解放军 5847 部队——铁道兵第 47 团。“47”成了自然与人类的巧合，成了自然与历史的永久印记。

关角山隧道总长 4010 米，海拔高度为 3600 多米，比东岳泰山高一倍多，是 20 世纪我国修建的海拔最高的高原隧道。当初不少人为这个“第一”而荣幸。

关角隧道地段处于大陆性高原严寒气候区，干旱少雨，寒冷多风，每年的严寒期 150 天，最低温度-40℃，呵气结霜，滴水成冰。夏季出现冰霜降雪天气属正常现象，我们一营驻扎在隧道出口，驻地地势高，气压低，空气稀薄，含氧量低。沙尘多，风力猛，我们炊事班存放黄豆的帐篷曾被大风抬起屋项，吹到连队以外十多米的大路上。常年八级以上大风有 80 到 120 天。常年降水量 100 多毫米，蒸发量却达 2000 多毫米，平均相对湿度仅是我们内陆平原地区的一半多一点。在这里生活的人不讲究也得学会讲究，每天必须用解放军总后卫生部研制生产的重油脂擦脸油擦脸，不然要不了多久，脸蛋子会比藏胞兄弟的脸还要黑、还要糙、还要狼狈不堪。

在关角山下，对人最大的考验就是气压低、缺氧形成的高原反应。躺下不动时，胸闷头疼、恶心、眼球疼、浑身痒、口干舌燥、嘴唇干裂；外出活动，参加操练，观摩施工现场，随时就有晕倒的危险。在五天的半日制学习、适应过程中先后有二十余人次摔倒、晕倒。

恶劣的自然环境，考验着每一个铁道兵战士，也检验着刚刚穿上军装的新兵……

从我们确定为“铁道兵”到进入老连队，讲述最多的就是修建青藏铁路作为几代人的梦想，作为国家的重点工程、战备工程，地位重要，意义深远，任务光荣，责任重大。入伍时间虽然不长，让我们首先记住的是：毛主席、周总理亲自规划的一条红线，是边疆人民的幸福线、生命线，心中充满了希望、幸福、荣耀和自信，这也是我们入伍以后舒心、安心，工作能热心，生活有信心的最大、最深厚的动力源泉。

我们是幸运的，是光荣的，因为我们在用自己的美丽青春实现着几代人的梦想，实现着党中央、国务院和青海西藏人民的希望……

我们这些唱着信仰歌、做着理想梦长大的“50 后”，在精神与物质的选择比拼中，精神绝对起决定作用。关角山下的生活，关角山下的故事，就是在理想、信仰、精神和志气的鼓舞、支持、推动下好戏连连，节节精彩。

不巧的是这场戏的第一幕让人惊魂揪心，终生难忘。

为了 127 名战友的生命

新战士经过五天的战前培训，从 4 月 1 日起投入正常的“战备施工”。

关角隧道作为青藏线西格段的“咽喉工程”,经过第一次开工时近三年的开挖,已完成2551米(隧道当时的设计长度为4005米),停工时仅作了简单的封闭处理。13年间水深数尺,已做过的工程经过常年的涌水浸泡,拱墙开裂、侵陷、沉落、倒塌严重,复工后第一项紧迫任务就是排除洞内积水,进行大规模的淤积清理。团领导带领有关技术人员乘竹筏先后几次进入洞内进行现场调查,初步核实清理任务相当于重新打一座885米的新隧道。我们3连的任务是负责原开挖的平行道和横通道的清理。

已封闭十三年的关角隧道积水数尺深,复工前在团长国波(前排右1)带领下乘竹筏深入洞内勘察

青藏铁路沿线特殊的自然地理环境被国外专家划定为铁路建设的禁区,党中央高度重视,周恩来、李先念、余秋里等领导同志先后十多次做出重要批示,军委首长根据党中央的要求,提出了青藏线要快开进、快准备、快施工的要求。复工后,洞内空间狭窄,每班投入人力不能过多,实行六小时四班倒,高潮掀起来以后,实行八小时三班倒,炊事班紧密配合,每天开九次饭。我们四个新兵平时的任务就是挑水、劈柴、锯肉,到菜窖里翻菜,学着烧火、切菜、揉面,每个人跟两个老兵值夜班,并逐步开始学习如何在气压低的情况下把馒头蒸熟,在肉鱼不多的情况下如何把菜炒香,在炒菜数量有限的情况下如何能给各班分均配匀等这些技术活。有点技术的活儿比较轻松,没有技术含量的活儿往往要凭体

力，而且保障性很强，必须有人主动去干，坚持干。如挑水这种活儿，看似简单，实则繁重，而且要常担不懈，不能间断，必须有几个风雪无阻、持之以恒的人做保障，不然就无法保证全连每天四五缸水的供给。我的脑笨手笨，技术活儿掌握得慢，挑水这活儿好学好干。每天多挑几担水既想得通又愿意干，只是有时肩膀有些受不了，虽有酸苦，还是能坚持。

4月5日，新兵投入施工的第五天。上午，寒风退去，天气暖洋洋的，没有什么异常。青藏高原上没有狂风暴雪就是好天气。老兵王兴文我们三人挑过第二担水，正在炊事班门口小憩，猛听到韩文书急急忙忙地跑出连部高声嚷着。

"工地塌方了！"

刚到连队没有几天，还不知道塌方的厉害。王兴文是在施工一线摔打过的老兵，他从文书的声音中听出了严重性。立马跑到伙房向正在揉面的几位同志传达：工地上塌方了，可能事故不小。还没等这几位同志反应过来，就听到院子内紧急集合哨响了起来。于指导员站在院子里高声喊：

"扛上工具，马上投入抢险！"

"大夜班睡觉的同志马上起床！"

院子里很快集合了两个排的人，没有听清指导员讲了些啥，这些人就慌慌张张地扛着铁锹、洋镐跑出了连队。我们几个跟到了连队大门口，看着抢险的队伍向洞口跑去，才一头雾水地回到伙房。这时营部的广播响了，没有了往日的音乐，只听一位营领导高声宣布：各连凡是没有当班的同志，立即赶到隧道洞口接受抢险任务。

我们的陈班长已意识到了问题的严峻，向大家宣布：抓紧时间做午饭！

如果中午抢险不结束还要做好向工地上送水送饭的准备。

12点是昨天晚上小夜班和值下午班的吃饭时间。十几分钟了，打饭窗口前没有人排队。有几个在家值班、搞卫生的新兵拿着饭碗走了过来。几个人的饭还没打完，通信员气喘吁吁地找到班长传达指导员指示，"把全连的午饭尽快送到工地去。"并悄悄地说，"一连、二连可能有100多人堵到洞里了，三连没有人堵进去"。

任务真的来了！其实，塌方以后，我心里一直都懵懵懂懂的，如果还有点害怕的地方，是怕老乡们刚上工地没有经验会不会被砸伤、碰伤，现在知道三连没有人堵进去，心里轻松了许多。后来想到全公社还有七八个人就在一连、二连，也挺不放心的，去送中午饭正好可以打探一下消息。

炊事兵上前线，心情还真有些激动。班长带领我们六七个人抬的抬、担的担，很快把午饭送到了隧道洞口。平时担水总感到肩膀痛得厉害，呼吸喘气困难，今天倒没有了那些明显的感觉。

塌方发生在上午10点半中，距隧道出口169米处的拱圈边墙轰然倒塌，有1500多立方米的碎石堵死了整个隧洞，正在洞内施工的一连、二连、五连的部分人员被堵在洞内。当时洞内堵了多少人，谁也不知道，各连报了数后教导员不放心，又让营部文书郭宏民集中各连文书，按花名册一个一个核对，最后确认是127人，大部分是二连的战士。另外还有一营副营长吴德安和二连连长郑新成、副指导员吴扬然等八名干部也被堵在里面。当时分析，由于塌方地段的清理任务已经完成，塌方岩体砸住的人员不会多。只是洞口堵死、电断风停之后，洞内人员会受到缺氧和地下水的威胁。

关角隧道大塌方的消息很快传到了首都北京，报告给了周恩来总理。当得知100多名同志堵在洞内时，周总理批示：不惜代价，千方百计抢救被堵官兵。

抢险现场组成了由铁道兵十师陈友国师长为组长的抢险指挥部，抢险现场很快接通8部应急电话，其中一部直接连接中南海，一部直接与中央军委相通，话务员的接话声一声高似一声，一声接着一声，听声音就能感觉出十万火急的紧张状态。

洞口外面站着很多脸色阴沉的人，有干部、有战士，也有几位中青年妇女，一看就知道是临时来队家属，其中有两个的脸已哭得红红的。

按照连首长的安排，三连轮换吃饭的同志围在平行道口相对开阔的地方。从洞内走出来换班吃饭的新老战士，在隧洞边的水沟里洗了手，每人拿两个馒头无声地啃了起来。抬到工地上的炒菜由于时间仓促，没有带上盘子、碗筷，多数同志都无法吃到。我第一次到施工工地上，没见过这种紧张场面，心里挺着急，不知道该干些什么，站在饭菜桶跟前直发呆。

三连的任务是集中精力从二号横通道打开一个便道，进入被堵的洞内。由于这里的清理任务尚未开始,13 年的水浸腐蚀、沉渣涌堵,险象环生。横通道内仅能站立三五个人,铁锹用不上,不少战士只能用手扒石碴儿。开始还有帆布手套,没多长时间就磨破了,几个战士吃馒头时手上还流着鲜血。突然看见同村的付营用右手拿馍吃着,左手用棉工作服的袖子在握右手上的血。我走过去掏出手绢,酸着鼻子默默地递给他,他没有接,并说现在已经不疼了,我心里很难受。

刘生副连长是抢险能手,他一直在前面组织突击开挖。这个上海老兵,个子矮矮的,说话像打机关枪,走起路来精神十足,给人一个蹦着走的印象。全连的同志都轮换吃过饭了,他仍然坚持在工地上指挥,来来回回不断地指指点点,有时还向没有经验的战士们发火,几次喊他到外面吃午饭,他只一句话"不饿!不饿!"好像谁惹了他一样。

堵在洞内的同志们生死不明,即使没有遇险也是憋着、冻着、饿着、渴着,甚至被迅速上升的地下水淹着!刘副连长不怕死、不惧难,是出名的"拼命三郎",见活就来劲,见险就脸红,人没有救出来,急死人了!咋能吃下去饭!最后,指导员让通信员拿两个馒头直接给他送到洞里面去了。

我们第二次把开水送到工地上时已是下午 4 点多。这时洞口左侧的木料场内已停了不少于十辆的救护车,鼓囊囊的绿色氧气袋和大炮筒样的氧气瓶堆成了一个个小山包,洞口周围还站着一些穿便装的人,后来听说是天峻县领导和机关干部赶来支援抢险的。洞口不远处,通往天峻-乌兰公路的便道上尘土飞扬,不少车辆仍在陆续地向洞口集中。一队队换班吃饭的人络绎不绝地在弥漫的尘土中走向洞口。

洞口右侧,站着几位首长,每个人脸上都是一副沉重焦虑的表情。听几个老兵介绍,站在那里的全部是现场临时指挥部的首长,有带病坚持在关角隧道督战、刚从师机关赶来的师长陈友国,副师长姜培敏,团政委王成林,副团长王连清、刘居才……

姜副师长是常驻关角隧道工地的师工作组组长,他的情况很多干部、战士都知道,抗美援朝抢修清川江大桥带过兵,宝成、成昆、襄渝铁路上立过功,以敢打硬仗、善打胜仗而闻名。塌方以后他是第一个跑到现场的,他像指挥紧急突围的战斗一样,当即召集在场干部分析险情,迅速做出抢险部署,马上通知全营在家的所有官兵跑步赶到洞口,一连从正洞开挖,三连争取从平行道的横通道内打开缺口。命令下达后,他迅速赶到塌方体前,爬到坍塌的石堆上向在场的干部战士下达命令:时间就是生命,能早一分钟挖通,里面的同志们就多一分生还的希望。这里随时都有塌方危险,同志们要在统一指挥下开展抢险,既要争分夺秒,又要万无一失!

七个小时过去了,抢险的效果非常不理想。正洞内塌方体的上方,塌出了一个大黑洞,不停地向下掉着石块,人员不能过多靠近。垮塌下来堆成山包样的石块碎碴儿,短时间的挖挖铲铲如杯水车薪。由于碴堆松动不能局部开挖掘进,最后只能在紧靠上部边墙处挖个小导洞。为安全其见,这个小导洞必须很小、能爬进爬出一个人为限。在这么个小地方施工每次只能靠近几个人,就这几个人也只能用手扒脚蹬,什么工具设备也用不上。从塌方体到洞口两边站着摩拳擦掌、急不可耐的四五百名干部战士,虽然零下十几摄氏度的气温,但大家急得头上直冒汗。

三连负责的横通道开挖更困难。人多巷窄,风镐、风枪派不上用场,机械设备开不进去。那一阵子,营、连几个领导都急得要发疯,言语行动有些失态。

指挥部首长的决策是正确的。因为堵在洞内的吴德安副营长和工程师潘建学他们在黑暗当中也找到了三号横通道这个位置,这里十几年前已回填封闭,里面已被塌方堵死,但他们还是忍着缺氧与饥饿,组织尚能行动的战士们冒死轮流开挖,只是在双方没有挖通时,正洞上部的小导洞被挖通了。

不到半个小时,送到工地上的热饭成了凉饭,凉饭也吃光了,担到工地上的热茶很快成了凉开水,凉开水也喝完了。我们几个送水送饭的同志其实也看到饭桶、馍筐全见底了,却还不想往回走。太阳落山后,关角山的气温很快降到零下十摄氏度左右,也没有感到怎么寒冷,想多停一会儿,能多知道一点洞里面战友们的情况。

关角山下的气候一个很突出的特点就是变化无常。上午还是好好的天气,下午 5 点以后开始刮风,接着乌云密布,雪花飞扬。这在青藏高原上是很正常的事,而今天这场雪不知道是对人类与自然的挑战的不满,还是对一百多名战友生命的关切，漫天雪花让人烦、让人急。我们这些向工地上送饭的火头军则对这场雪更是非常气愤，因为抢险指挥部首长要求，各连队必须不停地向工地上送开水，下午6点以后还要2个小时送一次饭。凹凸不平的蜿蜒小路，白天挑着担子还可以捡路慢行，可到了晚上，有手电筒照着也十分难走。更何况遍地是雪，路更滑，气死人了！

天黑路滑十分难走！不得已，返回时绕得稍远一点走大路，当走到二连门口时，看见汽车拉着几捆草袋子进去了。二连的大部分干部、战士都堵到洞里，只剩下司务长和副排长在洞外组织抢险。看二连院内多亮了几个灯泡，不知他们要干什么，我们几个跟着汽车拐进二连院里，走近时才知道他们在做最坏的准备，拉的草袋子把平时的“三用堂”（集中学习、文艺活动和集中就餐三种用途）铺好准备停放遗体。往日的“三用堂”将暂时设为“停尸房”一想就不寒而栗！

第三趟到工地时已是晚上8点多。这时工地上多数人已由开始时的惊慌、紧张、议论和担忧变成了害怕、沉默。能接电灯的地方都换了200到500瓦的大灯泡。飞雪紧一阵、慢一阵地飘着，隧道周围如同白昼。灯光下到处是人，站着、蹲着，不少人浑身是泥，有的衣服上已结了厚厚的冰，从跟前走过时都能听到“咯吱……咯吱”的响声。

到工地约20分钟后，在微弱的灯光下听见有人叫我的名字，循声望去，是我们公社四连的老乡张保灿。他走到我跟前，有气无力地说：二连有90多个人堵在里面，有咱公社四个，一连堵进去二十来个，有咱公社俩，说着他有点哽咽。“战友战友亲兄弟”，这是鲜血和生命铸成的感情，是手足情、肝胆友谊的写照！此时我觉得老乡与孪生兄弟一样连心。我心里很难过，给他拿个馒头，他摆了摆手。四连是机械保障分队，抢险的任务是待命、是配合，可以轮换着回连队吃饭。俺俩站着什么话也没有了，一直在看着洞口，那里的每一点动静是每一个人都关注的。

时间不长，看见十来个人一组，有三四组人分别抬着又细又长的钢管从面前走过。天上黑灯瞎火，地下高低不平，只听有人不断喊着：“慢点，慢点！”原来是一位叫袁武学的同志，抢险开挖小导洞因缺氧晕倒清醒后，意识到在洞外呼吸都这么困难,洞内同志最大的威胁可能就是缺氧。他向首长建议,应该找一根细一点的钢管顺着边墙捅进去,然后向里面压风。当时,在现场的首长和工程师有几十人,他们都在想着如何加快进度,如何保证不发生新的死亡,如何发挥现有资源优势等。首长及时采纳他的建议,组织几拨人马上行动。土办法解决大问题,约 20 分钟后,钢管穿过塌方体被强力推入洞内,从一塌方就一直盯在现场的副团长刘居才嘴对着钢管用尽全身力气喊话,连喊三声没有回音,在场的人心里当即沉重起来,当刘副团长喊第四声时,钢管里传来二连副连长吴扬烈微弱断续的声音。

"同志们都活着!"

一句微弱的声音:"同志们都活着!"工地上立即沸腾了,有人喊毛主席万岁!共产党万岁!是激动,还是一种间接的祈祷,因为洞里的人虽然活着,还不知道能不能出来。大家还是急呀!站在洞外的不允许靠近,人人都流着泪踮着脚在向洞口看着、望着和听着。

人员进出的导洞正在紧张向里边逼近,这个"紧张"不是速度,而是环境,是气氛。仅有脸盆大的小导洞既不能做支撑,又不能用工具,小心、小心再小心,生怕没有支撑的导洞塌了,每个人的心里都沉甸甸的。

100 多名同志还活着的消息乘电波很快传到了中南海,中央领导指示,要精心组织,科学指挥,采取一切紧急措施,不惜一切代价挽救遇险的每一位同志。

陈师长向在场人员传达中央首长指示,工地上再次喊起:"毛主席万岁!共产党万岁!"的欢呼声。

人们都活着,大家的心立马轻松了许多,把手电筒留在工地上,我们几个摸黑回到连队继续送饭、送水!

晚上 12 点要送第四次饭,班长没安排我再去送饭,而是让我 2 点钟去送开水,并要求我趁这个时候休息一下。

一天内为工地送三次饭,真的有些累,躺下后刚合眼,就感觉定时 1 点 50 分振铃的闹钟响了起来,慌慌张张地走出房子,猛然发现三四个人正从打饭窗口端着饭盆往班里走,猛然意识到被堵人员可能出来了!心中一阵兴奋。到伙房后一位老兵告知，堵在洞内的人员凌晨1点多全部脱险，参加抢险的同志已经陆续撤回，现在开始洗刷、吃饭。说话间班长发话："马上去通知各班来打饭！"进入2班时，只有一个值班的新兵在收拾火炉，其他人全部在铺上躺着！再看躺在床上的战士，有的没脱衣服随便躺下就睡着了，有的靠在床上头支着的帐篷打着鼾，睡得正香！我悄悄地走出了帐篷，同志们在工地上顽强、持续不断地扒碴、铲碴和运碴15个小时，这时最需要的是休息，打扰他们于心不忍。通信员又吹了开饭哨子，仍没有见到更多的人去打饭。风停了，雪依然在悄悄地下着。

第二天上午全营放假。连领导通知炊事班改善生活，犒劳抢险的指战员。吃过早饭，二连堵在洞内的喜安、万年、长岭等几个老乡陆续来到炊事班找我。见面无语泪长流。年龄最小的高万年哭着说："我在洞里想：再也见不到你们了！"

十来个老乡险后重逢，有说不完的惊魂和感触，道不尽的落魄心情，最后归于笑脸，毕竟我们都很好。"暴雨过去艳阳天，大难不死一万年！"秦自云当兵前教过书，当过村干部，说起话来有板有眼！最后他给了句意味深长的话，"这个下马威对咱们也有好处，提醒咱今后施工中都要按客观规律办事，更要注意安全，石头砸下来可不长眼！"

接下来全营进入抢险总结、评功评奖阶段。连队在总结这次抢险工作时，指导员反复叮咛：4月5日，是个不平常的日子，是个值得大家永远记住的日子。施工固然重要，但生命高于一切，安全工作绝不能放松！

1975年4月5日真的是个不平常的日子！参加关角隧道施工、挑战生命极限的铁道兵战士，有127名同志从死神的屠刀下逃生了！这天，一千多名指战员用一腔热血、一片忠诚、一种铁道兵精神奏出了一曲共产主义精神的赞歌！

关角山下摆战场

为了组织实施好这次攻坚战役，师团成立了前线工作组，工作组就住在洞口出口不远处。作为青藏铁路哈格段的难点工程，既有近1500多米成洞的续建，又有大量的复工病害处理任务，前后工序穿插零乱，参加施工单位多，兵力集中，相互干扰大，现场矛盾交织，营连分别组织了誓师大会。各连的营房院墙上刷出了“世界屋脊修铁路，江河源头架金桥”“一不怕苦，二不怕死，早日修通青藏线”“青春献高原，热血洒关角”等巨幅标语。关角山下成了一个轰轰烈烈、热火朝天的战场。当年8月初，铁道兵十师又调46团17连、18连到关角隧道配合47团施工，12月份又调47团12连、16连、17连共计380多人到1营、2营参加施工。年底前参加隧道施工的有十五个连队（不含师直临时配合的机械分队、训练队和民工连）近3000人。关角山上人潮涌动、机器轰鸣，处处是大干快上、你争我赶的施工竞赛场面。

为搞好技术攻关，确保施工质量，师团的技术精英都来到关角隧道工地上。师里的总工程师陶学慈是江浙人，长得很苗条，弯着腰和战士们一起上下工地，现场解决关键问题。他一丝不苟的“要求”，使不少干部战士见了就头疼，也正是有了这种经常的“头疼”，最后，才能使4010米的高原隧道贯通误差仅为十七万分之一——23.8毫米（技术标准允许误差为五千分之一）。

在师团工作组的旁边还有个很特殊的单位——高原生命研究所。这是从天津派出的生命科学研究队伍，常驻隧道出口观察研究解决部队在风雪高原上缺少氧气、缺乏营养条件下的生存质量问题。按照他们的要求，炊事班每天要煮几次姜汤，下班的同志都必须喝（防感冒）。他们还提供了一种净化剂，放在水缸里来回搅拌很多圈以后，泥污下沉，水质变清。还给我们配备了多种维生素每天吃，补充高原上食用蔬菜总量偏小、品种偏少、营养不足的问题。这些白衣天使，从东海之滨到雪域高原，任务虽是研究高原病，却也被高原的环境折磨得死去活来。没有人愿意长驻，只好隔一段时间轮换一次，由于人员经常轮换，与我们相互了解的自然也不多。

参加关角隧道施工的指战员最幸运的是每天可以见到师团首长，这在一般连队是不可思议的。师团首长的办公地点——前线指挥所在隧道出口的山坡上，几顶军用帐篷背靠关角山，注视着关角沟内的车水马龙。

姜培敏副师长性格直爽，工作要求极严，很多干部都惧怕他，在工地上会有意躲着他。战士们倒机灵，知道副师长爱兵如子，听说他到工地了，都想往前站，跟姜师长说句话，心里能舒服好几天！指挥所夜晚的灯光如航海中的灯塔，关角山下老远都能看见，而且彻夜通明。

指挥所领导晚上先召开施工分析会，10 点以后研究施工中存在的问题，雷打不动，天天如此。青海民工连的职工爱唱歌，尤其是在晚上，推着斗车边走边吼，声音一直传到二郎山下。当他们走过指挥所时，歌声如音响似的主动停止。

首长们晚上熬夜开会研究施工方案的惯例可谓“人人皆知”。我有几次晚上加班送饭路过指挥所，看到所里射出的灯光就有一种参加战斗的自豪和必胜的自信。

站在关角山山腰俯视隧道出口不到两平方公里的山坳里，乌兰——天峻公路（315 国道）以西依次排开八个施工单位和 1 营营部。公路东侧高低不平的碴堆之上，散乱地分布着调度室、抢救站、值班室、科研所、内燃机风房、修理房、电动风压机、发电机房、木料场、材料组、料具库、炸药库、油库等很多指挥保障机构和配属单位，大小不一的场院内机声、鸣音、喧嚣和歌声，既充满生机，又不乏攻坚战的形影。来往不断的电瓶车、土斗车、翻斗车、推土机、装载机等人声鼎沸、机声隆隆、沸腾声使严寒躲避，喧闹使荒凉变色，到处都是鏖战的景象。

在关角山的腹内，3000 多名官兵时时刻刻地挑战着人类生命的极限。洞内施工最大的威胁是缺氧，虽然安装有三根直径 60 厘米的通风管每天 24 小时不停地压进新鲜空气，四台通风机向洞外抽排废气，洞内的氧气含量仍达不到正常需求量的一半，火柴点不着，打火机打十次、二十次也不一定打得着。施工中随时都有缺氧晕倒事件发生，最多一次曾有 36 个小伙子同时晕倒。

人员高度集中，紧张的交叉施工又考验着各级指战员的领导和组织协调能力；恶劣艰苦的施工环境，检验着每个指战员的体能、素质；当时，低水平的装备和施工方法，也在窥视着洞内干部战士的生命！

死人的事经常发生

隧道施工高潮渐起，连队的一切工作紧紧围绕进度、质量、安全强势推进。平时施工中坚持“三工”教学，施工下来就是五天一分析，十天一小结和月总结。

一般没有星期天,月终总结,休息一天,召开一次评功、评奖誓师动员大会。思想政治工作的力量是巨大的,群情激奋,士气高昂,施工高潮很快形成,但随之而来的伴随着频发的各类施工作业事故,不断出现的人员伤亡,让不少青年军人失去了青春的欢乐,让不少热血青年付出了血的代价。而真正惨痛悲伤的则是死亡,因忠诚、朴实和执着,每每想来都让人揪心难受。

我们连牺牲的四个人中,印象最深的首先是四班班长胡立才。他是1973年入伍的湖南兵,牺牲时23岁,共产党员。他的个子不高,很开朗,很负责任。1975年下半年,家里几次写信催他回去完婚,连首长知道后,同意他正式休假。结婚后仅仅一个星期,就接到连里催他立即回队的电报,20天假期在家仅待了15天就提前赶回部队投入到关角山施工热潮中。上班的第三天,他带领全班人员值上午班,在快要下班交接清理拱架时,他发现上导坑上面有一块牙石(被放炮轰炸松动,有可能脱落的石块)需要撬下来才符合交接班“三不交”的规定。这时接班的同志已经到位,自己班的同志都在收拾工具做交接班准备,他自己就拿撬杠上前处理。刚走到上导坑,那块牙石好像是在等着他一样,轰的一下砸了下来,他本能地偏了一下头,那块大牙石不偏不倚地从他肩膀砸下。在场的七八个人一齐跑上前,抬了一下那块龇牙咧嘴的大石头,没有抬动。闻讯又上来的几个人一齐动手,把那块一吨多重的石头抬了起来,此时,胡立才已昏了过去,胸部以下砸得像散了架。几个新兵吓得呆呆地站着,几个有经验的老兵用胳膊编成担架抬着他向洞口外的抢救站跑。胡班长身上的血如断裂的自来水管直往外流,地上洒出了一条血路,等赶到抢救站时,胡立才早没了气。按照指挥部首长要求,“没有呼吸了也要抢救一小时!”然而死亡的事实无法因战友的感情和首长的命令而改变!胡立才死了!他死时还没有来得及给战友们介绍新娘子是个啥样子。

平时我见别人掉泪自己就会伤心!胡班长死后,我跑前跑后给他整遗物,有点怯场,精神紧张,心里难受了很长时间。人死得太悲惨,死人太可怕!接着就是老乡闫金成的死。我们县150个兵,死在高原上两个,闫金成是第一个,而且是到部队刚刚一年的时间里。

闫金成是我们郏县李口公社闫楼村人,上高中时是班里的优秀学生,到连队后分配在五连,他们连的任务是配合各施工连队搞机电安装、维修。他个子不算太高,不善言谈,说话先笑,笑口张开露出脸部唯一的小遗憾一颗门牙微微地张着,给人以诚实腼腆的印象。1976 年 5 月 26 日,金成值小夜班,不知道什么缘由,上班前他绕道营部约本县同乡孔繁友去工地上玩,这不正常的要求让小孔很为难。因为孔繁友 4 月 5 日大塌方堵到洞里过,后来被石头砸成脑震荡才被领导照顾当了钉补员。天天在工地上,一想到工地上的施工现场,他身上就起鸡皮疙瘩,能有啥玩的?再说,当天晚上营部演电影,营部伙房吃猪肉包子。孔繁友说你上班吧,我给你留两个肉包子回来吃。金成将要走出营部门口时,又回首招呼孔繁友:"你等我回来!"

闫金成当班的任务是开搅拌机,配合我们连浇筑钢筋混凝土边墙。约有两个小时,边墙混凝土浇筑到一半时突然停电了,正好上料漏斗悬在空中,他看料斗下面撒落了不少混凝土,顶住料斗落不到位,让装料人员很费劲!趁大家休息时,就拿起铁锹清理地上的散石子,清了一半时,电来了,没有保险装置的料斗"咣"地一下就落了下来,从金成右脸砸下,胸腔严重受创,鲜血从嘴里直往外流,送到现场抢救站时早已不省人事,死前没有再说一句话。

电影散场后,孔繁友摸摸放在火墙上的两个肉包子还热乎着,心里有些得意。看看时间还早,就跑到营部广播室找信阳同乡尹家国闲聊,说笑着等金成下班回来吃包子。不到半个小时,听说从卫生所抬回来一个伤亡人员是河南兵,俩人跑到跟前一看,孔繁友"哇"地一声哭了起来。

"金成,我在等着你回来吃肉包子哩!"在场的几个人都泪如泉涌。十几个本县的战友听说后都跑了过去。由于当兵才一年时间,不少战友还不认识金成,现场的战友在介绍事故经过时说:金成要不是替大家干活就死不了,他真的不应该死!其实,在那个年代,那个环境,作为一个热血青年,往往是一种很朴素的感情思维,他想到的也就是干点活儿,大家累了休息一会儿,趁这个空儿自己干几下。人死皆偶然!

关角隧道从复工到贯通的 1977 年 7 月,发生各类工程事故 60 多起,夺去了 17 位战友的宝贵生命,53 人受伤致残。

我们连后来又死了两个同志,一个是 1977 年的贵州兵,叫丁福书,他也是第一套军装还没有穿旧就牺牲了！他是在装石碴时，用铁锹去撬一块卡在装载机上的石头，用力过猛，脚下滑倒，被自己撬动的石头滑落砸伤，抢救了一个晚上也没能挽救那个年轻的生命。

另一个也是1977年兵，叫孟光明，安徽人，他不是牺牲在隧道以内，是倒在了空旷辽阔的草原上。这个小伙子原来是炊事班的炊事员，胖胖的脸、大大的眼，处处透着精明和热情，既勤快又诚实，很得领导好评。由于表现优秀，我特意向指导员推荐他到排下锻炼，不幸的是任副班长没几天就牺牲了。

那是关角隧道贯通后的1978年10月，连队全部投入人工道碴生产。13日那天临近中午放炮时，孟光明一时糊涂，没有按规定向两翼躲避，而是顺着炮眼冲击的方向跑。在跑了有五六百米时，他与另一位战友以为已超出危险距离，趴到一条自然泄水沟内躲避。炮响完以后，另一个战士起来了，他却再也没有爬起来。一块小鸡蛋大的碎石正击中他的后脑勺，石块有一半钻进了头颅，当时就停止了呼吸，那年他19岁。

人的生命有时就这样脆弱！而且脆弱得这样不可思议！

事后我们都在反思这件事！人的生命是宝贵的，但人的生命也是很脆弱的！所以，我们活着的人要多思有幸、多想庆幸、多寻高兴，在庆幸和高兴时要理智、要理性，要善待生者、善待生命、善待社会、善待历史和明天。

在我们团从青海天峻移防到陕西渭南市后的1983年10月，我陪同时任政委的吴风仪重回高原故地参加天峻县烈士陵园的竣工典礼。那天是草原上少有的好天气，寒风不扬，秋意浓浓，我们在吴政委的带领下，怀着沉痛的心情走进新竣工的天峻烈士陵园。我流着泪在每个坟堆前都站了一会儿。在我们连牺牲的四位同志（除前面提到的三人外，还有1976年的河北籍战友诸万忠，到连队不到一星期就被砸伤致死。除他的几个老乡外，全连同志没有人记住他的音容笑貌）和我的两个郏县老乡（大部队离开天峻县以后，郏县籍战友叶建庄在木里煤矿执行任务时因煤层垮塌被砸死）的墓前，我无法控制内心的悲痛，禁不住热泪横流，失声痛哭！

长眠在天峻县烈士陵园里的铁道兵战友，有个别是友邻46团、48团的，其余38名全部为47团的官兵，更具体说：大部分是死于关角隧道施工和为隧道施工配合的相关人员。墓碑仅有牺牲者姓名,没有基本情况介绍,如不是战友、同乡,定不知逝者何人、何故、何时、何方。逝者已逝,谁人悲伤?

没有鲜花,没有翠柏,只有悲凉和死亡。几十个小小的土丘及土丘前简单而又粗糙的水泥碑簇拥着新落成的铁道兵牺牲战友的纪念碑,寂寞地俯视着枯黄稀疏的无名杂草,注视着苍苍茫茫的关角山,遗憾地遥望着远去的天路、飞驶的列车……

初识天峻县

连队距天峻县城30多公里,一般战士去县城是在连队门口拦过路车。营部每天发一趟南京嘎斯车去团部,办公差的在管理员那里报到后优先乘坐。第二天早上吃过饭,我急急忙忙地赶到营部怕坐不上车,还专门找信阳老乡尹家国帮忙。第一次去县城不亚于现在出国的心情,虽然汽车在"搓板"路上颠得浑身肉乱蹦,寒风吹得脸皮发麻,心里仍然美滋滋的。

天峻县因47团团部和团直属专业连队的驻扎而兴旺。315国道在县城南面通过,团部机关和勤务连、家属院、招待所、汽车修理连等单位驻扎在国道两侧。315国道以北300多米,有一条并行的东西路,长度有三四百米,沙砾碎石铺面,两边干涸的排水沟自由敞开,这就是天峻县城中心大街。大街东西两头两条南北土路连接315国道,团机关就在东边一条南北路的西侧。这条南北路北头的丁字路口有家天峻县城最大的百货商店,买酱油、调料和少量的生活用品就在这里。三间门面房里一老一少两个女服务员,如果没有军人的出入,商店每天进出的人没有几个。年轻女服务员是内地汉民的后代,在天峻县城可以称为"美女",无疑对商店的经营产生了聚人气的效应。西边的南北路中段路西有十几间平房是天峻县人民医院,再北边是团卫生队。在这里的十字路口东北角,两间绿色门窗的拐角房子是县邮政局,部队来到以后是生意最红火的单位之一。以前这里一年也收发不了几份电报,报务员汉字认得不多。有一次二营技术员廖太煜老婆来部队前发电报让他去西宁接站,结果把廖太煜译成"廓大煌"。由于找不到"廓大煌"其人,电报被退回,廖太煜的老婆带着孩子,费尽周折，千辛万苦才从西宁转战到天峻县，为此两口子还生了一场气。

全县的政治中心——县委坐北朝南，坐落在东西大街的正中间，青砖砌成的两个门柱与平房房檐一样高低，院内分东西两列，前后有两三幢砖瓦结构的平房，厚厚的棉门帘遮住了红漆单扇门，双层玻璃窗外用纸条把窗户缝粘贴得一丝风也别想吹进去。每排瓦房房坡上部都有一个伸向空中三四十厘米高的铁皮烟囱，轻烟缭绕，徐徐扩散，给人以静谧、单调和无奈的感觉。这是个很神圣的地方，以后几年间没少从门口经过，却不曾进去过一次。

天峻县当时有五六千人，县城也就是几百人。全县方圆2.5万平方公里，县城除当兵的以外，当地居民没有多少流动性。县城东西大街一眼望尽，没有树木遮挡，没有建筑物影响，一切都是那样的透明，那样的古朴，那样的原生态。县直机关和服务单位早上10点开门上班，下午4点打烊，工资比内地高40%多，工作非常轻松。路南面两个藏民席地而坐，每人一瓶烧酒，旁若无人地对着瓶口边喝边笑，显得异常开心。商店前面的自行车，一律没有锁，在这地广人稀的不毛之地，没有人害怕被盗，不担心被贼人盯梢。街上有几个走动的人，也全是穿军装的。行走在县城大街上，满目的宁静，满眼的祥和，也有满地的荒凉。

到县城以后，生怕办事找不到地方，先找到在勤务连电台班的本公社老乡姬振乾。由他带路走一遭后才知道，在这个县城只要精神正常，一般不会迷路。老乡带我送了信寄了包裹，买了酱油、醋以后，已是该吃中午饭的时候，想请他去餐馆吃饭，问后才知道，由于生活习惯上的差异，县城唯一的饭馆很少有汉族兵进入。我们两个走到县委大院西边的那个小饭馆前，在门口一站就闻到一种刺鼻味，立时就有点反胃的感觉，只好马上离开。

团后勤处在机关对面有个军人服务社，军人的日常生活用品在那里基本上都可以买到，那里又是我们进城军人集合乘车的地点。在战友那里吃过饭以后，天上飘起了雪花，我们没敢久停就到服务社门口等车。任务完成了，满心欢喜，风雪中也没有觉得太冷，坐在没有遮挡的汽车上返回时，穿着毛皮鞋的双脚还出了臭汗。

我在哈尔盖学习时去过刚察县城，今天又到了天峻县城。上次是去看新鲜，这次是因公出差，总体感受差不多，印象也很一致，那就是很感恩上帝，他能让我们降生在富饶的中原大地，生长在四季分明的河南，虽然生活苦一点、差一些，总比风雪高原要好上不知多少倍。我们应该感谢上天，珍惜生活。

牛粪饼和黄金饼

部队在高寒地区施工生活，取暖是个大问题。从师到团、营及各连的帐篷内全靠火炉、火墙取暖，团里配给的原煤送到连队卸在伙房的煤池里，有计划地给各班分配。连队各班烧煤基本不限量，能把帐篷烧暖和就行，烧不热是你烧火水平太低，会烧炉子的战士往往能得到排长、班长的赏识。关角山下每年的烤火期在八个月以上，烤火期过后炉子仍然要烧水和烤烘在工地上被水打湿的衣服。一年四季离不开火炉。一个连队每月都要用一到两车煤，供应工作经常处于偏紧状态。炊事班把"改灶节煤"当作常年任务，常抓不懈。连领导经常号召大家厉行节约，要求在工地上捡些废弃的木板木头作补充。施工连队的战士们下班时有个很一致的姿势：一手执铁锹洋镐，一手抱几块废木料，如果按这个印象画一幅人物画，不题画名，我的战友们就可以确认为"关角隧道下班的战士"。哪个班没有废木料库存，说不准啥时候半夜火炉子灭了就会受冷、挨冻。

祁连山像一道天然屏障横亘在青海河湟谷地的北面。出天峻县城向北150多公里的祁连山余脉处有一缓山名曰木里山，海拔4800米，常年白雪皑皑，狂风怒吼，这里却蕴藏着十几亿吨的优质原煤。连队用煤全部在这里的木里煤矿和相距不远的大风沟煤矿采购。木里煤矿虽然是露天开采，却因地域偏僻，环境恶劣，机械化程度低，往往难以保证连续作业。

从县城到木里煤矿要过青海湖区最大的河流——布哈河。几十米宽的河上没有桥，在上游十来公里处叫快尔玛的地方，那里滩阔水浅，有一个用圆木堆成的简易桥，枯水季节勉强通行，雨季水流量大时就要断行。去木里山的路，常年冻土，天天重车挤轧，大坑能卧牛，小坑能陷车。团装备股一位老乡随车去一道木里山，两天下来全身颠得似断了几截一样，在床上躺了三天才能起床。解放牌车从县城去拉一趟煤，正常了来回要两整天，不顺利就得三天四天。在这150多公里的路上，我们团先后有四名战士献出宝贵生命。可以说，我们炉子里燃烧的不仅仅是煤块，还有司机们的汗水、泪水，还有战士们的鲜血。

1975年10月份，大雪来得早，木里山冰天雪地，路上积雪盈尺，一时间路断车停，连队用煤告急。仅有的少量存煤首先要保吃饭，排下一律停止供煤。各班原来库存的废木料作为辅助燃料尚能维持，全靠它取暖，绝对杯水车薪。10月的关角山下，夜晚的气温已降到-10℃左右，战士们在洞内施工冻得浑身发抖，衣服被水打湿后回到班里无法烘烤，晚上睡觉被窝暖不热，一时间感冒发烧的不断增多。高原的感冒可不是闹着玩的，感冒引发肺炎致人死亡的事儿经常发生。而这时也有一些班里的炉子没有停，经了解他们是靠烧牛粪维持炉火不断。连长立即号召各班外出拾牛粪，而且要求每班除自己使用以外，每天还要给炊事班贡献一筐。我们炊事班一半的人力专职到草原上拾牛粪。

一方水土养一方人。天峻草原干旱少雨，牧草仅有三四个月的艰难生长期，沙砾戈壁滩上长出青草的载畜量仅为内蒙古、新疆一些草原的一半。天峻草原还有一个突出特点是没有树木，乔木不能生存，灌木丛也不生长。草原上基本没有什么可用燃料。几千年来牛粪、羊粪是牧民们取暖做饭净碗喝奶茶延续生命不可或缺的重要资源，现在也成了铁道兵战士不能离开的稀缺物资。

牛粪这种便溺废物，平常不用时，看见嫌脏，屡见嫌多，真正派上大用场时倒成了稀罕东西。

在每个"藏包"的门外一般都有一个如中原地带麦秸垛一样、黄里泛黑的粪垛，那就是牛粪。在他们帐篷门口则有一个小堆，那是净奶油碗用的羊粪。藏族同胞每到一处，牛羊都围在一个相对稳定的地方，每天早上放牧后就把前一夜的牛粪收拾起来，堆在一起，或低温或风刮或日晒，只用一天，就干燥蒸发成了干干净净的待用燃料。草原上的牛羊全部食草，粪便没有大的异味。这时才想到忆苦思甜时有老农民说"旧社会贫下中农屙的屎都不臭"，说明咱们的前辈们每天吃细粮太少。藏族同胞一年四季用它取暖、做饭，不怕冻的藏獒晚上也要卧在牛粪堆旁取暖。藏民族大多数是游牧生存，背风向阳可以安居的地方一般都没有水，有水的地方不能扎帐篷过冬，生活用水往往要跑很远的地方。

他们日常使用的奶茶碗,用凉水无法洗去油渍,每次用碗前抓一把富含碱性的羊粪习惯性地在碗里顺手擦一圈,用嘴吹去浮灰,然后才倒入奶茶。在他们看来,这就非常干净,而我们一般人就难以下咽。

我们生活中的一些东西往往是不用时嫌多,使用时嫌少。牛粪这东西就非常典型。平时到草原上散步,总觉得天峻草原上的牦牛不知道吃得多不多,拉得咋那么多！到了要捡牛粪时,就又难了。有的战士半天时间跑很远的地方还捡不了一筐。有的班实在捡不到牛粪就想歪门找藏族兄弟搞小交易,一两块钱就可以买回几大筐。不过这就有点"违纪"之嫌,如此行事必须悄悄进行。

部队刚进入高原,气压太低,面条、饺子煮不熟。为了把馒头蒸熟,往往延长揭锅时间。什么事儿都讲究个度,馒头在该揭锅时不揭锅,蒸时间过长,就会瘫软变形,结果仍然是欠火不熟,仍然是黏黏的、大大的、扁扁的,战士们俗称"牛粪饼",雅称"黄金饼",为此还惹了一些笑话。

有一次政治处领导陪同铁道兵政治部宣传部一位副部长到连队调研,中午吃饭前连领导问通信员,午餐有什么主食,答曰:大米饭、牛粪饼。政治处领导了解兵部首长是山东人,吩咐:光吃牛粪饼不行,让炊事班再来一盆面条。兵部首长听到吃"牛粪饼",不由心生厌恶,当即表示:来点面条就行了,牛粪饼你们能吃你们就吃吧！连领导这时才想到俗语错用,马上纠正:是黄金饼。众人笑了！

牛粪烧火,无烟无味,火焰不大,热量不低,很快成了战士们离不了的"黄金饼"。

部队首长高度重视连队燃料供应问题。师后勤部召开专门会议紧急部署,全师立即行动,迅速打通刚察县的热水煤矿、柴达木盆地内的锡铁山煤矿,煤荒的情况持续时间不长就得到缓解。而战士们对牛粪的感情却没有就此了结,有时到草原上玩,还经常带些回来,烧个"稀奇",延续个情结。

月成洞百米大会战

青藏铁路西格段项目从复工到完工穿越了"文化大革命"的"抓革命、促生产”“以阶级斗争为纲”的不正常岁月和粉碎“四人帮”后“两个凡是”“抓纲治国”的过渡时期这样一座极不寻常的时空隧道。它始终扮演着政治载体的角色，抑或是完成政治任务的一个量度符号。参加施工的铁道兵指战员虽然是指向哪里打到哪里、叫怎么干就怎么干的驯服工具，却也都赋予了政治属性，承载了难以说得清楚的政治责任。

1974年中央批准青藏铁路复工时提出的要求是：“快开进、快准备、快施工”，坚持“边科研、边勘测、边设计、边施工”的原则。西宁——格尔木段的施工原则是：“突出重点、难点，兼顾一般。”这里的重点、难点当然就是挡道的关角隧道和察尔汗盐湖的路基工程。关角隧道是工程的咽喉，此处不通，腹部、尾部的盐湖路基工程即便建起来也无用武之地。而关角隧道的难点是地质复杂、施工艰难，而且时间紧、任务重！我们一营从1974年10月投入隧道清理，1975年2月开始下导坑开挖，这时哈尔盖起始点的铺轨已经开始整整七个月。追兵紧随其后，这时候没有不急的指挥官，铺轨部队像给养充足的敢死队，一开始就穷追猛打。1974年12月底前开展人工铺轨试验，一个月时间铺设了正线近五公里，第二年一气铺了93公里到江河车站，这里距关角隧道咽喉要塞还不到70公里。

铺轨机车的隆隆响声像嘹亮的冲锋号角在激励着、催促着；辅架车的巨臂像一条无情的皮鞭，抽打着已在狂奔的烈马：驾！驾！驾！快！快！快！

师党委要求：争时间、赶时间、抢时间，确保1977年8月1日按时铺轨。

团党委要求：确保隧道按时贯通！争速度、赶速度、抢速度，每月必须确保成洞一百米！

具有多年施工经验的指战员们认识到：时间就是胜利，时间就是政治，时间就是生命！而目前的关角隧道施工，速度就是时间，速度就是政治，速度就是生命线！

在这人烟稀少、空旷辽阔的草原上，高原的自然环境与部队的政治运动、政治活动一样单调。前者是客观、是无奈，后者是主观、是选择。以“阶级斗争为纲”的年代，关角山下，时间、进度就是隧道施工的“纲”，纲举目张！

“批林批孔”的效果看施工进度。

“反击右倾翻案风”的成果看施工进度。

“揭批‘四人帮’”的结果看施工进度。

“学习雷锋”“学习南京路上好八连”“学习硬骨头六连”“学习梁忠孟”……各项学习、各种活动的落脚点都要看施工进度，成效自然要反映在施工进度上。

有首长说：“青藏铁路修不通，毛主席就睡不好觉。”而青藏铁路尤其是关角隧道的施工进度“牵着兵部首长的心”倒是千真万确的。

1976年8月，铁道兵司令员吴克华率领铁道兵兵部人员、青藏铁路建设工程指挥部领导及兰州军区首长千里迢迢、风尘仆仆来到关角山下，来到驻守在关角的47团深入隧道工地看望慰问施工的一线官兵。当晚指导员开会传达首长指示，主要精神就是再次强调青藏线是毛主席、周总理划定的红线，早日修通青藏线是毛主席他老人家的最大心愿，是党中央对我们的殷切期望。铁道兵战士要听毛主席的话、听党的话，必须发扬“一不怕苦，二不怕死”的大无畏革命精神，把青藏铁路早日修通，把关角隧道早日打通！在施工现场老将军向指战员敬一个军礼后说：“你们辛苦了，感谢大家！”

1976年8月铁道兵司令员吴克华（前排左二）视察关角隧道，前排右一为47团团长国波。

兵部领导到高原看望我们,到施工现场慰问大家,大家别提多高兴、多激动、多有劲了!不早日打通关角隧道对不起毛主席,对不起党中央,对不起全国人民!在第二天的黑板报上,有不少豪言壮语让人热血沸腾、眼花缭乱。

施工热情空前高涨。尤其是正值施工高潮之中,传来了毛主席逝世的噩耗,连队又掀起了“化悲痛为力量,继承毛主席遗志,早日打通关角山”大会战。

大会战首先发挥的是兵员优势,部队有的是兵,调集足够的兵力实施人海战术已是很成熟的传统战法。隧道进出口一开始各配两个营外加两个民工连,当年底各地贯彻全国第一次农业学大寨会议精神,“普及大寨县”任务紧迫,两个民工连解散。大会战开始后,先后从三营、四营各调来五个连队,从46团调集两个连配合进口、出口两个营的施工。其次,更需要机械化和科学施工!我们团汽车三连的翻斗解放车除个别车辆配合三营、四营的施工外,全部调到隧道工地上。但因装载量小、车况差,适应不了会战需要,又从师汽车营调来了一批刚刚从日本进口的银灰色“五十铃”自卸车。47团机械连的“移山牌”国产推土机不能适应施工需要,又紧急从师机械营调集了16台新从日本进口的“D80”推土机。这时的关角山下才是真正意义上的人声鼎沸、机声轰鸣,满山是雪、遍地是兵。

毛泽东主席有一段语录特别精辟:“世间一切事物中,人是第一个可宝贵的。在共产党领导下,只要有了人,什么人间奇迹都可以创造出来。”在“学毛选、背语录”的年代,没有怎么用领袖的这些箴言警句去分析问题。时过境迁,回头看我们昔日的所作所为时,就感到我们这些平常的人所干的事儿有不少不可思议、惊异、惊叹的地方。

我们连在完成了近千米的平导洞清理支护、密排支撑、塌方地段顶部背部填塞防护及1470多米平导洞开挖任务后,从1976年第四季度开始转入正洞施工。清理平导洞时,巷道受空间制约,人员多了转不开身子,实行四班倒。正洞施工尤其是大会战开始以后,改为三班倒作业。由于每个班的任务已定,换班时间服从任务,完不成任务不下“火线”,活儿干不到位就延长工时。这时已无所谓三班倒、两班倒了。

1977年元旦节前的一天上午10点多钟,我带两位炊事班的同志去营部分牛、羊肉。刚出连队门口向北走约百十米，就听见5班班长张建钦在喊我，循声望去，见他扛着一把铁锹、一把洋镐，后面跟着五六个人，其中有两个人扶着一个头上裹白纱布的战士，后面几个人扛着工具，最后面一位还拄着一根似拐棍一样的木板。他喊着我的名字，怕我听不见，还在不停地招手。我很快从碴堆上抄过去，看见我这个老乡困乏的脸上附带着密密麻麻的泥浆，黑一块儿、灰一块儿的，一身旧棉军装冻得像一块破牛皮纸裹着的冰棍，高腰水靴像是用水泥灰浆刷过一样，走路近似机器人一样的动作。看着他那可怜相既感到好笑，又觉得怜惜。我走近后，他用微笑替代恳求："让你那两位同志去接一下我们班的两个兵吧！"这时的"老乡见老乡"不是"脸上喜洋洋"，而是"说话更有底气"。我立即喊来站在路上的两个炊事员，吩咐他们跑步到隧道口去接那两个走不动路的新兵。

我们这些在基层当兵的战士懂事儿太少，不知道部队发放服装交旧、领新这样的制度始于何时。从我们配发的旧服装上残留的肩章扣带看，它们至少是军衔制废止之前的产品。部队到青海以后，后勤部门为连队直接参加施工的战士配发一套透着历史沧桑、带着长期库存印痕、米黄颜色泛着白、上身下身不够配套的旧棉军装。说是冬季施工工作服，其实在隧道贯通之前一年四季都离不了。那衣服极有特点，如果一般人在大庭广众之下穿着它，一定很快会被认为是解放战争的老兵、抗美援朝的英雄而受到尊敬和优待；如果当时后勤部门的首长有些许文化思维、市场眼光，把那些旧棉衣存放到战争影视片满天飞的21世纪初，把那些难以复制的旧军装出租做影视道具，不仅会为影视剧增加几分难得的真实，而且一定会你争我抢唰唰唰、大把票子哗啦啦。然而，在那特殊的年代，这些存放了十几年或二十几年的特殊军需物资，以特殊的待遇配发给了执行特殊任务的铁道兵战士。只是这关角隧道内地下水太大，洞顶滴水，地下冒水，一个工班下来，早已把那套不怎么御寒的棉衣打湿浸透。战士们下班走出洞口，要不了几分钟，浑身冻成一块板，走一步、挪一下都似顶着十级大风一样的艰难。他们肩上扛着工具，手里拄着木棍，歪着脑袋顶着腰，再有俩人扶个缺氧、累晕、下肢麻木不能自理走路的伤员、病号……看着这样一支队伍，绝对会让你心底发怵、两眼发涩、浑身发颤！这是军人吗？是！这是英雄的人民铁道兵！是新时代的军人！他们都面对军旗举过手："誓死修通青藏线！""坚决打通关角山！"铮铮誓言，一腔热血！

他们都是平凡的战士，他们有太多的梦想、太多的理想、太多的期望，虽有难言的无奈，却无怨无悔！

去洞口接人的两个炊事员迟迟没有回来。我站在手推车前等了一会儿，浑身冻得直打哆嗦，不由心生埋怨。俩人回来后说：5 班昨天下午上小夜班（下午 4 点接班），一直干到今天 10 点钟下班，一个河北兵往回走时打瞌睡，脚崴了一下；另一个贵州兵水鞋被钉子扎破脚被刺伤，水鞋进水把脚冻硬后，走不成路。他俩把人送到他们班里后，看到先期回去的人累倒在床铺上一动不动，就帮着两个同志把冻硬的施工棉衣用汽车喷灯烤软后拽下来，换上干衣服扶着躺到铺上。一个人帮助贵州兵搓着冻硬的脚，一个人去叫卫生员给他包扎。我听着他俩的叙述，立刻受到了感动！不由分说得夺过其中一人手中的棉手套，推着手推车向营部走去。从营部拉回由天峻县人民政府支援的三只冻羊和一条牦牛大腿，一路上考虑着这些冻得像木头的牛羊肉怎么做才好吃。回到炊事班，我的助手赵世荣告诉我：连长找你。我不知道是啥事儿，心里有点忐忑，到连部看见连长坐在他的位置上。我们连部四张两抽屉办公桌双双对背而放，指导员、副指导员坐在靠北面的所谓上位，连长、副连长迎面坐在所谓的下位，这种不成文的规矩各连都挺统一的。手里拿着笔在一个本子上写着什么，脸上没有兴奋或不悦的成分，能看到的是正在回忆、思考的那种低沉。连长见我进来，指了一下身边副连长那空着的位置：

"来，坐下。"我没敢坐。

"坐吧，没事儿！"我拣桌子一侧的一把空椅子坐了下来。没等开口，又听连长说：

"又分些什么肉？"

"牛肉、羊肉……"

"分多少？"

"三只羊、五十多斤牛肉。"

"库房里还有多少猪肉？"

“有四片(供应高原部队的猪肉全部是一头猪一破两片,论片称量配发)。”

“猪肉罐头还多不多?”

“还有五六箱(每箱十二盒,每盒一公斤)。”

“好!我给你交代几个事儿。”

连长这个山东大汉很少说官话、套话、扯淡话。

“第一,你必须保证每天中午和晚上有两个荤菜,压缩菜、海带皮不准再吃;第二,每天二十四小时保证有热饭、热菜和热汤等着下班的同志,啥时候回来啥时候开饭;第三,延长施工时间,不能按时下班的,你要组织炊事班的同志送饭,到时间就送,即使马上交班也得送去……”

连长讲了这些要求,其实就一个事儿——把伙食搞好。但有三个要点:前两点要求很正常,我们努力就可以做到,而第三点有难度。正在想着时,听到连长最后的那句话:“让战士们肚里有点热气才能走回来!”我眼圈当时就有点泛红。这既让我感觉到了连长对战士们的关心,又使我一下子想到刚刚让炊事班两个同志去洞口接人看到的一幕。

“连长,我替战友们感谢你!”我心里说。

“好!我马上组织炊事班开会,把您的指示落实好。”

“具体工作向陈副连长汇报。”

陈副连长叫陈春才,1965年兵,四川自贡人,两天前还到炊事班发脾气。连长的一句话提醒我:自己太不敏感了!

离开连部,我直接到炊事班,找到班长王忠民。我当上士时间不长,还没有树立起多少威望,改善伙食还得靠炊事班努力,工地送饭这种重活需由炊事班长来组织。在王班长这个老兵面前,我必须保持足够的谦和与尊重,不然我就要抓瞎。

向王班长传达了杜连长的指示后,我看王班长挺认真,就说,咱先商量个方案,向陈副连长汇报,然后召开班务会进行安排。

在王班长的配合、陈副连长的支持下,连长的指示很快得到落实。我利用天峻县城老乡的关系,走后门又买了六只羊和一百多斤牛肉,又靠耍嘴皮子从军需股多领回几箱猪肉罐头、几箱蛋粉和两个大保温桶,生活很快得到改善。

时逢连队年终总结,连长提出给炊事班班长、副班长、饲养员蒋福妮和我四个人每人一个嘉奖,其中要有一人上报营嘉奖。我特意找指导员要求,能不能给炊事班一个集体奖,给炊事班长申报个三等功;如果不行就给炊事班王班长上报个营嘉奖。指导员重视炊事班的建设,也很理解我的心情,每次评功评奖没有少照顾,这次又满足了我的要求。

1977 年的春节来得很迟,走得却很早。它的特殊与当时国家的政治气候有某种暗合。

1976 年 10 月粉碎"四人帮"以后,全国上下政治任务摆在了第一位。政治路线、思想路线是大家关心的核心问题,报纸上社论、报道是清一色的声讨、揭批"四人帮"的内容。关角隧道施工时间紧迫,任务艰巨,好在揭批"四人帮"的任务不重。当时虽然还有全国"农业学大寨、工业学大庆"的号召,与部队生活对不上号,连队一门心思搞会战,大部分战士整天在工地上,政治学习不好组织,即使能组织起一小部分人,也是坐下就打瞌睡。政治工作是生命线,是各项工作的纲,然而政治学习对那些累得没有白昼概念的战士来说,实难做到"聚精会神,一丝不苟"。不过,"揭批'四人帮'落到任务上"这个目的还真的达到了。1976 年 12 月,仅我们一营就完成成洞 105 米,隧道上导坑胜利贯通,师党委致电祝贺。元旦放假一天!休整、动员、大会餐,1 月又干了个"开门红"。当时全国上演《纪念周恩来总理逝世一周年》纪录片,师党委为了嘉奖鼓励关角隧道官兵,把全师的首映式放在了关角山;刚刚解禁的电影《上甘岭》也冒着风雪来到营部院里放映。战士们虽然手脚都冻麻了,心里还是热乎乎、挺自豪的。只是有些同志在工地上干十几个小时刚下班就去看电影,精力实在是难以支撑,电影刚开始就有好几个人睡着了。放映结束时有两名战士没有被嘈杂的声音惊醒,其中一名是我的老乡高万年,送到卫生所抢救醒来后说是心脏有问题,当晚随电影队的嘎斯车就去了团卫生队。

1 月 31 日总结工作时,是农历的腊月十三。钟指导员料事超前、处事有招,他于月底前就决定:提前过年。

不知道多少年以前,老祖宗们可能就已预见到 1977 年咱们国家的春节不好过,所以确定的时间特别晚——2 月 17 日。全连总结大会之前,他把我叫到连部,当着陈副连长的面交代:这几个月同志们吃了不少苦,任务也完成得很出色,再有十几天就要过春节了,现在的形势很难预料,如果指挥部让咱们过革命化的春节,到时候同志们就过不成年了。你及早准备些好吃的东西,按过春节的标准给各班发东西,全连大会餐要按过春节的标准安排。

我听后很高兴。连队供应的副食虽然经常处于紧张状态,但很希望听到连首长给大家改善生活的要求。战士们太苦、太累、太不容易了!

总结大会上,指导员宣布了2月1日提前过年、放假一天、全连大会餐的消息。同时给每个战士发了一斤白糖、一瓶水果罐头、二两茶叶。2月1日中午,会餐十菜一汤,每班外加一瓶青松酒。虽然没有过新年的气氛,却也有几分过节的心情。

还真的不错。当年的春节关角隧道工地上没有再过革命化节日,而是按正常规定放假休息。

1976年8月,铁道兵吴克华司令员视察青藏线,在接见十师机关干部大会上曾指出:“隧道施工的部队除星期外,每月要外加两天休息日,这要作为一个制度坚持下去,这样才能保证战士们的健康……”可惜,时间紧,任务重,首长的指示一直没有成为“制度”,无法得到贯彻落实。能多休息一天,当时真的不容易,至少可以让战士们好好给家里写封信了!

“整体道床”之痛

关角隧道当时被称为是我国海拔最高的铁路隧道。它在中央有关领导、国家有关部门、铁道兵系统内很有影响,是一个卡脖子工程,是公认的“硬骨头”,它使不少参与施工的指战员感到自豪,也曾令不少首长和单位的领导头疼。为确保这一艰巨任务能够完成,铁道兵领导把关角隧道交给了综合素质最高,技术能力最强,最能啃硬骨头的铁道兵十师47团。同时,各级首长、有关部门都给予了工程很多无微不至的关心、照顾,实施了不少超出常规性的支持。在攻克这个咽喉工程过程中,一些战友献出了宝贵的生命,不少人受伤流血、致病致残,失去了终身幸福。在物资匮乏、技术落后的年月里,在恶劣的自然环境下,广大指战员一不怕苦,二不怕死,无怨无悔,勇往直前,付出了血的代价,创造了人间奇迹。一位新闻记者到现场采访后说:“4000米的关角隧道,不是挖通的,是用战士们脑袋撞通的。”然而,在以后的青藏铁路的报道中,几乎见不到有关这一惊天地、泣鬼神的一页。在离开关角隧道的日子里,在脱军装改工后的年月里,在离开铁道工程系统的20多年间,我一直萦怀于心,疑惑不解,也一直为我的首长、战友们愤懑不平。

历史怎能会这样呢?

2010年春节前夕,我踏着北京当年最大的一场雪来到复兴路四十号原铁道兵大院看望老师长——当年铁十师关角隧道前线指挥部指挥长姜培敏。老首长对这段历史既有着表不尽的激奋和自豪,又有难言的苦衷和遗憾,他很希望把这段被混淆、被尘封的历史重新整理、重新澄清,让我们的战友有个公正、让历史有个真实、让世人有些汲取。

这时的老首长已听力微弱,行动不便,距他逝世仅有几个月的时间。在他老人家人生即将走向终点的最后时日里,还在惦记着青藏铁路,想着关角隧道,牵挂着跟随他出生入死、艰苦奋战的战友们。谢谢您,老首长!

事有凑巧,就是这次北京之行,我见到了我的好友李学智。听说我要了解一些关角隧道的情况,特意向我提供了由中国铁道建筑总公司1994年编纂的《青藏铁路工程总结(哈尔盖——格尔木)》一书和他1977年6月到1978年3月参加关角隧道整体道床施工的记录本。展卷阅览,方知影响关角隧道这一宏伟工程形象和声誉的是关角隧道通车以后的病害问题,具体项目就是整体道床的设计、施工及病害处理。

说到整体道床,我就想起了当时的一些情况。

1977年5月,隧道正洞施工任务基本完成以后,全营转入整体道床施工准备阶段。整体道床工程在20世纪70年代听过的人多、干过的人少,一般铁路工程设计采用的比较少。青藏铁路穿过的关角山由于地质情况复杂、地理位置特殊,为了减少施工维护工作量,铁道部第一工程设计院在1974年关角隧道工程复工前的设计中选用此设计。当时认为是世界上比较先进的工程工艺——整体道床,这种施工工艺铁道兵多数技术人员基本上是第一次接触,对47团一营、二营的干部战士来说更是一个新术语,大家心里都没有底儿。

整体道床即由混凝土整体灌注而成的道床,具有维护工作量少、结构简单、整体性强及表面整洁等诸多优点。整体道床工艺适合于隧道内或石质路基等坚硬的基础之上。由于整体道床是连续现浇的混凝土,一旦基底发生沉陷、膨胀,修补极为困难。整体道床有三种结构形式:支撑块侧沟式、整体灌注侧沟式、中心水沟式。关角隧道采用的则是支撑块侧沟加中心水沟式,即在支撑块上面安装垫板,然后固定钢轨。为了引起参加施工干部战士的高度重视,在宣传介绍整体道床的设计依据、技术指标及施工要求时,又掺进了“为加强战备,防止敌人破坏而采用整体道床施工”的政治、军事意义,全营干部战士热情高涨,压力也不小。

为加强技术力量,师里通过兵部协调,从刚刚在京原(北京至太原)线驿马岭隧道工地完成整体道床施工任务的铁二师借调了几名有施工经验的技术干部分别到关角隧道进、出口工地进行技术指导。

关角隧道整体道床采用的是支撑块侧沟式,每 2.25 米轨枕间距一对支撑块,每公里需支撑块 1760 对,4000 多米整体道床所需的 7000 多对支撑块都需要施工前预制好。这一任务由进口施工的二营负责。在制作过程中,专门组织参加整体道床施工连队的连、排干部到现场观摩学习。借调的技术员从钢筋的下料、板弯成型、缜密绑扎到混凝土的拌合上料、抹油装运及水泥垫块、装放钢筋骨架、混凝土装模,再到硫磺锚固等几十道技术规程,详详细细地讲了一遍。基本要求是严之又严、细之又细,不能有毫米差错,不能有一丝失误。连、排干部越听头越大,越听越担心。二师借调来的技术员最后还说:真正不好办的是整体道床的墩架法施工,距离正负误差按毫米计,它的精确程度和施工难度要比支撑块预制难上好多倍!一句话让好几个参加会议的连、排干部几天几夜都没睡好觉。

铁道兵战士最突出的特点是不怕出力气,最典型的优势是不怕干重活儿。活儿多了“发扬连续作战的优良传统”,活儿重了“发扬一不怕苦,二不怕死的革命加拼命精神”,纵使上刀山下火海也能不退缩、不眨眼。而眼下遇到的显然不是出力活儿。

6月是关角山草原最美的季节,绿草如茵,鲜花绽放。天峻草原上的牛羊成群成群地翻过关角山,快乐地为关角山草原装点出美丽,展示出活力。苦战了近一年的关角隧道全部贯通,压在指导员们心头的大石块掀去了,不少同志甚至有从死神的魔掌里跳出来的轻松,干部战士脸上渐渐恢复了常人应有的快乐容颜。趋于正常的施工生活,使长期囿于极大精神压力的战士们有了走出帐篷、走进草原欣赏自然、品味生命的空间与乐趣。那一段时间,是战友们到连队两年多来最轻松的时光。

6月下旬,整体道床施工开始,按指挥部要求一个月完成任务,确保8月上旬列车顺利通过关角隧道。

施工开始前,全连进行了两天的技术培训。杜连长、陈副连长此前在指挥部、营部已参加过几次技术辅导与演示。由于没有操作实践,全连培训只能按指挥部技术组印制的整体道床施工操作规程照本宣科。讲者没干过,听者没见过,各种严格的技术要求似天方夜谭、云遮雾绕,分不清南北。也可能是近个把月没有连轴转施工的缘故,上、下午的技术培训尽管不少同志听得一头雾水,却没有一个人打瞌睡。责任感治住了瞌睡病!

当天晚上,老乡张建钦和经常喜欢在一起玩的木工班战士王占山来到司务室,看他俩好像没啥事,我就提出:“再找个人打几把扑克?”两个人今天表示出少有的“谦逊”——“不能打了。”而且两个人很投机地又探讨整体道床施工的事儿。听着他俩的话,能感觉出他们的忧虑和困惑。这是我第二次察觉出整体道床工程的不寻常。

开工头两天,连队倒班、作息、生活基本正常,但也有一些不正常的迹象。

各班战士来打饭时,即使排队那短短的几分钟,也不停地打听对方上一工班的施工情况;端着饭盆离开时,走在回班的路上,也在议论控制支撑墩误差这些问题。

平时坚持的“三工教学”制度,月成洞百米会战时,由于战士们劳累过度,列队讲评不是打瞌睡就是摔倒,所以不少时候会压缩时间甚至省略了。近期刚刚恢复了正常,这几天就又有些不正常。“三工教学”不仅讲的时间很长,好像排长、班长总有讲不完的话,一讲就是二十多分钟、半个小时,而且还没有几个战士表现出不厌烦、不服气的情绪。

这几天,有两次见到连长从工地上回来,一进院子就吼着让通信员或文书通知那两个排长或那几个班长到连部,说着嚷着,一说就是很长时间,有几次还错过开饭时间。那几天营部、师团指挥部的会议也特别多,连里几个领导的生活开始不正常,而且脸上呈现出来的不是劳累的困乏、险恶的惊悸,而是一种困惑性的愁容和无可奈何的紧张。看到连首长的情绪,那几天很少再到连部找报纸看,也没有看到那几个爱和我一起打扑克的家伙们赢牌后的笑容。

整体道床啊整体道床,你是个什么样的妖魔鬼怪,搅得我的首长和伙计们如此闹心、焦心和不放心?

大约一个星期以后,陈副连长打电话回来通知炊事班往工地上送茶水,我怀着好奇的心情,与炊事班的四位同志抬着两个保温桶到施工现场。我们连在八号横通道处施工,在接近工地通过平导坑地下有不少积水,我们几个想踩着一边摆放的水泥墩走过去,还有几步没走近就听见一个同志喊:“不能踩,那是刚刷洗过的。”我有点不解:还邪门了,水泥墩还刷洗,踩一下还不行!给养员手里掌握些小权力,战士们对我都很客气,一般情况下是不会这么急着阻止的,看来是真不能踩。

进入正洞,中间施工的人站得一个挨一个,我们几个只能靠着边墙走。顺着边墙放了几根以前在隧道里没见过的钢轨,我一只脚无意地踩了上去,还没有迈出第二步,就听见有人喊:“不能踩!”回头一看是三排排长叶吉仁,他走过来说:这几根钢轨刚刚测量过,一根长短相差不超过4毫米,校直后不能有一点点变形,动都不敢动。听着就有点玄乎。说着陈副连长过来了,他吩咐几个人,接住保温桶,让我们几个“站一边去”,走到一个避险洞处才看见隧道两边拉了两条线,几个战士抬着水泥墩,按尺子量的位置在扭扭、挪挪、抬抬、按按,拉线两端和中间有几个人拿着小红旗,似在指挥,也像是在提醒施工人员,尤其如我们这些懵懂的家伙:“别碰它!”这次送水让我知道了三角道尺、万能道尺、螺丝道钉、锚固板、加压盖板这些莫名其妙的东西,虽然不知道它们的真正用途,却知道了整体道床施工的确比上下导坑开挖、比打边墙、打拱圈这些活儿要细致得多、复杂得多、难干得多。

有一天,我去团部领副食品,由于当天的营部驻勤车要上、下午各跑一趟拉生活物资,我必须早一点出发。6 点多起床后,看见杜连长蹲在连部门口的台阶上低着头发呆,我走过去报告:坐车去天峻拉副食,有没有什么事要办?爱给我开玩笑的杜连长不知道听没听见我的报告,好像在沉思的壕沟里没有跳出来一样,脸上没有往日的慈祥,摆摆手"没有、没有!"平时要叮嘱的"小心点、注意安全!"那句话似乎是忘了。

我离开连长后才意识到连长近期没有大会战期间的疲惫,却也有些消瘦、有些消沉。往日中午饭蹲在连部门口边听营部广播室播放的豫剧边吃饭的情景好像一次也没有见到过。

参加关角隧道施工的指战员满怀胜利的喜悦欢度建军 50 周年。8 月 5 日,4025 米的整体道床(含过渡段)工程全部竣工,接着是为期十天的检查验收,137 组混凝土试件全部合格,总评质量优良。

8 月 15 日,铺轨列车顺利通过了这个让多少人立下过不畏肝脑涂地的誓言、经历过撕心裂肺的痛苦、付出了不尽的艰辛与煎熬,又曾经寄予无尽的希望与充满自信的艰难工程;通过了这座被专家审定为优良工程的里程碑性的隧道。首长们笑了,笑声中带着自豪,笑容里含着如释重负的超然;战友们笑了,笑脸上挂着激动的泪水,笑声里含着幸福与委屈。

笑容灿烂而又惬意,只是复杂的笑容里潜藏着某种未知与隐忧。这笑声没延续多久,就变成了叹气声。

1979 年 7 月 28 日,青藏铁路铺轨到达本期工程的终点站——格尔木。青藏线西格段工程大功告成,青海各族人民的百年企盼由此实现,他们欢欣鼓舞,心花怒放。

吃鲜肉饺子不容易

1977 年 8 月,关角隧道通车以后,施工转入以道碴生产为主,连队的工作、生活步入正常。8 月下旬,指导员钟传兴爱人第一次来到部队。我们的家属房在连队大院北侧简易会堂的后面,小院门正对着炊事班和伙房。

记得是钟指导员家属来队约半个月后的一天晚饭前,他回家属房时我们正好走了个迎面,他说:"小肖,到我家里吃饺子!"我有点不好意思。他又说:"走吧! 你去还得下手包呢!"知道四川人不大善于做面食,又是指导员的热情邀请,我就跟了过去。

吃饺子对我们河南人来说就是改善生活。平时家里来了客人,最好的招待就是包饺子吃。春节过得好不好,能吃几顿白面肉馅饺子是最直观的评价标准。在我还是牙牙学语的幼儿时,我 80 多岁的奶奶双目失明,坐在床上不能走动,每逢家里包饺子吃时,母亲总是让我把捞出锅的第一碗饺子先端给奶奶吃。奶奶接到饺子的第一句话会先问:给老祖宗们"愿仪"(河南农村敬神、敬鬼、敬上天的一种简单祭拜方式)了没有?当听说"愿仪"过了才会再问:你吃了没有?当听我谎说吃过了后,她才有滋有味地吃下去。当我稍懂事时,就记住了"年三十包扁食(河南方言,即饺子)"的谚语。每年除夕晚上的最后一顿饭必定是吃饺子。父亲端着刚煮熟的饺子在神龛前、门神、灶神前要"愿仪"祭拜一遍。大年初一太阳出来之前又一遍,只是多了"刀头"(猪肉)和佛香、黄表纸(比烧纸好一些的黄色草纸,老祖宗传下来的说法:一般的草纸到阴间就是钱,黄表纸在阴间为金)之类。家里平时也有改善生活的时候,最好的改善就是包饺子,但每次包饺子煮熟后第一碗一定是由父亲端到堂屋正位前"愿仪"一遍我爷爷、奶奶,让他们"先吃了"以后才由活着的人再吃。如果父亲不在家,母亲就让我端上饺子完成这个仪式。1976 年我从上海出差路过河南老家,一听说在家里停两天就要走,第二天早上老母亲就让父亲到镇上买羊肉给我包饺子吃。那天去看看老师、看看朋友,没有回去吃午饭、晚饭,晚上快 10 点到家后,母亲又把包好的饺子下锅煮熟让父亲端去"愿仪"了以后特意告诉我:"今儿的羊肉馅饺子没放多少菜。"我当时就掉了泪。这饺子不能不吃!

钟指导员让我到他家吃饺子,我有受宠若惊、不胜感激的心态。没到他家时心里想着要下手包饺子、干点活儿,好好表现一下,结果进屋后看到钟大嫂已把饺子包好了。以前总认为四川女人只会做菜,没想到这位看似笨拙的嫂子手还挺巧呢!

饺子煮好了,第一碗端到餐桌前递给钟指导员。当时想的是他是一家之主,吃饺子前他应该先“愿仪”一下,结果他接住满碗饺子之后原地不动等着我们几个。待每人一碗上齐了,他很兴奋地说:“小肖,今天是鲜肉饺子,应该很好吃,你吃吧,多吃点儿。”这时我立马想到,四川人可能没有吃饺子之前先敬先人的习惯,十里不同俗,何况千百里,更多的是为这般厚待而激动。鲜肉饺子吃得心快意爽,当时我纳闷:在这个季节,钟指导员从哪里弄来的新鲜猪肉?只是身份悬殊没敢贸然叩问。临离开时钟指导员说:“小肖,我们也得想办法把猪养好,让大家一年能吃上几次鲜肉饺子。”我听得清清楚楚,却一时没法回答,只好随声答道:“中! 中!”怀着沉重的心情出了指导员的家属房。

钟指导员家里的鲜肉饺子真的好吃。再好吃的饭食吃过也就过去了,不可能有更多的记忆,而那一段时间让我一直不能忘却的是钟指导员的那句话:“让大家一年能吃上几次鲜肉饺子。”

高原部队享受的特供政策无法从根本上改变特殊环境的局限,肉食供应夏秋季节以罐头为主,冬天春天以冻肉为主。猪肉罐头炒菜、包肉包子可以,包饺子一定是“牛羊拉犁不配套”。而冬季冻得失去本性的猪肉,用温水解冻之后,包饺子既没鲜味,也不太香。这两种饺子我都曾经吃过,指导员可能吃过不止一次,共同印象是:吃的没有想的好,吃了一次不想第二次。指导员希望让干部战士每年吃几次鲜肉饺子,本意是要求连队每年多养几头猪,多宰几头猪,不然吃一次鲜肉饺子也困难!

青海是我国重要的畜牧业生产基地,为全国五大牧区之一,牛羊存栏正常年份保持在2000万头(只)左右,藏系绵羊、牦牛全国数一数二,另外还有河曲马、玉树马、骆驼、黄牛都很有名,唯有生猪不多,牧区则更少。部队进入青海前,先头设防人员发现这一情况,当即通知后续部队,移防高原时务必把老母猪一并带上。

我们三连上高原时带了三头母猪,其中一头带着孕,另有五头小猪崽。到关角后,有两头小猪崽不适应高原生活相继死亡,带孕母猪产崽时也因气候原因母崽一同殒命。在青藏高原上养猪太难啦!

师后勤部发出大力开展副业生产号召以后,连队更重视了养猪、种菜,由于自然条件,一时难以改变现状。天峻县以前没有养猪这回事儿,全县没有一头公猪,各连的母猪很长时间配不上种。团后勤处从青海海东的农业区紧急出高价买了两头公猪。刚开始,可能是高原反应吧,那两头公猪见到母猪后没有任何“情绪”,全团几十头母猪养得肥胖肥胖的,没有一头能“幸孕”。

我们连的母猪来到高原半年后怀孕了,大家为之高兴。1975 年 4 月临产前,老连长给炊事班提出要求,千方百计让老母猪顺利生产,确保母猪和猪崽安全。医院的产科大夫有时还不能保证产妇顺产,高原上如何让老母猪顺利生产?鬼才知道!

命令坚决服从,任务必须完成。母猪临产的前一天,炊事班总动员,连长、副连长几次到猪圈布置、检查准备工作。晚上天气冷,猪窝门口挂上门帘;由于空间小不能生炉子,接上电线安装两个 500 瓦的大灯泡。当时我刚刚到炊事班,看着班长、班副和几个老兵的紧张劲儿还真有些纳闷:老母猪下几个崽儿,还得像上战场一样?

班长和几个有养猪经验的老兵一晚上没睡觉。一大早报告喜讯:母猪下崽六头,两头死亡,四头幸存。高原上没有什么更多的好事儿、喜事儿、快活事儿。排里同志们听说连里的老母猪生了小猪娃,有不少爱操心的战士跑到猪圈看稀奇,其他同志也都高兴了一阵子。

营领导从三连母猪下崽的实践中得出经验:今后各连的母猪下崽必须拉到条件较好的天峻县城去。

连里的母猪下崽以后,领导看到后继有“猪”了,“八一”那天把从陕西带到青海的最后一头肥猪给宰了吃,把希望都寄托在那几只小猪身上。有道是“惯出来的孩子不孝”,而我们连的猪是“娇养的猪崽不长”。

猪这种家畜可能就是“吃糠咽菜”的货色。青海那地方既没有糠也缺少菜,饲养员整天为猪的饲料问题犯愁。团里给配发的饲料非常有限,冬储菜季节还有点烂菜叶子,平时没有什么饲料,于是就把从东北嫩江基地供应给人吃的大豆煮煮喂猪,结果还是今天吃明天不吃,吃得多了拉肚子。饲养员蒋福妮说:这些家伙吃的东西比咱家的人吃得都好,它还挑挑拣拣不识抬举。

有一段时间小猪崽的脚上常流血,仔细一看发现是小猪的脚趾烂了,当时不知道是怎么回事儿,先让卫生员用医用酒精棉球擦,又把大安片、四环素之类的消炎片磨碎放到猪食里让它们消解“炎症”。后来分析可能是猪圈的水泥地面太凉太硬，就把水泥地面挖掉，重新铺上沙土……那几头小猪最后都长大了，只是没少让人头痛，没少让炊事班的同志受批评。陈班长退伍时感慨地说：当几年炊事班长最遗憾的是没有把猪养好！

在青海养猪，本来就是件难事儿！

我从这些难事儿的过程中理出了个想法——买半大不小的架子猪回来育肥。这个想法得到连长和司务长的支持。过了国庆节后，司务长给我找了一辆由他老乡驾驶的解放牌马槽车到乐都县买猪。

当时选择去乐都有两个原因：一是乐都县是青海省汉族占绝对优势的县，回民很少，养猪的应该多一些；二是连里有几个乐都籍的战士，炊事班的辛丙堂、5班的祁兴平，我们关系都很好，可以发挥他几个地方关系的优势。由于没有这方面的经验，走之前非常担心买不到猪，临走时又请示司务长同意带了一袋大米（100斤）、一袋大豆（160斤），以备关键时候施点小惠。

乐都县是湟水下游河湟谷地最大的农业县，草场仍占全县近一半的面积，只是都在南、北两翼的山坡丘陵上，多数人口和农业区集中在沿湟水河的中间地带，县城所在地是碾伯镇，连里的几个战友分布在县城以东的高庙、洪水两个公社。乐都在我们新兵训练的平安驿以东四五十公里的地方，从天峻县出发当天晚上就到了。

先找到辛丙堂的父亲，说明来意后老人家也有点犯难。他介绍，乐都这个地方历史上一直受伊斯兰文化影响，新中国成立前曾长期受马步芳家族统治，穆斯林习俗根深蒂固，不少汉族家庭基本上不养猪。新中国成立后，政府曾号召养猪，因受传统习惯影响，养猪一直没有成为农民的自觉行动，养猪业始终没有发展起来，现在一个村里也没有几户养猪的。我听了以后心里有些发慌。

第二天一大早，开车拉着这位前辈到几个战士家里。由于以前他们也没有过多的来往，找到一个战士家里要几经辗转。第一次到这养猪不多的地方买猪，情况有点不妙。我已没有奢望有多高的目标——能买到几头就行。每到一家留下小礼小物，表明恳切心情，请求他们想办法能买一到两头。这时我带的大米派上了用场，每家给一点，先后给分了三家，另一家给了有三四十斤的大豆。二三十斤大米在当时的青海农村家庭是多少人没见过的好东西，人情、心情、儿女情、军民情可能都发挥了作用。到当天晚上10点钟，跑了四家，定下了四头架子猪。还有一个战士是桃红营公社的，家在南边的山区，路远一点，我下决心再去一趟。由于带的钱多数还没有用，麻袋里还有百十来斤大豆，多花点钱再买两头猪应该没有问题。

解放车两个多小时跑到桃红营公社，找到战士家里已是将近中年，听说是来买猪的，战友的父亲头摇得像拨浪鼓："不行！村里没有人养猪，买不到。"战士的弟弟看到哥哥的两个战友到家了，兴奋得直蹦："阿大，北边陈某家有两头猪。"我一听就高兴了，立即要去看看。战士的父亲让吃过饭再去，那时我的心情是激动加忐忑，没办法平静，一刻也不想再耽误，就与他父子俩一块儿绕着山沟河沿找到陈姓老乡家里。听说我们要买猪，那家主人先是一喜，后是一怔。这家里三个男孩，一个女儿，今年冬天要给大儿子置办婚事，花钱就打了这头猪的算盘。可是近来家里人吃饭成了问题，圈里的猪整天饿得嗷嗷叫。听说买架子猪，老人正愁着这头猪不到出口斤数、没饲料喂怎么办，当即答应愿意卖。怔的一下是怕猪卖钱少了到儿子结婚时不够用。我看他家的猪不到出口重量也有百十斤，就说，我按出口猪给你算钱，另加50斤大豆。本意是想用实惠刺激他帮助再买一两头猪。老乡只知当地产的蚕豆、土豆，没听说过大豆为何物，就问："大豆能吃不能？"

"能！还可以磨豆腐吃！"我说。

"大豆还能怎么吃？"老乡这一问，一下子问住我了，我也不知道大豆除喂猪、磨豆腐还能怎么吃，忽然想起来在家时炒过黄豆。

"可以炒炒吃，还可以放点盐煮煮吃。"我又聪明了一把。

"俺这里没吃过豆腐，吃过蚕豆、土豆，只要煮煮能吃就成。"老人笑了。

我提出再帮助买一头。他直摆手："不成、不成，村里没几头猪，要再买得找两天。"

再找一天我也不敢等了！当即装了猪到战士家里啃了两个煮土豆，喝了一碗手攫尕面片（青海农村人吃的一种面片）就急急忙忙返回了。

这次共买了五头半大架子猪（比猪崽大、比架子猪稍小点的，我们当地称

“半大”)，一时成了营里的新闻。有两个连队的上士找我了解买猪情况，我就神秘兮兮地说难度很大，障碍很多。当时颇有点炫功卖乖的得意，又担心他们都去买猪会断了我们以后买猪的路。这样的小气鬼、小心眼想起就觉得好笑！

一年后，我与二连的上士一起去乐都又买过一次猪，这次费的周折很大，效果却不太好。但是，两次去乐都买猪拉的那些大豆及大豆送人的过程让我对大豆有了一些想法。

1955年夏，铁道兵第一任司令员王震将军视察参加抢建鹰厦铁路的铁道兵时，看到指战员们生活条件艰苦，当即要求部队领导要千方百计改善连队生活，确保战士们的菜香饭热，吃好吃饱。回到总部后立即做出决定，凡参加施工的干部战士每人每天供应二两大豆，保证每人每天能喝上一碗豆浆。并命令铁五师副师长余友清带领当年的转业官兵奔赴黑龙江的密山、虎林大小兴安岭一带开荒种地，兴建嫩江农场。几年后开荒70万亩，主要种植大豆，供应部队指战员喝豆浆、吃豆腐。大豆供应对我们高原部队有照顾，基本上多少不限，满足供应。每斤一毛三分钱，可谓质优价廉。我分到连队后，就看到炊事班对面的一个帐篷里堆满了大豆。平时用粉碎机打一些喂猪，间或每月做几次豆腐，要么苦、要么酸，让人吃得没有多少兴趣。

圈里多了五头正在长肉的架子猪，加上原来的两头母猪，饲养员每天为猪的生计发愁。在乐都，我曾向老乡建议用大豆做豆腐，祖祖辈辈没见过、没吃过豆腐的青海农民，对豆腐只是遥不可及的奢望，而我们则守着一帐篷优质大豆，人没菜吃、猪没食儿吃，无偿地供应当地的老鼠常年贪吃。如果不是高原气候干燥，这些大豆可能早霉变烂掉了。我想，让大家吃鲜肉饺子不容易，而把大豆利用好并不是多难的事。

经过了解才知道，大豆喂猪由于没经过榨油、膨化过程，口感不好，猪不喜欢吃。同时，由于大豆含油脂多，高原气压低，不易煮熟，猪吃多了还拉肚子。最关键的是生大豆还含有一种蛋白酶抑制因子，属有毒物质，笨猪们竟能辨别出毒素，不敢随便乱吃。天峻县新华书店一个老乡蒋金相，他给我建议，最好是把大豆榨油或磨豆腐，让人吃豆油猪吃豆饼，或人吃豆腐猪吃豆腐渣，都是一举两得、双赢的好方法。高原上没有听说过哪里可以榨油，而师里配发的磨豆腐的电磨已在库房里闲置一年多,早就等得快没地方立身了。我立马下决心磨豆腐。

在家里上小学时,我舅舅常年磨豆腐,放学路过舅舅的豆腐坊,经常过去打个牙祭,次数多了我也记住了一些磨豆腐、滤豆汁、点豆腐的简单过程。回到炊事班后与几个同志开始了磨豆腐的“攻坚战”。其实磨豆腐没多少“弯弯绕”,通过对“紧了没豆腐,慢了一锅浆”“热不中,凉不中,甩手温度最适中”等磨豆腐谚语的一次次体验,很快做出了香喷喷嫩油油的豆腐,以后坚持每天用两桶大豆磨五六十斤豆腐,全连每天中午可以吃上一顿猪肉罐头炖豆腐,晚上有时还可以喝上豆腐汤,生活得到了改善。那几头经常拉肚子的架子猪,每天有了一大桶熟豆腐渣做主食,很快有了精神,有了活力。在以后两年的几个重大节日,三连基本上都能做到有肥猪可宰,可以做到重大节日有鲜肉饺子吃。

有一年中秋节,连里杀了一头猪,两个连领导家属每家给鲜肉两斤后,指导员悄悄给我说:“再弄三斤给教导员送去。”我说:“还有其他领导呢?”指导员很坚定地说:“别的不能送了。连里好不容易养一头猪,把肉送出去多了战士吃啥!”

教导员接到我送去的鲜猪肉,立即起身用报纸包了一下直接放到里屋。他可能也估计到了这新鲜猪肉不会给营里其他领导每人都送。

国波团长的个性

国庆节之前到团里领过节物资。吃罢中午饭,与机关工作的张金殿、李顺卿等老乡在一起闲聊,无意中提到了老团长国波。

给团首长开吉普车的李顺卿说:国波团长走的那天,我们这些为他服务过的勤务人员都掉了泪,接着七言八语地说了一些国波团长生活中的一些平凡小事。我听了很受感动,记忆犹新。

国波团长,都说他不姓国,却也都不知道他究竟姓什么。山东蓬莱人,解放战争时期入伍,1966 年从师教导队队长的位置上调到我们 47 团任副参谋长,随后任:参谋长,副团长,1972 年任团长。他是典型的山东大汉体魄,两眼炯炯有神,说话声若洪钟。可能是他知道自己说话口音重,所以平时寡言少语,一脸的威严,一脸的庄重。他给大家的总体印象有:一是认真,二是很认真,三是特别认真。

1975年4月他从襄渝线收尾后向青海搬家,交代服务人员,找几个旧箱子把东西装了,不准用一块工地上的材料。他离开青海去长沙铁道兵学院上任时,仓库用装运机械的旧包装箱给他做了两个行李箱,他到司务班交了三块钱。司务长说这钱收了没法下账。他说:说明你不称职! 不然就直接把钱送到团仓库。

他爱人孙雅玉是北京一〇一中会计,1976年暑假来部队休假,按规定干部每月供应食油一斤,家属临时到部队探亲每人每月半斤食油。一个月假期结束,爱人走后他到司务室结账,所有物品按规定收了钱,他看了明细表后说:算错了! 一个月两人吃二斤食油超了半斤,应该再收四毛一分钱。十师柳副师长是全师资格最老的领导,也是国波团长的老首长。有一次到团里视察工作,中午在机关灶上就餐,他当着老首长的面给司务长交代,饭菜热乎一点,按标准招待,咱不挤占同志们的利益,气得老首长直想跺脚走人。

机械装备股有个四川籍干部,家里是山区,转业时怕行李装不好走山路散架,从仓库拿点木料做了两个包装箱,国团长听说后在机关大会上对机械装备股和后勤物资股提出严厉批评,并派人把已经离开天峻县城的拉行李汽车追回来,那位干部只好把木箱卸掉用绳子捆着行李离开了部队。团里有个副团长叫刘居才,平时作风粗暴,对人严厉,处事简单,同志们送他雅号“刘土匪”,他天不怕、地不怕,就怕国波团长。有一天下午下班后,国团长在机关院里散步,看见跟在刘副团长后面的公务员抱了一个报纸包着的东西。刘副团长害怕团长看见,急急忙忙想溜走。国团长知道刘副团长不拘小节,计较口福,忙喊住问:

“老刘,这又是弄的啥?”

“今天去二营遇见他们杀猪,割几斤肉带到干部灶(团机关有干部灶和士兵灶)上吃鲜肉饺子。”

国团长不动声色地说:“连队一年多养成一头猪,战士们吃一次新鲜猪肉多么不容易。你怎么随便拿连队的东西,占下面的便宜?送回去,送回去!”

刘副团长知道事情麻烦了，马上说："这几斤肉咱机关吃了，给他们付钱嘛！"

国团长更认真了："连队有钱到哪儿能买鲜猪肉？不行，把肉送回去！"

刘副团长无奈，只好摆手让司机往回转，把肉送回二营。晚上吃饭时，国团长见到刘副团长问："猪肉送到了没有？"刘副团长不敢怠慢地说："送到了。"

国团长吃过晚饭没有到操场散步，直接回办公室给二营营长打电话，当听说猪肉的确已送回去才放心了。

国团长处事仔细认真，对自己严格要求，事事厉行节俭的做法让很多人觉得不可思议，不好接受。他身为团长，每天早上的早操一般是第一个到位，而且每次都在最前面，每个动作都认真、准确。有一次作训股参谋指挥跑步喊口令"一、二、三、四"的"四"字声音有点低，跑步结束后他立即要求换人。在机关干部灶上吃饭，他必须自己拿碗排队打饭。有一次炊事员看他已站在第二位，隔着前面的人伸手去接他的碗，被他敲了一筷子，还瞪了一眼。1976年下半年，外单位的文艺团体到团机关大院进行慰问演出的次数逐步增多，原来露天礼堂主席台上的蓝色幕布已很陈旧，而且已有几个小洞，宣传股的同志经请示政治处领导同意后把旧蓝色幕布换成了当时比较时髦的红色金丝绒。幕布挂出后他认为如此铺张，属于奢侈，在机关干部大会上狠狠地批评了宣传股。他离开47团去长沙上任时，通信员、驾驶员几个人给他搬行李，临走时他又发现一件遗漏上缴的公共物品——高原防护墨镜。这种镜子当时部队核算计价是每副一块五毛钱，他命令通信员将钱送到司务班把收条带回来。

1976年11月22日二营10连伙房失火，有三名战士被烧死。国波团长闻讯后立即赶到事故地点，他声泪俱下：这些战士的家长把孩子交给我们是为了学习，为了进步，为了给国防事业做贡献，现在竟被烧死了，我们怎么向他们的家长交代，怎么向我们的良心交代……说得在场的不少人都掉了泪。在处理事故时，他要求必须给自己处分。

国波团长的水平高、人品好是出了名的，离开团机关去长沙铁道兵学院报到时，机关的干部和战士都早早地在寒风中等着为他送行，不少人都流下了敬慕和留恋的热泪。他备受指战员的尊敬是由于他的认真无私。

沟通我国西南和中南地区的主要交通干线——襄渝铁路，1973 年 10 月经过铁道兵和地方民工三年多的顽强奋战正式通车。这条全长 800 多公里的“三线”铁路工程沿线山高峰险、川大河密，穿过武当山、大巴山、华蓥山，三跨汉江，七过将军河，三十三次跨越后河，横跨嘉陵江，桥梁隧道长度占线路总长度的 45%，相当于从北京到石家庄修一条地下隧道，架一座从辽东半岛到胶东半岛的跨海大桥。这条铁路在当时与成昆铁路一样，是我国铁路建设史上的壮举。

襄渝铁路所修长度为 800 多公里，总投资 36 亿元。这个投资正好是青藏线西格段的三倍（西格段长度近 700 公里，投资总额为 12 亿元），工程艰巨程度让人惊叹，工程的造价也让不少人惊讶！

襄渝铁路立项于 20 世纪 60 年代末，建设于 70 年代初，有很浓厚的政治色彩，仓促上马，盲目开工，人员多、浪费大，死了不少人，花了不少钱，工程质量令人担忧。当时团里负责施工技术的是余总工程师，湖南人，抗美援朝战场上的团级干部。由于他是资本家出身，爱人是长沙医学院副院长，有出国留学背景，“文革”中他被几次审查，最后安排在 47 团当总工程师。他与国波团长一样，经历了襄渝铁路开工、竣工的全过程。余总对铁路的施工组织、质量管理十分认真，极其负责，但由于当时的政治气候和部队的命令式管理，他对很多违反科学的决策、盲目混乱的指挥、家大业大的浪费现象和不少毫无意义的形式主义等非常不满，但苦于自己的政治地位、家庭背景，又不敢直接向上级领导说明、表白。余总到 47 团任职以后，余总很快认同了国波团长的为人和作风，曾几次向国团长陈言，表示极大的担心和忧虑。国波团长大义凛然，秉笔直书，亲自动手写下了洋洋数万字的情况反映：《襄渝铁路造价为什么这样高？》。知情人和他的几位好友都为他担心，苦苦劝他好自为之。而他决心已定，铁石一般，把材料打印后，又亲自用毛笔写好通信地址、收信人姓名，分别寄给铁道兵兵部首长、国家计委领导，其中一封直接寄给了时任国务院主管计划、建设的副总理李先念同志。

1976 年 6 月 1 日，襄渝铁路经过近三年的试行运输和整修，正式交付铁道部门运营，国内一片欢呼之声：“是毛泽东战略思想的伟大胜利”，是“批林批孔”“反击右倾翻案风”……

不合时宜的作为，如果不为之付出伤痛性的代价，那就不可能是现代社会，也就无所谓讲政治了！至少在那个年代是如此。

国波团长为“不合时宜”所付出的代价让不少指战员很久很久仍义愤难平！但国波团长的人格魅力也让广大指战员们敬仰、爱戴，难以忘怀……

二斤及他的战友们

姬建中

握着一颗鲜红的温软的人的心脏，我的心有一种无可言喻的震撼，以至30年来，我对人心和世态的感受愈加真切。

那是30年前，我——89347部队卫生队手术室护士，正在协助主治军医抢救一位名叫贺二斤的濒死的战士。我们采用“胸内心脏按压”这种最后的办法，尽力挽救他的生命。这是一名甘肃秦安籍战士，是我的老乡，和我同年入伍，我们是铁道兵47团，在海拔3800米的青海天峻县修青藏铁路。他在施工连队，在他被推入手术室前，我只听过一次他的名字，那是新兵连点名的时候，100多名秦安兵整齐列队，带兵连长高声一一点名，来自秦安云山乡新兵的名字比较特别：

“张尕儿子！”“有！”“李六十四！”“到！”“高遂巴！”“有！”“苟求儿！”“在！”笑声接连响起。“贺二斤！”“有！”

这是一个中规中矩的名字，回答的声音带着童音，清脆而稚嫩，仍然引起了笑声。当时我想，按照云山兵起名的“土气”，一定是表示重量的二斤。二斤什么？二斤高粱？二斤洋芋？或者生下来二斤重？这会让“九斤老太”笑掉最后的牙。

时间过去了三年。

那一天，手术室接到通知：立即准备给一名伤员做手术。不久，伤员推进来了，他处于深昏迷，手术单上写着：贺二斤，爆炸伤。我这才看清了他，圆圆的脸，稚气未了。原来他在隧道施工，断面爆破后清运土石，不想一个哑炮爆炸……

贺二斤的伤开始并不重，人也清醒，几天后情况恶化，生命垂危。手术发现，爆炸造成腹部内伤，半米小肠已经坏死。手术还没结束，他的呼吸、心跳就停止了。经过紧急抢救无效，主治军医下令开胸切开心包，向心脏注射药物，进行心脏按压——手握心脏捏挤以替代心脏功能。这一切都没能救活贺二斤。一个小时后，主治军医宣布停止抢救。

突然，手术室外响起了令人战栗的声音，像狼的叫声，好像有一大群。大约两秒钟后我明白了，那是贺二斤的战友，一个班或者一个排的弟兄们在哭泣。

时间一晃过去了 30 多年，我一直想着写点什么，悼念这位和他的名字一样最卑微、最无奢望、每月拿 9 元津贴的战友，尽管他并不认识我。他是我们团 7 年中因工牺牲的 36 名兄弟之一，青藏铁路的每一根枕木上，都有他们的鲜血。

如今，盛世的财富以万亿计，贪腐的数额也以亿计，二斤是什么？

再战风火山

姬建中

举世瞩目的青藏铁路建成通车了！在这中国铁路百年梦想终于实现的日子里，五十年来几代人前赴后继、英勇无畏建设青藏铁路值得回顾和纪念的事件真是太多太多了。我们中铁二十局集团作为青藏铁路建设的功勋队伍，四上高原、三上风火山建设青藏铁路的悲壮历史已经成为中国乃至世界铁路建设史上跨世纪的绝唱，永载史册。

更让世人惊奇的是：在这半个世纪的风雨历程中，我们这个英雄的群体先后建成了 20 世纪号称世界第一高隧的关角隧道和本世纪世界第一高隧风火山隧道。这两座隧道是两座里程碑，代表了中国铁路建设的两个时代，从技术、管理和施工过程中所表现出来的全部的时代特征，已经成为两个时代铁路建筑史的活的标本，是最典型的代表作品。

全长4009米、轨面海拔3680米的关角隧道，位于青海省天峻县境内祁连山脉的关角垭口。关角，在蒙语里的意思是“登天的梯子”，关角隧道是青藏铁路一期工程的头号重点难点项目，关角隧道的施工比登天还难。该隧道所处地区的严寒期每年达150至160天，最低气温可达零下40摄氏度，年平均气温零下2.5摄氏度，终年可出现冰霜和降雪天气；地势高，气压低，空气稀薄，含氧量低，风沙大，最大风速可达每秒40米，年平均气压仅为海平面处的68%以下。该隧道地质构造极为复杂，隧道所通过的岩层，岩性多变，软硬不均，断层最宽处达100多米，断层带两侧岩山破碎，裂隙发育，地下水呈网络运动，施工过程中，出口地段涌水量最多达每昼夜1000吨，涌水的增大又对软质岩体起到了更大的破坏作用。

地方单位已于1958年8月开始了关角隧道的施工，1961年奉命停工，停工后隧道全部封闭。1974年，铁道兵第十师集结两个营的兵力，再次打响了关角隧道施工战役。可是，当他们打开封闭了多年的洞口时，阴森恐怖的隧洞像一张长着獠牙的血盆大口，狰狞地注视着洞外的这一群不速之客。由于地质不良，排水不畅，无人维修，长期封闭的洞内积水成河，洞体变形，多处坍塌。且二次施工时，对原来的设计进行了更改，将原来的内燃机车牵引改为电力机车牵引标准，隧道净高要增加0.55米，为维持原衬砌，原来的路肩需降低0.55米。官兵们和科研人员一起，迅速开始驾竹筏对洞内情况进行探察。由于地质、水文等资料极不完备，加之该隧道实行边调查、边探索、边设计、边施工，属典型的“四边”工程。就在这样一个极特殊的背景下，官兵们开始在那四面危机的黑洞里，展开了又一场人与自然的生死决战。

恶劣的气候环境，复杂的地质构造，特殊的历史时代，使关角隧道成为青藏铁路一期工程施工中极为悲壮惨烈一页。当时条件十分艰难，施工基本采用矿山法施工，有时只能一锹一锹地去挖。生活更是十分艰苦，由于高原沸点低，饭在一般情况下很难做熟。用水全部是雪水或靠水车运来，蔬菜只有一些不易腐烂的蔬菜,如土豆、洋葱等,除此之外就是干菜和罐头,部队只能靠食用多种维生素片给身体以适量补给。

1975年4月5日10时45分,十几年前建成的隧道洞体发生了30米大塌方,将47团一营的127名官兵堵在了隧道里。30米距离成了不可逾越的空间,成了生死的界碑。中央军委和铁道兵领导坐直升机赶到现场,兰州军区、青海省委、省政府领导火速赶到现场。一时间,这里成了世界瞩目的焦点。

本来就缺氧的隧道又被塌方堵断,情况极端危急!抢险指挥小组迅速实施营救方案:用手套包住木楔堵住钢管一头,从正洞塌方体顶部向里强行顶进,里边的人员将木楔取出后,外边用鼓风机向洞内鼓风,而且,洞里洞外的人还能通过钢管通话。

知道里边的战友都平安,外边的抢险突击队干得更欢了。处于抢险突击队最前面的是副班长袁武学,一般人的身体素质在缺氧状况下高强度抢险掘进,坚持不了一会儿就不行了,运动员出身的袁武学在全军比赛中获过大奖,身体素质极佳,而且心灵手巧,所以他一直处在抢险的最前列。

从上午10点多一直干到晚上10点多,班长看到袁武学太辛苦了,就让他下来休息一会儿。可是袁武学知道自己的身体素质好,别人都没法比,于是就坚持着不下来。班长红着眼说:你再不下来我就处分你。等战友们把袁武学拖下时,他就昏过去了。当袁武学清醒过来时,一个同乡看着他直掉眼泪。见他醒来,老乡从兜里掏出一个冷馍递给他。袁武学啃了几口馍,看见战友正在艰难地抢险,觉得自己好像是睡了一觉醒来了,马上又来了精神。

这时已经掘进得更深了,新掘出的洞体坍塌危险性更大。袁武学又冲了上来,他幽默地告诉身后的战友:"一旦塌方,赶快抱住我的腿把我拖出去,别把我捂死了。"

终于,打通了一个小洞,心急的袁武学把头伸了进去,并用力往里钻。里面的战友见了都疼爱地骂他:"你进来找死啊!"袁武学说:"少啰唆!赶快往外爬!"等127名战友都钻出去了,他才最后一个爬出来。抢险结束了,领导让袁武学好好休息一下,他一睡就是三天三夜。如今在一所军事院校任大校教授的袁武学感慨地说:"那时候,人和人之间、战友之间的关系真是太真诚了!当时的真实感受就是为了战友粉身碎骨也心甘，我永远也不会忘记，当127名战友获救后，看着他们脱离死神后重新露出了笑脸，我真是幸福极了！"

当年曾参加过隧道施工的马敏泽说：从隧道开始掘进到贯通，几乎每一个月就要死一个人，每一个月都要开一次追悼会，有时候两三天就有一次。

我翻开那本沉重的军史，证实了马敏泽的说法。1976年5月22日和23日分别牺牲了两个战友；到了26日，另一名战友又壮烈牺牲。我们不难想象，一个不断有人阵亡的像战场一样的工地上，官兵们将承受着怎样的心理负荷进行着隧道的不断掘进。

原47团副团长王连清是经历这种场面最多的老铁道兵。牺牲的25人中，他为13人穿最后一次衣，洗最后一次脸，装棺、抬棺、送葬、培土。如今已年近80的王连清老人讲起一名来自陕西临潼的战士刘改过时，泪水依然在眼圈里转动。他说他永远忘不了刘改过英俊可爱的模样，天天活蹦乱跳的，那天进隧道时他还给团长调皮地敬了一个军礼，可是一会儿从隧道里抬出来就变成了一具血肉模糊的尸体。王连清老人说："我们现在想起来都非常痛心，可想而知他的父母、亲人会怎样心痛一辈子呢，我永远都觉得对不起他们的父母啊。"

即使是在环境如此恶劣的情况下，关角隧道依然创造了平均月进洞93米，最高月进洞157米，平均月成洞49.1米，最高月成洞110米的世界高原铁路施工最高纪录。

1977年6月16日，关角隧道贯通了。为此，25条年轻的生命永远长眠在了雪域高原。烈士们把伟大的关角隧道留在了这个世界上，把永远无法愈合的伤痛留给了亲人，至于史志上自己的名字，还有悲凉的戈壁滩上那一堆荒冢就很少有人知道了。

在青藏铁路全线通车后的今天来写这篇和关角隧道有关的文字时，我有一个心愿：一定要把为关角隧道牺牲的战友的名字完整地记录下来。

当我抄写这些名字的时候，烈士们牺牲时的年龄深深地刺痛了我的心。我在想，在我们这个企业里，有201名这样的英雄，他们永远掩埋在雪域的黄土里，可就是这样的血肉之躯，撑起了共和国的脊梁，换来了祖国今天的富裕强盛,在地球上,在新中国的铁道建筑史上,还有哪一个企业能和我们比拟呢!

青藏铁路开通前夕,笔者有幸随集团公司党委书记周玉成一行前往天峻和乌兰烈士陵园祭奠战友。在乌兰烈士陵园,周玉成书记深情地向黄土下的战友们倾诉半个世纪茫茫生死间的痛苦思念,所有在场的人无不悲痛泪下。离去的时候,看着夕阳里一排排整齐的墓碑,那几个和我同年入伍的同乡似乎在向我诉说:可别忘了我们,可别忘了我们!

在离关角隧道不远的天峻烈士陵园,我们在纪念碑前摆上祭奠物品,周玉成书记打开一瓶酒,一边往荒地上倒酒一边哭诉:“战友们,为了修建青藏铁路,你们长眠在这里了,你们在这里等待的时间太久太久了,7 月 1 日青藏铁路就要通车了,你们的愿望终于实现了,如今,我们的企业也发展起来了,以前大家的生活条件十分艰苦,你们很少能喝到酒,我今天专门来看望大家,给大家送酒来了……你们的在天之灵安息吧……你们在这里寂寞了这么多年,让我们来为你们唱一首歌吧!”于是,周书记带头唱起了《铁道兵志在四方》,一边哭泣一边歌唱,其情其景,其悲其哀,可感天地。

正因为有了三上高原、两上风火山修筑青藏铁路的独特历史,正因为有了独特历史里的这一群人,所以,当青藏铁路二期工程上马兴建的消息传来,全局才有 7000 多人向各级递交了请战书,才有用鲜血写出请战书的感人故事,才有风火山标段的中标,才有做过两次心脏手术还置生死于不顾而九上风火山的壮举,才有为青藏铁路建设画上圆满句号的美好现实。如果说关角之战是惨烈的,那么,风火山之战则是辉煌的,从惨烈到辉煌,我们历经了中国铁道建筑的两个时代,我们用生命、血汗和智慧谱写了中国铁道建筑史上完美无缺的、独一无二的、无可替代的壮丽篇章。

从 2001 年 10 月 18 日风火山隧道开始掘进到 2002 年 10 月 19 日胜利贯通,在风火山隧道的施工中,我们用一年的时间实现了在中国铁路半个世界的夙愿,它在世界铁道建筑史上宣告了一个时代的终结和一个新纪元的开始,让西方人“青藏铁路过不了风火山”的谎言不攻自破。风火山隧道是高寒缺氧、冻土施工、环境保护三大世界难题体现最充分、最集中、最典型的工程,尤其是风火山地区的冻土具有纬度低,海拔高,日照强烈,地质结构运动频繁等特征,其复杂性和独特性属世界之最。

风火山，藏语原名叫纳靠拉美山，纳靠拉美在藏语里的意思是险恶凶狠。位于可可西里无人区的风火山隧道，全长1338米，轨面海拔高度为4905米，洞外空气中的氧气含量不足内地的50%，氧分压仅为10.47kPa，低于人类生存所需的最低极限。这里没有邮局，没有电话，没有商店，没有人类生存所需要的最基本的社会功能。

施工中，解决缺氧成了能否进行正常掘进的基本条件，为了攻克这一难题，集团公司耗资数百万和北京科技大学联合攻关，成功研制了我国专用于高原施工的首台制氧机，其氧气纯度达到医药用氧标准，经向隧道内弥漫式供氧，使洞内氧气含量达80%左右，满足了施工和人员生活的供氧需求。此项技术不仅使工效提高了3倍，而且还填补了世界高原制氧技术空白。经鉴定，该项技术达到国际先进水平，对青藏线的施工提供了宝贵经验，全线推广后建起了十七座大型制氧站，为全线13万筑路大军的生存提供了基本保障。

冻土是风火山隧道施工中的又一支拦路虎。整座隧道要穿越1000多米厚的冻土层，被称为是目前世界上海拔最高、穿越冻土区最长、冻土层最厚、覆盖层最薄、气候条件最恶劣的高原永冻土隧道。施工中，集团公司青藏指挥部广大职工和科技人员经过反复试验和测算，在隧道内创造性地安装了大型空调设备，对施工中各个环节所需温度进行严格控制，达到了理想的效果，保证了施工的顺利进行和工程质量。

施工中，我集团公司和全国众多的科研单位密切配合，成功地攻克了含土冰层、饱冰冻土、富冰冻土、冰川、裂隙冰、泥沙互层和不可预见性灾害性地质等世界级隧道掘进难题，经多次多个组织鉴定，该隧道的系统施工规范和标准，代表了我国在高原制氧技术，保暖技术，低温混凝土喷射技术，冻岩光爆技术，防水层保温板防水板的辐射技术，隧道仰拱栈桥施工技术和浅埋冻岩隧道施工等方面的最高标准，达到国际领先水平。同时，我们积极探索高原医疗保健新途径，为职工提供了良好的健康保护，整个施工过程没有发生一例因高原病导致的伤亡，被国内外专家誉为是世界医学史上的奇迹，是对世界医学的一大贡献。

该隧道的施工先后被评为“2002 年度公众关注的中国十大科技事件”和“2002 年度中国高校十大科技进展”。最新检测结果表明，该隧道达到了不裂、不渗、不漏的高质量标准，获得了 2005 年度国家科技进步二等奖，创吉尼斯世界纪录。该隧道是目前全线获奖次数最多、获奖档次最高的项目。

风火山之战，企业和参建人员所获得的奖励、荣誉都是极为丰厚的，广大员工所付出的代价也是超常的。指挥部党委书记、集团公司副总经理陈文珍说：青藏铁路、风火山已经成为我们这个集体及个人生命中最重要的组成部分，不管走到哪里，不管过多少年，它都将牵引我们的视线，左右我们的选择。指挥长李景超说：我最近总在想，风火山这面旗帜我们能扛多久，应该扛多久，这是关注企业长远发展的人们应该认真回答的问题。副书记丁守全说：在风火山我们确实付出了很多，也获得了很多，但就个人来讲，不管付出多少都是不能和付出生命的战友们去比的，人家连命都没有了，你还讲什么付出？周书记总结说：国家在上，民族在上，有了这个前提，一切奋斗和牺牲就会变得从容，就会不讲任何价钱，在我们这个群体里，牺牲了的战友和活着的人们都有着同样的信念，这就是历史，这就是传统，这就是责任，这就是情感。

从关角隧道到风火山隧道，我们需要总结的东西太多太多。关角隧道的施工，我们体现最深刻的是集体主义精神和民族精神，是民族精神中最宝贵的与天斗与地斗的不怕苦不怕死的敢于牺牲的精神，这些精神在风火山隧道的施工中同样得到了发扬。同时，作为“两弹一星的开路先锋，西部大开发的先遣主力部队”，风火山之战还让我们这支队伍灵魂深处的那些潜在的、历史和传统留给我们的最闪光的部分得到了极致的发挥，这在科技创新、管理创新、以人为本等等方面都有充分的体现。

以风火山精神为基础总结出来的青藏铁路精神，是民族精神的重要组成部分。胡锦涛总书记在青藏铁路通车庆祝大会上的讲话，对青藏铁路精神给予了极高的评价。

我们可以骄傲地告诉世人：风火山隧道是属于中铁二十局集团的！同时，它也是属于民族的、世界的！风火山精神将启迪着我们，秉承历史，傲视未来，我们的企业一定会矗立于经济强国之林。

一不怕苦，二不怕死

丁原臣

我是一名铁道兵的老战士，1975 年我和铁道兵七师、十师的数万名战友来到青海高原，参加青藏铁路的一期建设。2001 年我又和中国铁建数万名员工再次来到昆仑山脚下，参加青藏铁路的二期建设。主持人问到我此时此刻的心情怎么样。说实在话，青藏铁路二期工程“七一”就要全线通车了，我作为一个建设者，胜利的喜悦和辛酸的回忆交织在一起。此时此刻，难以用我的语言来表达我激动的心情。为什么这样说呢？因为使我想起与我一起参加一期建设时候的战友，他们有的长眠于昆仑山脚下。我想对他们说“铁路修到拉萨了，我们的愿望实现了”，几代人半个世纪的青藏梦终于圆了。

青藏铁路的勘察设计施工经历了半个多世纪,其中"三上两下",历经了磨难,从计划经济的传统管理方式和施工方法,到现在科学技术为先导的整个建设过程,表现了中国铁路建设者的发展史,这一页必将载入史册。

谈到这个问题,就我在一期和二期的建设过程当中的工作生活一些情况,再感受一下。在一期建设的时期,青藏铁路的外部环境大体上是和二期有共性的!高寒,年平均气温零度以下,半年多的冻土期,风沙大,有统计平均每年80天以上八级以上的大风,可以说几乎天天下午要起风。缺氧,一期建设虽然海拔比较低,3000米左右,但是同样缺25%到30%的氧气,做饭要用高压锅,动力开不动,供氧不多。那时解放牌能拉4吨东西,但在高原能拉3吨就不错了,屁股冒黑烟,就是因为氧气不够,燃烧不够。再就是缺维生素,缺菜,没吃的,吃压缩菠菜、压缩芹菜,吃一两顿甜滋滋的,感觉到很新鲜,时间长了确实不是个滋味!缺水,那时军队与外界隔绝,方圆200公里左右,柴达木盆地都是盐水,没淡水,所谓有点淡水也就是下雨以后临时积存那么一点水。高原反应很大。举几个例子,当时我们战士们有一个顺口溜:白天兵看兵,晚上看星星;风刮石头滚,昼夜似冬夏!"白天兵看兵",因为没有人,都是铁道兵,清一色穿军装,看不到其他人。"晚上看星星",高原天空很高,天空很灿烂,不像北京污染很严重。确实天空很高,很亮、很明,给人的感觉海阔天空。"风刮石头滚",刮大风的时候,石头都在地上滚,在工地施工沙子刮在脸上很难受,特大风都要戴着风镜。"昼夜似冬夏",早晨晚上温差太大,甚至相差三四十度左右。这是顺口溜表示当时外部的环境。

缺水这个问题我举个例子,像铁道兵七师33团,全团的官兵施工用水和工程用水就在泉吉这个地方弄泉水,全靠这股泉水,非常珍贵,派兵站岗,不得别人侵犯!正是由于有了这股泉水,33团的团部就设在这里,因水而设,靠这股泉水,供全团的施工用水和生活用水,后勤专门组织了水龙车队,往工地上送水。送水也是有限的,当时33团担负着127公里的线路,铁路线是这么长,走汽车就得走200公里,便道拉水的距离。供应连队的生活用水,当时我们的战士、干部在基层,送去的水倒在脸盆里,洗完的水依然在那儿,中午回来再次洗脸,晚上洗脸,或者再洗一次脸,再洗脚,或者再洗衣服,最后也不能倒掉。最后怎么办呢？等到水车再来，有水了，才能把脸盆里的水倒到院子里集体的一个铁皮箱里、蓄水池。干什么？储存在那里，打煤饼。就是冬天要烤火，打煤饼要用这个水。我们今天讲循环经济，保持生态平衡，讲究厉行节约，青藏线水的问题就是一个生活循环的圈子。

1973年的时候，毛主席他老人家接见尼泊尔国王比兰德拉，要求青藏铁路往上修——进拉萨到准噶尔，他老人家就坚决地说：青藏铁路要再次建设。而且在部队动员的时候，上级是这么说的：毛主席说了"建青藏铁路没有钱拿我的稿费"，为青藏铁路他老人家"睡不着觉"。你想一想他老人家那时候在全国人民心目当中的伟大形象，他老人家的一声号令，我们这些当兵的能说什么？那是坚决执行、坚决照办，让他老人家睡得着觉，以我们的身躯献身也要把青藏铁路建设好。何况那是一个燃烧激情的岁月，提倡的是"一不怕苦、二不怕死！"所以，我们在青藏铁路一期建设当中，铁道兵的精神是什么？我们当时总结的就是"特别能吃苦，特别能奉献，特别能战斗"，还有一个"特别能忍耐"，高原风沙大、艰苦、缺氧，特别能忍耐，即四个"特别"。所以，当神舟载人飞船上天，我听到他们有这几句话，我说他们这几句话是我们当年修青藏铁路时候就有，航天人也用上了！

国波(左)与丁明德战友

现在进入青藏铁路二期，青藏铁路精神总结的，铁道部把它归纳了一下，叫"挑战极限，勇创一流"，这也很扣主题，这是二期的精神。在当时燃烧激情的岁月，我们提倡的就是这种"一不怕苦，二不怕死！"的革命精神。

第三部分

经验和教训

▶襄渝铁路蜀河隧道

使用“古河”台车施工小结

基本情况

蜀河隧道全长2852米，穿过以绢云母片岩为主，不规则地夹有黑色含碳质片岩的地层，其$f=3\sim5$，进口端岩层整体性较好。原设计有平导，正洞用漏斗棚架法和上、下导坑法施工。截至1971年年底台车进洞前，平导坑已掘进507米，下导坑已掘进452.5米，上导坑已掘进256米。使用台车掘进施工在我国尚处于试验阶段，实际应用是第一次。考虑隧道较长，工期紧迫，故确定使用台车开挖，在台车进洞后，平导坑和下导坑继续掘进，这样既能改善爆破效果，发挥台车掘进威力；又便于在石质发生变化台车无法开挖时，随时可改为人力施工以保证按工期要求完成施工任务。为此，蜀河进口施工是一种采用人工下导坑引进，用台车全断面一次扩大的施工方法。

在有关上级的亲切关怀和交通部西南铁道科研所的具体帮助下，台车于1971年12月中旬开始组装，1972年元旦正式施工，在施工初期，由于部队缺乏经验。一个作业循环往往超过24小时，后来随着施工技术的熟练而逐步做到了二天三个循环，其各工序占用时间大致如下：

钻眼四小时、交接班0.5小时、爆破1小时、通风0.5小时、出渣9小时、接台车轨1小时。

台车开挖截至1972年10月，共掘进915.9米，最高月进150.5米，按实际施工天数折算，7~10月连续4个月达到150米的施工水平，主要指标完成情况见表1：

主要指标完成情况表　　表1

项目	单位	施工月份							说明
		4	5	6	7	8	9	10	
施工天数	天	30	30	30	10	30	23	28	5月份开挖全断面施工技术不适应指数偏低。
月进	米	100.5	56.4	121.6	50.4	150.5	110.5	132.5	
平均日进	米	3.35	1.88	4.05	5.0	5.02	4.8	4.75	
计划循环	次	45	45	45	15	45	34.5	42	
实际循环	次	31	31	30	12	37	28	38	
平均循环	米	3.24	2.09	4.05	4.17	4.07	3.94	3.5	
循环率	%	69	60	67	80	80	81	90	
炸药消耗	公斤/m^3	1.58	1.4	1.34	1.41	1.37	1.46	1.39	
成洞工天	2天/m	189	427	163	142	114	138	103	

1至3月台车处理上、下导坑开挖的剩留工序；11、12月因处理塌方。台车时打时停，故不列入统计，目前台车仍继续施工。

钻眼爆破

钻眼爆破需5小时，占每循环总时间16小时的31%，是台车掘进中的关键工序之一。由于下导坑已开挖，全断面炮眼数目仅有56个，其布置如图1所示：

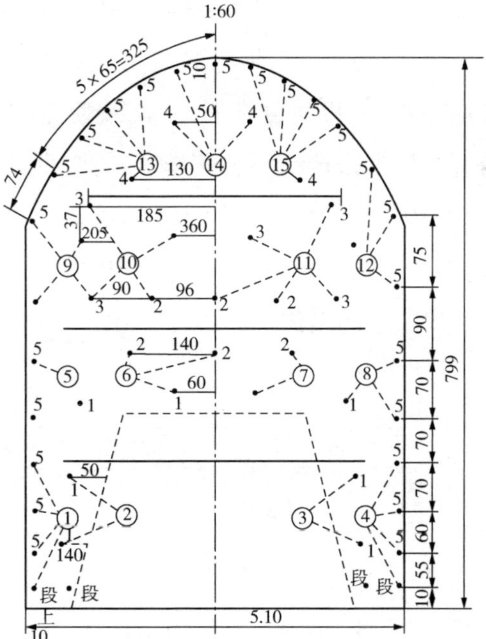

下导断面420×280×280(尺寸单位：厘米)

图1　炮眼布置图

图中小圆圈及其内的号码表示台车风枪位置及编号，四周用虚线连接的黑点表明此风枪要钻掘的孔眼，炮眼旁的数字表明起爆顺序。

爆破主要参数如表 2 所示：

主要爆破参数表 表 2

开挖断面积	31.36 平方米	
炮眼数目	56 个	
炮眼深度	40 米	
炮眼装药系数	掘进眼 70%	
	拱部周边眼 40%	
	底眼 85%	
预计炮眼利用率	95%	
预计每循环进尺	3.8 米	
每循环爆破岩石	119.2 立方米	

在施工时炮眼深度多在 4.5 米以上，每循环实际进尺多超过 4 米！

在钻眼作业中，我们认为最重要的是掌握好炮眼的角度和密度。由于台车炮眼深度在 4 米以上，钻机每偏一度，炮眼底就超挖 0.087 米；若偏离 5 度则超挖 0.35 米，在施工初期由于钻机角度掌握不好，致使超挖普遍较大，最多达 2 米，这样给衬砌及隧道质量带来严重不良影响。后来，我们在严格控制炮眼方向的同时采用了光面爆破，即将周边眼之间距离调整到 0.6 米左右，周边眼与其相邻的辅助眼之间距离为 0.8 至 0.9 米。边上炮眼装药用低威力炸药和小木棒相间充填炮眼全长，炸药之间用传爆线相连，如图 2 所示：

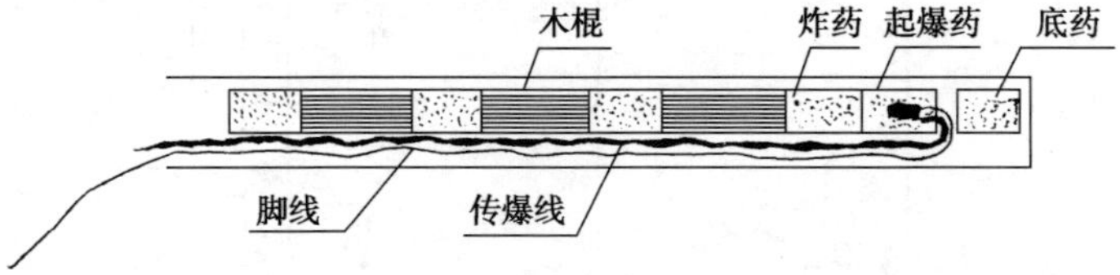

图 2

这样增加了周边眼的密度，减少了炸药的用量，保证了爆破效果，而达到了防止超挖的目的。据 1972 年 6 月份的统计，拱部每延米仅超挖 5 立方米左右，相当于以往超挖数量的一半。由于下导坑已开挖，临空面很大，爆破后往往出现一些直径超过 1 米的特大石块，给装渣、卸渣都带来困难，因此，要求钻眼时应注意下导坑周围炮眼与导坑边缘距离不超过 0.5 米。

钻眼作业还容易产生风枪卡钎、掉钻头等现象，为避免这些故障，我们学习了有关单位经验，逐步摸索出一些有关钻眼作业的注意事项：

1.炮眼位置四周岩石不平时，打眼前应先将岩石凿平，然后再对准炮位方向；

2.开钻时一定要用低速，推力要小；同时，钻速与推进速度要保持协调，正常情况是钻体不振颤，声音呜呜响，有规律而不震荡。钻速大，推力小将产生钻架摇摆；钻速小、推力大将使钻杆弯曲。以上两种情况将导致卡钻事故。

3.换钻头时应保持孔眼、钻机、钻杆一条线；安上钻杆时用手轻轻可以转动钻杆。

4.转速骤然增快、减慢，应立即停钻检查，一般均为断杆或钻头损坏。

5.观水色，如炮孔水色变清，即钻头损坏；水色变浊，则供水不足。

6.打眼要勤吹风、勤退进。

7.钢钎上班前先检查弯曲度；曲度每米不超过一毫米，否则事前应调直。

8.开风门应由低到中，由中到高，不要骤然由低到高。

蜀河进口采用电力起爆。电力起爆是全断面开挖最有效的起爆方法，具有安全、爆破后石块抛掷距离小、便于装碴等优点，由于炮眼数目不多，电爆网络采用了串联方法，其具体连法如图 3 所示：

电爆是一种很细致的工作，我们在起爆前对每个雷管都测量了电阻使其不超过规定范围（雷管出厂说明书上均有规定），然后按施工实际情况做电雷管群爆实验，以检查各种仪表及整个网络的起爆效果。

电爆破具体操作过程也要特别谨慎：装药时注意不要弄断电雷管脚线避免断路，连线时手要擦干净避免增加电阻。电爆网络连好后应用有关仪表（通常时 205 线路电桥）测其总电阻，使其符合计算值（在串联时：总电阻 = 全断面每个电雷管电阻总和+母线电阻），如不符或电阻不稳，则应检查矫正，否则会产生拒爆现象或成串瞎炮。

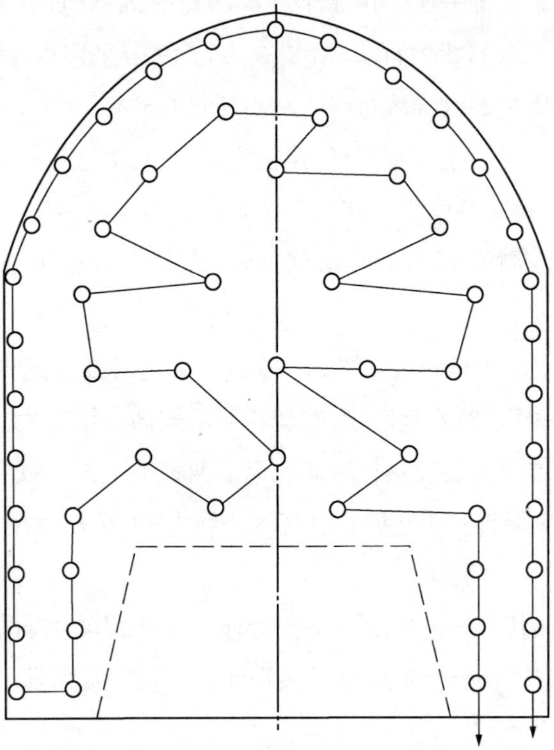

图 3　炮眼连线图

电爆中安全也应引起特别重视，装药时应切断工作面一切电源用矿灯照明；电雷管、炸药、爆破仪器应专人负责管理；电雷管的保存发放应按有关安全规则严格执行；起爆母线应经常检查，保证完好。敷设母线应尽量远离其他带电物体，以防止杂散电流干扰；遇有瞎炮应按有关电爆安全规则细心处理。

装 碴 运 输

台车每循环进尺以 4 米计算，大约要出 200 立方米（虚方）石料，因此要求装碴、运输、调度及其他辅助作业必须速度快，效率高。蜀河进口用瑞典 LM-25Q 及日本 RS-85 装碴机（m^3/分）。2.5m^3 斗车装碴，10 I 电瓶车牵引。调车作业利用浮放道岔分四步进行，其具体方法如图 4 所示：

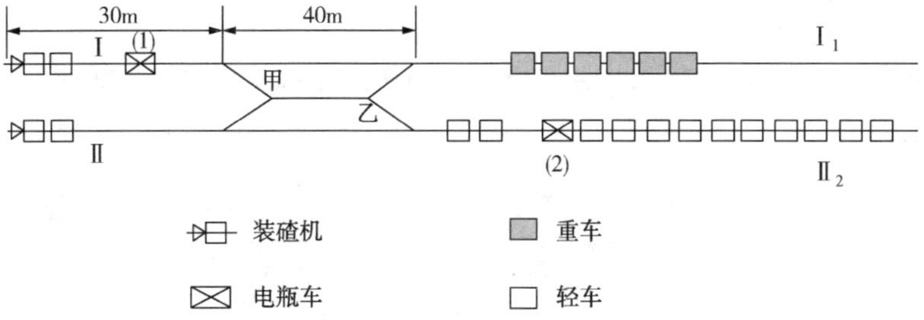

图 4　掌子面调车作业示意图

1.(1)号电瓶车将掌子面Ⅰ线重车拉至浮放道岔乙处脱钩进于Ⅱ$_2$线挂空车而重斗车利用惯性溜进Ⅰ$_1$线编组。

2.(1)号电瓶车在Ⅱ$_2$,线挂好空车拉至浮放道岔甲处脱钩进于Ⅱ线而空车溜进Ⅰ线。

3.此时Ⅱ线斗车已装满碴，(1)号电瓶车将其拉出至乙处脱钩进入Ⅱ$_2$线挂空车，重车溜进Ⅰ$_1$线。

4.(1)号电瓶车将Ⅱ$_2$线空车挂好并使其溜进Ⅱ线。同时周而复始地拉出Ⅰ线上的重车。

待Ⅱ$_2$线上空车用完(2)号电瓶车将返空车送回，并经过浮放道岔进入Ⅰ$_1$线顶出重车编组。

这种调度车方法在甲、乙处设有专职的搬道具，待电瓶车后轮刚过到岔即迅速搬动尖轨，同时调度员摘掉电瓶车与斗车的挂钩，在施工初期，为取得较长搬道时间，我们在电瓶车与斗车之间用 1~2 米钢丝绳相连。

掌子面延伸轨道开始采用反扣轨的方法。但由于隧道底部爆破不平往往有突出的欠挖部分，延伸扣轨很费时间而造成严重拖班，后来改用在掘成的下导坑中预铺出碴轨道。这样省去了掌子面扣轨工序，大大地提高了出碴效率。但预铺轨有时被台车底炮炸翻，反而给施工带来更大困难。针对这个问题，我们加宽了下导坑底部尺寸(为 4.5m)，使轨道两旁有较大空隙；同时采用了 24 千克/米的钢轨和 12×15 的枕木取代了 15 千克/米的小轨与 10×12 的小枕木，使轨道更加牢靠。另外在邻近预铺轨的底眼改用 20 型段发雷管(见图 1 底炮眼)待上部毫秒雷管起爆炸下的石块压住预铺轨以后,底炮再响,这样就扭转了预铺轨炸坏的现象。

出碴和进料是隧道施工中经常遇到的矛盾,在台车施工前期我们是用下面方法予以解决的:

在浮放道岔后40米处铺设渡线CD(图5)。渡线CD以前为台车作业区(长约110米左右)渡线后面一条轨道为出碴线直通卸碴场,另一条轨道为进料线通至拌和站,出碴线和进料线可用适当渡线相联,以便调车。台车施工后期,出碴经横通道从平导洞出行,和衬砌基本上没有干扰。

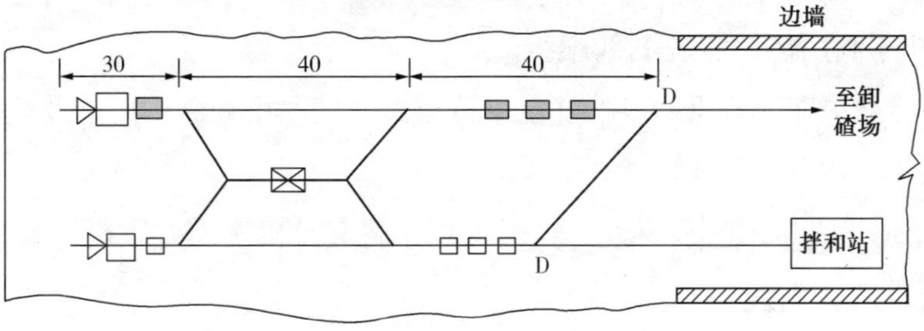

图 5

卸　　碴

蜀河进口台车施工采用了大斗车的配合卸碴器自动卸碴的办法。卸碴器是用钢轨焊接成的,两头倾斜的框架其形状如图6,大斗车车厢成柜形一旁有一滚轮(图6),但电瓶车顶住斗车滚轮由卸碴器斜面滚至顶面时,大斗车车厢与底盘分离而倾斜卸碴(图7)。

如何有效地使用卸碴器?我们也摸索了一个过程,开始我们想沿用一般隧道拨轨卸碴的方法,把卸碴器放在废碴上卸碴,但由于弃碴太软,大斗车一上卸碴器,轨道就歪斜而造成掉道,甚至翻车。后来我们又想用卷扬机卸碴,其方法如图8所示:这种方法取消了卸碴器和大斗车上的滚轮,而在大斗车上焊一挂环,当斗车进入卸碴线后,卷扬机上的钢丝绳通过框架上的滑轮拉住大斗车的挂环，使车厢倾斜卸碴。这样卸碴斗车的部分重量传给了卷扬机，轨道不至于倾斜。但是每个斗车都要挂钩卸钩，费时太多，成了快速施工的一个障碍。最后才应用了浆砌卸碴码头的方法，即沿卸碴线高度浆砌一挡墙，使卸碴器扣大斗车有坚实的基础。卸碴码头如图 9 所示，其形状和大小随地基变化及本身高度参考有关挡墙定型图修建，不过码头腹部不必满砌。充填适当片石即可为节省圬工，在后阶段我们利用废拱架和支撑木，将卸碴码头建成拱式和梁式结构。如图 10所示：

图　6

图 7　车厢倾斜卸碴

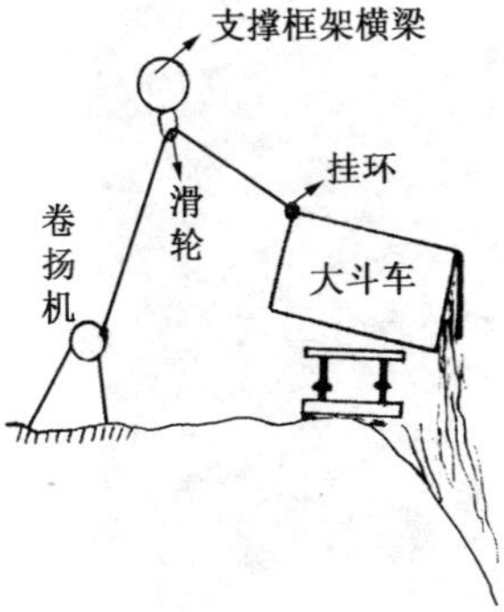

图　8

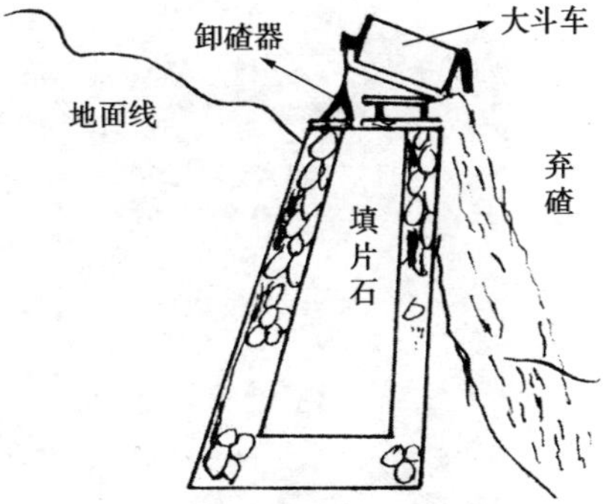

图　9

图 10

在布置施工场地时,若能利用施工便道卸碴,则可以不做浆砌码头。在开始施工时,由于我们考虑不周,便道太低(图 11),而造成圬工数量较大。蜀河进口洞外场地狭小,卸碴码头无法延伸,所以还配备了土方机械将弃碴不断搬走。

图 11

劳力组织及所用机具

台车施工使用两个连队,共计274人,一个连队主要负责台车钻眼;另一个连队负责出碴。台车连119人,包括风枪排(负责钻眼)、修理排、机械排和电爆班。出碴连115人包括出碴排、锚杆排、修斗车班及轨道排,其详细分工见表3。

台车施工劳力组织表　　表3

连别	台车连				出碴连					合计
排班别	工种名称	人数	班制	小计	排班别	工种名称	人数	班制	小计	
风枪排		19	2	38	锚杆班		8	2	16	
机械排	电瓶车司机	3	4	12	出碴排	调度	4	3	12	
	装碴机司机	3	4	12		编组员	2	3	6	
爆破班		13	1	13		安全员	2	3	6	
修理排	锻工	5	2	10		洞外卸碴	6	3	18	
	电气焊工	3	2	6		清道	2	3	6	
	刨工	1	2	2		扳道岔	2	3	6	
	车工	1	2	2		推车	6	3	18	
	洗修风枪	5	2	10		洞内扒碴	6	3	18	
	电工	8	1	8	斗车修理班		8	1	8	
	管道工	6	1	6	轨道排		41	1	41	
小计				119					155	274

1.表内人数不包括连排干部及勤杂人员;

2.压风机司机、装碴机司机不属于台车施工连队定员。

电瓶车司机:包括充电、保养和日常维修;

装碴机司机:包括保养和日常维修。

台车施工配属机具较多,其中有15钻台车一辆,电动压风机5台(20立方米4台、10立方米1台)风量90立方米。风动装碴机三辆,电瓶车三辆、大斗车26辆,另外还有车、刨、钻、焊等修理机具。其详细配备见表4。

台车施工配属主要设备表 表4

<table>
<tr><th>设备名称</th><th>型　号</th><th>功率</th><th>数量</th><th>备　注</th></tr>
<tr><td>钻孔台车</td><td>ZC-419</td><td></td><td>1</td><td rowspan="11">风动装碴机、电瓶车各备用一辆</td></tr>
<tr><td>锚杆钻机</td><td>01-45</td><td></td><td>3</td></tr>
<tr><td>电动空气压缩机</td><td>4L-20/8</td><td></td><td>4</td></tr>
<tr><td>电动空气压缩机</td><td>1-10/8</td><td></td><td>1</td></tr>
<tr><td>风动装碴机</td><td>LM-250(瑞典)</td><td></td><td>2</td></tr>
<tr><td>风动装碴机</td><td>RS-85(日本)</td><td></td><td>1</td></tr>
<tr><td>10吨蓄电池机车</td><td>BL-10-M-762(日本)</td><td></td><td>3</td></tr>
<tr><td>大斗车</td><td>容量2.5m³/个</td><td></td><td>26</td></tr>
<tr><td>日本装载机</td><td></td><td></td><td>1</td></tr>
<tr><td>推土机</td><td>移山-80</td><td></td><td>1</td></tr>
<tr><td>交直流充电机</td><td></td><td>14.5kW</td><td>1</td></tr>
<tr><td>硅整流器</td><td></td><td>18kW</td><td>1</td><td rowspan="10">风动装碴机、电瓶车各备用一辆</td></tr>
<tr><td>轴流式通风机</td><td>ZGS-3-195/93</td><td>75kW</td><td>1</td></tr>
<tr><td>轴流式通风机</td><td></td><td>55kW</td><td>1</td></tr>
<tr><td>车床</td><td>C620</td><td></td><td>1</td></tr>
<tr><td>牛头刨床</td><td>B650</td><td></td><td>1</td></tr>
<tr><td>台式钻床</td><td></td><td></td><td>1</td></tr>
<tr><td>直流弧焊机</td><td></td><td>14kW</td><td>1</td></tr>
<tr><td>乙炔发生器</td><td></td><td></td><td>1</td></tr>
<tr><td>台式砂轮机</td><td>250毫米</td><td></td><td>1</td></tr>
<tr><td>落地砂轮机</td><td>400毫米</td><td></td><td>1</td></tr>
</table>

几点体会

通过这次施工,我们认为:钻孔台车是较为有效的隧道掘进工具。这是

因为

1.多机平行作业,凿眼效率高。

2.工作面宽,通风条件好。

3.在台车尾部可打锚杆挂护网,台车随进随挂,施工安全方便(图 12)。

4.少用劳力。统计资料表明,台车施工成洞工天比用一般方法施工的隧道节约劳力 40%~50%。

5.工序简单,便于管理。落后工序也少,工程收尾时间短,蜀河隧道台车掘进完成后,一个半月之内衬砌、压浆等后继工序可全部竣工。

根据目前施工状况,台车使用于 $f \geq 4$,岩层整体性较好,石质变化小,无地下水的隧道中,若加强领导,健全制度,提高技术,台车施工潜力还能得到更大发挥,掘进能力还能提高到更新水平。

通过这次台车施工,我们感到有很多地方应加以改进:台车打眼、出碴是紧密相连的流水作业,而我们在施工中,担任钻眼的是师直属台车连、担任出碴的是兵学二十七连,电工、管道工等机械人员是从各单位抽调的,因此,在施工中有时显得不十分协调,如交接班不紧凑,平行作业抓得不紧等。因此,我们建议台车开挖及出碴人员应该组成一个专业施工队伍,钻眼、出碴等各项工序在一个支部领导下单独担任施工任务,这样才能更好地统一思想,整齐步伐,为夺高产创造有利的条件。

台车施工机械化程度较高,要求配备足够的机械人员,并建立健全维修保养制度。使各种机械经常保持完好状态,避免出现牵一发而动全身,坏一台机械致使台车停工的被动局面。

台车作业要求采用全断面电力起爆,锚杆支撑,光面爆破等等行之有效的施工方法。因此,我们还感到有关部门应配置适当人力、物力。在参加台车施工的同时,对这些施工技术加以改进提高,使之不断臻于完善。

总之,蜀河进口台车在上级党委、首长的正确领导下,在科研所的具体帮助下取得了一点成绩,但是由于我们思想水平低,工作缺乏经验,施工中一定存在着不少问题和缺点,请批评指正。

襄渝铁路造价为什么这样高

国　波

在具有伟大战略意义的襄渝铁路工程会战中，我团担任了陕西省境内蜀河—展园—红号村地段的施工任务，管区长度曾经历了多次变化。基本管区(自1972年1月至1973年8月)为蜀河隧道进口至展园隧道进口(展园隧道全长1790.66米，我团担任进口493.14米)，起讫里程为定209+585.45~定218+743.14，全长9.12954公里；主要工程数量有正、站线路基土石方60.4万立方米(含公路弃土3.9万立方米)，挡土墙28868立方米(其中干砌2169立方米)，锚固桩179.9米/2342.45立方米，附属圬式3653立方米(含干砌1098立方米)，隧道3.5座—7172.05米，桥梁5.5座—正线延长698.80米—换算延长1398.62米(其中多线桥2座—延长257.4米—换算成单线延长957.22米)，涵洞4座—72.01横米，备铺道碴1.88万立方米，正式铁路房屋5021.2平方米(已建1496.7平方米)，安白公路20.791公里(土石方116万立方米)，临时房屋83120平方米。

在1971年12月底以前，除上述管区工程外，我团还担负了展园隧道进口至磨子沟隧道进口(即定218+743.14~定222+694间)长4公里的施工准备工作，完成引线、便道3.2公里，临时房屋20366平方米，隧道辅助导坑2条—254.4米，并完成了部分主体工程(隧道折合成洞379.12米，洞门3座，桥梁81.69米)，后移交与兄弟单位继续施工。

1973年8月后，我团又接管了展园至红号村(自定218+743.14~定224+555.00)计5.75992公里(管区全长增大为14.88945公里)的收尾配套工程(包括：备铺道碴0.7万立方米)，并由于变更设计，该段增加了部分主体工程，计有路基土石方5.7万立方米，挡土墙2915立方米(含：干砌片石垛1490立方米)，锚固桩 182.6 米/2263.0 立方米，涵洞一座 7.70 横米，附属圬工 1407 立方米（含干砌 431 立方米）。

整个工程投入兵力最多时达 16000 余人。从 1970 年 2 月份设防至 1974 年底基本竣工，历时近五年（1973 年 10 月 20 日全线接轨），于 1974 年 3 月 20 日通车。在毛主席“备战、备荒、为人民”的伟大战略方针指引下，具有伟大战略意义的襄渝铁路在毛主席和党中央的正确领导下，在党的十大精神鼓舞下，在各级党委领导和全国人民和铁路沿线广大人民群众大力支援下，广大指战员、民兵、三线学兵和职工发扬了“一不怕苦、二不怕死”的革命精神，让高山低头、叫河水让路；逢山打洞，遇水架桥，英勇顽强，日夜奋战，克服了重重困难，在 1973 年 10 月 20 日胜利接轨。这条铁路的建成，对于加强战备、巩固国防、支援社会主义革命和加强社会主义经济建设都具有深远的历史意义和伟大的战略意义。参加会战的部队、民兵、三线学兵和职工所做的贡献是伟大的，是任何人也不能否认的，成绩和缺点是九个指头和一个指头的关系。

遵照伟大领袖毛主席“要认真总结经验”，“需要把我们工作中的主要经验，包括成功的经验和错误的经验，加以总结，使那些有益的经验得到推广，而从那些错误的经验中取得教训”的教导，用“一分为二”的观点，从正反两面检查总结我们的工作，以便今后少犯或不犯错误，有着十分重要的现实意义和指导意义。回顾已走过的这段战斗历程，成绩是主要的，但缺点错误也是很严重的。正如 1972 年铁道兵工程会总结讲话中指出的：襄渝铁路工程施工中存在有指挥差、工效低、浪费大、质量差、事故多、造价高等严重缺点甚至错误。形成这种情况的因素主客观方面都有，而主要是主观因素的作用，下面着重从造价为什么高来进行分析。由于认识水平低和工作范围的局限，对问题不一定看得准，说得透，本着对革命负责的精神，提出一些不成熟的看法。

一、认识不足，安排不周

毛主席指出：“我们是马克思主义者，马克思主义叫我们看问题，不要从抽象的定义出发，而要从客观存在的事实出发，从分析这些事实中找出方针、办法来。”我们和自然作斗争也是这样，必须从客观事实出发。但是我们担负这期工程对铁路的走向、地质结构、地形情况、交通运输、当地出产、居民分布等情况都缺乏深入细致地调查研究。这条铁路桥隧相连、高山峡谷、悬崖陡坡的汉江沿岸,没有一寸公路,只汉江略可通航,但是滩多、湾多、水急,夏季山洪暴发,江水暴涨暴落,冬季干涸水浅,均不能通航;沿线人烟稀少,居住分散;当地出产有限,物资供应困难。这些对施工有重大影响的现实情况,党委统一认识不够,因而没有采取相应措施,实际上是没有按毛主席"按照实际情况决定工作方针,这是一切共产党员所必须牢牢记住最基本的工作方法。"的指示去办事,因此,成了自然的奴隶,得不到自由。其主要表现是:

(一)任务区分不当,造成兵力调动频繁

在任务区分的安排上缺乏瞻前顾后,周密考虑。同志们说:"我们这期工程在安排、打算上好像小学生做算术题,按简单加减乘除办事,不管完成与否就这一段,不管人力是否容纳得下和够用与否就这么多。"我团管区先后有四次变动过程:第一次由蜀河到磨子沟出口,第二次由蜀河至磨子沟进口,第三次由蜀河进口至展园进口,第四次由蜀河进口至沙滩沟进口。由于管区多变,兵力调动必然频繁,仅三营先后全营性的大调动达四次,各营连队的调动次数就更多了。配属的平利民兵团共计六千余人,上场之初分布在部队三个团管区内,到1971年3月10日又全部集中我团施工,后因铁道兵二团上场和师后需要,又将民兵一千余人、学生七百余人调二团;民兵三百余人,学生七百余人调师后。兵力调动的如此频繁,带来思想的波动,情绪的影响,组织的混乱,工程指挥上不能得心应手,管理不便,对完成任务带来了极大的不便。

列宁说:"生活、实践的观点,应该是认识论首先的和基本的观点。"毛主席说:"实践是检验真理的唯一标准。"实践证明,管区的划分必须因地制宜,从实际出发,不能单纯强调"整数",即整桥、整隧来划定。如险滩沟隧道出口及蜀河隧道进口,两口相距咫尺之地,以两口之间为界,划分两个团施工,各有各的局部,为了各自管理的方便,修了两条引入线,两套洞外保障设施,沟内地域本来可多住部队,离工地也近,但不同团属的两个营各考虑自己,反而少住连队。如果两口为一个团施工,据估计仅洞外设施可节约一半,为国家节约五万元,兵力也相对稳定,不用来回调动,对部队的情绪、任务熟悉、环境适应和施工时间的充分利用,生活管理都有利,因而,能促进施工任务的顺利完成。

(二)兵力投入时间违背了客观规律

为了保障工程任务的顺利完成,并做到力求节约,在兵力使用上是有很大学问的。由于我们对毛主席“按照实际情况决定工作方针,这是一切共产党员所必须牢牢记住最基本的工作方针!”这一教导学习不好、理解不深,在兵力使用上本应根据工程任务的进展、环境条件、物资保障等各种现实情况,正确地按照客观规律采取“逐增递减”的方式部署却错误地按照“猛增速减”的方式使用兵力。更不应该闭门造车,异想天开,脱离现实,尽管主观愿望是好的,但收不到好的效果。我们这期工程就有片面地强调算人头、工天账,认为缺多少个工补多少个人,工程就可以完成,若增加多少人,就可以提前完成。人头账要算,兵力也要上,什么时候上,怎样上,这里是大有学问的。毛主席教导我们:“指挥员的正确部署来源于正确的决心,正确的决心来源于正确的判断,正确的判断来源于周到的和必要的侦察,和对于各种侦察材料联贯起来的思索。……去粗取精,去伪存真、由此及彼、由表及里的思索,然后将自己方面的情况加上去,研究双方的对比和相互的关系,因而构成判断,定下决心,做出计划,——这是军事家在做出每一个战略、战役或战斗的计划之前的一个整个的认识情况的过程。”由于我们违背了毛主席的教导,在上述错误思想的指导下,使用兵力就是上得猛,下得突然。我们在这么偏僻、狭窄、荒野的山区,先到部队设防还暂时未稳,交通不便(公路未修通),物资非常困难,施工准备还没有个头绪,场面还未打开的情况下(到1971年三季度末蜀河隧道进口平导才打两条横通道,蜀河隧道出口平导还没到第一条横通道;罗家岭隧道进出口平导才分别越过一条横通道,未达第二条横通道;在二季度末则只有蜀河隧道进口平导越过了第一条横通道,其他平导则离第一条横通道还很远),于1970年12月和1971年3月1日至10日,两次上民兵、学兵共计65个连队9256人,72个伙食单位,特别是1971年3月1日至10日上场学兵6000余人,民兵一千余人,这样突然上场,打乱了整个施工部署。不仅因为洞内挡子未拉开,摆不进兵力,进度上不去,各级领导还成天被人员的吃住等生活问题束缚手脚,拖住了后腿,迈不开步子,这样不仅不能改变施工局面,相反的使施工准备工作时间拖延了半年之久。本来应

“吃一堑长一智”吸取上场教训,但是在学兵下场时又犯同类错误。在施工后期主体工程尚未完工、收尾配套工作量很大的情况下,学兵要退场回地方分配工作(1973年4月份、8月份),民兵要退场一部分回乡生产,当时采取了“刨土豆连窝端”的办法,1973年4月、8月、12月三个月共退场八千余人,又上场六百余人,直至1974年1月还上场九百余人,这样几退几进,打乱了布局和施工连续性,造成了思想上的波动,工效大幅度下降,对工程进展极为不利。

(三)没有处理好几个关系

毛主席说:“无论何人要认识到什么事物,除了同那个事物接触即生活于(实践于)那个事物的环境中,是没有法子解决的……。你要有知识,你就得参加变革现实的实践”。隧道长、桥高、挡土墙和土方集中,施工场地狭窄,沙石料资源缺乏,施工准备工作量大,公路、便道没有,施工机械、材料供应不足,生活条件十分困难,加之上层活动多,干部在位少,部队新成分多,部队从成昆线下来又未整训,技术力量薄弱,民兵上场早、上得多,而面对这些艰巨、复杂、繁重的任务,加之部队从生活富裕地区(四川德昌)来到生活比较困难地区,思想准备不足,情况变化了,思想跟不上,所以认识必然落后于形势!再加之思想方法出现片面,受到了客观规律的惩罚,受到挫折,吃了不少苦头。“错误和挫折教训了我们,使我们比较地聪明起来了……”认识了客观世界,从实际出发,最终又尝到了甜头。因此,我们体会到,处理好以下几个关系是至关重要的!

1.公路与铁路的关系

没有公路就没有铁路的通常道理未能被认识。你究竟想不想修铁路?或者想得厉害些,还是想得差些,你如果不想就不去修公路,如果想就去修公路。有的同志讲:我们来的目的就是修铁路。那好啊,你首先去修公路吧。可是有的同志说:“我们是来修铁路的,不是来修公路的”“修公路是地方的事”等等,因此在领导注意力上,在兵力部署上,在技术指导标准要求上,在物资保障上没有采取强有力的措施,而盲目地过多考虑正线施工。当时基本施工准备都没有就绪,如:(1)公路未建成;(2)引入线未通;(3)高压水池未建;(4)机械机具未上场;(5)材料供应不上;(6)高压电没有。都靠汉江几条小船,仅能保证生活最低标准还有困难,就提出要搞多少成洞米,结果是东边抓,西边抓,抓来抓去思想分了家，影响了抢建公路，耽误了施工准备，丧失战机，造成浪费。随着正线施工准备逐步展开，兵力的增加，供与用的矛盾越来越突出。在这紧张被动、苦头吃够的时刻才冷静下来，动荡犹豫中才安定下来。遵照毛主席关于“任何过程如果多数矛盾存在的话，其中定有一个是主要的，起领导的决定的作用，其他则处于次要和服从的地位”的教导，进行了认真学习、分析，找出了主要矛盾。一致认为：物资是施工的基础，而物资保障关键在于运输，运输关键在于公路，思想认识统一了，集中兵力抢修公路，终于在 1971 年 3 月 15 日公路通车了。公路通车后，又采取多次集中力量突击维修养路，保证了公路畅通无阻，使物资能源源不断地运到工地，保证了施工，矛盾也迎刃而解。总之，实践的结论是：“公路便道先抢建，快上机械和水电，主副工程衔接紧，正线重点要提前。”

2.洞外与洞内的关系

我们对“没有洞外就没有洞内，洞外是为洞内设的”这个普通常识都不十分懂，我们都想早日进洞拿成洞米，“问题在于你是真想，还是假想，如果是真想，而不是假想”就必须把洞外搞好，但是不是不要洞内，而正是为了洞内才要搞好洞外的。曾在施工中一度片面地追求进洞夺取成洞米，忽略了洞外机械设备的安装配套和各个环节的科学布局，缺三拉四地“对三管两线一路一排”的架设很不正规，凑合了事，导致漏水、漏风、漏电、掉道现象严重，没有很好发挥机械设备的保障作用，互相干扰，互相影响，矛盾突出，造成浪费。如蜀河隧道进口通风设施安装不正规，不按科学办事，放了炮两个小时还进不去人；罗家岭隧道进口、沙沟隧道出口下导洞内、外排水不畅，积水成河，翻斗车经常掉道；相反蜀河隧道出口平导、罗家岭隧道出口注意了这些关系，放炮不到半小时烟就能排出，即可进洞，出碴畅通。从实践看，凡是不按科学布局，不照顾各个环节，单纯追求进度，不按正常规律作业的“快”实际上是慢。结论是：统筹计划，科学布局，没有洞外就没有洞内，洞外是为洞内而设。三管两线一路一排必须严格要求一丝不苟地搞好才能快，否则就是慢，到后来还要回头来搞，既浪费了时间，又耽误了进度。而且，挫伤了部队情绪，战士埋怨，上级批评，自己出力不讨好，事倍功半。

3.平导与正洞的关系

毛主席指出:“情况是在不断地变化,要使自己的思想适应新的情况,就得学习。”打平导是我们团的新课题,2000 米以上的长隧道施工没有平导就没有成洞米,对于这个最普通的知识我们理解不深。俗话说得好“不经一事,不长一智。”在长隧道施工中,如果按进出两个口独头掘进,兵力再多,容纳有限,发挥不了作用,争取时间夺取胜利是不可能的。必须多创造工作面,要想多创造工作面,就得猛攻平导。平导的好处是:①创造工作面,便于集中兵力,分割围歼;②便于侦察地质情况;③便于通风排水;④便于隧道调度通讯。总的目的是加快隧道进度。但是就这样简单的道理也没有很好地被认识,所以说认识一个问题要斗争,落实一个问题更要斗争,“不斗则退”。以蜀河隧道为例:有的同志说:“搞平导没有成洞米,是无效劳动”,“拿不了工分”,只见眼前利益,看不到长远利益,真是“一叶障目,不见泰山”呀。所以,出现了平导任务完不成没啥,正洞完不成上级追查得紧等谬论。因此,对于平导在领导注意力上,在兵力上,机具、材料上都没有很好地予以保证,干多少是多少,进度迟缓。实践是检验真理的唯一标准。当进口平导掘进几百米,打开了三个横通道,一下摆进了几个连队,分割围歼,很快吃掉了。大家从这一实践中尝识到平导的甜头,懂得了平导的优越性,平导是集中兵力,分割围歼,争取时间夺高产,加速隧道进度唯一的好方法。因此,重新调整了兵力部署,加强了组织指挥和物资保证,由原来的进一米提高到三米、四米的水平。总之,“实践出真知”。结论:凡有平导的长隧道,平导宁早勿晚,宁快勿慢,宁长勿短,没有平导就没有正洞,横通道 100 米或者 120 米为宜,必须电瓶车通过(理论上 8 米半径即可,实际 12 米为宜);平导与正洞底,平导宁低(20 厘米至 30 厘米)勿高,否则后果不堪设想。正如伟大领袖毛主席教导的那样:“一个路线,一种观点,要经常讲,反复讲,只给少数人讲不行,要使广大群众都知道。”

4.机械装备供与用和技术革新的关系

在重用轻管的思想指导下,不可能很好地发挥机械设备的作用,有的单位存在着“零件缺了向上级要,机械坏了找上级修”、“吃现成饭”等思想——懒汉思想。一个连队发了八支风枪,不到几天就坏了七支,成天叫喊风枪不够用,影响了施工。而部队五连遵照毛主席“我们是主张自力更生的”教导,在党支部的领导下,破除迷信,解放思想,在一无设备(一台车床)、二无技术、三无材料的情况下,本着不懂技术干中学、群策群力破难关的革命精神,因地制宜,因陋就简,自力更生,土法上马,以敢想、敢干的科学态度,从各连伙房找来坛坛罐罐装硫酸和自制蒸馏水,用炸药箱支起工作台,用一口破锅熔化废弃的电瓶阳极板,回收了1800多斤的铅。他们就这样从实践中摸索规律,从失败中找教训,先后改进、自制各种风枪配件40余种,各种机械配件3720余套,复活了风枪135支,修复电瓶车四台,并革新了钎尾扩孔机、卷扬机等多种革新工具,从而解决了水针易断、钻杆利用率低、风枪配件缺等老大难问题,并对下场机械维修、保养、包装等都做得很出色。许多同志看后一致认为:只要路线对了,没有技术可以学,没有经验可以从实践中总结,干劲就能倍增。实践证明,任何新生事物必须经过斗争才能实现、巩固、发展、推广。又如:蜀河隧道进口有一台大型装碴机,由于安装比较费劲,有的同志说:“这个家伙有什么用?”还有的说:“摆在这儿占地方,不如推到汉江里去。”宁肯人工装碴,累得汗流浃背、筋疲力尽,也不积极、设法使用这台装碴机。而另一些同志遵照毛主席教导“农业的根本出路在于机械化”,而铁道兵的根本出路也在于机械化的道理,积极动手安装,效果特好,装得快、工效高,大大减轻了劳动强度。一些曾表示灰心丧气的同志也在事实面前称赞说好了。

再如:上级指示要在羊子沟架设空中索道,解决从水上运来的材料物资搬运上岸,以便加速搬运速度。可是有的营领导不赞成,说“是架来看的呢?还是架起来用的?”因此,在思想上、行动上不是大力支持。当索道架起初步使用时,每次九分钟可运十一包水泥,从此结束了人工背一袋需三十分钟的繁重体力劳动的局面。原来反对架索道的人站在索道面前也咧嘴笑了。

总之,在机械装备供与求和技术革新的关系上,始终存在两种思想的斗争:一种思想是两眼向上,两手向外,依赖等待,懒汉懦夫思想。正如毛主席批评指出的:“小脚女人走起路来东倒西歪,这也不行,那也不行,半点马列主义雄心壮志都没有。”另一种思想,是敢于革命的思想。面对现有条件,不等待、不依赖,敢想、敢干,大胆革新,在斗争中学实践中总结,保证了施工。一颗红心两只手,自力更生样样有。

5.集中与分散的关系

毛主席教导我们:“要保证重点,没有重点,就没有政策。”集中人力物力,瞻前顾后合理安排,是保证完成施工任务的重要一环。1971年公路未通,工程材料用船断断续续地倒运到各工点,远远保证不了正常施工进度,在这种情况下部队开始了施工准备。当时材料没有集中使用,走了弯路,耽误了时间,浪费了人力。如高压水池所需要的钢管,在运输时按各营管段平均分配了,而蜀河隧道进口的水池早已修好,由于公路不通缺150毫米的钢管迟迟架设不起来,仍然用人工担水打风枪,随后又陆续运进了不同规格的钢管,1300米的管路倒换安装了三次,浪费人力,耽误时间,供水不好,又不美观,真像蛇吞了老鼠一样。如果当时把150毫米钢管集中使用,这个矛盾不但可以解决,而且还可以争取时间,又节约劳力。

在修建三类房屋分配材料时,亦有类似的教训。如一次给一营一部分房架材料盖伙房,平分了八个单位盖伙房(含民兵、学兵),而每个单位都由于料不够不能一次建成,大家都停工待料,都有意见。如果集中使用,一个一个连队建,速度还快,同时还可以安排其他工作。

毛主席说:“错误和挫折教训了我们,使我们比较地聪明起来了,我们的事情就办得好一些。”在隧道洞门砌筑上,针对各单位砌石工很缺,而且技术水平也有限,如果全面展开,各单位自己去干,显然有问题。我们遵照毛主席“集中兵力,打歼灭战”的教导,集中全团部队、民兵、学兵中的砌石工26人组成专业队,以临战的姿态,对五座洞门实施突击抢建,各个击破,一口一口地吃掉,一座一座地解决,每座洞门平均圬工达一百三十余万,快的用了三天,慢的用了四天完成了主体工程。如沙沟隧道进口用“一石三代”砌筑三天完成了主体工程,技术标准高,质量比较好,为我团快速抢建洞门开创了范例(抢建的洞门多用片石)。

6.数量与质量的关系

列宁说:“宁可数量小些,但要质量高些”。毛主席为我们党制定的建设社会主义总路线就明确指出:要“鼓足干劲,力争上游,多快好省地建设社会主义”。多是对数量的要求,快是对速度的要求,好是对质量的要求,省是对节约的要求。这几个方面都是统一的整体,均不可偏废,是建设的总纲,行动的准则。毛主席在视察北京地铁工程时指出:“精心设计,精心施工。”又说:“不要一种倾向掩盖另一种倾向”。可是我们在实际行动上,特别是在任务压得紧时,在口头上也讲总路线,要多快好省,而在行动中并非如此。有的领导讲:“先把数量抓上去再说”。甚至在检查工作中,对质量不好的抓得不紧,批评不严。正如毛主席指出“抓而不紧,等于不抓”,抓了数量,而忽视了质量,在讲问题时,对数量是反复讲,而对质量一提而过。毛主席早就指出:“政治路线确定之后,干部就是决定的因素。”下面看一看我们走的一段路程,强调数量的苦头和抓好质量的甜头吧:

①苦头:如1970年上半年进行设防及施工准备时,组织新兵四个连队七百余人修建三类临时房屋,正确的建临时房原则是:背风向阳地基牢,避开公路便道,防止放炮打,上工后一次建成。当时一味追求进度,没有统筹安排,强调了“快”,有的把房子建在滑坡体上,有的建在风口上,有的把伙房建在公路或引入线的走向上,这样准备了近二十来个伙食单位。除了险滩沟一营营部的伙房可以用外,其余伙房有的坍塌,有的被风刮,有的被炮炸,有的被迫拆迁,几乎全部另建,仅四连伙房就返工十余次。在修建公路时只图快,忽视了质量和技术标准,哪里好修就哪里干,尤其修建山区公路时本应一次建成,既省工又省事还争取了时间,但却片面地强调“先通后善”,四营陈家沟至展园一段修得到快,结果架子车都通不过,后重新开山劈岭,增加修建的难度。在正线施工中亦是如此,只讲成洞米多,讲工程质量少,在混凝土圬工作业中较普遍的不按科学施工。如沙石料不过秤,支模板不正规,混凝土捣固不密实,土石方超挖回填不实,衬砌厚度不够(最薄3公分),混凝土走模变形、蜂窝、麻面、狗洞;混凝土运输时间、停留时间过长,因而造成拱圈共裂、掉拱;沉井炸裂,大爆破造成桥基桩断裂因而承台横移,漏筋、混凝土强度不够,道碴不符合标准等等,造成返工重来,而且连续不断地出现。再如,罗家岭隧道进口施工极不正规,叫作“一小、二大、三空”,即导坑小,扩大超挖大,拱背后回填不实,甚至根本不填;蜀河隧道也有“二大、三空”现象;蜀河隧道、罗家岭隧道出口有的边墙衬砌不到标高落在虚碴上,沙沟隧道出口的掉拱,蜀河隧道102米掉拱,12米边墙炸掉重来。这都

是重视数量忽视了质量所造成的恶果，特别到后来，处理隐患时费工、费时、又费材料，有损我军的荣誉，正如俗话讲的："欲速则不达"。

②甜头：二营担任沙沟大桥施工时，也是先苦后甜。他们接受了掉拱、炸坏抽水机、炸裂沉井的沉痛教训，"吃一堑长一智"，提高了对数量与质量辩证关系的认识，在施工中采取了有效措施，坚持按规章制度办事，按科学规律施工，工程质量比较好，做到了不留后患，干净、利落地完工，受到上级的表扬。沙沟大桥成为十师的样板工程之一。实践证明，按毛主席指示"精心设计，精心施工"和总路线办事，就是胜利，否则就失败，这是千真万确的真理。

回顾以往在成昆线北段施工，在质量上是一丝不苟的，砂子有泥还要清洗，拱背塌方回填浆砌 1.5 米以上，按规章作业。那时为什么质量好呢？一是不懂，能虚心接受技术指导和按规章制度办事；二是领导抓得紧，出了事故党委检查，处理严格。为什么襄渝线工程质量差呢？一是由于林彪干扰了毛主席建设社会主义总路线，说什么"政治可以冲击一切"，使人不敢学技术，一学技术就怕戴上不突出政治和单纯技术业务观点的帽子。又讲"军事就是政治"，胡言乱语，把人的思想搞乱，他好达到浑水摸鱼的目的。而忘记了毛主席教导的"……对技术精益求精"；二是有骄傲自满，凭老经验办事，不按科学施工，四乎（马虎、凑乎、粘乎、不在乎）思想作怪；三是领导抓得不紧和赏罚不严明，毛主席说"纪律是执行路线的保证"。施工中没有严明的纪律，忽视质量的现象就蔓延起来；四是制度不严。总之，成昆线北段质量好于成昆线南段，成昆线南段较好于襄渝线。本来按照规律来讲：应该是芝麻开花节节高才对，为什么违背这个规律？这个也不奇怪，就是毛主席早就指出的"虚心使人进步，骄傲使人落后"这个千真万确的真理。因为有骄傲情绪，不求进步，见先进不学，对工程质量凑合马虎就认为不错了。事物是在不断地发展的，人的思想不前进就得后退，这是必然的结果。

7. 生产与生活的关系

先生产后生活这个方针一般是正确的。但是为了生产而抓生产，忽视必要的生活，这个生产是搞不好的。反之，片面地强调生活而忽视生产，这也不是我们党的政策。我们对"先生产后生活"缺乏全面地理解，曾一度忽视了抓必要的生活，广大干部战士、民兵吃、住、用的基本方面没有很好予以安排解决，得过且过，不但影响了部队情绪，施工上不去，而且还浪费了大量的人力物力。如扛柴扛粮，在公路未通时，每个连队每三天扛一次柴，近的几里路，后来近处木柴很快打完，路程愈来愈远，远的达 80 余里。每半个月扛一次粮，每天要 4~6 人去买菜。从烧的这个问题来看，1971 年上半年未得到解决，以 5 月份为例，辅助工天 34187 工天。下半年解决好一点，以 11 月份为例，辅助工天为 15779 工天，减少了一半还多。部队、民兵生活用工占可出工数 20%，在公路通车一段时间以后煤运到时才大幅度地减下来。有的单位住房未整好，不管上级允许不允许，自己留人整，上级不给材料，就上工地扛，不建澡堂，一个一个班劈了木柴自己烧水洗澡，不解决烤火问题，就上工地拿木柴烧，不解决铺板就把模型板扛回驻地。这种情况较为普遍（因上班浑身都是油泥不洗怎么行，天冷不烤火怎么行），直到 1973 年冬天还有这种现象，这是变相给领导提意见。如果部队和民兵生活福利的基本方面（如澡堂子，下工就能洗洗澡，屋子里不冷）得到解决，工程材料特别是木料消耗不会这么严重的。毛主席早在 1934 年 1 月 27 日《关心群众生活，注意工作方法》一文中就指出："我们应该深刻地注意群众生活的问题，从土地、劳动问题，到柴米油盐问题"，可是我们把毛主席指示忘到脑后去了。有时部队、民兵、学兵粮食、盐都很紧张，一度连最基本的标准食用油都保证不了，使部队指战员体重下降，这样怎么能完成好任务呢？当然有些是地方的事，但运输燃料煤总是部队的事嘛。后来接受教训采取措施才有所好转，但蔬菜副食仍然一直供应不足。学兵、民兵曾几次上山砍柴因吃马桑子中毒，也曾多次发生学兵、民兵在部队连队菜地上摘菜吃，摘下四季豆生的就吃下，许多学兵、民兵连队家属所在单位经常自己采购副食用车送来。

8.编制与施工的关系

编制是个科学的东西。对于铁道兵部队这个长年参加施工的技术兵种来说，编制必须适应生产，而不能生产适应编制。马克思主义者认为"从物到感觉呢？还是从感觉到物呢？"这是两条认识路线的斗争。前者是唯物主义者，后者是唯心主义者。所以说编制必须为了生产。对施工部队来说，编制就是向大自然作战的成员的一种组织形式，必须是从不断实践中总结而来，编制应当有利于向大自然开战,这才是先进的编制,否则就是落后的编制。因为隧道机械化程度增长编制也得根据新的经验而改变,我们现行编制不太合理。一个连按编制是四个排 12 个班,全员也只有 186 人。由于直属单位和各级领导机关超编,连队普遍缺编严重,能参加直接生产的人就更少。正如有的干部讲:“少而精,少而精,班长班副两个兵”,目前人数少的营每连平均人数 110 人,多的营平均每连 124 人,全团平均每连 118 人(4 月份实力),出工干活五六十个人,一个排上工干活人数不如成昆线一个班的人,所以干起活来也没有劲。那么人都到哪里去了呢?

其一,如汽车连按编制一个连五十台汽车,结果增长到一百台,一个连 258 人。机械、车辆成倍增加,人员必须也随着增加。全师按编制是五百台车,但现在实有一千二三百台车,机械单位也有同样的机械超编现象。

其二,干部超编,一个团超二百多人,全师超一千多人。

其三,临时单位多,这个训练队,那个训练队,本来团编制没有训练队,实际又需要,如师编制上只有一个教导队,目前训练任务又重,就得成立临时性的。如技术干部训练、读书班、后勤给养人员培训班,这些临时单位是经常不断增加的,加之师、团业余宣传队,每队 12 人至 25 人,名曰业余,实际是脱产专业的。

其四,带民兵、学兵派出了较多的干部和战士。

其五,各级机关超编,有些人浮于事,所以连队施工人员就少了。

从实际成绩看,在成昆线一个师 38600 人,一个团 6800 人,带民兵 1200 余人,共 8000 余人,出勤将近 6000 人,一个团一个月桥隧将近 1000 米,还有挡墙、土方。在襄渝线一个团 4400 余人出勤 2000 余人,加民兵、学兵 10000 余人,一共 14000 人,一个月最多桥隧 1000 米。成昆线一个连 220 余人,武器没有襄渝线好,多次出现最高月成洞 100 米,每米隧道 100 工天。风、水、电、材料都不超。襄渝线同样人数的学兵连最高月成洞才达 50 米,而且只有一次。成昆线北段平均每米隧道 256 工天,襄渝线每米隧道平均 404 工天。成昆线沙——金段百公里 172.58 万元,襄渝线蜀——展段每公里 543.3 万元,都是桥隧相连,差别只是前者无平导,后者部分隧道有平导,襄渝线整个工程还没有完。如果按成昆线编制施工效率可提高一倍(主要工程生产成绩对比参看附表)。

毛主席在抗日战争时期就指出："精兵简政，必须是严格的、彻底的、普遍的，而不是敷衍的、不痛不痒的、局部的。在这次精兵简政中，必须达到精简、统一、效能、节约和反对官僚主义五项目的。"为了真正做到精兵简政，必须首先做到编制合理。为此建议：改变现行编制，也就是做到适应机械化施工的编制。基本恢复在成昆线一个连220人，一个连队四个施工排，一个排四个班，一个班十二人。一个排包括排长、副排长50人。一个团5500人左右，一个团四个营，一个营五个连，一个连五个排（一个管理排），机械单位和汽车单位根据施工应用机械和车辆配备人员。对于常年有的临时单位占用人员数进行调查统计，根据统计数字推算占用百分比适当增加编制兵员；对于干部配备也应在调查研究基础上制定留有机动的配备方案，然后在此基础上精简临时单位并严格控制超编。

通过学习毛主席论十大关系和施工组织指挥的实践告诉我们，认识问题解决了，几个关系摆正了，就可以变被动为主动，变不利为有利，从必然王国走向自由王国。

二、领导不力，管理不善

毛主席说："军事家活动的舞台建筑在客观物质条件的上面，然而军事家凭着这个舞台，却可以导演出许多有声有色威武雄壮的活剧来。"组织这么多的部队、民兵、学兵施工，能不能取胜，关键在于坚强的、统一的领导和实施强有力地组织指挥，以及科学的计划管理。而我们在这样艰巨复杂的施工中，主管工程的领导干部，没有始终在位，不能一抓到底，形成了"一个裁缝一把尺，各有各的打法"，认识不一致，办法不一样，指挥不统一，必然造成上下忙乱不协调，其主要表现：

（一）在兵力部署上，缺乏认真的考虑，没有详细调查研究，轻易进行部队往返调动，这种顾此失彼的做法，挫伤了部队的积极性，也影响了施工。

（二）施工方法选择不当，影响施工进度并造成劳力浪费。我团的隧道有四个口：蜀河出口1#横通道以外、沙沟出口、出碴洞、罗家岭进口，采用上下导坑施工。因为缺乏长远的合理的打算，只贪图眼前进度，看不到而后的发展，将2800米的下导坑全部打成单轨道；又因为沙沟出碴洞、罗家岭进口一段中层厚达四米，马口开挖量大，导洞掘进面后面出碴量大，致使洞内运输困难，施工互相干扰，无法上高产。由于施工进度上不去，窝工严重，劳动力浪费大，工程造价必然相应加大。

（三）没有坚韧不拔的毅力以夺取最后的胜利，近千米或一千多米的平导都打过来了，最后几十米不能坚持打完以便为最后快速围歼创造条件。如蜀河隧道出口和罗家岭隧道进口平导，营、连都积极请示不打，上级首长也就批准了。但是我们的风格不够高，下导贯通后两个以上单位在一条通道内不能协调，互相争夺，互相掣肘，形成一个单位不能按时完成，几个单位同时围歼又兵力拥挤，真好像“黄牛掉井里，有劲使不上”，被动得很。

（四）在台车使用上，尽管上级有指示，我们也缺乏全局观念。钻孔台车先由蜀河隧道进口调出口，后又由出口调进口。如果一开始就坚持在进口不调动，可提早进洞，提前几个月完成任务，当台车施工遇上夹层时没有采取断然措施，犹豫不决，耽误一个月之久无进度。

特别是在施工管理上由于中了林彪“技术、制度无用”论的流毒，存在着标准不高、要求不严、纪律松弛、制度废弛。其主要表现：

1.施工作业技术水平差，违章作业现象严重，尤其隧道施工的自由枪、自由炮的现象长期未能纠正，因而导坑不正规，底愈打愈高，大部分隧道超欠挖严重，造成费工耗料。按开挖断面图估算统计，超挖约3.8万立方米，需耗费至少折合成洞600米的工料，蜀河隧道进口一至三号通道一段开挖，拱部普遍超0.5~1米左右，最大1.8米，其他隧道也有类似情况。据统计蜀河隧道进口1972年4月至8月间每月衬砌回填1200至1500立方米左右的片石，而回填片石部分比衬砌用料还多。这样还留下多处隐患在铺轨通车后开窗回填，既浪费了大量人力物力，工程质量也不好。

2.技术制度不严，各单位（工点）漏风、漏水、长明灯、大灯泡等非工程用电超耗浪费严重。全团工程用电输出超过变压器4188瓦的容量。以1972年12月为例，上级规定的定额用电为63.53万瓦/小时，实际耗电量为106.1万度，超耗42.57万度，超过定额68%，折款9.35万元。生活照明用电2.525万度，按上级规定每单位以800瓦照明计算。超耗9696度，折款0.2036万元。超定额58%以上。经检查营房周围社员群众私接照明，安设农业电动机用电45瓦（45kW），对高压水管维修不及时,长期漏水,抽得多漏得多。对高压风使用不合理,管理不当,严重漏风,有的用高压风排烟等造成风量超耗严重。例如蜀河隧道出口及沙沟隧道进口,根据1972年全年完成工程量,按定额计算,应耗风12.7588万立方米/小时,实耗风18.377万立方米/小时,超耗风5.6188万立方米/小时,占应消耗的44%。

3.对机械装备重用轻管,利用率不高。在装备迅速增加,机械化不断提高的情况下,仍停留在人力物力使用简单工具的管理水平上,有的不配套,保养维修不及时,使用混乱,用时到处找,不用时到处丢,造成装备丢失、损坏,浪费很大。仅1972年机械配件消耗42.87万元,其中风枪配件消耗21.44万元,从襄渝线上场以来截至1973年底共损失风枪30支、风枪支架38支,土斗车U型762斗子62台,风镐6支,手电钻3台,抽水机、砂轮机、电机等物也有损失,需报废的风枪48支,风枪支架63支,风镐31支,土斗车78台。

根据统计与计算,截至1973年底,按定额全团工程应耗风量为713397.5立方米/小时,但实际耗风1830610立方米/小时,共超耗风1117212.5立方/小时,为应消耗数的165%。1974年1至6月耗风16121立方/小时,预计1974年下半年尚需耗风3752立方/小时,这些耗风均为处理隐患用,未完成实际工程量。

按西工指定额,全团各项工程应耗电力为13126813.55度,折款1443949.49元,但据1971年至1973年年底统计,外来和自备电站发电供电共19401477度,折款1877211.79元,超耗电力达6274663.45度,为应耗电力的47.7%,超用电力费433262.30元,为应耗电费的29.8%。

据统计与计算:整个工程各项主要机械台班应耗53017台班,实耗129243台班,超耗76226台班,折款915672元,加上超耗电力费433262.30元,备用电站停机费2001900.00元,扣除自制配件及修理费用节约97898.87元后,机械使用费共超支1451225.43元,占预算中机械费总额4544211元的32%。

4.材料管理上存在重领、购、供,轻管、修、用,轻回收。领料单一开就全部列销了,一些行之有效的规章制度不能很好地贯彻落实,艰苦奋斗的光荣传统没有很好的发扬光大。因此,形成管理上混乱,用料不讲定额,混凝土不按配合比,放炮不计算药量,翻碴炮、膏药炮、双雷管双导火索到处都有,屡见不鲜。仅1972年超耗水泥1740吨,价值27.52万元,炸药261吨,价值42.75万元;雷管

24.4 万个，价值 1.95 万元；导火索 68380.4 米，价值 8.91 万元；扒钉用一半丢一半，全团超用扒钉 143 吨，价值 27.1 万元；合金钻花超耗 25672 个，价值 36.38 万元。仅以上几项材料超耗 144.51 万元。

周转使用材料没有得到充分利用。就隧道模型板为例，钢模板边墙的 307 米，每月倒用一次，拱部的 226 米，每月倒用 0.5 次，木模板 646 方只用 0.72 次，有 80%挪用或烧火浪费掉。

小型料具耗量大，丢失损坏严重。仅锹、镐、锤、扳子、钳子、锉子六项常用工具，下发营 9.9 万把，有的营平均每人铁锹 1.5 把，可是施工还不够用，坏的找不见。据 1974 年上半年调查展园、蜀河地方两个收购站向沿线群众广泛的大量地收购三线的金属品，用四分钱一斤的各类钢材、八角钱一斤的铝质品，两元钱一斤的铜质品，共花出 3. 6 万元。其中蜀河收购站所购的 1. 6 万元的东西内铝线就有六吨，1974 年下半年尚在继续大量收购，就可看出丢失之多了。例如：一副 11 公斤轨夹板，一副国家牌价二元九角钱，收废铁一至二角钱。

5.出工率低，民工旷工也有，场外运输使用工天多。以 1972 年为例，场外运输共 205562 工天，占总工天的 7.4%。按铁道兵规定的出工率达不到，实际出工率部队 75%，民工 75.2%，学生 83%。又因当地困难，生活用工多，1972 年生活用工 17.8459 万工天，按每工天 3 元计算，折款 53 万元，均列间接主副食费，增大了管理费的开支。

6.材料倒运次数多，损失大、造价高。由于交通不便，材料需要水陆联运，运输途中倒运 5 ~ 7 次，加之路况不好，装卸质量差，封存不好，损失较大。仅 1972 年途中损失短少水泥就达 736 吨，占运水泥的数量 3%，价值 5.89 万元。全年支出料差及运杂费 502.6 万元，占材料运费的 40%。

7.非常损失较大。由于防风、防洪、防火措施不力，责任心不强，被风刮、洪水冲走各类物资损失价值 43 万元；失火四起，转运站材料库、机械场、拖船等损失 19.1 万元，共计 62.1 万元。

8.安全工作不落实，事故严重。毛主席指出："世间一切事物中，人是第一个可宝贵的。在共产党领导下，只要有了人什么人间奇迹也可以造出来""不过，我们应当尽量地减少那些不必要的牺牲。"从进入襄渝线以来，领导采取了一些措施,如办学习班贯彻上级通报、通令,把外事当家事,召开了各种现场会议,举办了图片展览等,虽有一定成效,但由于我们对毛主席一系列指示学习理解不够,所以,有许多工作不落实,由于管理不严,组织纪律松弛,违章作业所致,从上场起,截至 1974 年 6 月 1 日,部队、民兵、学兵共发生各类事故 567 起,伤 537 人,亡 69 人,其中部队 118 起,伤 103 人,亡 23 人;民兵 245 起,伤 235 人,亡 27 人;学生 204 起,伤 199 人,亡 19 人。以上事故在政治上造成了不良影响,在经济上造成了损失,影响了军政、军民关系和战备施工。

9.计划不周。毛主席教导我们:“在订计划的时候,必须发动群众,注意留有充分的余地。”这不仅是个工作方法问题,而是个政治问题。我们搞社会主义建设就得长计划短安排,要留有余地,给下面留点积极性,不给下面留有余地,就是不给自己留有余地,留有余地上下都有好处。毛主席又说:“脑子不要硬化,订计划有多少材料、多少人,不要主观主义地订计划。”俗话讲得好“不怕一万,就怕万一”。我们对毛主席一系列指示理解不深,来到襄渝线不断犯类似错误。如 1970 年计划全年完成 350 米隧道,结果只完成 0.7 米。1971 年又没有接受前年教训,计划全团完成 5 公里,结果只完成 1.25318 公里;全师 28 公里,只完成 8 公里。连续两年计划失败,我们又学习了毛主席教导“错误和挫折教训了我们,使我们比较地聪明起来了,我们的事情就办得好一些”。反复调查研究主客观条件订出了 1972 年计划就完成得好,打了胜仗。正如毛主席所说:“失败是成功之母”、“吃一堑,长一智”。

假如按中央计划 1973 年底接轨通车,收尾工程可以大大加快,为国家可节约几百万元。

10.服役期限和机械化发展有矛盾。目前根据国家建设机械化程度不断提高,而技术水平提不高,使机械损失大。一是不懂弄坏了,二是技术不熟练,三是专业学习少,四是兵役时间二年受限制,想提高不允许。如一个兵服役两年,学汽车司机,入营三个月入营训练共同科目,半年专业学习,快的半年实习去了一年半,刚能驾驶了而服役期也到了,所以技术达不到精,熟练还不到,所以机械事故多也是个原因。地方一个汽车司机、修理工都是十至二十年还是作一种工种,所以就熟练和精了。一个修理工单独进行工作一般五至六年才行呢。所以,兵役年限建议改为四年制为宜,个别再超两年最好,才能达到毛主席指示的“兵要精,武器要好”的目的,这样才能解决机械高度发展的矛盾。

三、带民兵方法要研究

我们在这里讲的方法和效果是指带民兵而言。毛主席教导我们“兵民是胜利之本”,实践证明这是千真万确的真理。在毛主席的人民战争思想指导下,战争年代广大民兵为了解放事业不怕流血牺牲,立下了不朽的功勋,取得了革命的伟大胜利。铁道兵在历次修建铁路中,广大民兵的积极配合发挥了巨大作用,保证了铁路胜利建成。襄渝线大会战打的就是人民战争,广大民兵克服各种困难,也同样做出了成绩。但是,按党的建设社会主义总路线的精神,严格检查我们的工作,特别是带领民兵施工,在方法上存在不少问题:

1.在组织上既不落实也不合理。(陕西省平利县)从组织形式上看,民兵和部队一样,编成了团、营、连等建制。干部配备上也和部队相似,但干部队伍状况较差,真正得力的为数不多,而大多数都有这样或那样的问题,是背着思想包袱上“三线”来的。从上场的民兵看,质量较差,老的老,小的小,两头多,据考查五个连队共有人数849人,其中较合格的447人,占全人数的52.6%,其余均系老、少、多病体弱的,主要陕南上的民兵大多和农业争劳力所造成的,这是陕西省安排不合理。

编制庞大,虚设机构,人浮于事。如一个民兵团机关各类人员102名,卫生队40人,一个营部28名,一个连队勤杂人员10~20人(不含各级均有长期助勤的)。曾在一个较长的时间里也和部队一样连有演唱组,营有演出队,团有宣传队,名义上是业余的,实际上不上工,是专业的。直到指挥部苏政委来检查工作发现后才被解散。由于机构臃肿,有些人成天游游逛逛,用民兵团邵副团长的话讲是“成天待在家里下象棋、打扑克,没事干”。

2.配属关系没有从根本上解决,不好管理。同志们对民兵有这样看法“要求是党委抓总,业务对口,部门分管。营对营、团对团、机关对机关。军民干部平起平坐平职权。你动他不动,你管他不管,布置任务难落实,联系事情真难办”。在实践中确实是这样。民兵的这样组织形式和配属关系,而把施工任务下达到各部队各单位很自然地形成袖手旁观,民兵思想压力不大,完成与否责任少,浪费与否关系不大。如有的民兵调皮地说:“管他上班不上班,管他进度快慢,一天照样三顿饭,月底一分不少拿钱。”在这种情况下,部队想管而管不了,派出军宣队没有指挥决定权,一切听民兵干部的拨弄,因此起不到检查、指导、促进的作用,有的起个联络员的作用,反映点情况就不错了。当然我们也承认有的单位派出的同志确实质量不高,到了民兵单位成了“五保户”明知不对,不管不问听之任之。

3.是民兵服从施工任务还是施工任务服从民兵的关系未能解决,影响了施工。从地方抽调民兵投入铁路建设,所参加的民兵应服从施工的需要,就应该做好前方和后方的工作,只注意前方忽视了后方,前方也不能胜利。如果关系处理得好,位置摆得正,民兵的情绪高、干劲大,任务早完成、早下场,早投入农业生产,岂不是两全其美吗！但是并非如此。如上场民兵的粮食关系长期得不到良好的解决,经常采取县与县相借而发生矛盾,断粮时影响情绪。从民兵个人工资实行统一扣款交地方记工分时,没有统一的标准,一个社、队,记多记少看人办事,影响了民兵的积极性。地方社队要抽回人员直接与民兵营、连发生关系,说走就走,说来就来,不适应铁路建设,退回人员是这头下,那头上,阳安线下,襄渝线上。强调区、社、队乡土关系,不考虑整编、精简节约的需要,只考虑到地方的情况,不考虑国家建设需要。正由于这些原因,直到处于工程末期的今天仍在调整调动,民兵如此长期处于动荡之中,思想情绪怎能稳定,施工任务怎能不受影响。

4.制度废弛,纪律松懈,管理不善。在管理方法上没有一套严格的规章制度,严密的纪律、科学的管理,要带好民兵是不可能的。由于民兵上场时就上得猛、数量大,一个团管理65个连队,72个伙食单位,12000千余人,准备不充分,精力分散,管不过来。因此一上场就处于混乱状态,出工没有考勤制度,完成任务不讲定额,更不讲材料消耗,干多少算多少,用多少是多少,好坏不分,赏罚不严明,肉烂在锅里,吃大锅饭。组织纪律也是涣散的,私自逃跑,不仅民兵有,连排干部也有。1971年5月份考查五个连队就有76人长期不归,民兵营的干部可以任意批假探亲,有的数月不归,照常发工资。有的干部(原不属脱产干部)到青岛探亲照样发工资、报销旅差费。在民兵中用公家木料做家具和各种器材及劳保用品私自拿回家成风,贪污冒领多吃多占,损公肥私为数不少。

总之,我们认为,按照这种方法带民兵施工很不科学,效果不好,既抽调了大批农业劳动力,影响了农业的发展,又对国家建设造成了损失和浪费。最好的办法:一是独立施工。若是按团、营、连建制编成,必须干部精悍,兵要强壮,制度要落实,实施单位单独施工、独立核算,采取包干性质的办法,分包一段或几项按时、按量、按质、按定额验收计价付款为好;二是配属施工。不设团、营机构,若设只能设营、连单位,但营、连主管人员必须由军人担任,配属单位人数均适当,否则保证困难,不便管理。民兵和军队比例不能超过 1 : 2。

四、少数干部路线觉悟不高,厌倦铁道兵生活,干劲不足,公私不分

从以上三个方面的反映问题来看,关键在于缺乏一个高度的路线觉悟和旺盛的革命斗志及冲天的干劲。“产量变不变,关键在路线”。在不同工作岗位上,每个人的工作成效,总和路线密切相关。路线对头了,精神振奋,效果就不一样。毛主席为我们党制定了一条建设社会主义总路线“鼓足干劲,力争上游,多快好省地建设社会主义”。毛主席又说:“关系在于一个大的干劲”。首先就是强调要鼓足干劲,因为什么事都离不开人,事在人为,人定胜天,关键在干劲。“人而无劲,不知其可”。我们参加战备施工也是这样,襄渝线大会战的胜利,就是毛主席革命路线的伟大胜利,打的就是高昂士气和冲天的革命干劲。从我们部队状况来看,基本面是好的,但也存在一些问题。

从进入襄渝线以来,由于工程任务的繁重和生活环境的艰苦,在干部队伍中少数人不安心本职工作,产生离队思想,贪图过安逸生活,不愿继续过艰苦生活,精神不振,无所作为,被困难吓住了。其主要表现:

一是缺乏“一不怕苦,二不怕死”,敢于革命、勇于实践、干劲冲天的雄心壮志。

二是缺乏勤勤恳恳、兢兢业业、踏踏实实、完全彻底地为人民服务的革命精神。

三是缺乏一丝不苟、高度负责、国家主人翁的工作态度。

例如 1974 年 5 月 25 日一次损失枕木 3650 根,价值 62000 元。在施工过程中暴露出来的问题,如工程质量差、事故多、浪费大、工效低,造价高等薄弱环节,始终没有很好得到解决。上级三令五申地指示,各级领导也觉得是问题,但就是落实不了,改进不大,往往文过饰非,一旦出问题感到突然。这种思想状态下,干部在作风上不是处处以身作则,而是以普通一兵的姿态出现,都想当原则干部;不是办事走群众路线,而是决定问题搞"群言堂"差,形成领导高明,自己说了算;不是积极投入实际,大兴调查研究之风,而是靠听反映汇报"下车伊始"凭主观臆想办事;不是吃大苦耐大劳,成为艰苦奋斗的带头人,而是怕苦畏难无所作为。因此在工程组织指挥上不力,在部队管理上标准不高、要求不严,事故多;在政治宣传鼓动工作上方法不活,形式单调,平平淡淡;工程物资管理上领发混乱,心中无数浪费严重。这些都说明了缺乏政治责任心和革命干劲。

其一,个别干部公开找领导要求复员回家。领导做工作讲明党的利益高于一切,"一切共产党员,一切革命家,一切革命的文艺工作者,都应该学习鲁迅,做无产阶级和人民大众的'孺子牛',鞠躬尽瘁,死而后已。"他讲:我大道理都懂回家也是革命嘛?!甚至提出军队干部是不是国家干部?是国家干部为什么还哪里来到哪里去呢?如果在地方一个干部不能回去为民,主要是对干部哪里来哪里去不满意。要求复员的大部分是来自城市或是回去能安置工作到富裕省的(如浙江省等),城市兵也不愿提干部,要求服役期满能回去安置工作,受了当兵镀金论影响,"一年兵、二年党、三年进工厂"。建议今后征兵和1974年一样,不征吃商品粮的,哪里来哪里去也就解决了,当然个别少数的除外。建议修一条路留下一些干部、战士,对未来战争也是骨干,如广厦线、包兰线等。

其二,正如列宁指出:"旧社会灭亡的时候,它的死尸是不能装进棺材,埋入坟墓的。它在我们中间腐烂发臭并且毒害我们"。无产阶级思想松一松,资产阶级思想攻一攻。资产阶级思想是无孔不入,有孔就钻。从我们部队自成昆线——襄渝线个人做箱子的变化可看出资产阶级进攻手段。开始成昆线北段做箱子时,自己买木头到地方加工,成昆线南段大多数仍然自己买木头(个别用公家的木头)叫地方加工,也有叫战士做的;到襄渝线就是公家木头叫战士做,不是单纯条子,什么桌子、柜子、铁床、写字台都出现了。正如列宁讲得好,凡是大错误都是从小而大积累起来的,真是蝼蛄之穴可毁千里之堤呀。部队做箱子,影响到民兵也做箱子,虽然三令五申也没有止住。解决上述问题,一是进行党的基本路线教育,进一步深入联系实际提高觉悟;二是进行新式整军,查思想、查斗志、查立场,整顿思想作风,从经济战线上反贪污、反浪费来清除林彪的流毒。毛主席教导我们说:“只有领导的积极性,而无广大群众的积极性相结合,便将成为少数人的空忙。但如果只有广大群众的积极性,而无有力的领导骨干去恰当地组织群众的积极性,则群众的积极性既不能持久,也不可能走向正确的方向和提到高级的程度。”由于林彪资产阶级反动路线的干扰、破坏毛主席革命路线,把无政府主义扩及到部队,加之部队常年累月修路施工没有很好地整训(从成昆线北段到南段,从成昆线南段到襄渝线没有整顿。襄渝线接轨转青藏线,将近十年,部队才整顿两个月),因此,长期转战山沟疲倦,斗志不旺,劲头不大。有的营、连月月完不成计划,施工作业能力不如成昆线那样高,组织纪律性不如成昆线那样强,干劲不如成昆线那样大。以半脱产施工为例,与成昆线北段本团相比(那时和现在彼此施工较正常),在那时全团投入隧道施工的兵力二十九个连队计4300余人,平均每月完成隧道433米,工效247工天(全师平均工资220工天),工程质量比现在好,伤亡事故相对的少得多。而在襄渝线我团投入部队、民兵共六十个连队计7900余人(指可出工数,而实出工数为7400余人,总人数9300余人),每月完成隧道296米,工效404工天。而襄渝线地质条件、机械装备要比成昆线好,兵力比成昆线时多2000余人,可是在襄渝线每月所完成的隧道成洞米数是成昆线时每月的68.5%,工效是62%,同时造价高、质量差、事故多。有比较才有鉴别,由此可见是进步了还是退后了。

以上是我们的粗浅分析,也是我的检讨,对党委分工任务没有完成好所致。也是这期工程造价高的原因,千条万条我们路线觉悟低是根本的一条,而路线觉悟低又是认真看书学习、改造世界观不够,这就是根本原因所在。总之,原因是多方面的,教训是极为深刻的。我们决心把此教训引为鉴戒,认真学习马列主义和毛泽东思想,努力改造世界观,做好工作。

有不当之处请指正!

1974年7月18日

我部三段隧道工程施工水平比较统计表说明

为总结经验,并为今后铁路施工做总的计划与部署提供参考数据,特将我部过去隧道工程施工各项指标做出统计比较表例。

1.施工时间起讫月份均按多数洞口有进度时计。准备阶段与收尾阶段仅个别洞口有少量进度之月份均未计,完成总数量亦按此时间计列(包括准备与收尾阶段之数量列入括号内)。折合平均施工天数系为比较整个铁路工程施工程度而列,并非隧道工程施工天数。

2.完成成洞总数内包括由于调整管区移交予兄弟单位的工程数量(即成昆南段完成成洞总数内包括我部在大村完成之132.43米,襄渝线的成洞总数内包括我部在展园横洞与出口,罗向岩和磨子沟进口完成的379.12米),因此完成成洞总数为在表列时间内我部实际完成数字。但成昆南段总数5255.2(括号内数字)系包括四十团在连德完成的150.91米,而不包括大村数字。

3.参加隧道施工兵力系按施工时间较长的连队计例,人数系按统计平均人数和平均出工率计算。成昆北段因统计资料不完整(未按单位详细分例),系参考现存统计资料,按我部五个营参加隧道施工的23个连队,每个连队按183人;和七六五九部队一个营、八八一五部队给水营共参加隧道施工9个连队,每个连队按155人计算。

4.单位成本栏中,成昆南、北段系竣工决算值,襄渝线系到1973年底累计实际成果。成昆南段因武斗停工期间施工部队、民工均计算固定月工资摊列入工程成本中,且当时形成"吃大锅饭"局面未严格核算成本,故其决算值可比较意义不大。

5.成洞工效,成昆线均为竣工统计数字,襄渝线仅统计到1973年年底的用工,不包括平导掘进用工,亦不包括后期处理隐患用工。

所有成洞工资均按该期间实际完成总成洞数量计算。

6.地质情况栏中,不同f值所占百分比因竣工资料不全均统一按设计资料统计,与竣工值略有出入。

平均每米隧道衬砌圬工均系竣工数字,且均为洞身圬工,不包括洞门和附属圬工。

7.主要材料消耗指标栏中,成昆线(南、北段)均为竣工决算数字;襄渝线为截至1974年6月底数字,不包含1974年下半年处理隐患使用材料。

我部三段隧道工程施工水平比较统计表

线别	施工时间 起	施工时间 讫	施工月数	参加隧道施工兵力 连队数	参加隧道施工兵力 人数	完成成洞总数量(米)	地质情况 $f=1.5$及以下	地质情况 $f=$ 2~4	地质情况 $f=$ 5以上	成洞工效(工/米)	单位成本(元/m)	年产量(米) 年	年产量(米) 数量	年产量(米) 施工月数	最高月产量(米) 年月	最高月产量(米) 数量	平均月产量(米)	主要材料消耗指标 炸药	水泥	木料	钢材
成昆北段	1965年4月	1966年7月	16	32	5604	6450.77	8.6%	68.0%	23.4%	总平均247	2087	1965	2859.28	9	65.12	531.84	1965年314	40.171公斤/m	4.649吨/m 0.394吨/m^3	1.3107 m^3/m	37.685公斤/m
	(全部折合平均施工天数575)					6479.07	(多为风化玄武岩和中等硬度石灰岩,洞口多为堆积层)每米隧道衬砌圬工11.151立方米					1966	3619.79	7	66.1	510.64	1966年517				
															66.2	521.27	总平均402				
															66.3	525.82					
															66.4	569.17					
															66.5	737.14					
成昆南段	1966年10月	1970年4月	43	20	3200	5236.7	46.4%	36.4%	17.2%	总平均282		1967	2554.93	12	67.7	376.91	1967年213(其他斗停工待料,系断续施工)	38.234公斤/m	5.478吨/m 0.339吨/m^3	2.106 m^3/m	26.12公斤/m
	(1967年至1969年折合平均施工天数610.1)					5255.2	(多为风化片岩、三系沙页岩及堆积层)衬砌圬工15.886m^3/m			1967年260		1968	405.76		67.10	300.77					
										1968年390		1969	1585.53	12	67.11	312.12					
										1969年298		1970	662.53	4							
襄渝线	1971年7月	1973年6月	24	49	7389	7520.79	0%	100%	0%	总平均402	4002	1971	1252.18	6	72.8	608.49	1971年204	159.27公斤/m	4.371吨/m 0.501吨/m^3	1.443 m^3/m	29.772公斤/m
	(1971年至1973年折合平均施工天数894.7)					7549.72	(多为中等硬度片岩)每米隧道衬砌圬工8.75立方米			1971年532		1972	4587.92	12	72.10	737.07	1972年382				
										1972年352		1973	1709.62	6	72.11	548.01	1973年282				
										1973年444					72.12	509.13	总平均313				

导坑(平导、下导)掘进水平

成昆北段

大石板出口下导:1965年6月至1966年1月8个月月平均掘进超过100m,1965年4月至1966年4月,平均月进86.57m;

和平进口下导:1966年3月30天进123m,平均4.1m/日,最高7.6m/日,1966年4月2日至4月22日21天进132.6米,平均6.3m/日,最高日进8.3米(4月13日),合计1966年3月1日至4月22日进255.6m,共51天,平均日进5m;

和平进口上导自下导贯通后1966年4月23日至5月11日17天进110.6m,平均日进6.5m,最高日进9.3m(五月六日)

成昆南段

新房子出口:1967年5月至7月3个月进260.5m,平均月进86.87m,最高月进102.5m(五月下导);

腊鹅隧道:1968年6月8日至7月20日共42.5m,双口打完220m,最后一周双口打75m,平均双口日进10.7m(下导)

襄渝线

蜀河进口平导:1972年8月最高月进121m,平均月进58.6m;蜀河出口平导1972年4月最高进150.5m,平均月进74.4m;

罗家岭进口平导:1972年2月最高月进93米,平均月进49.4m;罗家岭出口平导1972年8月最高月进90m,平均月进46.2m;

平导掘进总平均57m/月、口(下导大大低于此),辅助导坑施工平均工效84工天/m

成昆线南、北段，襄渝线蜀展段主要工程经济指标比较表

工程项目	计量单位	完成工作量			概(预)算价值						实际成本						节约(+)或超支(-)					
		成昆北段	成昆南段	襄渝蜀展段	成昆北段		成昆南段		襄渝蜀展段		成昆北段		成昆南段		襄渝蜀展段		成昆北段		成昆南段		襄渝蜀展段	
					金额	单位指标	金额	单位指标	金额	单位指标	金额	单位指标	金额	单位指标	金额	单位指标	金额	单位指标	金额	单位指标	金额	单位指标
一、正式工程合计					25228275		28331154		33332027		17776593		34425718		40119172		+7451682	+29.5	-6094564	-21.5	-6787145	-20.4
其中：1.施工界面准备工作	正线公里	11.5273	12.90703	9.12954	190821	16544.00	119976	9295.40	166855	18276.38	187796	16290.00	119976	9295.40	166855	18276.38	+3025	+1.5				
2.路基土石方	立方米	367267	1016658	654703	1537650	4.18	4249630	4.18	2665513	4.07	1530810	4.16	3575868	3.52	2855732	4.36	+6740	+0.3	+673762	+15.9	-190219	-7.1
3.挡土墙	立方米	4264	33725	35056	170214	40.02	1309654	40.02	3219109	91.83	158345	37.14	2374457	72.56	3935286	112.26	+11869	+6.9	-1064803	-81.3	-716177	-22.2
4.隧道及明洞	成洞米 圬土 m^3	6479.07 76568.79	5255.2 84286.61	7172.05 62622.7	20998605	3241.00 274.24	19686812	3746.16 233.57	23321386	3251.70 372.41	13618075	2101.86 177.85	23183356	4411.61 275.05	28706283	4002.52 485.40	+7380530	+35.1	-3496544	-17.7	-5384897	-23.1
其中：一至三千米	成洞米 圬土 m^3	1302.44 14524.56	4420.9 64453.71	7172.05 62622.7	3601565	2869.81 247.96	16911195	3825.28 262.38	23321386	3251.70 372.41	2733283	2098.50 188.18	19441917	4397.73 301.64	28706283	4002.52 485.40	+808282	+24.1	-2530722	-15	-5384897	-23.1
一千米以下	成洞米 圬土 m^3	5176.63 62044.23	834.3 19832.9		17397040	3360.70 280.40	2775617	3326.88 139.95			10884792	2102.65 175.43	3741439	4484.52 188.65			-6512248	+42.8	-965822	-34.8		
5.大桥	延长米 圬土 m^3	885.1 16817.96	508.76 5833.36	1057.98 14172.42	1262114	1385.70 75.05	510995	1004.39 87.59	2205376	2084.67 155.62	1377697	1556.00 87.89	1506097	2960.00 258.00	2396623	2654.53 169.10	-115583	-9.1	-995102	-194	-191247	-8.7
6.中桥	延长米 圬土 m^3	141.4 1335.32	233.87 3008.51	304.72 3640.28	164587	1166.12 123.99	272720	1166.12 90.65	669127	13963.86 183.83	157869	1118.53 57.47	677624	2897.44 225.23	729354	2140.63 200.37	+6718	+4	-404904	-148.5	-60227	-9
7.小桥	延长米 圬土 m^3	24.62 299.41	67.86 1404.1		27839	1045.79 93.00	70961	1045.70 50.54			22373	840.45 69.17	183256	2700.00 130.00			+5466	+19.6	-112295	-158		
8.涵渠	横延米	148.37	656.64	79.71	106463	717.55	471172	717.55	181458	2276.48	75744	510.51	885719	1348.86	157506	1975.99	+30719	+28.8	-414547	-88	+23952	+13.2
9.铺碴	立方米	14070	36066	20640	180166	12.81	462005	12.81	521001	25.24	192359	13.67	610347	16.92	785643	38.06	-12193	-6.7	-148342	-32.1	-264642	-50.8
10.铁路房屋	平方米	1806.3	2848.9	1496.7	81703	45.23	134468	47.20	224348	149.90	70857	39.22	265256	96.61	238321	159.23	+10846		-130788	-97.2	-13973	-6.2
二、临时工程合计					3339539				2987621		2117757		3598658		5393707		+1221782	+36.5			-2406086	-80.5
其中：1.临时房屋	平方米	33000	61957	103846	825000	25.00			1651892	1~5章的5%	746902	22.63	1446815	23.30	3638192	35.03	+78078	+9.4			-1986300	-120.2
2.临时便道	公里	22.1	35.295	20.834	628890	28456.00			36695	17609	530080	23985.52	700912	19859.00	515297	24.733	+98810	+15.7			-148602	-40.5
三、安白公路	公里			20.791					4089736	196707					4089736	196.707						
总计	公里	11.5273	12.90703	9.12954	28567814		28331154		40409384		19894350	1725846.50	38024376	294620.60	49602615	5433.205	+8673464	+30.3			-9193231	-22.8

说明：1.成昆线北段没有施工预算，采用概算指标；成昆线南段借北段的概算指标；襄渝线蜀展段采用预算指标。

2.襄渝线蜀展段的实际成本截至 1974 年 6 月底。

3.在每公里造价指标中，成昆南段含铺架费用 996395 元÷12.90703＝77198 元/公里，该项费用在成昆南段占总造价 2.6%，成北、襄渝不含此费用。

4.成昆南段中四十团完成工程量与造价与工部完成量已合并在一起计算。

青藏铁路关角隧道病害调查报告

一、隧道状况

(一)线路条件

关角隧道是青藏线哈(尔盖)—希(里沟)段的关键工程。起讫里程为COK4997+20~COK5037+25,全长4005米,位于直线上。自进口向出口设计坡度为:30米8‰的上坡,400米‰的上坡,2440米4‰的下坡,1160米8‰的下坡参考第一部分图。

隧道通过祁连山脉吾农山系,海拔约3700米,最大埋深约500米,气候严寒,冬季施工自9月15日至次年5月15日,长达8个月之久,最低温度为-25℃~-40℃,年平均温度-1.7℃;气候干燥,年降雨量为300毫米左右,且集中在八、九两个月;空气稀薄,大气压力仅456~460毫米水银柱;空气含氧量占12%~17%,较内地少8%以上,沸点80℃。自然条件对施工极为不利。

(二)工程地质和水文地质

隧道经过地段,地质情况较复杂,除沉积岩和变质岩外,尚有火成岩侵入体。隧道地层,两端洞口以片岩为主,中部以灰岩为主,并夹有片岩互层。片岩多系泥灰岩、绿泥岩等。部分片岩含有膨胀性矿物(如蒙托石、高岭石等)。遇水软化膨胀且具有塑性。隧道通过较大断层计11处,岩石破碎。极易坍塌。

隧道通过地段,地下水丰富,断层破碎带为地下水的含水层和主要通道,主体工程施工时,测得其涌水量平均每日为进口1985吨,出口1290吨左右,最高时达17000吨。洞身全部在地下水位线以下。

(三)修建简史

本隧道由原西宁铁路局于1958年开工,按非电化标准设计,施工方法基本采用上下导坑先拱后墙法;$f \geqslant 4$ 地段,曾采用下导坑及全断面开挖法,1961 年 3 月停工封闭。原设计进口设有两个斜井,一号斜井长 85 米,距洞口 290 米;二号斜井长 214 米,距洞口 814 米。出口设计有平行导坑,长 873 米,设横通道七个,平导与正洞的间距为 20 米。西宁局共完成成洞折合 2531.83 米,占隧道长度的 63.22%;尚余 1473.17 米,占隧道长度的 36.78%。

本隧道于 1974 年 10 月复工,停工 13 年零 7 个月。施工任务由铁道兵 89347 部队担任,并改为电化标准。工程内容除未完工程外,尚有排除积水,清理堵填和坍落的以及由于设计标准不同而改造原有工程等。主体工程施工方法,采用上下导坑先拱后墙法,1976 年 8 月开始进下导坑,同年 11 月 25 日贯通。出口增设平行导坑共长 1121 米,于 1975 年 9 月开工,1976 年 11 月 28 日打完。主体工程于 1977 年 6 月 16 日全部完成,8 月 5 日完成整体道床,8 月 15 日铺轨通过。

二、病害的发生与发展

(一)衬砌病害

原西宁局完成拱部衬砌 2699.7 米,边墙衬砌 2206 米,分别占隧道全长的 67%和55.3%。该项工程停建时,据原施工单位停工资料记录:“进、出口衬砌开裂有四段 70 处裂纹”。拱部有 13 处,裂缝宽最大 5 毫米(表 1);边墙侵限 15 处,一般在 1~12 厘米左右(详见表 2-2)。1974 年复工时,发现倒墙、掉拱,大塌方两处,其中 K5005+55~K5006+27 长 64 米(称一号塌方),设计直墙衬砌,厚 60 厘米,塌方高度为拱顶内缘以上 6 米,拱墙坍塌,影响边墙长度为 72 米;K5008+22~K5008+74 倒墙掉供 25 米(称二号塌方),设计直墙厚 60 厘米,塌方高度为拱顶内缘以上 8 米,拱墙倒塌影响长度 52 米。据设计单位复工设计青藏哈希复施隧 001-3-1 号图中介绍:“衬砌自施工后多年封闭,产生不少开裂。进口拱圈长的纵裂 4 条,环裂 5 条;短的纵横 19 条,龟裂 2 条,毛裂纹 17 条;边墙 2 条。出口拱圈长的纵裂 3 条,环裂 15 条;短的纵裂 35 条。以进口裂纹最甚,特别是 K4998+85~K4999+05 以及 K5003+40~K5003+60 段更为严重”。“有发展或衬砌开裂、下沉和变形严重者,如出口 K5022+80~K5023+30 段拱部开裂严重……”。1976 年 5 月该院现场设计组对隧道拱部开裂再次进行调查(见青藏哈希复施隧 001-19-2),并发现:进口端拱部剥落长 419 米,拱部纵、斜裂缝累计长 609 米(89 条);出口拱顶剥落长 279 米,拱部纵、斜裂缝长 282 米(71 条)。同年 10 月该院精测队现场实测核对:“在轨面上 1210 毫米处侵限长度为:进口端 340 米,出口端 1040 米,合计 1380 米(单侧);轨面上 4000 毫米处侵限长度为:进口端 184 米,出口端 882 米,合计 1066 米(单位)”(见《铁—设革线(75)字第 343 号文》)。1976 年 3 月 16 日“《关于青藏哈希段关角隧道侵限处理意见的报告》的补充说明”一文《铁—设革线(76)字第 074 号》中指出:“根据现场实测断面统计,侵限总长度(单侧计)3410 米。其中侵限 21~30 厘米者 160 米(表 2)。(原记录表中尚有 K5005+28 处左侧侵限 40 厘米,右侧侵限 46 厘米)。”

西宁局施工裂纹摘录 表 1

里　　程	部位	灌注时间	拆模时间	裂纹情况
K4997+48~+52	拱部	1958.12.2	1958.12.31	左拱裂纹宽 2mm
K4998+85~+86	拱部	1959.3.19	1959.4.7	斜裂纹宽 1.5mm
+86~+90	拱部	3.23	1959.4.17	斜裂纹宽 1~1.8mm
+90~+94	拱部	3.26	1959.4.19	环裂纹宽 5mm 斜裂 1~4mm
+94~+98	拱部	3.27	1959.4.21	斜裂纹宽 1~1.5mm
+98~9+02	拱部	3.30	1959.4.28	斜裂纹宽 1~1.8mm
4999+02~+06	拱部	4.4	1959.4.29	斜裂 4 处 1.8mm
+22~+26	拱部	4.22	1959.5.16	环裂纹宽 2mm
+26~+32.5	拱部	4.25	1959.5.20	斜裂纹宽 1~1.5mm

注:本资料摘自西宁局施工试验有关资料。

复工后由铁道兵 89347 部队承担的施工任务,计拱部衬砌 1305 米,边墙衬砌 1799 米,分别占隧道全长的 33%和 44.7%。在施工过程中,施工部队和现场设计组的同志都曾对隧道衬砌部分进行过多次的观察、量测工作,拱墙开裂、边墙内挤和下沉等现象都有不同程度的发展和变化。至 1977 年 4 月施工部队调查拱部开裂累计延长已达 2023.7 米(其中西宁局施工段 1193.7 米,部队施工段 830 米),边墙开裂 2944.0 米(其中西宁局施工段 1784 米,部队施工段 1160 米),最大裂缝宽 3.0 厘米,剥落掉皮 505.8 米(西宁局段)。1979 年 5 月 9 日在施工部队给上级党委的一份报告中也指出:“隧道施工过程中,多次发现拱墙开裂,连墙位移,有的甚至两次套拱,两次换墙。……在第二次套拱时,发现第一次套拱使用的钢筋扭曲变形成 N 型。K5013+71(十八通道)附近曾两次换拱,现在又有 6~7 米开裂。”“进口在施工中,采用卡口梁作为运输和施工平台,在 K5009+80~K5010+90 段;有 50%的卡口梁被挤断。出口在十七横通道 K5014+31 附近也有二十多根卡口梁被挤断”。截至 1979 年 11 月,由于隧道衬砌开裂、侵限、破碎等原因进行套换拱 1430.9 米(西宁局施工段 813.1 米,部队施工段 617.8 米);边墙 2518 单米(西宁施工段 1673.4 米,部队施工段 844.7 米),其中,二次换拱 196.7 米,二次换墙 201.6 延米。

西宁局施工地段边墙侵限情况对照表　　表 2

里　程	侧别	侵限尺寸(cm)	侵限尺寸(cm)	侵限长度(cm)
K4999+80	右	11	≤	1530
K5000+00	右	2	6~10	1140
K5000+20	右	12	11~20	580
K5001+20	右	8	21~30	160
K5001+40	右	10	合计	3410
K5002+80	右	7		
K5005+60	右	1		
K5005+80	右	4		
K5006+00	右	4		
K5006+20	右	2		
K5006+40	右	4		
K5006+60	右	4		
K5006+80	右	1		
K5007+00	右	3		
K5007+20	右	4		

说明:(1)本表摘自西宁局 401、402 工程段 1960 年 12 月及 1961 年 3 月净空观测资料;

(2)本表摘自设计院—设革线(76)字 074 号文。

(二)隧道底部病害

隧道底部病害,在隧道开挖过程中,就曾发现有桩志上涨现象。如:1976年11月25日至1977年1月2日K5011+98附近的临时水准基点上涨22毫米;1976年11月25日至1977年5月5日在K5012+87附近的临时水准基点上胀424毫米;在K5013+21附近的临时水准基点上胀678毫米;1977年7月27日,在本段浇筑整体道床前用水准仪抄平,发现K5013+13~K5013+63段中心标准桩及水准基点上胀,最大量达20毫米。

1977年8月5日整体道床施工完毕,8月15日接轨通车。17日发现隧道中部K5013+13~K5015+01长188米范围的整体道床向上隆起,水沟严重破损,尔后逐步向两端延伸,到11月20日向进口方向延伸到K5011+96,向出口方向延伸到K5016+00,全段长达404米,其中最严重地段为K5013+10~K5015+42,长232米。其间8月19日发现K5013+61,K5014+32整体道床横向裂纹1~2毫米,9月5日发现K5014+63~K5014+94中心水沟开裂。1977年11月13日至18日铁道兵一指总工程师率工作组会同设计院二总队隧道、地质专业同志与师团有关人员对道床病害又进行了现场调查,当时据施工现场人员介绍和实地调查,在K5013+13~K5015+01地段,整体道床上胀速度左侧较右侧快,左侧道床高于右侧道床,其中K5014+30为上胀速度最快点,自8月17日至11月1日,该里程左侧轨道下道床观测点上胀86毫米,右侧轨道下道床观测点上胀52毫米;K5014+30~K5014+37及K5014+60~K5014+65两段为上胀速度较快地段,自9月12日至11月1日,K5014+30~K5014+37段左轨下道床上胀47~38毫米;右轨下道床上胀25~32毫米;K5014+60~K5014+65段,左轨下道床上胀39~40毫米,右侧轨道下道床上胀22~24毫米。K5014+30~K5015+05段道床破损现象更为突出。各断裂面多发生在施工工作缝断面。本段道床面可见横裂四条,其中K5014+30~K5014+35间见两条裂纹,K5014+94见一条裂纹,K5014+63见一条裂纹,均较严重,深入道床底部。K5014+63~K5014+94中心水沟亦有裂纹。K5014+56~K5014+64,K5014+80~K5015+05两段,左侧水沟造道床侧水沟墙与道床纵向分离并向沟内倾斜,该水沟墙产生水平断裂。

K5013+07～K5015+25 段轨距、水平也均有变化。K5014+51 左侧轨比右侧轨高 35 毫米，K5014+63 轨距较标准大 14 毫米，K5014+38 两轨中心偏移中心 46 毫米。尔后，铁一指又多次会同设计单位，铁道兵首长、机关会同铁道部基建局、设计院、兰州局等单位有关同志来现场进行调查，每次都发现道床病害有不同程度的发展变化，并做了“会勘”“纪要”。

1977 年 11 月 22 日施工部队再次对全隧道进行贯通测量，重新设立中心标桩，建立轨道观测系统，不定期观测，至 1979 年 4 月 19 日共观测了十五次，计全隧道道床有四段底鼓及中线偏移比较严重地段。每次观测情况作了记录和图示。道床病害的严重发展，使线路轨距、水平难以保证，为确保行车安全，施工部队根据上级指示精神，1979 年 5 月 30 日将道床病害严重的 K5011+96～K5016+00 段整体道床部分炸除，改铺碎石道床，维持临时通车。同时，在该段又重新建立了四个水平观测点，经 1979 年 7 月 9 日至 1980 年 3 月 18 日观测，最高点又上胀了 56 毫米。1980 年 7 月 12 日至 9 月 15 日全天封锁线路，对隧底病害较严重的三段的连续长度即 K5011+88～K5023+20 长 1132 米（含其间无病害地段），将原有的整体道床炸除，按地质条件，分别增设混凝土或钢筋混凝土仰拱后，改铺轨枕板道床。另外，K5023+20～K5027+11 长 391 米中的 81 米也有较轻微的底鼓和中线偏移（表 3-1）；如何处理，有待挖探检查地质条件后再定。

三、病害原因的分析和整治

（一）隧道底部病害原因的分析和整治

1.病害的表现和特征

隧道底部病害主要为底鼓和中线偏移及由此而引起的人行道、整体道床和水沟混凝土圬工的变形和开裂。病害明显地段共四段，累计长 816 米。其中三段共长 735 米（均系病害较严重地段）是以水沟为临空面，向上隆起，呈左高右低状，其峰值应在水沟右墙与整体道床间的工作缝处；另一段（病害较轻微段），长 81 米，是以右侧人行道为薄弱环节向上整起呈右高左低状，其峰值即在人行道处。中线则均向左偏移。底鼓观测是仅以线路中线及轨道钢轨为准的纵向观测。依此。各段底鼓及中线偏移最大值见表 3。

至于第四段底鼓为什么与前二段不同而形成右高左低,有待挖探以后再定。就洞内情况看,除地质条件外,右侧地下水较多,人行道多潮湿或出水,几处边墙有渗水。

底鼓及中线偏移最大值表　　表 3

序号	起讫里程	长度(米)	最大上鼓值(毫米)					中线最大偏移值(向左毫米)		说明
			轨道上鼓			线路中心上鼓				
			里程	左轨	右侧轨道	里程	上鼓值	里程	偏移值	
1	K5011+96~K5016+00	404	K5014+32.22	307	279	K5014+32.22	300	K5013+88.85	140	
2	K5017+82~K5018+88	106	K5018+32.34	99		K5018+19.84	84	K5018+19.84	45	根据 1971-10-28~1979-4 观测记录。
3	K5021+63~K5023+88	225	K5022+57.64		81	K5022+51.22	84	K5022+13.72	50	
4	K5025+95~K5026+76	81	K5026+13.85		25	K5026+13.85	20	K5026+13.85	15	

2.*病害原因的分析*

底鼓必然是由于隧道底层本身具有或受外力的作用所引起。究竟有哪些力?又以何种为主?根据这次整治隧道底层病害时的施工调查,结合已往有关资料和意见。分析如下:

(1)地层膨胀

底鼓及中线偏移现象,施工部队早在 1976 年导坑施工时即已发现,已如前述。但设计单位开始认为"该段整体道床下部绿泥片岩含有膨胀性矿物,经取样试验结果,并无膨胀量及膨胀力,唯其自由膨胀率达 50%左右",而意见未能统一。1979 年 1 月施工单位曾派专人携带隧道部分岩样向中国科学院地球物理研究所×教授请教,据×教授说:"这种黏质页岩膨胀性很大"从此,引起有关部门共同对地质问题的重视,设计单位并于 1979 年 9 月在洞内 K5014+29(底鼓严重地段)处的探坑内挖取了泥灰质片岩碎屑,作了矿物成分分析，结果为：

蒙脱土 30%

伊利石 50%

高岭石 20%

按此成分，地层膨胀肯定存在。但是否是底鼓的主要因素？我认为：

第一，1980 年 7～9 月间整治隧底病害时，仰拱基础开挖后，随即发现整体道床、铺底与基岩之间均留有间隔。例如，K5013+17～K5013+22；K5013+55～K5013+60 等处的左轨至水沟墙之间的整体道床与混凝土铺底间以及铺底与基岩间均有清晰可见的间隙，其形状为左大右小，平均道床与铺底间为 1 厘米；铺底与岩层间为 3～4 厘米，如图 1。在 K5013+55 处以铁丝探深，可插入 94 厘米（大部为自水沟漏入的淤泥或碎石所填充）。此种现象显系因混凝土整体道床和铺底均为刚性体，在受横挤后翘起所致，而非岩层膨胀。如系岩层膨胀，则不会产生此间隙。

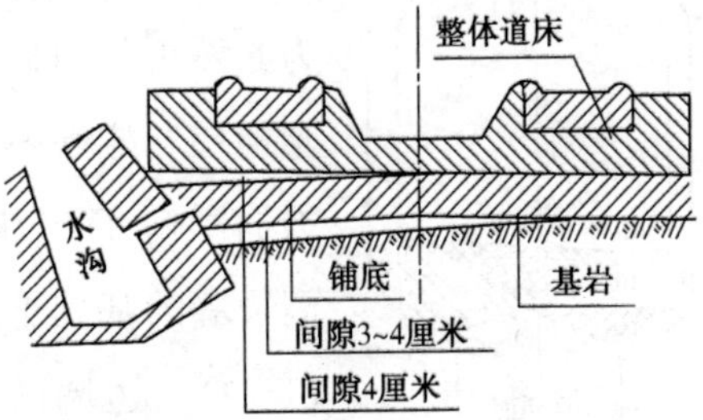

图　1

第二，如膨胀是底鼓的主要因素，按底鼓左高右低的形状，则中线应向右偏移，而实际是向左偏移，是地层膨胀说所无法解释的。

以上证明，地层膨胀，不是底鼓的主要因素。

（2）地层应力释放

隧道病害是否与大地构造应力有关？就现场实际情况看，洞内凡完成封闭式（包括曲墙、抑拱）衬砌地段，无论是在洞口或在隧道中部，（特别是与严重底鼓地段紧邻接的 K5010+00～K5011+88）都是稳定的。洞外相邻工程也未发现变异，因此我认为当前隧道病害，与大地构造应力或地壳活动关系不大。

从局部地应力言，如果系指隧道开挖后所出现的二次应力如围岩弹、塑性变形，地下水流向隧道，进一步使围岩软塑而增大围岩压力等非构造应力，则正是我的意见；如果系指地层特殊构造（如洞内实际存在的断层、背斜和扭曲等）的残余应力释放，那么，当隧道病害与该等构造应力作用方向相一致时，则应说残余应力释放是主要因素。但实际调查,并无明显关系,而底鼓及中线偏移均自成规律,始终一致已如前述,故残余应力也不是底鼓的主要因素。

(3)冻害影响

该隧道位于空气稀薄的严寒地区,冬季洞内有挂冰现象,故冻害也不能排除。但检查观测记录,底鼓和中线偏移速度,并非因季节关系而有不同,故冻害也不是底鼓的主要因素。

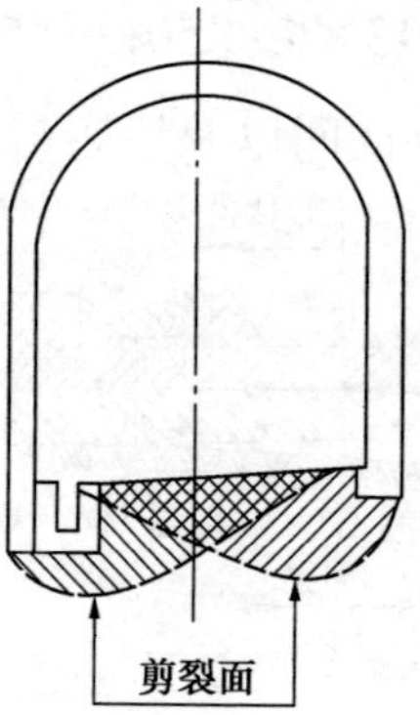

图 2

(4)边墙内移、下沉,将岩体挤出

松软地层隧道,侧压力都比较大,膨胀性围岩,侧压力必然更加明显,这是必然现象。按照岩石力学原理,软塑地层和隧底不加封闭,则衬砌受围岩侧压力和垂直压力的影响,而产生内移和下沉。并将隧底岩层剪切,以对侧边墙的基础上缘与隧底岩层相交处之间,出现破裂面(图2)。边墙的内移和下沉即沿此破裂面的底缘活动。剪切深度与隧道跨度及地质条件有关。由于边墙的内移和下沉。将破裂面以上的岩体挤出,而形成底鼓。这是引起底鼓的主要原因。

上述边墙内移和下沉事实的证明,现场大量存在:

第一,关于边墙下沉和侧压力

根据原西宁局停工资料记录:"由于地质大部分属泥灰岩,加之地下水多,经久浸渗,其膨胀性也较大,压力随暴露时间而逐渐增加,且多为侧压力。……经测量观测,全部衬砌也有均匀下沉达0.053~0.117米,(衬砌最大裂缝达11毫米,边墙内挤以直墙较严重,最大达0.21米,在已砌拱而未砌墙地段,拱部有的沉落达13厘米,拱肩裂纹也随之发展……"。

根据不同时期净空量测的变化。不同时期净空量测变化以K5033+00~K5035+40长240米地段为例,原西宁局于1961年3月停工与设计单位于1976年复工以及"三方"于1979年会同复测结果的对比,历次都有缩小(表4),说明侧压力在起作用。

净空复测对比表　　表 4

里程 \ 部位 \ 检查日期		1961.3	1976.3	1979.12	净空变化	附注
K5033+00	墙脚	494	476.5		−17.5	
	墙腰	496		483	−13	K5033+04
	墙顶	499	477		−22	
K5033+20	墙脚	500	484.4		−19.6	
	墙腰	498		487	−11	K5033+21
	墙顶	502	478		−24	
K5033+40	墙脚	499	473.7		−25.3	
	墙腰	498			−10	
	墙顶	501	479		−22	
K5033+60	墙脚	505	464.5		−40.5	
	墙腰	501		487	−14	K5033+55
	墙顶	501	479.5		−21.6	
K5033+80	墙脚	500	475		−25	
	墙腰	499		476	−23	K5033+79
	墙顶	501	478		−23	
K5034+00	墙脚	501	467.5		−33.5	
	墙腰	498		489	−9	
	墙顶	504	480.3		−23.7	
K5034+20	墙脚	498	453.5		−44.5	
	墙腰	502		485	−17	K5034+19.5
	墙顶	501	464		−37	
K5034+40	墙脚	498	464		−34	
	墙腰	503		483.5	−19.5	K5034+41
	墙顶	500	461.8		-3801	
K5034+60	墙脚	497	473.6		−23.4	
	墙腰	499		480.5	−18.5	K5034+59
	墙顶	496	477.2		−18.8	
K5034+80	墙脚	503	484.5		−18.5	
	墙腰	496		474	−22	K5034+91
	墙顶	492	484		-8	

续上表

里程 \ 部位 \ 检查日期		1961.3	1976.3	1979.12	净空变化	附注
K5035+00	墙脚	501	485.6		-15.4	
	墙腰	501		483	-18	K3034+04
	墙顶	499	488.4		-10.6	
K5035+20	墙脚	504	487.1		-16.9	
	墙腰	502		484	-18	
	墙顶	503	484		-19	
K5035+40	墙脚	495	470		-25	
	墙腰	497		494.5	-2.5	K5035+53
	墙顶	500				

说明:(1)表中尺寸以厘米计;

(2)净空变化一栏"-"表示缩小;

(3)表中1961.3墙脚指轨平面以上0.55米,墙腰指轨平面以上2.55米(摘自原西宁局停工资料);

1976.3墙脚指轨平面以上1.21米(摘自第一设计院1976-3-16设革线(76)字第074号附表);

1979.12墙腰指轨平面以上2.3米(摘自1979-12-3~1979-12-6"三方"联合《限界检查记录》)。

根据施工部队记录。据部队施工文件记载,施工中发现边墙内挤情况也不少,例如施工部队1979年4月15日的一个报告中指出:"关角隧道在施工过程中,先后采用了多次量测资料,为防止贯通误差大,中线调整困难,在直线地段,边墙每侧加0.15米,即边墙净距为5.2米,而现在测量隧道净空,边墙净距的只有4.8米,需要凿除,说明边墙受挤,内移较大。"该文件还提到多处卡口梁受挤变形或挤断。

根据设计单位现场施工记录。设计单位驻现场设计组(下称"现场设计组")于1977年6月15日在地质记录图中记录:"K5014+30~K5014+60左墙开裂2~3毫米,内挤0.1米,净空4.6米,左右匀侵限"。

第一,底鼓与中线偏移的关系

底鼓为左高右低,而中线又向左偏移这一事实,只有用边墙内挤(并且也是以水沟为临空面)进行推移的道理,才能解释得通。即:隧道边墙沿着岩体剪切下沉和内挤时,因水沟底为薄弱环节(混凝土厚仅10厘米),而折断开裂,水沟右墙随岩体的挤出而上升，与此同时，整体道床和混凝土铺底因刚性较强，在上鼓过程中以水沟为临空面，由于横推而向左推移时，将水沟墙上部（防寒水沟）右墙推向左倾而折断，因此，整体道床中线向左偏移。如图3所示。

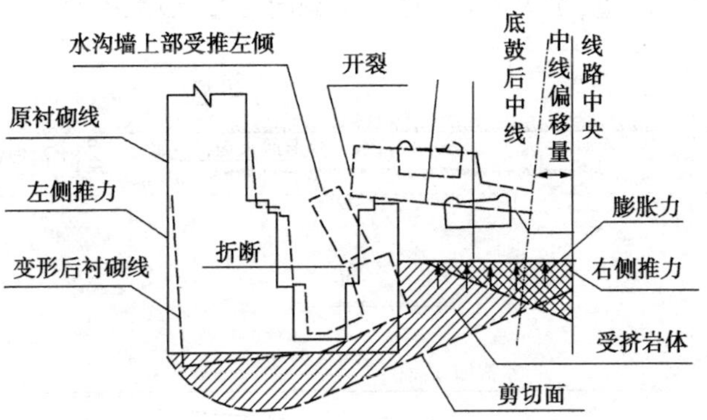

图 3

第二，水沟变形开裂情况

现场所见水沟变形、开裂情况，也明显表示系横推所致。

据“现场设计组”记录，底鼓地段绝大部分水沟均受挤开裂。例如：1977年11月14日记录图中对K5013+63～K5015+69.7一段说：“水沟内挤23～27cm，现有仅33～37cm总长206m”。

本次现场调查水沟变形、开裂情况，也显受横推所致，如图4和图5所示。

3.对病害整治的看法

该隧道以往在$f=1$（应是地质最坏）地段，凡是敷设仰拱（而且仅是厚40厘米140级的素混凝土）的地段，均未出现隧道底部病害，本次增设仰拱，均采用厚40～50厘米300级的防水混凝土或防水钢筋混凝土，一般说，偏于安全，已整治地段是不会再发生底鼓病害的。

（二）边墙病害原因的分析和整治

1.病害的表现和特征

边墙病害的主要表现为倒墙、掉拱、衬砌开裂、侵限和不均匀沉落。就“三方”所绘病害调查图看，倒墙、掉拱以一号坍方（长72米）、二号坍方（长52米）为最严重，均在复工前即已坍塌；衬砌开裂以纵裂较多，隧道两端较多，右墙稍多、墙底以上 1/3～1/4 墙高处较多；其次为墙腰；墙顶多为塞肩不实；除纵裂外，还有斜向裂缝。

边墙侵限较为严重，因而多处须凿除或换墙。就表 4 可以看出：在同一里程，墙脚侵限最为严重，足见不加仰拱，墙脚内移量较墙腰、墙顶为大。

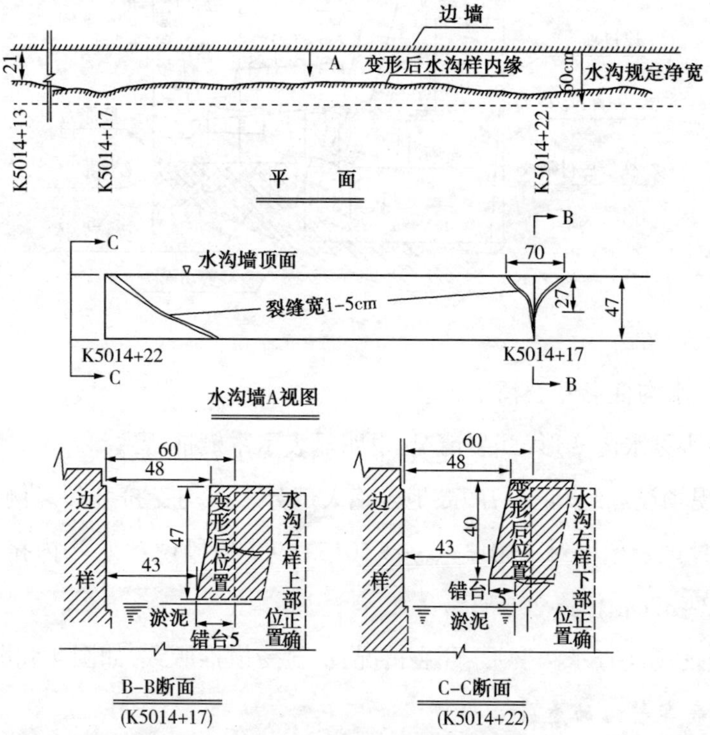

图 4 （尺寸单位：厘米）

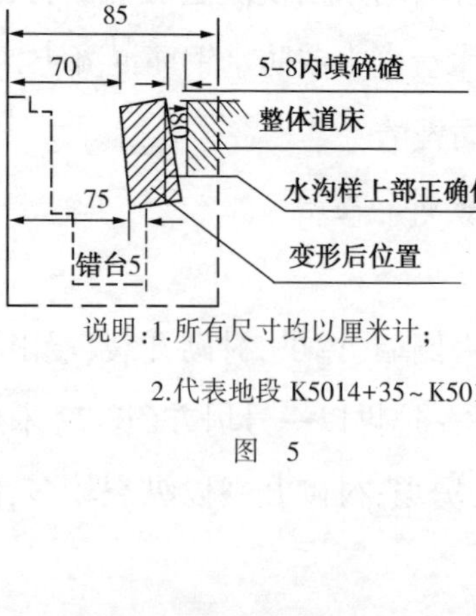

说明：1.所有尺寸均以厘米计；

2.代表地段 K5014+35～K5014+44。

图 5

边墙下沉,除西宁局外,部队没有直接观测记录,但分析边墙斜裂的原因,不均匀沉落是重要因素。

2.病害原因的分析

产生病害的原因,有未按地质条件采用相应的衬砌结构问题和施工质量问题。两者都有,而根本的原因是前者。

(1)地质条件问题

由于对地质条件一度认识不清,意见不一致,或个别地段 f 值定得偏高见表 5(系设计单位于 1980 年 9 月告知的初步情况)。

关角隧道 K5011+88~K5023+20 隧道底部复工设计施工与整治设计 f 值对照表　　表 5

里　程	长度(米)	f 值			说　明
		复工设计	施工	本次确定	
K5011+88~K5012+06	18	2	3	2	开挖后确定 f 值 1980 年 9 月 6 日提供基本已施工完,所以施工时按整治设计 f 值施工。f=2-3 段 300 级 50cm 厚防水混凝土或混凝土仰拱,f=4~5 段 300 级 40cm 厚防水混凝土或钢筋混凝土
K5012+06~K5012+48	42	3	3	2	
K5012+48~K5012+87	39	3	3	3~4	
K5012+87~K5013+00	13	3	3	1	
K5013+00~K5013+12	12	3	3	3-4	
K5013+12~K5013+40	28	3	3	1	
K5013+40~K5013+61	21	3	3	2	
K5013+61~K5013+65	4	3	2	2	
K5013+65~K5015+42	177	3	2	2~3	
K5015+42~K5015+50	8	3	2	4	
K5015+50~K5015+60	10	3	2	2-3	
K5015+60~K5015+62	2	3	3	2~3	
K5015+62~K5015+87	25	3	3	4~5	
K5015+87~K5016+12	25	3	4	4~5	
K5016+12~K5016+30	18	3	3	4~5	
K5016+30~K5016+40	10	3	2	2~3	
K5016+40~K5016+50	10	3	2	4~5	
K5016+50~K5016+63	13	3	2	2~3	
K5016+63~K5016+75	12	3	2	4~5	
K5016+75~K5016+88	13	3	2	2~3	
K5016+88~K5017+04	16	3	2	1	
K5017+04~K5017+17	13	4	2	1	
K5017+17~K5017+38	21	4	3	1	

续上表

里　程	长度(米)	f值			说　明
		复工设计	施工	本次确定	
K5017+38~K5017+75	37	1	3	1	开挖后确定f值1980年9月6日提供基本已施工完,所以施工时按整治设计f值施工。f=2-3段300级50cm厚防水混凝土或混凝土仰拱,f=4~5段300级40cm厚防水混凝土或钢筋混凝土
K5017+75~K5017+77	2	5	3	1	
K5017+77~K5017+89	12	5	2	1	
K5017+89~K5018+17	28	5	2	2	
K5018+17~K5018+25	8	5	3	2	
K5018+25~K5018+74	49	5	3	2	
K5018+74~K5018+80	6	5	2	3	
K5018+80~K5018+90	10	5	4	3	
K5018+90~K5019+18	2	5	4	4	
K5019+18~K5019+38	20	5	3	4	
K5019+38~K5019+51	13	5	3	2	
K5019+51~K5019+70	19	5	3	3	
K5019+70~K5019+89	19	5	4	3	
K5019+89~K5019+98.5	9.5	5	4	4~5	
K5019+98.5~K5020+03.5	4.5	5	3	4~5	
K5020+03.5~K5020+08.5	5	5	4	4~5	
K5020+08.5~K5020+13.5	5	5	4	4~5	
K5020+13.5~K5020+90	76.5	5	5	4~5	
K5020+90~K5021+11	21	3	5	4~5	
K5021+11~K5021+20	9	3	3	4~5	
K5021+20~K5021+34	14	3	4	4~5	
K5021+34~K5021+40	6	3	3	4~5	
K5021+40~K5021+63	23	3	2	4~5	
K5021+63~K5023+20	157	2	2	2	

对围岩流变及膨胀性围岩所产生的侧压力作用估计不足,甚至强调“壁立性好”,因而有些该用曲墙封闭式衬砌地段,而采用了无仰拱的直墙衬砌(底鼓严重地段基本都是如此),这是产生隧道底部和边墙病害的根本原因。例如,一号和二号坍方,都是在f=1的直墙地段。而在定型图中f=1根本无直墙式衬砌(曲墙厚度规定80厘米,而直墙厚度仅60厘米),故坍方也有其必然性。相反,其相邻接的曲墙,则未坍方,均可说明问题。

(2)施工质量

工程质量不好,其本身就是病害或隐患。从该隧道工程质量看,原西宁局施工部分,仓促停工后,受积水浸泡十余年,工程受到严重破坏(尤以未完成封闭式衬砌地段为重)。1974 年部队复工后,正值"四人帮"横行,各种施工规章制度废弛时期,施工质量一度不好,个别地点尤为严重。据现场设计组记录及施工部队检查,拱部和边墙衬砌厚度不足,有的仅为设计厚度的 2/3,有的仅为 1/3,个别点仅 0.07 米长;边墙设计厚度为0.6 米,实际有的地段墙后有钢模版、草袋、土筐、木料等杂物。工程质量不良,也是造成边墙变形开裂、侵限的重要因素。

施工中一度对排水处理不好,洞内集水浸泡隧道底部,对进一步软化隧底岩体,有一定作用。但水沟漏水则主要原因是隧道底部采用无封闭式衬砌,底鼓、边墙横推引起水沟开裂所致。

3.对病害整治的看法

由于对地质认识不足,或者是 f 值定得偏高地段的直墙,未加仰拱以前承受侧压力时,墙基可在软塑围岩中较自由地活动(如下沉、内移等),而仰拱完成后,即将墙基固定。当直墙(特别是由于 f 值定得偏高而偏厚地段)承受侧压力时,更易暴露其弱点。例如:据 1977 年 6 月 13 日(仰拱已完成)现场衬砌开裂观测记录,在仰拱上的下列两段直墙墙腰又产生开裂:

K5005+77.5~K5005+91,长 13.5 米;

K5005+44~K5006+03,长 9 米。

裂缝宽 1~7 毫米,而同样情况的曲墙,则无此现象,这是今后仍值得注意的问题。

(三)拱部病害原因的分析和整治

1.病害的表现和特征

病害表现为侵限(多为拱脚)、开裂以纵裂为主,拱腰内缘张裂,拱顶内缘挤压剥落;也有斜裂,与一般不良地质隧道拱部开裂特征相同。

2.病害原因的分析

拱部病害,除施工质量和受边墙变形影响外,主要有受衬砌结构形式的独特原因。

该隧道仍沿用1976年以前颁发的定型图（现已作废）。该定型图的最大缺点是在地质不良条件下，如拱顶回填不实，在侧压力的影响下，容易引起拱腰内侵，因而内缘受拉张裂，同时拱顶上升，内缘挤压，严重时剥落掉块。

在衬砌工作中，拱顶本来不容易回填密实，如施工不注意拱顶的回填工作，常形成拱顶空虚，助长了拱圈的变形与开裂。

3.对病害整治的看法

该隧道在处理拱部病害时，曾按照开裂的不同情况用过换拱、套拱或嵌补等办法。无论哪种办法，防止拱圈继续开裂的先决条件，都是要求拱背回填和压浆密实（如有坍方，换拱前应先压浆，以免坍体漏下）。

四、几点认识和体会

关角隧道铺轨通过已三年多时间，因病害严重，仍不能正常运营，成为青藏线有名的“关键”隧道，其教训不可谓不深。主要的认识和体会有：

（一）摸清工程地质和水文地质，是搞好隧道工程的先决条件

地质和水文地质是隧道设计和施工的根本依据，预先不摸清工程地质和水文地质，设计和施工必然脱离实际而出现漏洞。过去关角隧道一度只强调工程质量，忽视研究地质条件，因而未及时敷设仰拱，同时强调岩体“壁立性好”，一些应该用曲墙地段，也未考虑采用曲墙。有些地段边墙甚至换了两次、三次，也未认真研究其原因，只是简单地按原设计的直墙型式和圬工厚度拆换，没有研究是否因单侧换墙，不便改为曲墙，避免两侧不对称受力的问题呢？经统计，截至1979年年底已换或决定双侧换墙长度达746.7延米，约占换墙总长度的一半。其中分段换墙长度最短为1延米，最长为118.7延米（表6）。之所以如此固有非同时拆换等客观原因，但说到底，是对地质条件缺乏认识，以致后患于今，犹待补强的缘故。事实证明即便壁立性好的$f=2\sim3$的岩体，也常有明显的侧压力，这是由于除松动围岩压力外，还有水的影响，围岩的弹、塑性变形、冻胀、膨胀性岩石的膨胀作用和深埋隧道可能有的岩体残余应力的释放等作用所致。

关角隧道对侧换墙统计表　　表 4-1

序号	起讫里程	长度（米）	*f* 值	长墙曲直墙长（米）	施工单位	附注
1	K5003+22～32	10.0	1	10.0 /	路局施工	
2	K5005+20～59.7	39.7	1	/ 39.7	〃	全部双侧二次换墙，其中确定第三次单侧墙长度计 11.3m
3	K5005+98～K5006+0.5	7.0	1	/ 7.0	〃	
4	K5006+12～21.5	9.5	1	8.0 / 1.5	〃	左侧全部两次换墙
5	K5006+39～50.9	11.9	1	/ 11.9	〃	
6	K5006+89.4～K5007+04	14.6	1	/ 14.6	〃	
7	K5007+15～+24	9.0	1	/ 9.0	〃	
8	K5007+44～+50	6.0	2	/ 6.0	〃	
9	K5008+16～K5009+06	90	4（6m） 1（84m）	/ 90.0	〃	其中对侧两次换墙长 21 米，单侧两次换墙 26.5m
10	K5013+58.3～K5014+7	118.7	2	/ 118.7	部队施工	其中单侧两次换墙长 10 米
11	K5014+97～K5015+26	29.0	2	/ 29	〃	
12	K5016+65～K5017+12	47.0	3（22m） 4（25m）	/ 47	〃	
13	K5017+76～K5018+24	48.0	3（8m） 2（40m）	/ 48	〃	
14	K5018+28～+45	17.0	3	/ 17	〃	

续上表

序号	起讫里程	长度（米）	*f* 值	长墙曲直墙长(米)	施工单位	附注
15	K5018+48～+49	1.0	3	1.0	〃	
16	K5022+53～+55	2.0	2	2.0	〃	
17	K5022+57.5～67.5	10	2	10.0	〃	
18	K5022+76～+82	6.0	2	6.0	〃	
19	K5022+83.3～K5023+10.9	27.6	2	27.6	〃	
20	K5030+75～+78.5	3.5	4	3.5	路局施工	
21	K5030+87～+89	2.0	4	2.0	〃	
22	K5031+13.8～+91.3	77.5	1(2・2m) 2(75・3m)	77.5	〃	
23	K5032+19.2～+44	24.8	2	24.8	〃	
24	K5032+55～+60	5.0	2	5.0	〃	
25	K5032+95～K5033+05	10.0	2	10.0	〃	
26	K5033+10～+19.7	9.7	2	9.7	〃	
27	K5033+32.3～+40	7.7	2	7.7	〃	
28	K5033+49.5～+60	10.5	2	10.5	〃	
29	K5033+82～K5034+02.2	20.2	2	20.2	〃	

续上表

序号	起讫里程	长度（米）	f值	长墙曲直墙长（米）	施工单位	附注
30	K5034+09.2～+81	71.8	2	71.8	〃	
	合计	746.7				其中对侧两次换墙累计长 60.7 米

（二）不良地质隧道应及时完成封闭式衬砌

不良地质，为了防止或仰制导致隧道病害的各种应力的发展，都应及早完成封闭式衬砌。封闭式衬砌除了采用仰拱以承载底压力以外，一般还应采用曲墙，以适应侧压力的需要。现在因对侧压力的作用认识还不一致，还可能影响到对边墙病害的整治。

单侧两次换墙累计长：36.5 米

单侧三次换墙累计长：11.3 米

注：表列长度为完全对侧。其中包括已换及 1979 年底关角隧道整治病害领导小组确定拆换而尚未拆换的长度，其余相互穿插错开长度均未列入。

（三）必须保证工程质量，搞好衬砌背后排水，回填和压浆密实

1.关于保证工程质量

“百年大计，质量第一。”只有确保工程质量，才能达到设计标准要求，因而必须遵守有关各种施工规范和规定，避免各种工程质量事故。

针对该隧道衬砌背后回填杂物和隐患，凡影响压浆等补强措施者，应摸清情况，慎重处理。必要时应考虑拆换衬砌，拆除多余杂物。

2.关于防水和排水

该隧道地下水水量与开挖时相比，已有明显减少。这是由于隧道上方的地下水和部分裂隙已经输干，两侧地下水已形成水力坡，故就当前看，衬砌漏水不算严重，拱部滴水情况极少。集中涌水都在石灰岩或以石灰岩为主地段，位置多在墙脚，说明地下水多已引至隧道底部，对排水比较有利。但就病害调查图看，凡上鼓处即是地质不良，又是施工期间有地下水出露地段，据本次开挖隧道

底部调查地下水情况:灰岩为主地段多集中出水,片岩或片岩为主地段,岩石有水膜或水珠,并有地下水缓慢渗流。该隧道又系严寒地区,故防水、防冻仍应注意解决。

用目前最常用的开挖和支护衬砌方法,要彻底搞好防水,是极其困难的。目前隧道防水原则是“排堵结合,以排为主”,既“分段堵,集中排”的原则。“分段堵”,主要办法是压浆,把水堵至集中出水处;“集中排”,是在集中排水处将水引至边墙,用竖向盲沟或管道引至边墙基础,以泄水孔排水入水沟。实际上因未普遍采用光面爆破,因而造成较大的围岩破坏圈,给地下水造成较广的通路,衬砌背后回填、压浆都不易达到理想的密实程度,拱圈混凝土防水性又差,因而“分段堵”困难很大,“集中排”也就达不到目的。

建议在今后地下水较多或高寒冷区的出水隧道,应尽可能的采用光面爆破和喷锚临时支护,作为分段堵的手段,另加集中排水措施,然后加防水层,再做二次衬砌。

3.关于回填与压浆

衬砌背后回填压浆密实,是使衬砌均匀受力,防止衬砌变形开裂的重要措施。做好衬砌压浆,还可加固地层,改善地层应力条件,提高地层的自承能力,针对前述拱部开裂特征,便拱顶密实尤为重要。回填材料要有自承能力,不可用松散材料回填,以免增大对拱圈的压力。

因压浆有加固地层的作用,所以用换拱方法处理裂损拱圈时,事先应经过压浆,特别在地质不良和有坍方地段,先压浆后处理,尤为重要。为了堵水,应特别注意压浆顺序为“自无水向有水”,避免堵死既有水路,便于集中处理。

(四)隧道病害发生后应及时认真研究,分析原因,统筹安排整治计划

1.关角隧道施工中的内挤和底鼓现象,1976 年已有发现,但未引起足够的重视。经过大量换墙、换拱,仍未从地质方面研究问题。至 1979 年 1 月施工单位向中国科学院地球物理研究所××教授的岩样对隧道围岩的代表性。即按分析化验结果研究膨胀性矿物在岩样中所占成分的百分比以及岩样在隧道岩体中所占百分比。从而研究膨胀对隧道病害可能产生的影响。

2.隧道底鼓有无其他原因,哪种是主要的?以便据以处理隧道病害。

3.导致底鼓的因素对边墙和拱圈有无影响?应如何统筹考虑病害的整治。

4.研究本隧道已完工作,哪些情况发生病害,又哪些情况并无病害。例如,凡做好曲墙、仰拱封闭式衬砌的地段,病害都未发生。况且,这些地段应是本隧道地质最坏,又未做特殊加强措施,该压浆的,还未压到标准,即不再生产病害,是什么道理?

由于未认真分析病害原因,只是就底鼓论底鼓,有些还提出了过分要求,如采用防水混凝土、止水带等,很多同志认为是不必要的。

(五)隧道病害应集中力量,集中时间,及早整治

隧道病害应及早处理,以免病害的加重和发展。关角隧道病害地段较长,情况也较严重,特别是地处高寒地区,每年正常施工季节很短,而且有的工程项目,在通车条件下施工是很困难的,长期拖延,对工程和运营都不利。

(六)注意积累施工资料,搞好病害综合量测工作

施工资料和病害测量资料,都是竣工资料的重要组成部分;同是工程技术档案的重要内容;是竣工决算和运营养护,分析病害原因和整治的重要依据。此项工作,尚系我铁道兵的薄弱环节。从关角隧道看,对此做了大量工作,特别是对底鼓和中线偏移,做了细致的测量记录,对分析病害,起到重要作用。但对边墙变化,例如,有无内移或下沉,则缺乏可靠数据,因而为分析情况须间接地另找许多现象加以印证,意见还不能统一。过去在文件中偶有描述,但又查不出原始数据,因而说服力也不强。实际上,隧道内的一处变形,一条裂缝,都应认真研究其部位、变形、开裂方向和形状,发展趋势以及有无规划性等,以便研究其受力状态,分析病害原因,对症下药,加以整治。

第四部分

烈士英灵永存

悼念铁道兵第47团成昆英烈

杜栓盈

各位战友：

1964年9月5日我铁道兵第47团奉中央军委命令，由内蒙古旗下营移防到四川乐山轸溪，先后承担成昆铁路轸溪段20.47公里及德昌古马2号隧道至腊鹅大桥正线12.84公里，站线3.12公里的艰巨施工任务。

成昆铁路环境恶劣，沿线崇山峻岭，山高谷深，坡陡流急，水文地质条件十分复杂。在接二连三的隧道、桥梁、涵洞施工中，滑坡、崩塌、岩溶、岩爆、瓦斯、泥石流等常有发生，给施工部队人身安全造成巨大威胁。我47团五千余名官兵在团长鞠远贵、柳永洪、丛树轩，政委李长江、乔惜荫、王贞国等领导同志的率领下，发扬铁兵精神，团结奋斗，舍生忘死，逢山凿路，遇水架桥，风餐露宿，沐雨栉风，克服困难，排除险阻，用自己的鲜血和生命打通成昆铁路，创造了举世公认的人间奇迹。

我团44位战友为成昆铁路建设献出了宝贵生命，他们中年龄最大的38岁，最小的18岁，平均年龄只有21.7岁，其中四川籍战友26人。烈士们用自己短暂的人生谱写了一曲誓将天堑变通途的英雄赞歌，用自己的血肉之躯承载着历史车轮滚滚向前。他们在工作中无怨无悔的慷慨担当和震撼天宇的英雄壮举已铭记史册与世长存。其中，23岁的浙江籍战友五营24连排长张关友为抢救战友李洪生而壮烈牺牲，被追记二等功。

徐文科烈士1944年4月出生于四川犍为县一个贫苦农民的家庭，1965年3月应征入伍。1965年9月3日下午5时大桥湾隧道发生严重塌方，他的大半截身体被埋入坍石，他将自己的生死置之度外，焦急地催促前来抢救他的副指导员张保祥和战友们离开险区，并告诉副指导员：“我死后，请你把我的照片寄给我妈妈，告诉她我是修成昆铁路而死的，我的死是光荣的。”说完就昏了过去，接下来的持续塌方夺去了他年仅 21 岁的生命。

他们可歌可泣的英雄事迹深深地感染着我们，是革命烈士对祖国的忠诚和牺牲精神激励着我们踏着与他们共同走过的道路，完成他们的未竟事业。

是烈士们的高尚品德和舍生忘死、万难不辞的战斗精神激励着我们历经成昆、襄渝、青藏铁路的战斗洗礼，成长为一名坚强的铁道兵战士。没有当年的浴血奋战也就没有我们今日的乐山聚会。时隔 40 多年后的今天，我们在这里追思，悼念成昆英烈，是因为我们忘不了那些峥嵘岁月，忘不了为祖国三线建设而牺牲病故的战友们，忘不了他们是我们的人生楷模和学习的榜样。

青山埋忠骨，碧血染军旗，为成昆铁路建设牺牲的战友们不愧是国家和民族的功臣，不愧是人民敬仰的铁道兵战士。

凌云垂青史，丹血沃成昆。碑塔恒立，松柏常青，忠骨眠兮，不朽英灵。

为成昆铁路会战而壮烈牺牲的我 47 团战友们永垂不朽！

2014 年 9 月 21 日

四川沙湾烈士陵园

中国人民解放军8817部队安葬在“四川沙湾烈士陵园”的战友名单

1.卿光仲(四川资中);2.汤家豪(浙江);3.蒋志铭(浙江海宁);4.易仁荣(湖北宜昌);5.何正泉(四川乐山);6.李克勤;7.梁明生(四川双流);8.张世鸿(甘肃合水);9.吴顺和(四川简阳);10.滕建来(湖北咸丰);11.张天福(四川大邑);12.曾世福(四川简阳);13.崔芳;14.李再江(四川犍为);15.吴义明(四川犍为);16.王明仁(甘肃酒泉);17.金士元(四川华阳);18.刘继智(四川华阳);19.张关友(浙江海宁);20.明登良(四川自贡);21.李洪森(四川犍为);22.周世元(四川温江);23.王安田(四川简阳);24.杨文清(四川犍为);25.陈宇正(四川简阳);26.熊华树(四川犍为);27.车成林(四川冕宁);28.张志勤(甘肃兰州);29.徐文科(四川犍为)。

四川德昌烈士陵园

中国人民解放军8817部队安葬在“四川德昌烈士陵园”的战友名单

1.罗坤栋(四川简阳);2.周水全(四川双流);3.韩秀贵(四川大邑);4.赵文

彬(四川资中);5.钱向运(甘肃永登);6.樊国水(四川资中);7.金玉生(四川西昌);8.张德清(四川资中);9.雷文清(四川巴中);10.徐国宏(上海闸北);11.刘天发(四川米易);12.夏正坤(四川犍为);13.范洪学(四川会理)。

旬阳烈士陵园

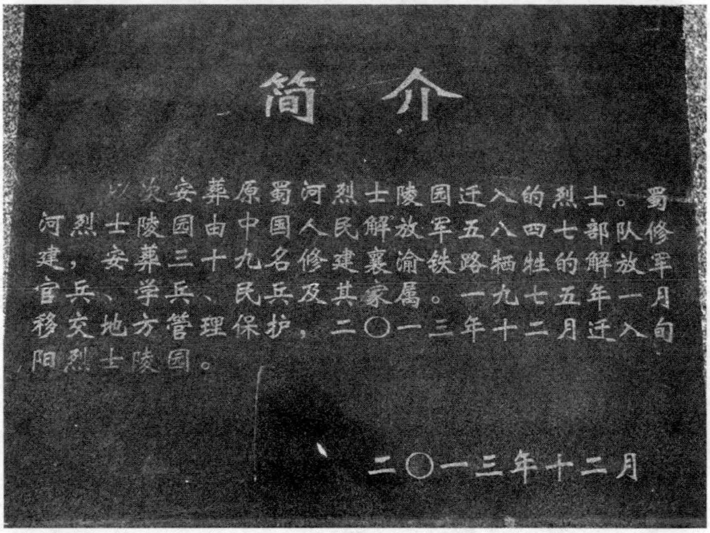

中国人民解放军5847部队安葬在“旬阳烈士陵园”的战友

1.常宝珠(河南许昌　学兵七十连)；2.郭孝芳(湖北潜江　十连战士)；3.龚爱英(陕西华县　学兵八十七连)；4.黄秀荣(陕西渭南学兵八十七连)；5.郭建升(陕西宝鸡　学兵六十三连)；6.周胜平(陕西开江　十二连战士)；7.彭楚兵(陕西平利　民兵三十二连)；8.陈龙生(上海奉贤　五连班长)；9.孙相国(陕西平利　民兵三连)；10.赵克其(湖南沣县　二连战士)；11.雷正德(湖北天门

一连战士）；12.罗方绍（陕西平利　民兵四连）；13.李效斌（陕西西安　学兵二十七连）；14.赵树茂（陕西宝鸡　学兵六十三连）；15.刘启伦（陕西平利　民兵四连）；16.陈厚儒（陕西平利　民兵四连）；17.张冠军（陕西宝鸡　学兵六十四连）；18.马长发（陕西华阴　二连战士）；19.郑文平（陕西平利　民兵十八连）；20.李玉富（陕西平利　民兵四连）；21.付西川（陕西岐山　学兵二十七连）；22.凌均平（陕西平利　民兵二连）；23.田华荣（四川乐山　修理连副班长）；24.肖立志（陕西平利　民兵二十一连）；25.邹良洲（陕西平利　民兵四连）；26.张万成（陕西平利　民兵四连）；27.郑熙（福建福州　学兵六十四连）；28.宋宪宽（辽宁新金　学兵六十三连）；29.张志金（陕西平利　民兵二连）；30.李宝桐（陕西宝鸡　学兵六十八连）；31.李火木（广东阳山　三连战士）；32.何本春（湖北潜江　五连战士）；33.黄殿福（辽宁凤城　学兵二十八连）；34.王业成（陕西平利　民兵四连）；35.袁兴宏（陕西平利　民兵四连）；36.牛连庆（江苏徐州　学兵七十一连）；37.韩立志（河南省温县　学兵七十一连）；38.罗彦福（陕西平利　民兵十一连）；39.黄明忠（陕西旬阳　民兵）；40.蒋宝强（陕西宝鸡　民兵七十四连）；41.李全生（陕西宝鸡　民兵七十四连）；42.戴章根（陕西平利　民兵十七连）；43.曹忠山（陕西平利　民兵十七连）；44.康桂良（陕西旬阳　民兵）；45.刘清泉（陕西平利　民兵三十连）；46.郑宪法（陕西武功　民兵七十七连）；47.赵均仁（陕西平利　民兵二十九连）；48.高山源（河南新郑　民兵八十六连）；49.李军善（陕西富平　民兵）；50.袁显福（四川宜宾　交通部第二设计院十九队工程师）；51.余大顺（四川开江　机械连战士）；52.王生林（陕西平利　民兵十九连）；53.梁永堂（陕西平利　民兵十九连）；54.邹希珍（陕西平利　民兵二十八连）；55.徐尤孝（陕西平利　民兵二十一连）；56.陈光明（陕西平利　民兵二十九连）；57.唐德祥（陕西平利　民兵十九连）；58.曹建国（河北河间　学兵七十二连）；59.陈社威（广东新会　九连战士）；60.李本栋（陕西平利　民兵三十二连）；61.王明宇（四川涪陵　三连战士）；62.刘松岐（河南嫣岭　学兵七十六连）；63.肖梅英（陕西麟游　学兵八十二连）；64.易登武（湖北潜江　十四连战士）；65.丁萍（陕西武功　学兵八十二连）；66.马鸿燕（陕西宁强　学兵八十二连）；67.陈永茂（河南“西安”　学兵二十五连）；68.苏宝良（河南巩

县“西安” 学兵二十五连)；69.梁洪汉(广东新会 十八连副班长)；70.张大录(湖北钟祥 二十连战士)；71.王洪彦(吉林长春 学兵七十五连)；72.曾运送(广东新会 十七连战士)；73.高显华(陕西白河 民兵十九连)；74.张洪根(上海闸北 三连战士)；75.王庆恩(河南偃师“西安” 学兵二十五连)；76.吕文水(山东淄博 部队家属)；77.张效艮(湖北潜江 十一连战士)；78.孙德成(四川会东 十八连副班长)；79.潘金明(湖北潜江 十六连战士)；80.马友义(陕西三原 学兵八十连)；81.支宗祥(陕西白河 民兵二十连)；82.董财玉(四川平昌 修理连战士)；83.崔延贵(山东东平 发电营四连战士)

安葬在“安康烈士陵园”的战友

张瑞安(广东新会 航运队战士)

移回山东“博山烈士陵园”的战友

庞俊(山东淄博)

青海省天峻县铁道兵烈士陵园

烈士陵园位置：青海省天峻县县城

烈士所属单位：10 师　47 团（89347 部队）　46 团（89346 部队）

烈士数量：45 名，10 师 46 团烈士 7 名，47 团烈士 38 名；其中重庆市 1 名、广东籍 1 名、江苏籍 1 名、辽宁籍 1 名、湖北籍 1 名、河南籍 2 名、山东籍 2 名、陕西籍 2 名、青海籍 2 名、湖南籍 3 名、河北籍 3 名、贵州籍 4 名、四川籍 5 名、安徽籍 6 名、甘肃籍 11 名。

纪念碑文：

为修建青藏铁路光荣牺牲的铁道兵战士永垂不朽！

中国人民解放军八九三四七部队

一九八三年九月立

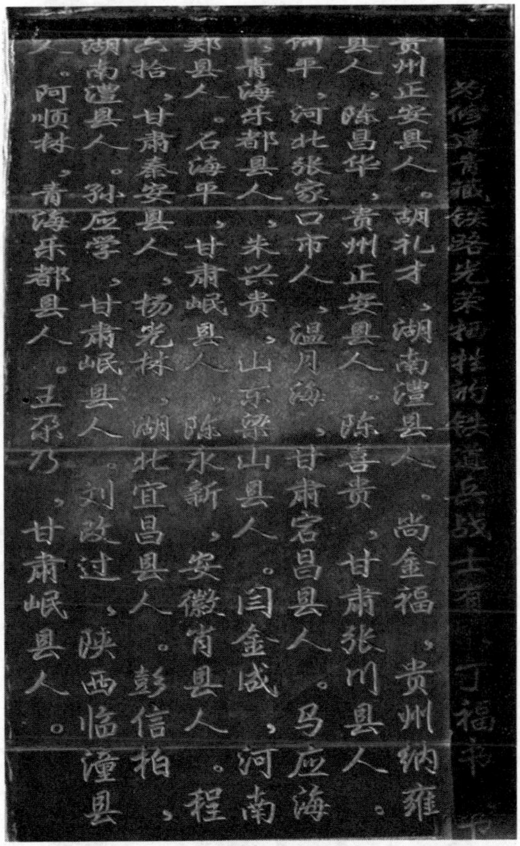

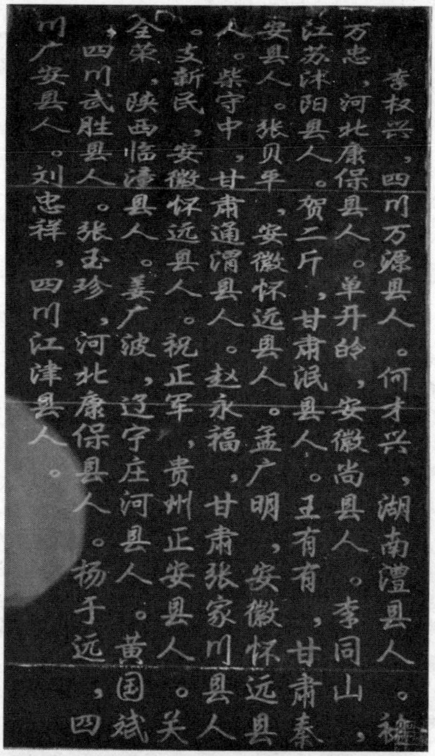
李权兴，四川万源县人。何才兴，湖南澧县人。穆
万忠，河北康保县人。单开龄，安徽尚县人。李同山，
江苏沭阳县人。贺二斤，甘肃岷县人。王有有，甘肃秦
安县人。张贝平，安徽怀远县人。孟广明，安徽怀远县
人。柴守中，甘肃通渭县人。赵永福，甘肃张家川县人
。文新民，安徽怀远县人。祝正军，贵州正安县人。关
全荣，陕西临潼县人。姜广波，辽宁庄河县人。黄国斌
，四川武胜县人。张玉珍，河北康保县人。杨子远，四
川广安县人。刘忠祥，四川江津县人。

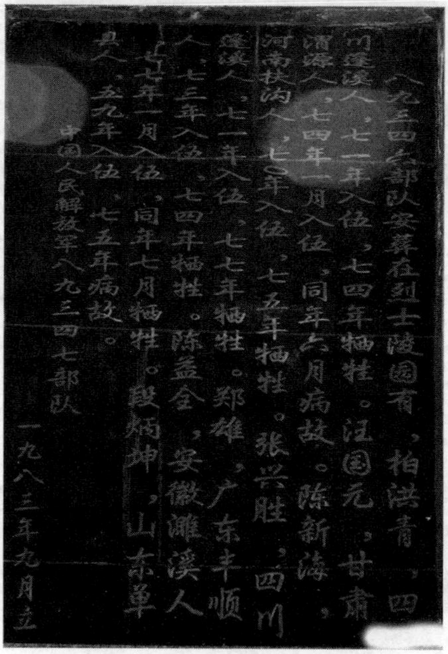
八九三四七部队安葬在烈士陵园有，柏洪青，四
川蓬溪人，七一年入伍，七四年牺牲。汪国元，甘肃
清源人，七四年一月入伍，同年六月病故。陈新海，
河南扶沟人，七0年入伍，七五年牺牲。张兴胜，四川
蓬溪人，七一年入伍，七七年牺牲。郑雄，广东丰顺
人，七三年入伍，七四年牺牲。陈益全，安徽濉溪人
七七年一月入伍，同年七月牺牲。段炳坤，山东单
县人，五九年入伍，七五年病故。
中国人民解放军八九三四七部队
一九八三年九月立

安葬在青海省天峻县铁道兵烈士陵园的烈士：

重庆市(1名)01:刘忠祥烈士　重庆市江津区(四川江津县)人,铁道兵10师47团-89347部队战士,在天峻县修筑青藏铁路关角隧道时光荣牺牲。

广东籍(1名)01:郑雄烈士　广东省丰顺县留隍镇下围村人,生于1954年,1973年入伍,铁道兵10师46团-89346部队副班长,共青团员,1974年7月29日,在天峻县修筑青藏铁路光荣牺牲,终年20岁。

江苏籍(1名)　01:李同山烈士　江苏省沭阳县马厂镇人,生于1959年,铁道兵10师47团-89347部队战士,中共党员,1979年3月在天峻县修筑青藏铁路光荣牺牲,终年20岁。

辽宁籍(1名)　01:姜广波烈士　辽宁省庄河县人,铁道兵10师47团-89347部队战士,在天峻县修筑青藏铁路关角隧道时光荣牺牲,终年20岁。

湖北籍(1名)　01:杨光林烈士　湖北省宜昌市人,铁道兵10师47团-89347部队战士,在天峻县修筑青藏铁路关角隧道时光荣牺牲。

河南籍(2名)　01:陈新海烈士　河南省扶沟县人,1970年入伍,铁道兵10师46团-89346部队战士,1975年在天峻县修筑青藏铁路关角隧道时光荣牺牲。

02:阎金成烈士　河南省郏县李口乡阎集村人,生于1956年4月,1975年1月入伍,铁道兵10师47团-89347部队战士,1975年11月入团,1976年5月26日在天峻县修筑青藏铁路光荣牺牲,终年20岁。

山东籍(2名)01:段炳坤烈士　山东省单县人,1959年入伍,铁道兵10师46团-89346部队战士,1975年在修筑青藏铁路关角隧道时病故。

02:朱兴贵烈士　山东省梁山县人,铁道兵10师47团-89347部队战士,在天峻县修筑青藏铁路关角隧道时光荣牺牲。

陕西籍(2名)　01:关全荣烈士　陕西省临潼县人,铁道兵10师47团-89347部队战士,在天峻县修筑青藏铁路关角隧道时光荣牺牲。

02:刘改过烈士　陕西临潼县人,生于1954年2月,铁道兵10师47团-89347部队战士,共青团员,1975年5月在天峻县修筑青藏铁路关角隧道时壮烈牺牲,终年21岁。

青海籍(2名) 01:阿顺林烈士 青海省乐都县人,生于1955年4月,铁道兵10师47团-89347部队战士,共青团员,1975年5月在天峻县修筑青藏铁路关角隧道时光荣牺牲,终年20岁。

02:马应海烈士 青海省乐都县人,生于1955年,铁道兵10师47团-89347部队战士,共青团员,1976年9月在天峻县修筑青藏铁路关角隧道时光荣牺牲,终年21岁。

湖南籍(3名) 01:何才兴烈士(何财兴) 湖南省澧县双龙乡双台村牛皮岗人,生于1954年10月,1973年1月入伍,铁道兵10师47团-89347部队机修连班长,中共党员,1976年3月13日在天峻县修筑青藏铁路关角隧道时光荣牺牲,终年22岁,追记三等功。

02:胡礼才烈士 湖南省澧县人,铁道兵10师47团-89347部队战士,在天峻县修筑青藏铁路关角隧道时光荣牺牲,终年23岁。

03:彭信柏烈士 湖南省澧县中武乡鱼山村古垱坪人,生于1952年6月,1973年1月入伍,铁道兵10师47团2营7连-89347部队战士,1975年3月2日在天峻县修筑青藏铁路关角隧道时光荣牺牲,终年23岁,曾获营嘉奖1次。

河北籍(3名) 01:何平烈士 河北省宣化县人,生于1953年2月,铁道兵10师47团-89347部队2中队8小队战士,1976年11月在天峻县修筑青藏铁路关角隧道时光荣牺牲,终年21岁。

02:褚万忠烈士 河北省康保县人,铁道兵10师47团-89347部队战士,在天峻县修筑青藏铁路光荣牺牲,终年21岁。

03:张玉珍烈士 河北省康保县人,铁道兵10师47团-89347部队战士,在天峻县修筑青藏铁路光荣牺牲。

贵州籍(4名)01:尚金福烈士 贵州省纳雍县龙场镇人,生于1956年8月,1976年7月入伍,铁道兵10师47团-89347部队战士,共青团员,1976年11月21日在天峻县修筑青藏铁路光荣牺牲,终年20岁。

02:丁福书烈士 贵州省正安县人,生于1956年,铁道兵10师47团-89347部队战士,共青团员,1977年2月在天峻县修筑青藏铁路关角隧道时光荣牺牲,终年21岁。

03:陈昌华烈士　贵州省正安县人,生于1955年4月,铁道兵10师47团2营10连-89347部队战士,1976年11月21日在天峻县修筑青藏铁路时光荣牺牲,终年21岁。

04:祝正军烈士　贵州省正安县人,生于1957年,铁道兵10师47团-89347部队管理股班长,中共党员,1979年在天峻县修筑青藏铁路关角隧道时光荣牺牲,终年22岁。

四川籍(5名)　01:李权兴烈士　四川省万源县人,铁道兵10师47团-89347部队战士,在天峻县修筑青藏铁路关角隧道时光荣牺牲。

02:杨于远烈士　四川省广安市人,铁道兵10师47团-89347部队战士,在天峻县修筑青藏铁路关角隧道时光荣牺牲。

03:黄国斌烈士　四川省武胜县人,生于1956年,铁道兵10师47团-89347部队班长,中共党员,1981年8月在天峻县修筑青藏铁路光荣牺牲,终年25岁。

04:柏洪青烈士　四川省蓬溪县人,1971年入伍,铁道兵10师46团-89346部队战士,1974年在天峻县修筑青藏铁路关角隧道时光荣牺牲。

05:张兴胜烈士　四川省蓬溪县人,生于1951年7月,1971年入伍,铁道兵10师46团-89346部队副排长,中共党员,1977年11月29日在天峻县修筑青藏铁路关角隧道时光荣牺牲,终年26岁。

安徽籍(6名)　01:陈益全烈士　安徽省濉溪县人,1977年1月入伍,铁道兵10师46团-89346部队战士,中共党员,1977年7月在天峻县修筑青藏铁路光荣牺牲。

02:单开龄烈士　安徽省萧县王汉集乡人,铁道兵10师47团-89347部队战士,在天峻县修筑青藏铁路光荣牺牲,终年23岁。

03:陈永新烈士　安徽省萧县(淮海区石村镇)人,铁道兵10师47团-89347部队战士,在天峻县修筑青藏铁路光荣牺牲,终年19岁。

04:张贝平烈士　安徽省怀远县人,铁道兵10师47团-89347部队战士,在天峻县修筑青藏铁路光荣牺牲,终年19岁。

05:孟广明烈士　安徽省怀远县古城乡人,1977年入伍,铁道兵10师47团

3连12班-89347部队战士,1977年10月13日在天峻县修筑青藏铁路光荣牺牲,终年19岁。

06:支新民烈士　安徽省怀远县双桥集镇人,1977年入伍,铁道兵10师47团1连-89347部队战士,1978年7月31日在天峻县修筑青藏铁路光荣牺牲,终年20岁。

甘肃籍(11名)　01:温月海烈士　甘肃省宕昌县人,铁道兵10师47团-89347部队战士,在天峻县修筑青藏铁路关角隧道时光荣牺牲。

02:汪国元烈士　甘肃省渭源县人,1974年1月入伍,铁道兵10师46团-89346部队战士,1974年6月在天峻县修筑青藏铁路时病故。

03:柴守中烈士　甘肃省通渭县人,生于1954年5月,铁道兵10师47团-89347部队战士,共青团员,1977年10月在天峻县修筑青藏铁路光荣牺牲,终年22岁。

04:赵永福烈士　甘肃省张家川县人,铁道兵10师47团-89347部队战士,在天峻县修筑青藏铁路关角隧道时光荣牺牲,终年22岁。

05:陈喜贵烈士　甘肃省张川县人,铁道兵10师47团-89347部队战士,在天峻县修筑青藏铁路关角隧道时光荣牺牲。

06:王尕乃烈士　甘肃省岷县人,铁道兵10师47团-89347部队战士,在天峻县修筑青藏铁路光荣牺牲,终年22岁。

07:孙应学烈士　甘肃省岷县人,铁道兵10师47团-89347部队战士,在天峻县修筑青藏铁路关角隧道时光荣牺牲,终年19岁。

08:石海平烈士　甘肃省岷县人,铁道兵10师47团-89347部队战士,在天峻县修筑青藏铁路关角隧道时光荣牺牲,终年21岁。

09:程六拾烈士　甘肃省秦安县好地乡大庄村人,生于1955年7月,1975年1月入伍,铁道兵10师47团-89347部队班长,1976年8月在天峻县修筑青藏铁路光荣牺牲,终年21岁。

10:王有有烈士　甘肃省秦安县人,生于1954年6月,铁道兵10师47团-89347部队战士,共青团员,1977年1月18日在天峻县修筑青藏铁路光荣牺牲,终年23岁。

11:贺二斤烈士　甘肃省秦安县云山乡人,铁道兵10师47团-89347部队战士,在天峻县修筑青藏铁路关角隧道时光荣牺牲,终年19岁。

安葬在青海省乌兰烈士陵园89347部队的烈士

1.查仕雄　(贵州纳雍)牺牲时19岁

2.范昌明　(四川彭县)

3.邓明清　(湖南)

安葬在青海省刚察县烈士陵园89347部队的烈士

张庆文烈士　河北省康保县人,生于1959年,共青团员,1978年在修建青藏铁路时光荣牺牲

革命烈士永垂不朽!

第五部分

永远的铁道兵

铁道兵精神代代相传

伟大的钢铁长城——中国人民解放军已经走过了89个春秋,从“小米加步枪”到如今的现代化装备,我军已今非昔比。世人可曾知道,在我军的历史上,曾经有过这样一个兵种——中国人民解放军铁道兵。

“兵贵神速,粮草先行”,这是兵家的规则。自从有了铁路以后,现代的战争,尤其是大规模的战争,是以铁路运输为主的,是所有其他交通工具所不可替代的,就这样,铁道兵应运而生。铁道兵是一支铁道工程部队,她诞生于炮火纷飞的解放战争时期,1948年7月5日辽沈战役前夕,为支援野战军大规模的作战,组成了东北人民解放军铁道兵部队,当时叫铁道纵队。

铁道兵在战争年代主要负责铁路抢修、抢建。对前线,保证大批量的兵员和武器装备迅速运到前线参战;对后方,保障军事物资等后勤供给,支援和保证前线作战。“大军打到哪里,铁路修到哪里”,这是第一代铁道兵发出的铿锵誓言和战斗口号。由于有了铁道兵,在解放战争解放全国大陆的战斗中,保证了野战大军取得三大战役和渡江战役以至整个解放战争的最后胜利。

在抗美援朝战争中,铁道兵与美国侵略者较量,冒着狂轰滥炸日夜抢修、抢建铁路,保证了前线作战。连美国的高级将领也不得不承认这个事实:共产党的志愿军创造了“打不烂、炸不断的钢铁运输线”。志愿军司令员彭德怀说过:抗美援朝的胜利,一半归功于前线部队,另一半归功于铁道兵。

在和平建设时期,铁道兵主要负责铁路尤其是工程艰巨和重要铁路的修建,以及受自然灾害破坏的铁路抢修。1983年百万大裁军中铁道兵兵改工(今为中国铁道建筑股份有限公司)。1984年元旦铁道兵正式告别军旗,走过了35年艰难而又辉煌的历程。然而,就是这短暂的35年,无论是在烽火硝烟的战场,还是在和平时期的建设,铁道兵以她不朽的功勋,在中国人民解放军军史上写下了浓墨重彩极其光辉灿烂的篇章。共和国主动脉的畅通，永远流淌着铁道兵战士的鲜血和汗水。35 年的辉煌历程，铁道兵战士用生命和血汗，奠定了共和国铁路的基础，铸造了永不磨灭的铁道兵精神，这种精神永远是国家和人民军队宝贵的精神财富。

今年是铁道兵组建 68 周年。让我们回顾历史，重拾那可歌可泣的动人故事。

“老铁”之歌

韩怀仁

女：伴着秋叶的舞蹈，
和着秋风的音乐，
男：今天，我们欢聚在这里，
大家都感到分外亲切。
女：桂花的浓香仿佛依旧在枝头摇曳，
男：绚烂的菊花又绽放在辽阔的原野。
女：在这个战友相逢的时刻，
男：在这个秋高气爽的季节，
女：又一次手与手紧紧地相握，
男：又一次心和心紧紧地相贴。

女：今天是农历九月初九，
今天是中国的重阳节。
男：重阳节，是中国的老人节，
重阳节，更是中国的思亲节。
女：今天，我们能在这里欢乐相聚，

很久的思念，

便得了到温暖的慰藉！

男：今天，我们之所以能在这里相聚，

因为，我们都有一个共同的名字：

合：老铁！

男：我曾是铁道兵部队的战士，

女：我曾是参加三线建设的学兵，

男：我们之所以叫老铁，

因为我们——

修的是铁路，

流的是铁血。

女：无论是男是女，

个个丹心似火，筋骨如铁！

合：人人心中都有一个

难拆难解的“铁”情结。

男：我们喜欢这个称号——老铁！

因为这个称号融汇着——

我们芬芳的青春，

我们滚烫的热血，

我们闪光的理想，

我们难忘的岁月！

女：忘不了汉水岸边的日日夜夜

忘不了秦岭巴山的春花秋叶

男：忘不了隧道里炮声震耳，

忘不了桥墩上昼夜相接，

女；忘不了竣工时的欢呼雀跃，

忘不了塌方后的生离死别，
合：忘不了长眠在山坡上的战友，
忘不了洒落在枕木间的
滴滴汗水，点点鲜血……

女：急急匆匆间，那些生活都已成了历史，
男：忙忙碌碌中，青春也已与我们悄悄告别。
女：不知不觉，我们的脸上已沟渠纵横，
男：不声不响，我们的头顶已落霜飞雪。
女：一转眼，我们都成了老头老婆，
男：一转眼，我们都成了奶奶爷爷。
合：然而，我们仍然忘不了，
我们曾经是老铁！
女：想起当年，我们心头依然火光烨烨
男：想起当年，我们心中依然旌旗猎猎。
女：心中热血滚烫，波涛从未止歇！
男：心中烈焰熊熊，火苗从未熄灭！
女：我们要在有生之年发挥余热——
既要为儿孙铺路，更要为后辈讲解：
男：什么是艰苦奋斗的“老铁精神”，
怎样才能算得“真正的老铁”！
合：我们一定要让我们的后代子孙——
女：双膝不缺钙，
男：脊梁不缺铁！
合：做堂堂正正的炎黄子孙，
完成中华民族的复兴大业！

2012-10-23

“小铁”回忆录

周香敏

离开青海天峻县，望着送行的身影，热泪夺眶而出，平时刚强的我竟让泪水糊住了双眼，无数美好的高原，草原的记忆，只能留在美好的记忆里。我从小长在铁道兵的军营里。只记得“铁道兵志在四方”，无论何时何地，也要保持和发扬父辈的军人传统，军人的作风，不论是工作还是生活都要做到更好，正是这种作风传统伴随了我一生，谁叫咱是铁道兵子女。

没有花香，没有树高，我是一棵没人知道的小草。这是我平凡而又平凡的人生写照，没有惊天动地的业绩，也没有轰轰烈烈的人生起伏。然而，一滴水可以折射出太阳的光辉，一棵草照样能把地球变绿，这里边有你有我也有他。我们是平凡的不能再平凡的人们，靠我们自己的双手，干出最不平凡的事。

从青藏高原调回美丽的海滨城市烟台，组织分配我到最基层乡镇，刚下基层工作生活都很不适应，我克服了一切困难，用满腔的工作热情对待每一份工作，取得了好的成绩。后来又调到工商行政管理部门从事管理工作，一干就是三十年直到退休，真可谓一只小小的螺丝钉，在平凡的岗位上不锈、不动，闪闪发光。我深记我的身上烙下铁道兵精神的印记，不论干什么工作不抱怨，深知克服一切困难的精神是父辈们给我留下的一笔宝贵的财富，再说还有什么工作环境生活条件比得上在青藏高原的苦、在天峻大草原的难，真是不值一提！正是这种精神，激励我奋进，不论我走到哪里，干什么工作总是精神饱满的完成。

三十年潮起潮落，年年岁岁，日月轮回我亲眼目睹我们国家的兴旺发达，繁荣昌盛，我的孩子工作事业有成，老夫老妻健康，上有和谐社会安居乐业，下有家庭和睦安享天伦，但我都永远忘不了，我在青藏高原工作生活的那些日子，那也是我最美好的回忆。

知青下乡趣事

“文革”即将尾声的 1975 年 7 月，我于青海省海西州红卫中学高中毕业，回到了父母部队所在地青海天峻县知青队报到。由于天峻县是纯牧区，不能像其他知青那样接受贫下中农再教育，我们只能在草原牧区去学习劳动。一开始把我分到天峻县布哈河大桥工地上，离家很远，当时我不会骑自行车，接到通知后，就白天、黑天的练，总算是能骑走了，好在草原上没人，车少，摔倒了也没有人看见，没干多长时间大桥竣工后我又分到了打井队。

当时部队子女有唐爱利、李海鸥、栾永胜和我四个人，一起分到了打井队，下乡在天峻县江河公社的一个草原上，也叫草库仑，负责打井供牧民、牛羊饮用和给草原浇水，我们到了驻地一看，是一眼望不到边的大草原，所有的吃喝拉撒睡全靠自己解决。

首先我们要自己搭建帐篷。我们几个女知青住在一起，晚上轮流起夜查看帐篷的门。因为没有锁，害怕进野兽。草原上打井还要三班倒，做到人随机转，吃的以牛羊肉为主，有时用牛羊油炸的油饼之类的食品，现在想起那个味道我还恶心。根本不见其他的绿色菜，可能没有经历那段日子的人不理解，也有所不知想象不出来的，那种没有任何蔬菜的生活状况。时间长了我们都坚持不了啦，都恨不得吃草原的青草。说实话当时部队还有供给，可我们牧区的知青远离父母，吃着粘牙馍馍（海拔高馒头蒸不熟）不见一点绿叶的人，生活状况、心理状态、精神状态是可想而知的，无法想象该怎么熬出来，时间长了我想出一个办法，由我回家弄点蔬菜给大家改善以下。提出这个建议大家一致同意，并给我联系了一辆进县城办事的拖拉机，我深知我的责任重大，心想不管怎样也要给大家带回绿色菜来。

第一次坐拖拉机

这是我第一次坐拖拉机,开拖拉机的是一名藏族师傅,我打了个招呼就上了车斗子里了。没想到一上车我就犯晕,平时我坐大解放的驾驶室都晕,何况坐在这个拖拉机的车斗子里,拖拉机跑在大草原上的搓板路上,把我颠的五脏六腑错位,风沙打在脸上生痛,吹得睁不开眼,实在是坐不住了,想到站起来就可以减少颠簸吧。没想到拖拉机的车斗子低,人站起来好像是不把你颠出去不算完,没有办法为了安全,我又赶紧坐进车斗子里,只能任他颠,真是五脏六腑都差点被颠出来了。拖拉机快到团部的门口时,我叫师傅赶紧停下来,师傅热情的说不着急,我把你送回家,我拒绝了师傅的好意,说马上快到了请快停车。我心里想师傅你不知道,我坐在拖拉机的斗子里,叫风沙吹的像个泥猴子似的,这种形象不能让部队的战士们看见,怕笑话我,在当时我还是很要面子的,我们约好了明天回去的时间,我回家啦！哎,回家的感觉真好。

母　　爱

母亲见我回来,高兴得不知说什么,不知做什么饭给我吃,我说只要是菜就行,并把我这次回来的目的告诉母亲,母亲说行,你把咱家的菜都拿走,我们好办,还需要什么办齐它,回来一趟不容易,我又提出再带一些大米就更好了,我们好长时间没见米粒了。那个年代都是供给制,大米也只有部队有,地方没有大米,母亲很大方地说家里的米、菜你都带走,但是不能叫你爸知道,我知道我父亲不是舍不得,他老人家是怕我搞特殊,每次见面都受一次教育,总是那一套,什么要锻炼就不要怕吃苦,不能搞特殊,要艰苦朴素,别人能吃的苦,能干的事你也要做到,不论做什么要知足等等。直到现在回家看他老人家,我们还是接受再教育。

母亲又问我下乡的地方远不远,生活上习不习惯,晚上安不安全,我一一做了回答,还特别自豪地告诉母亲,由我们部队子女在知青点上杀了一头猪,母亲吃惊地问:你个女孩子,可了不得！什么都敢干,我告诉母亲我没拿刀,母亲这才把心放下,我告诉母亲我们都很好,在这里我衷心感谢母亲,儿女们的小事在她的眼里都是大事,是她们给了我们大爱。

菜和米我如期的带回来了,当时也就只有大头菜(莲花白)和西葫芦各装了一麻袋。回到知青点上,大家高兴地跟过年似的,当天中午美美地吃了一顿,我感到我做了一件了不起的事。

忆在知青点杀猪的过程

为了改善我们知青点的伙食。队长决定买头猪回来,我们听了很高兴,在高原牧区牛羊不稀罕,猪难得见一头,不知道队长用什么办法在什么地方拉了一头猪回来,大家光顾高兴不知不觉问题来了,在牧区当地人杀牛宰羊那个个是能手,一只牛羊几分钟就能搞定。当时我们知青点上的当地小伙子们都不知对这头猪怎么下手,这时我站出来说,小时侯在父亲部队所在汽车连里见过几回杀猪的,但是我不会。可以把整个杀猪的过程给大家讲述出来,大家说:可以,也只有这样了,最后决定由部队子弟唐爱利执刀。

把猪的四蹄儿用麻绳紧紧捆住,抬起放在早已垒好的台子上,再由两人用一根木杠拦腰压在猪的身上,使其不能挣扎,只见唐“屠夫”手持利刀从猪脖子上插入使劲捅了几下,只听猪嚎叫着。然后取一个脸盆接着猪血,里面放一些盐粒,伴随着猪那有气无力地哼哼声,猪血一股一股地从刀口处流出,不大一会血流光了,猪也停止了挣扎,这时又叫唐“屠夫”放开捆猪蹄的绳子,然后在猪蹄子的上方很仔细的用刀割开一个小口,手拿铁棒紧贴着猪皮的下方捅进去,并且不断的变换方向,随后我告诉大家要用打气筒朝里面打气,一会猪的身体在逐渐膨胀,又叫人用木棒逐渐的敲打猪身,使打进去的气体走的更加顺畅,经过大家的努力,一头被气体撑的圆滚滚的猪,又拿刀刮掉猪毛,不一会就刮的干干净净,在用刀把猪切成两扇,把猪的五脏六腑掏出来,待清洗干净后就大功告成,等候吃肉了,这顿肉吃得很香,说实话至今我也没弄明白,杀猪为什么还要给猪身打气。

参 加 工 作

在天峻县知青队打井队锻炼使我受益匪浅。我们点上的知青,在工作上,生活上都很团结,不论谁有什么困难彼此都能感受和体验到大家的关心和帮助,正是这种互帮互助的精神,使我们在各方面进步很快。

时间过得飞快,1976 年下半年我们知青就要分配工作了。听到这个消息大家都很高兴,相互打听都有什么地方招工,后来得知,我们这批知青有四个去向。一是西宁铁路分局要招 10 人;二是冷湖石油局要招很多人;三是天峻县有几个单位要招工;四是天峻县要从我们知青中招考干部 5 人,招考干部的条件是高中毕业。说实在的第一去向是我特别向往的。一是铁路局跟铁道兵还有关联;二是西宁是青海省会驻地,各方面的条件肯定比天峻县的条件好万倍,当我回到家把这个消息告诉父母后,我就撒气了。我知道西宁铁路局我没有戏。因为 1975 年我和我大妹同时一个高中毕业,一个初中毕业,在当时的情况下我上不了大学,只能去知青队,而我大妹初中毕业后说什么也不去上高中了。父母多次做工作,叫她继续上高中,说是工作以后有的是,上学的机会失去了就没有了,以后干什么工作没有文化不行,甚至都说你以后会后悔的,以后不要埋怨父母偏心,供你姐上高中,不叫你上,我大妹当即表态,以后无论怎样绝不埋怨父母,她要早早参加工作当个好工人,还要当个八级工。父母当时没有办法,同年和我一起去知青队锻炼,只是我们不在一个知青点,现在又要一起分配工作,我作为大姐不用父母说,我得有个高姿态,不能和妹妹抢好工作,好地方,从小到大我都是让着弟妹,就说西宁铁路局叫我大妹去吧,当时铁路局一共招了 10 人,其中部队子女就有 7 人,剩下的几个地方,我再三考虑既然西宁铁路局我去不了,说实话我特别不想当工人,不是我瞧不起工人,是因为我对工厂的环境特别不适应,听见机器响就心慌头晕,闻着汽油柴油味就恶心,不知当时我怎么对这些反应特别敏感(也可能是高原反应吧)。所以我下决心去考县委干部,抱着管他行不行总要试试的心态。打听好报名时间和考试时间,我在家做准备,我母亲知道了我的选择,这事又叫我父亲知道了,吃完晚饭后父亲单独找我很严肃的谈了谈,叫我做好吃苦的准备,干什么都是革命工作,不准挑三捡拣四的,要吃苦在前享受在后,你现在和我们那个年代没法比,又说听回内地探亲的人回来说,内地知青们大多分配不了,自己找工作,好多都在卖大碗茶,你能有份工作就很不错了,分配你干什么就干什么,不许说不好,父亲用一大堆的革命道理把我教育了一番。父亲教育的对,说的没错,我又不能插嘴只顾点头。但是心里还是不甘心,行不行总得试试吧,不然怎么知道我不行呢,过了几天接到县组织部通知,报考干部的知青要组织学习后考试,我去参加了,结束后每人发了一道不同的题,也就是现在所说的论文,我按时把论文交到组织部,在家一边等通知一边在想不行怎么办,工厂我不想去,不知医院招不招人,反正我去医院当护士干总务,挂号都行,但是又考虑医院也不太适合我,我们都知道医院里的医生、护士都是三班倒,我想天峻县这里晚上道上没有路灯再加上冰天雪地的会给自己以后的生活多有不便,嘿嘿,当时很年轻,但想法很多,反正当时想得太多,不行的话就走一步算一步吧。

老天总算有眼,我接到天峻县组织部的录取通知书了,录取 5 个人,只有我一个女知青,而且是分配在县计划委员会,我心情无法平静,赶紧的把这一消息告诉父母,全家高兴。父亲又找我谈了谈,说你还可以,我以为你考不上,父亲说你怎么干好工作,我说我还没去报到,地方工作我还没有接触(因为我从小在部队大院里长大,地方的孩子都很少接触)不过你放心,别人干不了的我能干,别人干得了的我要干的比别人更好。我看父亲满意地点了点头,接着父亲又给我上了一堂政治课,教我如何做人,如何做事,父亲的谆谆教导给我很大的鼓舞,从他老人家身上,我读懂了一种精神,一种铁军不怕苦不怕累,千锤百炼百折不挠的精神。

这次天峻县考干一共录取 5 人,其中我们打井队知青点就考进 4 人,部队子女有我和栾永胜,可能县里的领导考虑到我是个女同志,照顾我分配在县计划委员会,栾永胜分到快尔玛任文书,还有分到知合玛、江河杨康公社的,大家很高兴,我也很激动,在当时部队子女考入地方干部少之又少,何况我还是个女孩子,不知当时哪位叔叔上我家对我父母表示祝贺说:全师的女孩子在地方当干部的我是第一个,听了这话父母脸上很放光彩。

我想要是我不发扬高姿态,让我大妹去西宁铁路局,要是我不坚持去试试行不行,可能结果就不是这样的,所以你要敢想才能有志向,你要坚持才能有结果。

现在我们5人,当然除了我平平凡凡一辈子,他们4人都发展得很好,栾永胜是青海民族大学的一名教授,其他有在青海省当厅长的,有在法院当院长的,真是不错,之所以能去取得这么好的现在,当然感谢我们在天峻县知青队打井队的锻炼,没有这个知青点我们也不可能有今天。

深入牧区体验藏胞生活

1977年春天,天干无雨。天峻县组织干部下乡去抗旱宣传,去深入基层了解牧民的生活,宣传党的方针、路线政策,这项工作困难重重、任重道远。记得我把我要下乡的消息告诉我母亲时,她大吃一惊说:你一个女孩子能去干什么,我说是领导安排的,母亲说"你连马都不会骑,藏话不会说,羊肉不吃,奶不喝的人,下去怎么工作生活,你快去给领导反映一下,这段时间咱在家练练,下次再去。"当时整个天峻县革委会大院里我是最年轻的一名干部。我对母亲说:不行呀既然领导决定的事,就去执行,只好这次下去练了,我们三人一组分到了快尔玛公社的一个牧居点。

在天峻大草原上工作生活必须学会骑马,草原上地广人稀,交通不发达,马是主要的交通工具,天峻县委专门有一个养马场,主要是给下乡干部提供的交通工具,就像现在机关干部外出下乡有关部门派车一样,有所不同的是,当时给我派的是马。从没有骑过马的我,从小就怕马,如今要骑它,还要让它听话,真是不容易。记得我去养马场领马的时候,反复强调一定为我选一匹老实的马,结果给的这匹马也太老实了,怎么打都不走,只好又换了一匹。我们一行三人上路了,到了快尔玛公社,由于我们的语言难以沟通,公社给我们派了一名翻译,在雪域高原上的牧民家吃苦是肯定的,我做好了思想准备。

首先要适应藏胞的生活,必须要吃饱肚子我到藏民家吃的第一顿饭就是糍粑。只见藏民老阿妈首先用羊粪把碗里外擦了一遍,再用无名指(手指黑又亮）在碗里用酥油和青稞面拌在一起，我看不下去，第一顿饭一点也没吃，只好饿肚子。第二顿饭藏民见我们是县里的干部，而且还是年轻的女干部，很热情的给我们宰了一只羊，宰羊是藏民的拿手小菜，一分钟就搞定，很利索。羊宰完了，血肠接着就灌好了，原来羊肠不洗，用手一边捋肠子一边灌羊血。还没等锅烧开，这些活都干利索了。锅开了直接放血肠和手抓羊肉，只见锅底下烧的是牛粪，锅里飘得是厚厚的羊屎蛋，开锅马上吃肉喝汤，再多烧一会藏民们就会嫌肉老了。可想而知这顿饭我又没吃，只好再饿肚子。我想我不能总饿肚子，这才第一天，明天总得找点吃的，就这样在草原上逛了一大圈，发现有个代销点，（这得感谢县领导把我分在这里，当时算是最好的条件啦）真是发现了新大陆，兴奋地我想总算是有救了。可是骑马跑过去一看，只有煤油烟酒，没有其他食品，不甘心的我直接进店找到了一包奶糖，（尽管我到现在不吃奶糖奶油点心等食品）但是在当时发现这包奶糖不亚于现在的海参鲍鱼，心想老天总算饿不死我，那时尽管我年轻，但是还是怕别人知道，怕说我搞特殊不能和藏民打成一片，所以就偷偷地放在铺盖下面，只要有我吃不进的饭，我就装着有事出去，吃两块奶糖再回来，就这样在乡下期间靠这包奶糖，我挺了过来。现在想起来还是要感谢做奶糖的师傅们，把这些奶糖做的块大，奶浓，要不真能饿死我。

再是休息睡觉。我上班第一天就领到马褡子，那就是下乡骑马必备的物件，里面装的被褥和必要的生活用品，放到马背上，人骑上就可以走了，很方便。没有他绝对不行的。第一天晚上睡觉，我们住在藏民家，是男女合住，我很害怕，首先把马褡子（里面放的褥子）放到最里面的墙角上，旁边是我们工作组的李姐，她说：你是第一次下乡，以后这样的机会多得是，不要害怕，其实藏民是很友好的，以后就适应了。我听后点点头，晚上还是把眼睛睁得大大的，生怕出现什么事。第二天一早起来，到各帐篷去了解调查、宣传，骑马转了一天，晚上给藏民们开会到半夜，睡觉时什么都没想，居然睡得很香。

晚上召集藏民开会学习，这里还有个笑话。吃完晚饭藏民们从各自帐篷到我们工作组定居点来了。首先由队上的领导给他们讲话，讲的什么我没有听懂，接着藏民们都很踊跃的发言，说的什么我也没听懂，到后半夜时，发言的人没走就地睡了，没发言的人继续发言，最后一位发完言的藏民抬头一看都睡着了,就一位小朋友没睡,也没走,就激动的说:嘎娃,你最好,就你听完了我的发言,小朋友说:我也困啦想睡,想走也走不了啦,你坐的小板凳是我拿的,我得等你说完好把板凳拿回家。反正藏民说了一个晚上,我一句也没有听懂。

说到下乡骑马我也出了很多笑话,第一次领马要找个老实的结果打都不走,到草原上没有路,刮风下雨我不会辨别方向,到现在出门我也不知道东南西北,只知道前后左右没方向。记得有一次我和工作组的一个李大姐骑马出去,结果刮风下雪找不到回去的路了,我们俩都害怕了,天黑了怎么办,转了半天还是在原地,幸好碰到了一个藏族老乡,连说带比画总算回到了我们的驻地。说到骑马也很有技巧,一天我们工作组在草原上练骑马,脑子里一下出现了电影里的解放军、八路军骑马的英武镜头,我们就在草原上骑马又冲又杀的热闹了一番,结果李姐的马惊了,把她的脚套在了马镫子上,整个人让马拖在草原上奔跑。我们吓得大喊大叫不知所措,马拖着李姐跑了几圈,李姐终于自己从马镫子上把脚拿了出来,仔细一问,原来李姐穿的鞋大,脚出来了,鞋还在马镫子上,真是救了一命,一看李姐无大碍,就问李姐你的马怎么惊的,李姐说我也不知道。只记得左手扯缰绳,右手拿鞭子抽马屁股,不知怎么马就惊了。我们当时就分析,这是学电影里面没学会,又扯缰绳又抽马,把马弄糊涂了,所以马自己又踢又跳撒欢的跑,看来学什么都要精,不能只学外表皮毛,骑马也是如此。骑马的时候两根缰绳就像汽车的方向盘,拉紧左缰绳就往左拐,拉紧右缰绳就往右拐,初骑马的人上马后害怕往往使劲拉缰绳,其实这是加油门,缰绳拉的越紧马跑的越快,想放慢速度就放松缰绳即可。脚要放到马镫子上三分之一,从马背上摔下来不要紧,脚套在马镫子上叫马拖着跑那是非常危险的,就跟我先前学骑自行车一样,得摔几次,骑马摔跤是小菜一碟很正常。

下乡很长见识。第一次见有人把牛粪饼(也就是牛屎晒干以后)把它摆放整齐,可以说比我们有的家里摆放的家具叠的被褥还整齐,而且用大新毛毯盖好(可能是怕受潮烧不着吧)。第一次见到帐篷里用当时面值最大的十元人民币贴在墙上当画看,我感到十分惊讶好奇。心想也只有我们的藏族同胞们有这样丰富的想象力和欣赏水平,一般人是做不到的。

1976 年下半年我到天峻县计划委员会报到,原来县委县革命委员会里我是最小的一个,心里暗暗地想,一定要向老前辈们多学习。在单位里不论什么大事小事跑腿我都是第一个去,咱年轻多干点没有啥。去报到后领导先叫我接手物价工作,天峻县计划委员会人不多,但是业务不少,人称"不管部"就是县里没有管的事都是计划委员会的,每人一摊相当于现在一个局的业务。主任说:你年轻先给你一项工作干干,熟悉熟悉,等过了年再给你更重要的担子,你可要好好干。我说:主任你放心吧,我一定会好好干的。

每天我第一个去上班,生火烧水收拾办公室,最后一个锁门下班,天天干的很开心,很快把物价工作熟悉的差不多了。1977 年 3 月份接到青海省计划委员会的通知,去开全省物价会议。

住空军招待所

1977 年 3 月初我在西宁"青海省劳改局招待所"开完全省物价会后,直接坐车到西宁铁十师招待所,想从那里寻找回天峻县的车,以便把我带回去,等我到招待所一看,坏了,根本进不去,只见门里门外全是穿黄军装不带领章帽徽的战士,一打听才知道,这是赶上老兵退伍了,他们都不好安排何况我呢,我看天色已暗,心想不管怎样先找地方住下,明天再到招待所找 47 团的车,出门一看离铁十师招待所不远,有个空军招待所,那里人不多,我去看看行不行,不行就要到招待所后面的家属楼里找我认识的阿姨,晚上怎么也得有个睡觉的地方。主意已定赶紧去空军招待所,登记处的一看我当时上身穿的是黄军装干部服,下身着深蓝色料子裤,这在当年算是很时尚的了,负责登记的抬头一看我这身打扮,可能还以为我是空军复员的,就给了我一个门号,说了一句:再晚就没有床位了,现在刚好还有一张床,我庆幸抓住机会今晚上才能有个床位而高兴。进门一看,里面有 4 张床,已住进 3 个,一打听全是咱铁十师 46 团宣传队的三个女兵,到西宁学习什么舞蹈,她们以为我是空军的,说了半天才知道我哪一路军都不是,不过她们提到的咱们 47 团的女兵我都认识,她们很惊讶,我说这有什么惊讶的,平时住在一起彼此都认识,就这样本来她们三个女兵就一台戏,又加上我这个"土八路"就嘻哈了半宿。天刚亮我就赶忙起床,因为我还要到铁十师招待所去找47团回天峻县的车,简单的梳洗一下,就赶紧去咱们的招待所,进招待所一看人不多,因为太早可能大家没起来,就看见一个人象咱47团后勤处的张参谋,走近一看我高兴地叫了声张参谋,张参谋见到我也高兴的笑了说:我起的早,就是想到登记处看看你住哪个房间,我到西宁时你妈特地嘱咐我说,你的会可能开完了,要找到你把你带回去.我说我昨天开完会,傍晚赶到招待所人太多进不来,我到空军招待所住了一宿,张参谋说他带了一个车队就是送退伍老兵的,今天就要回天峻县,不过早饭在招待所是吃不着了,人太多咱们早走在街里吃吧。我说找到你了怎么都成,我的心踏实了。等车队集合好上街里去找了一个小饭馆,反正是黑乎乎的,也没有什么饭,要了几盘饺子,我一个也没吃,吃完了上车,张参谋说:咱们还要到平安镇去趟新兵团办点事,我说行呀,他说你别急,办完事还要去哈尔盖装物资,我心里估算着今天够呛能回到天峻县,不管那么多反正有车坐,他们到哪我就到哪无所谓。

哈尔盖不眠之夜

从平安镇到哈尔盖已是下午四点多钟了,到了哈尔盖兵站。所谓的兵站就是几间土坯房子,里面有张硬板床,一套铺盖,再就是黄土和泥沙了,简单的吃了点饭天就黑了,张参谋告诉我,今晚在哈尔盖住一宿,明天上午装车,晚饭前赶回天峻县,我说好。(不好也不行呀,你也走不了)

张参谋把我领进一间小土坯房子,我看里面除了黄土没有别的,这是个单间已经很久没有人进啦,房间四处透风,三月的哈尔盖很冷很冷,哈尔盖是个风口,人在外面根本就站不住,风沙特别大,张参谋一看这房确实没法住,说我领你去找咱47团的小顾,她就在这里工作,你认不认识,我说顾兰娟是我同学我认识,他说我把你送到她那里挤一挤,明天早上我去接你,我说张参谋算了吧,都这么晚了不要去打扰她了,再说还不知道她上什么班,我这个人就是怕给别人添麻烦。张参谋说:小周这个房子你能住吗,我说行,你放心吧,张参谋一听马上出去不一会又扛来两根大杠子说:你晚上把它顶在门上,我们就在隔壁,有事你喊我们。说实话风刮得呜呜叫,就是有事你大喊谁也听不到,还好没有什么事。

送走张参谋我赶紧用两个大木杠子顶住门，昏暗的灯影下，什么也看不见，我抱了两床被一铺一盖，房间四处透风撒气，今晚的哈尔盖风特别大，天特别冷，而这个房间不知多长时间没人住，一点人气也没有，颠簸了一路我也该歇歇了，太冷躺不下，黄泥沙呛得我直打喷嚏，到了半夜我实在熬不住了，和衣躺在床上睁大眼睛，听着外面刮着鬼哭狼嚎似的风，盼着天亮。

这一宿是我今生难忘的不眠之夜，现在想想，我当时不知怎么熬过来的，所以说，人没有吃不了的苦，再大的困难只要你挺住，困难就倒下了。

结婚的前一天

我与老公结婚是 1979 年 6 月 30 日，在 6 月 29 日时，我同计划委员会主任还有其他领导去天峻县南山砖瓦厂，也就离南山火车站不远，去检查工作直到中午结束，要是在部队已经开饭了，砖瓦厂的许厂长是咱们的河南老乡，据说离山东菏泽不远，每次见到我都称老乡，人很热情，中午非要留在他那吃饭，我反对，实际上我们去时他已有所准备，我不吃我得走，许厂长起身拦住我说：再大的事吃了饭再走也不迟，我说是大事，明天我结婚，今天还在砖瓦厂，哪有什么心思吃饭，怎么也得回去收拾收拾。我们那个年代结婚很简单，但毕竟是终身大事，也要准备一下。许厂长说：我不用车送你看你怎么走。我说：我不用你送，到外面找个军车就行了。领导都说这个点是吃饭休息的时间，军车再多这时也没有了。我说：这个不用领导操心，说着我走出门朝着草原上汽车碾压出的“马路”上走去。人还没到路边只见一辆大解放军停到了“马路”上。我想老天真是有眼，还没等到我走到车门，车门开了，只听汽车司机说：快上车怎么这个时候你还有心思逛草原，我说怎么了？司机说：你明天结婚不在家里，现在还在这里是怎么回事。我就纳闷了，你是谁呀？你怎么知道我明天要结婚，司机听了哈哈大笑，说：我叫毕德科，你和张希聚老弟明天结婚，咱团谁不知道。嗨！快别提了，本来今天我休息准备准备，结果要检查砖瓦厂的一个项目。马上要报到上级主管部门，所以我就到这里来了，这个厂长还要留我吃饭，你说我哪有这份闲心呀！毕德科大哥说：噢，我说呢，都什么时候了，在这里看见你，幸好我也有急事,从火车站急着赶回连队,不然的话你可真赶不上车了,我说老天有眼,他不能叫我干着急,说完毕大哥哈哈大笑,脚踩油门一会儿就把我送回家了。

我一进家门,母亲就急了,你上哪去了,怎么才回来,我把我的工作和回来的经过讲给母亲听,母亲听说是毕德科把我送回来的,连忙问他怎么不进家,我说他也有急事,不然我现在是回不来的。

现在每到我们的结婚纪念日时,我总会想起我结婚前一天的趣事,每次都要讲给老公听,这件事既平凡又耐人回忆,可惜的是毕德科大哥已经去世了。

蜜月失踪

我和老公三天婚假后,就各自走向工作岗位。婚后一个星期我就接到要去参加海西州在乌兰县召开基本建设工程质量现场会,会期 2~3 天,同时去的还有天峻县建筑队的陈队长。陈队长找到我说小周去乌兰咱们怎么走,你安排吧我听你的。我知道陈队长没车去。当时天峻县有车的单位也就是天峻县运输公司的大解放和县领导用的一辆破吉普,平时下乡都是骑马,天峻县当时的交通是四面不通,多亏当时有部队驻地,否则出天峻县真是比登天还难。我知道我要解决去开会的交通问题,就说:陈队长你回去准备好,走时我叫你咱们按时报到。之后我去 47 团运输股找到当时的曹股长,一进门曹股长就说:小周你要上哪去呀,我说这次近,明天去乌兰报到开会,他又问是上午还是下午,我说不急晚饭前报到就行,曹股长说那你下午上班以后走吧。去早了也没有意思,我说行。就这样第二天下午一上班 47 团的解放车司机把我和陈队长送到了乌兰县,报到时领导把这次会议的日程表发到我手上,我一看我的天呀!这哪是 2~3 天的会议,这分明是半个月呀!当时是粉碎“四人帮”后百业待兴。记得有这么个口号:工业学大庆,农业学大寨,全国人民学习解放军。基本建设这方面主要是狠抓质量确保百年大计,看到会议日程表的安排,我决定打个电话给老公告诉他会议的期限,因为走时只说是去乌兰开 2~3 天的会就回来。还说用不用去接,我说到时再说,师部在乌兰到天峻县的军车有的是,我找一个就行了。

记得当时的会议日程安排，在乌兰 2 天，德令哈 3 天，大小柴旦各 2 天，锡铁山 2 天，还有其他地方好几天，我算计了一下，没有半个月是回不去的，不管怎么样，我得打电话告诉家里叫他们放心，主意已定。吃完晚饭乌兰计划委员会小王（我们一起在省计委学习过）尽管不参加这个会议，得知我去了乌兰，特地去招待所看我，说晚上你不要住招待所了，去我的宿舍挤一挤，咱们也好说说话，又说我们宿舍比招待所还方便，我说行，我主要是找个有电话的地方告诉家里。小王的宿舍就在乌兰县委大院里，我提出要打电话她说行很方便。一进办公室我直扑电话，先拨地方总机再找 89210 总机，再要 47 团 92 分队，我知道部队每晚上都上班，我想打给老公，我记得 92 分队是军需股，96 分队是运输股，谁知 47 团总机拨到 92 分队就是没有人接，又试了几次还是没人接，总机告诉我团部今晚放电影，可能都去看电影了吧。我想只好这样了等有机会再说吧。谁知除了当晚的机会还真没有机会再给家里打电话了。每天坐大巴车上各个现场。就这样时间一天天过去，家里以为我最多三天就回来了，结果都十天了不见人影。我和老公结婚后自己不做饭，每天三顿饭在父母那儿吃，那几天老公一回家吃饭家里就急着问，还没有消息，怎么还没有回来，老公心里更着急又无法开口。我记得我在大柴旦招待所里见到咱们 47 团的车很高兴，，我也不知道这个车的司机是谁，心想反正是 47 团的就叫他捎个口信给我母亲和老公，只要告诉一个人就行了，并告诉这个司机我母亲在 47 团军人服务社里工作好找。没想到这个司机很实在，真的就把这个口信捎给我母亲了，说是在大柴旦看见了我，现在很好再过几天就回来了，我母亲不相信，明明在乌兰开会，怎么在大柴旦看见我了呢，不管怎样总算是有了我的消息了。

我们最后一站在锡铁山，这是我在青海第一次去，也是最后一次。锡铁山雄伟壮观整个山脉东西长而南北窄，感到上峰直刺蓝天，锡铁山山高沟深，崖峭壁陡，整个大山也没有树木花草生长，就连他的四周也都是，茫茫的戈壁和干旱的荒原，因此给人一种荒凉寂寞的感觉，人称“天上无飞鸟，地上不长草，风吹石头跑，六月穿皮袄”。我当时就感觉到我在山里面心里很压抑，透不过气来，据说当时锡铁山里面有很多内地送去的服刑人员，看那地势想跑出去没门。

锡铁山一站结束后，我们一行又回到海西州所在地德令哈招待所。吃完晚饭宣布会议结束。我一看这 2~3 天的会,结果出来半个月转遍了大半个海西州。第二天早上吃饭时陈队长又说:小周会是结束了,我们怎么才能回天峻县,我知道又要找车了,我说陈队长咱们吃完饭再说,在招待所转转,看看有没有回天峻县的军车,正说着只听隔壁哈哈大笑,我抬头朝那个方向一看,只见有一桌穿军装的围着一张桌子也在那儿吃早饭,我再一看其中有我认识的师后勤部付部长,我连忙起身过去打招呼说:付叔叔你好,付叔叔也抬头看见我说:你怎么会在这里,我说我在这里开会,又赶紧说,会议昨天结束,今天准备找车回天峻,又问付叔叔,你们什么时间回乌兰,我想,找不到回天峻的车先搭车去乌兰就好办了,付叔叔说:我们吃完早饭就回乌兰。我说:能不能先搭你的车去乌兰再找回天峻的车。他说行,我说还有一个人,付叔叔说:那就挤挤吧,我听了高兴地直点头,说好了吃完饭我们在招待所院子里上车,我赶紧把这个好消息告诉了陈队长。

我和陈队长一同上了付叔叔的吉普车,到了乌兰后勤部,已经过了开饭的时间,付叔叔赶紧张罗我们吃饭,说是从乌兰到天峻不远,不用着急,给我们找车送回天峻,又亲自告诉伙房炊事员,吃手擀面面要切成细条,葱丝肉丝切细,不一会喷香的面条和几碟小菜端到桌上来,我们吃饱后付叔叔又说要不先到师招待所休息一下再走,我连忙说:不用麻烦了,心想这已经给付叔叔添了不少麻烦了,说车方便的话现在可以走了,付叔叔说:车方便,如果没有去天峻的车,我派车送你,说着找人去找车了,不一会来了个 48 团的车,我心里犯嘀咕,我们又要去 48 团再找车送回天峻吗? 只听付叔叔说"哪的车?""48 团的。"正好你把 48 团周处长的女儿送回去。我忙说我回 47 团天峻县,司机笑了说:我去木里煤矿拉煤,正好把你送到天峻县,就这样几经辗转,我失踪了半个月总算回家了。

在天峻县生活工作了这么多年,之所以能干好工作,说实话多亏有咱们的部队,不然的话我真不知怎么生活下去。

记得还有一次,我去海西州开会(海西州,地级市)又去 47 团运输股找曹股长要车。曹股长说:这次几天,我说通知是 3 天,他说好我给你一辆解放车,让司机等你三天,过了三天你就叫司机回来,再想办法。我说好。没想到会议三天没有结束,又延长了一天,我当即找到司机同志,把走时曹股长讲的话告诉了他,叫他回去。记得司机是73年的湖南兵姓梅很直率的说:既然等了你三天就不差这一天了,就再等一天吧,没办法也只好这样了。回到天峻县我马上去给曹股长解释,他笑了笑说:我知道这是我最大的底线,主要是怕出事,一旦出事了都不好交代。在这里我要感谢所有帮助过我的人。

基本建设

1977年春天,也就是我从西宁开完全省物价会回来以后。领导正式找我谈话说:年前说要给你加担子,经过这一段时间的观察了解,向县领导汇报后决定,对你的工作进行调整,由你负责全县的基本建设工作。我听了以后一头雾水,什么是基本建设我还没搞清楚。我马上说:主任我行吗?我是不是太年轻了,这个担子我能挑起来吗?可别因为我误了全县的基本建设工作。主任说:根据你平时的工作表现,你完全可以胜任这项工作。在你没来之前有好多人想进这个部门分管这项工作,都被县里的领导挡住,为什么要把你分到计划委员会,在你当知青时我们就考察过,这个工作可不是一般人能干得了的。一人品要正,没有私心贪心;二要有责任心,要给国家,这就是给咱们全县当好这个家。基本建设牵扯到方方面面,如果管理者心术不正,有歪心,就会给国家和人民造成损失和浪费。如果人品好、正直,手上再紧紧,就能给国家节省资金,用于更好的建设天峻县。再一个也是最重要的一条,你是铁道兵部队子女,从小受到的教育和别人不一样,还有我们对你父母的人品也有耳闻,你在天峻县没有任何人际关系,不需要开口子,走关系,所以综合上述因素这项工作最适合你干。我听了以后深感不安,天哪!领导把这么重要的工作交给我,(我当时也就20岁,还是个女孩子)这能行吗?不管怎样,既然是领导交给我的工作,我先接下来再说。

当时天峻县计划委员会共5人,其中主任1人,其他人分别分管劳动工资、统计、计划;基本建设和物价工作由我分管,相当于现在一个建设局,一个物价局。上呈下达首先要应付下来。相对而言,基本建设这方面的事要多一些。首先要熟悉掌握相关业务,这不是件容易的事,我要求出去学习,领导批准了。把我送到海西州设计院，学习制图看图，经过几个月的努力学习。基本上掌握了平面结构及水电暖的配套，然后又去海西州建筑公司学习工程预决算管理。一边学习一边对照图纸上工地了解部分结构和运用。老师们教的好，加上我白天晚上不是看书就是制图，不到半年的时间基本上会看图纸掌握了预决算业务。1977年下半年回天峻县，县里第一个要建的就是我们大家平时都愿进的电影院。选好地址后，由我负责召集县里有技术的老师们，一起绘制天峻县首个电影院的图纸。别看天峻县人少，这里还真是藏龙卧虎的地方，这些老师们都是“文革”以前的大学生，水平高，在很多细小的方面我又学到了一些知识。记得47团的一个刘总工程师去看我们绘图（当时是请刘总工程师来给我们指导工作的）说：你们了不起，这么几个人，老的老，小的小，干的事可不小。得知我是47团的子女更是竖起了大拇指，回到团里好一个点赞。

图纸绘制完后，我又马不停蹄的做好预算和资金计划报县里审核批准，一切准备完毕后，天峻县委派我去二郎洞的48团晒图纸。47团当时晒图机不行，所以我立马去了48团（我父亲已调到48团了），我是双重身份。第一是县委派去公干的干部；第二是去看父亲。当晚在48团小灶吃饭时，我看领导介绍我时，父亲脸上很高兴，我也觉得我给父母争了光，很自然就多吃了一碗饭。

我相信去过天峻县新电影院的人，是不是觉得还可以，比旧电影院强一百倍吧！这是我的处女作。

在天峻县里分管基本建设权力很大。但是我更懂得权力多大，责任多大，一丝一毫也不敢懈怠。不管是什么工程，大到厂房建设，小到民用住宅，都严格把关。当时县领导对我的工作很满意，给我的权利也很大，没有我的签字和盖章，连包工队去银行都拿不出钱来，是呀我一个人相当于一个建设局嘛。

现　场　会

天峻县是牧区，国家和省政府都给予很大的支持和扶持。特别是牧区牧民的定居点建设，国家更是非常重视。当时天峻县在各级领导的帮助下，这项工作做得非常好受到省领导的好评。1982年春天，青海省在天峻县召开了全省牧区牧民定居地现场会，省领导赵海峰、尕布龙现场指导工作并做了重要指示，肯定了我们天峻县牧民定居点搞得好，通过这次会议，使我受到了很大的鼓舞，对我以后的工作是个很大的动力。

说到省委书记赵海峰、省长尕布龙虽然官大但没有架子，会上把我和二位领导安排到一桌用餐。我开始放不开，不好意思，谁知领导早就知道我的心事了，说：小周我们都是一样的，不要紧张，你工作干得好，我们大家是来学习的。又得知我不吃羊肉，不吃酸奶，亲自把盘子换了个位置。我望着领导们的满脸笑容，心情很激动，无法用语言来表达。心想只有好好工作，才能不辜负领导对我的期望。

晚上我回家跟老公讲到白天所发生的事，老公吃惊地说：是真的吗？你是谁呀！我说这事就发生在我身边。老公又问：省领导什么时间走，我说：大概要待两天。他说：我也得给我的领导汇报一下，青海省最大的父母官来天峻县了，47团的领导怎么也得去看看，去拜访一下吧。我说：也是。第二天47团的领导们去天峻县招待所拜访了我们青海省的父母官。

转眼到了1983年秋天，因为我们天峻县牧区定居点在全省闻名。国家在西安召开西北五省会议，省里指名我去参加。我接到通知后既高兴又犯愁。高兴的是可以出去学习其他省份的好经验，好做法，还有就是多年没到内地了，也想趁机转转；愁得是女儿太小放在天峻县老公每天带到部队，万一部队有紧急情况咋办？我去西安开会学习来回最少半个月，也不现实。当即把我的难事向领导汇报了，领导说：这确实是个难事，这样吧，你先不要着急，我给省里反映一下，看能否解决。省里很快就回话了，说可以带上孩子，再带上一个看孩子的。他们在西宁多买一张火车票。领导就是领导把我犯难的事一下就解决了。我很高兴的把这件事告诉老公，谁知老公却说，你最好不要去了，我说：为什么呢？他说天慢慢的冷了，孩子太小，禁不住来回折腾。再说我已提出转业，如果能批准咱们就要离开天峻县了。听到这里我心里真是七上八下的，是啊！到天峻县快十年了，所经历的真是有九九八十一难，但是又不甘心的说：你转业和我去西安开会互不相关。老公说：你不想想为你去西安开会县里还要给你找个保姆（当时找好了，是个女待业青年）来回费用得多少，而且我的转业要是批下来了咱们就走了,不如你叫县里另派一个去西安开会,回来能接上你的工作,这样于公于私都不浪费。当时我们都没有考虑自己,处处以工作为出发点。我想老公说的对,但是我还是不甘心说:就是咱们回内地,我也不一定有这么好的机会,老公说:干什么都是革命工作,你现在不为工作想,也要为孩子想想,这孩子生下来就没有回内地,马上去不适应,孩子遭罪不说,还要给会议上添麻烦。

不去西安开会学习,我想不开,老公又说这是最后一批转业干部,错过了这个机会就再也没有了。他自己私下去找我的领导,把要转业的事大体说了一下,并说转业要是批下来的话,不是今年年底走就是明年春天走。不如你换个人去开会这样也不影响咱们天峻县的工作。领导听了老公的建议也觉得很对说:你们在天峻县这么多年也不容易,其实大家都想回内地,既然你们有机会回内地,那就要好好把握,抓紧。这样开会换人我再和省里通个气,毕竟小周去西安开会是省里点的名。回去后给小周好好说说。就这样西安会议我没能去。

离会议报到还差三天的时间,领导换了刚分来的一名藏族复员兵叫蔡军,打眼一看小伙细皮嫩肉,一口纯正的北京普通话,说是先替我去开会,工作回来再说。我一打听原来是咱们48团卫生队一个卫生员的对象,一起分到天峻县,交代完后赶紧去西宁火车站找青海省去西安开会的带队领导,结果到火车站一看,省领导不认说:天峻县不是去两个女的吗?其中还有个孩子,怎么来了个男的,蔡军赶紧解释,又抓紧时间退票上车,幸好当时没有身份证,不用实名制否则要误事。

半个月后蔡军回来,在单位里汇报开会学习的主要精神,心情很激动,说这是他第一次去开这么大的一个会议,走过这么多的地方,当然还参观了这么多的景点。并得意忘形地告诉我,会议安排的非常好,不仅吃得好,玩得好,而且还有一个重大的收获,就是在会议上每人发了一个大铜马作为纪念。我听了后很羡慕,不是为了别的,而是那个大铜马,我跟蔡军开玩笑说:会你开了,饭也吃了。景也玩了,能不能把大铜马让给我。蔡军很严肃地说:周姐别的都可以,唯有这大铜马不行,你知道我以后这样的机会很少真对不起了。没有大铜马我很遗憾。

2012年7月铁十师发小在青海西宁聚会,去关角隧道,路经天峻县。我们

47团的发小下车转了转。啊！天峻县三十年过去了，真是翻天覆地的变化，好不容易找到当年47团团部所在地。只见对面军人服务社还在，只不过变成了天峻县现在的妇幼保健站，我进去后倍感亲切，只见里面干净卫生，到处铮亮。忽然想起当年的蔡军他对象就在这个单位，马上打听蔡军的现状。可惜的是当年那么一个英俊能干的藏族干部已去世三年了，我听了之后心里很难过也很惋惜。

每当提起我女儿莉莉，我的心就很痛。1980年9月在西宁516部队出生的她，出院后我们住在我父母家，西宁铁道兵十师招待所后院的家属楼，母亲上班的同时伺候了我50天（我是最后一批56天产假的）产假一到我就上班了。当时女儿不到两个月，父亲在二郎洞48团，母亲调到西宁铁十师招待所，弟妹上班的上班，上学的上学，没有人帮忙过来带孩子，我只好把她自己放在家里，走时把孩子用小被捆绑起来，以防她哭闹乱蹬掉下床。我每天上班走时心里难舍难分。下班回家时恨不得是飞毛腿，马上回到孩子身边，每次下班回家看到孩子捆绑的小被不知在什么时候蹬开，两只耳朵里灌满了哭喊的泪水，每当看到孩子这样，我的心在流泪。就这样熬到孩子过了六个月。我向领导反映，老是这样也不是个事也影响我的工作。当时在天峻县找个看孩子的人那是不好办的。大家都是抱有能看孩子不如去打零工挣钱多，还不担责任的想法，就这样找不到看孩子的合适人。过了几天领导替我想了个办法，叫我去找幼儿园的领导，我说行吗？孩子太小能收吗？领导说：你不试试怎么知道行不行。我当即答应立马去找幼儿园的领导。当时幼儿园也就刚成立不久，说老实话汉族的孩子少，那都是家里有人看，主要是些藏族孩子。我也顾不了这么些了。找到幼儿园的领导，把我的情况说了说。她说：您的娃娃太小我们不能收。我说求求你了，我真是一点办法都没有了，并把我每天上班下班回家看到的情况给她述说了一遍，她一听说：哎呀！娃娃这么小怎么能让她自己在家，我说是呀这不来求你啊！当即脑子机灵了一下，说是县领导叫我来找你的，她说是吗？等我们商量一下再告诉你。第二天我接到幼儿园的电话说：你的事特殊可以把孩子送去了，我的心总算是放下了。

当我把孩子送到天峻县幼儿园时，看到里面的环境惊呆了，只见两间房子，几个老师(也就是职工家属)领着一群黑乎乎的孩子,大都是藏族小朋友,我的女儿最小也就是刚过六个月,幼儿园的领导和老师(还是叫阿姨比较合适)都很热情的接待了我们。说实话就当时的条件和环境我再有一点办法也不能把我的女儿送去。我和幼儿园的阿姨聊了聊孩子的生活习惯和幼儿园的作息时间,原来是和我们的上下班时间是一样的,中午要接送的。我当即说这样挺好,尽管大人辛苦点,但孩子少遭罪。可能是女儿认生,可能是闻到气味不一样,一进幼儿园的门女儿就哭了,反抗不愿去,可怜又不会说,就是会说也没用,就这样第一个星期每次一到幼儿园的门口就开始哭,是天天如此。我想适应就好了。谁知第二个星期就开始感冒发烧,没办法不能上幼儿园了,放在家里我不放心,我请假吧又不可能,我也很忙,一个萝卜一个坑,给领导打了个招呼,我只好上班带女儿去办公室,说来也怪,女儿去办公室很乖,尽管发烧但从不哭闹,就这样女儿陪我上了一个星期的班。刚好一点我就又把她送到了幼儿园,谁知病情反复反而加重。天峻县海拔高气温低,气候寒冷,一年一场风从春刮到冬,在这个恶劣的天气下,别说小孩感冒发烧,就连大人都有活不出来的。

自从把女儿送到幼儿园开始感冒发烧是家常便饭,接二连三断断续续,好好坏坏,还好我开始住的是地方家属房,离 47 团卫生队不远,从此我们就是卫生队的常客,有时天气不好卫生员上门打针,女儿表现得很坚强,除了做青霉素皮试外,基本上听不到她的哭声。女儿从小就懂事很坚强,是咱铁道兵的后代,知道我们大人没有时间管她,吃完饭放到床上自己睡,到点我抱起就走,从来没有因为没睡够而哭闹。后来我又搬到 47 团招待所住,离上班远了,也从不为起床睡觉误事。

天峻县地方电厂每天晚上 10 点半停电,部队每天晚上熄灯要晚点,给我们这些上班族造成生活上的不便,我为了不耽误工作,每天是起早贪黑,从来不敢是孩子睡我也睡,都是等孩子睡后,我抓紧时间收拾完,要把晚上的饭打点好,把菜切好码到盘子里,等下班回家做饭不误事。干家务时有时用部队的背包带把孩子绑到我后背上,有时放到孩子的小推车里,等我干完家务后经常看到孩子躺在小推车的下面,每天晚上要在熄灯前把第二天早饭准备好,要把大人孩子的衣服洗好,幸好天峻县有大火墙,衣服基本上是晚上洗白天穿,加上我个性要强,不管干什么都要干好,有时也是太累了,有时病了请一天假,但是这一天假比我上班还累,真是不舍得在家白白躺一天,再难受也要爬起来,女儿这天可以不上幼儿园了。还要给老公孩子改善一下生活,把家收拾干净,叫老公回家有个好心情。再一个就是我不管怎样也不能给父母抹黑丢人,不能叫别人笑话我。

我的父母是八一年转业回烟台的。我和老公一直在47团所在地天峻县生活工作近十年。这些年是多么不容易,我的发小姐妹们一个个随父母转业回到内地老家,最后只剩下我一个人留在了天峻县大草原,孤独寂寞困难重重我都挺过来了,首先要感谢我老公,是他给了我关怀,给了我依靠,真是我们家的顶梁柱。感谢天峻县各级领导特别是我的老主任,后来任天峻县县长,给了我很大的关心和帮助。直到现在每当提起在青藏高原的经历,孩子们就说:妈没想到你当年受了这么多罪,我说我们吃的苦遭的罪比你姥爷他们就不算什么了。

铁道兵献了青春献终身,献了终身献子孙,这句话在我们家应验了。

在青藏高原的日子是我一生最宝贵的经历,现在的困难比起当时在青藏高原,真是微不足道,这都不算啥,都不是事。

刚察县国营旅馆

1980年11月初,我抱着出生50天的女儿,从西宁我母亲家回天峻县上班,走的那天天空布满乌云,下着鹅毛大雪,当时不知刮得什么大风,可能是旋风,分不清东南西北,母亲含着泪把我送到车上。老公和我抱着孩子,坐在大解放的驾驶室里,为了防止在搓板路上颠簸,还在解放车的车厢里放了几块枕木以保持平衡。如果没有这条自东向西搓板路,以当时的天气是无法找到方向的。我抱着出生只有50天的女儿,怕冻着孩子把她包得像个粽子,里三层外三层,就这样我们从西宁回到天峻县,车开得很慢,可能是司机怕颠着孩子,走到刚察县的道边上有个国营旅馆,我们决定在这里休息一下,喂喂孩子,我下了车就觉得浑身冷,其实我也很虚弱,马上就进了国营旅馆,当时屋里漆黑。这时闻声出来一个藏族姑娘,可能是服务员,很热情的帮我们接过行李,一看我抱着个小孩,马上叫道这么一个小娃娃,快别冻着,赶紧用牛粪点燃炉子。可能是天不好牛粪受潮了,炉子里不见火苗只冒烟,呛得我和孩子都流起泪来。我赶忙抱着孩子蹲在地上减少烟呛,好在不一会火苗着起来了,立马觉得屋里暖和起来,藏族姑娘忙里忙外,又烧水又沏茶对我们问寒问暖,尽管外面下大雪刮大风非常冷,但我的心里暖和和的,忙感激的说:谢谢辛苦你了。藏族姑娘说:解放军在这里给我们修铁路,这才辛苦。我这么做是应该的。一句话真是各族人民心连心,这件事是我终身难忘的藏胞情。这个地方就是刚察县国营旅馆。

“有过多少往事仿佛就在昨天,有过多少朋友仿佛就在身边……”就像歌里唱的仿佛就在昨天,仿佛还在身边,就是这样。

一晃三十多年过去了,尽管“红了樱桃,绿了芭蕉,流光容易把人抛”有些事总是令人难以忘怀,有的人总是要被铭记,被崇敬。

时过境迁,我们也是一代了不起的人,绝非可有可无的,父辈们南征北战,我们却在天南海北,儿时的梦想和现实的生活统统都搅在了一起,都成为伟大记忆的一部分。我们如今不需要一丝一毫的美化,因为我们已经走过来了。

铁道兵希望学校

螺髻山铁道兵希望学校原名螺髻山镇中心校,建于1959年,坐落于在国家4A级景区的螺髻山脚下,毗邻螺髻山彝寨,是一所以彝族学生为主的乡镇中心小学。2006年6月2日,挂牌为原中央军委副主席刘华清亲笔题词的“铁道兵希望学校”。近年来,学校以优美的育人环境,良好的校风和突出的办学效益著称,已经初步形成具有鲜明办学特色的县级窗口示范学校。

目前,学校占地100亩,教职工73人(其中教师58人,炊事员13人,门卫2人。)学生1690人(其中小学部1315人,幼儿园375人)。校内教学区、运动区、绿化区、生活区等布局合理、规范，拥有电脑室、实验室、图书室、远程教育室、音乐室、多媒体教室、荣誉室、红领巾广播室等较高层次的教育教学设施及较大规模的教学大楼、学生住宿楼、综合大楼等。

学校奉行“培养有爱心、负责任、热爱学习、追求善真、综合素质和谐发展的基础人才”的办学理念，实施“常规立校、科研兴校、质量强校、特色塑校”的治校方略，促使全体教师努力学习现代教育理论，大胆尝试课程改革，锐意教育创新，不断优化教学过程，为全面提高学生素质，培养全面发展的基础人才内化着个人的目标。2000 年以来，学校恪守“平实育人、快乐做人”的校训，致力于内涵发展，以“立德树人，立志弘业”的校风、“博学善导，厚生乐教”的教风，“勤思善问、乐学多能”的学风，为“走质量效益特色相统一的发展之路”这一目标迈出了第一步。

学校建校至今，经历了三个重要的发展阶段：1959—1989 年的办学初始阶段，1990—2004 年的办学形成规模阶段，2005 年以来的跨越发展阶段。1959 年 3 月德育乡民小建成（现在螺髻山铁道兵希望学校）。当时民小的教室是一间茅草房，房子分为两半，大半为教室，小半为教师住处，里面光线黑暗。1970 年以来，我乡教育大打翻身仗。在上级主管部门的关怀下，在国内贸易部的捐助下学校有了自己的基础设施并逐步完善。1986 年，班级从 2 个扩大到 6 个，在校生人数也从几十个扩大到近 125 人，女童学生人数从 0 发展到 35。跨进新世纪，在各级领导的关怀下学校也迎来了发展的春天。2000 年学校改名为螺髻山镇中心校。2001 年，学校班级数发展到 12 个，女童入学率大大增加，师资队伍也壮大到 22 位。2002 年 9 月作为四川省第一批十年行动计划项目工程的教学楼投入使用。2005 年，两基攻坚项目工程教学楼、学生宿舍投入建设。学校各方面逐步走入正轨。2005 年 5 月 4 日，铁道老兵、爱心人士王尔康先生走进学校，为学校的发展带来了前所未有的促进和推动作用。2005 年 9 月，王尔康先生亲自采购的 46 台电脑、两部电子钢琴、三部手风琴到达学校。学校有了电脑室、音乐室。2006 年 6 月学校正式挂牌为原中央政治局常委、中央军委副主席刘华清亲笔题词的“螺髻山铁道兵希望学校”。普格县委、县人民政府正式任命王尔康先生为螺髻山铁道兵希望名誉校长。2005 年以来，在上级主管部门的领导下，在王尔康先生的大力支持下，学校先后建成了学生食堂，教师周转房，幼儿园教学大楼，幼儿园食堂，学校综合大楼，新征土地 80 余亩，学校建造了宽阔、设备齐全的运动场。

2005 年以来，在上级主管部门正确领导和爱心人士王尔康先生的大力支持下，学校先后获得各级殊荣十余项，如省“校本研训基地校”、省“依法治校示范学校”、州“勤工俭学示范学校”、州“寄宿制示范学校”、州“交通安全示范学校”、县“校风示范校”、县“精神文明单位”、县“文明单位标兵”、县“教育工作先进单位”等荣誉。在全体教师的通力协作、培养下，学生的个性得到了发展，教学质量得到了提高。

长风破浪会有时，直挂云帆济沧海。螺髻山铁道兵希望学校将乘上理想教育的巨轮，扬帆起航，开拓奋进，迈向学校教育理想的彼岸。

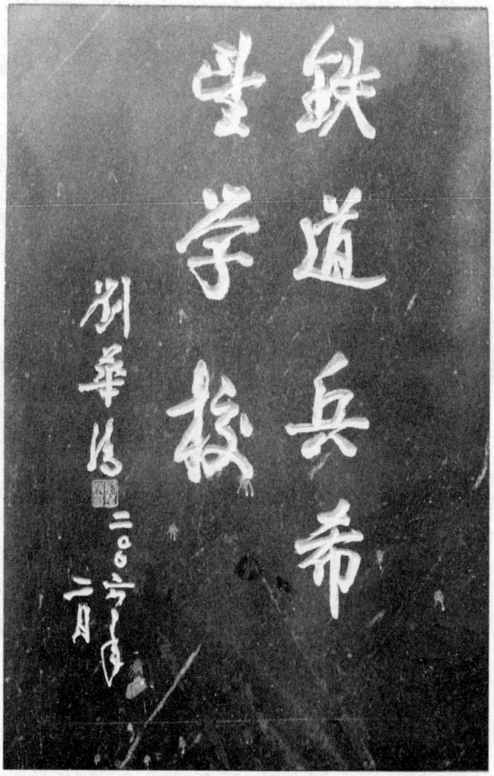

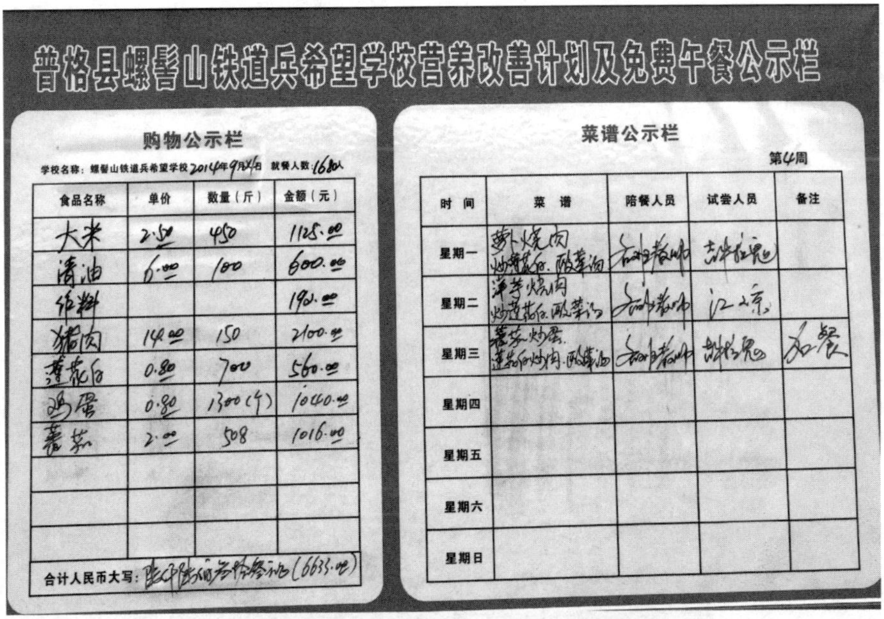

普格县螺髻山铁道兵希望学校营养改善计划及免费午餐公示栏

购物公示栏

学校名称：螺髻山铁道兵希望学校 2014年9月24日 就餐人数：1680人

食品名称	单价	数量（斤）	金额（元）
大米	2.50	450	1125.00
清油	6.00	100	600.00
佐料			190.00
猪肉	14.00	150	2100.00
莲花白	0.80	700	560.00
鸡蛋	0.80	1300（个）	1040.00
蒜苔	2.00	508	1016.00

合计人民币大写：[illegible]（6635.00）

菜谱公示栏

第4周

时　间	菜　谱	陪餐人员	试尝人员	备注
星期一	萝卜烧肉 炒莲花白、酸菜汤	[illegible]	[illegible]	
星期二	洋芋烧肉 炒莲花白、酸菜汤	[illegible]	[illegible]	
星期三	蒜苔炒蛋 莲花白炒肉、酸菜汤	[illegible]	[illegible]	[illegible]
星期四				
星期五				
星期六				
星期日				

“一带一路”建设，中铁二十局二公司不缺席有作为

郗大新

2013年9月7日，习近平总书记在出访中亚国家期间，首次提出共建“丝绸之路经济带”。同年10月，总书记又提出共同建设21世纪“海上丝绸之路”，二者共同构成了“一带一路”重大倡议。

四年时间，“一带一路”宏伟蓝图由初创到一步步展开、一笔笔绘就，而今，世界瞩目，全球合作。中铁二十局二公司作为有担当、有责任的央企和国际化大型铁路建筑施工企业的一分子，始终支持中国贡献和丰富中国智慧，在推进“一带一路”建设中，干在实处，走在前列。

一

历史机遇不容错过。

在推进“一带一路”合作发展共赢的伟大进程中，中铁二十局二公司积极行动，展示作为，思虑的是“要我干什么”，思考的是“我能干什么”，思索的是“我要干成什么”。

自2009年二公司进入古丝绸之路重镇——甘肃兰州的建筑市场以来，他们以“当好丝绸之路经济带开路先锋”的姿态，积极投身甘肃省的基础设施建设中来，先后承建了东川铁路物流中心、兰州国际港务区山前路、兰州铁路口岸、吴中城际、兰渝铁路、兰合铁路、青海矿业、平罗货场、中川铁路、银川南货场、嘉峪关站改、高台道路改建等13个项目的建设，投资总额达70亿元。在“精品丝路，绚丽甘肃”的建筑市场，二公司擦亮了“中铁二十局”这块国际化产业集团的“金字招牌”。

习近平总书记说,我们要“保持经济持续健康发展,就必须树立全球视野,更加自觉地统筹国内国际两个大局,全面谋划全方位对外开放大战略,以更加积极主动的姿态走向世界”。

二公司坚持“走出去”海外发展战略,继安哥拉、莫桑比克、塞拉利昂等海外工程项目之后,积极拓展巴基斯坦建筑市场,2015 年,参加了该国卡·拉公路Ⅲ标(阿卜杜勒哈基姆 - 拉合尔路段)工程项目二工区的建设任务。

卡·拉公路是中巴经济走廊交通基础设施项目,该项目Ⅲ标(阿卜杜勒哈基姆 - 拉合尔路段)位于旁遮普省,路线采用实现 ITS 的 6 车道高速公路,设计速度 120 公里/小时。二公司参建的二工区施工管段,路线起于 QB-Link 河边,沿 Sharaqpur 镇北侧设线,设 Sheikhupura Road 互通,之后跨 Froze wala 区域,终于既有 M2 高速,与 M2 相连互通,路基全长 32.89km,路面全长 45.95km。该工程项目建成后将极大地促进巴基斯坦的经济腾飞,也必将为当地创造上千个就业机会。

二

甘肃兰州作为“丝绸之路经济带”重要的铁路口岸和物流交通枢纽,二公司作为铁路、公路、机场等交通基础设施建设的开路先锋,两者之间没有任何理由不深度合作。甘肃兰州东川铁路物流中心项目就是二公司投身“一带一路”建设的“试金石”和“敲门砖”。

甘肃兰州东川铁路物流中心项目位于兰州市西固区西大门,占地 3010 亩,距兰州市河口南站 2 公里。整个货场自北向南依次为特货作业区、长大笨重货物作业区、集装箱作业区、东川货运中心车场、路局装卸作业区、快运作业区,整个货场共设到发线 8 条,牵出线 2 条,远期预留到发线 7 条,该项目是“丝绸之路经济带”标志性工程。

驼铃相闻,舟楫相望,古丝绸之路跨越千年时空,焕发着新的生机。经过二公司建设者们撸起袖子加油干,甘肃兰州东川铁路物流中心项目按期交付使用。2016 年 5 月 11 日，南亚班列顺利首发；2016 年 9 月 23 日，兰州铁路局西部快运，兰州东川至广州大朗集装箱点到点品牌列车顺利启动；2016 年 10 月 31 日，南亚班列实现常态化运营；2017 年 1 月 10 日，北场核心功能服务区全面开通。截至目前，二公司施工的兰渝铁路、中川铁路、银川南货场、东川铁路物流中心等项目已交付使用。

难忘 2016 年 6 月 28 日兰渝铁路大拨接会战激动人心的场景。二公司精心组织，科学部署，调集人员、料具、机械等资源，组织 1400 余名参建员工、80 余台施工机械，在 290 分钟“天窗”点内完成 4 个龙口共 1.46 公里线路拨接施工，安全圆满完成了兰州铁路局历史上规模最大的一次大拨接，保证了兰渝铁路兰夏段顺利开通。

工程项目建设不仅是二公司的工作平台，更是企业又好又快发展的舞台，走质量强企之路是不二选择。二公司人秉承“重合同、守诚信”的管理理念和精益求精施工作业的工匠精神，为客户提供着“功能齐全、设施到位、品质优良”的建筑产品。正是因为有了与业主同频共振的合作，赢得了二公司在兰州建筑市场为公司“一带一路”建设开疆拓土的丰功伟绩。

三

谋求共享共赢，是“一带一路”的本质。2014 年 6 月，在中阿合作论坛第六届部长级会议开幕式上，习近平总书记话语铿锵有力：“‘一带一路’是互利共赢之路。”

在巴基斯坦工作的二公司员工赵向南说，来到巴基斯坦，会经常看到“巴铁”兄弟竖起大拇指向中国人示好。在巴基斯坦到处可以看到“Long Live Pak-China friendship”字样，他们法律甚至有一条破坏中巴友谊罪。

为了保证中国建设者的安全，巴基斯坦政府在项目驻地设置岗楼、起降杆、监控设备、地刺以及增加专业保安团队等措施加强安保。夜间施工，加派警力；夜间外出，警车跟随，因为巴基斯坦人民知道，中国建设者是为合作、发展、友谊而来。

Hussein 是二公司巴基斯坦项目负责人力资源管理的工作人员,经过中国同事的帮助和与中国朋友相处,不仅自己的业务水平有了提升,而且在与当地管理部门的工作沟通中,发挥着积极作用。在他看来,中国人干起活儿来简直太拼了,经常会说:"Chinese people hard work"。有次,工地损失部分钢筋,经他反复联系保安公司,最终使问题得到了妥善解决。到工区工作近半年时间,他结交了许多中国朋友,会自豪的告诉他的亲人和朋友,他是 CR20G(中铁二十局集团)中的一员,这个企业 Very good!

二公司的海外项目在当地劳务中有很好的口碑。他们看到中国人总会以 BOSS 相称,经过长期共事,当地劳务会说中国人对待他们还是平等的、尊重的。他们会认真、努力地去完成自己的工作,二公司海外项目部也会给他们按时发放工资,大量当地劳务工的使用也改善着当地的就业。

四

二公司是有着光荣历史的铁路建筑施工企业,从未缺席任何重大历史阶段的重大工程项目建设。在推进"一带一路"建设中,他们既是坚定支持者又是积极参与者,既是辛勤建设者又是历史见证者,既是无私贡献者又是合作共赢者。

二公司承担施工的兰渝铁路兰州枢纽 1 标段,自上场至今,历时近 7 年,取得过 5 次"质量信用评价"第一名;还斩获兰州铁路局 2010 年度"工程优质、干部优秀"先进单位,2016 年"抓开工、促建设、勇创新建精品"立功竞赛活动先进施工项目部。

二公司建设的东川项目,2016 年、2017 年,连续两年被兰州铁路局评为"先进施工项目部"。杨家湾黄河特大桥先进的施工技术,被中铁二十局集团确定为集团公司科技创新计划项目,该课题荣获 2011 年度集团公司科学技术一等奖。2011 年 7 月 28 日,国家知识产权局授予该桥"水中墩承台双壁钢围堰施工用组装式浮体"及"水中墩承台双壁钢围堰施工用起吊下放系统"实用新型专利权。2016 年,该桥获得“中国铁建杯”优质工程。

“先进施工企业党组织”“爱心企业”“标杆企业”“十大创效管理团队”等诸多殊荣,是对二公司业绩的肯定和贡献的认可。一座座矗立在国内外的精品工程,一块块收入囊中的奖牌奖杯,一段段海外施工管理故事的中国表达,宛如一个个跳动的音符,奏响了属于二公司推进“一带一路”建设的雄浑乐章。

(作者为中铁二十局二公司党委宣传部部长)

凌云奔马舞翩跹

——中铁二十局二公司兰州东站站改纪实

郗大新

"倚岩百丈侍雄关,西域咽喉在此间"。一条并不宽阔的河道,横阻于丝绸古道,对古人来说无疑是一大天堑。然而在兰州铁路枢纽建设中,兰州东站的改扩建便成了枢纽建设的咽喉。

兰州东站是兰州铁路枢纽主要货运站场,地处陇海、包兰线交汇处,接发列车、调车作业十分频繁,平均每天接发列车达150列,每隔5分钟就要办理一趟列车接发;调车作业日均调动车辆达520车次。

该车站站改施工涉及线路、道岔、接触网、信号等设备的大规模改造,接发列车密度大、天窗给点困难,施工工程量大、任务艰巨、行车安全保障措施要求全面、站场内施工场地狭小,而这一系列的改造任务仅有3个月时间,并要保证既有客运货运列车正常通行。

兰州东站站改工程由中铁二十局二公司承建,这是一支敢打硬仗的队伍,在这样的环境下施工如在一个封闭的牢笼中戴着手铐脚链跳舞,而这支队伍却如凌云骏马般翩跹起舞,不舍昼夜漂亮的完成了施工任务。

众志成城迎大考

兰州东站改造工程是原铁道部特批的为兰渝铁路兰州枢纽工程早日投入运营新增的过渡工程,是提前服务于甘肃经济的控制性工程,也是兰州铁路局历史上技术难度最大的站改工程。为确保兰州东站改造工程万无一失,中铁二十局二公司董事长、党委书记刘文武，公司副总经理兼兰州东站站改项目经理吕鹏涛、总工程师程彬仔细分析工程特点后制定了“集中优势，重点突破，打好站改攻坚战”的工作思路。

既有线上进行如此大规模的改造施工，工程量之大，时间之紧，安全风险之大前所未有，作为中铁二十局和兰州铁路局尚属首次。这是对中铁二十局二公司兰州枢纽兰州东站改造项目部项目管理、施工组织、技术方案、人力机具等方面的一次前所未有“大考验”。

当得知兰州东站项目面临严峻的考验后，二公司要求兰州枢纽兰州东站站改项目部按照兰州铁路局要求，周密部署，精心组织，一定要打赢这场硬仗。

公司董事长、党委书记刘文武多次询问站改施工准备进展和各种施工资源配备情况，并指导和帮助项目部联系协调施工人力、机械等。短短几天的时间，从公司机关、哈齐客专、沪昆客专等工地调集多名参与过既有线施工及参与过站改的技术专家进驻现场。更有参加工作多年施工经验丰富的韩宏生同志主动请缨到现场参与这场硬战。在站改天窗点施工大干期间，公司副总经理兼兰州东站站改项目经理吕鹏涛一直盯在现场。从站改施工准备开始，到四个阶段的各封闭点，兰州东站站改项目部与兰州铁路局密切配合，通力合作，顽强拼搏，昼夜鏖战。

面对站场改造道岔多、站场场地狭窄、安全卡控难、连锁关系复杂。而既有通行站施工保障正常客货列车通行是施工的前提条件。前期兰州东站“先正线后站线”“半场封闭施工”的方案先后被电务、运输部门否定。此方案工务方案合理，而电务、供电、运输却不可行。为避免纸上谈兵，东站站改项目部技术团队深入现场调查，对现场进行了详细勘察，重点掌握既有站场设备及行车组织的安排。集思广益对道路布置、路料堆放、道岔铺设、旧料回收提出合理的方案。组织召开方案论证会，优选施工方案。通过建设单位组织施工单位，基层站、段设计单位、监理单位和运输部门召开方案论证会，对施工方案进行分析，查漏补缺，避免各专业、各部门之间的冲突。最后兰州东站施工计划优化为站改分四步进行：遵循先站线、后正线，从外到内，逐步封锁逐步开通的原则。

安全施工无退路

项目部安全总监刘玉贵，深感安全管理责任重大。刘玉贵说："我干了 20 多年的安全工作，在如此繁忙的既有通行站，这么短的时间完成如此大的站改工程量，这还是第一次"。

在安全管理上，项目部下了大功夫，这次施工组织难度大，又是既有线站场改造，封闭点结束后就要开通继续投入运营，5 分钟内就有列车通过，不允许有一点闪失，项目部通过加强包保力量，调集经验丰富，责任心强的人员在安全上进行布控，成立了两个安全防护工班工 24 人，天窗施工时抽调一个工班共 40 人专门负责机械人员安全，确保机械人员在场内的作业安全。

为确保站改施工"不出一事、不伤一人、不延一秒"。现场配备了大型设备 29 台、现场安全防护人员 70 余人，共购买安全警界线 2 万米、安全防护马甲 1500 套、对讲机 50 部、防护喇叭 24 只、防护信号灯 4 只、防护口哨 80 只等等。

包保领导和包保干部实行分级分片负责，各司其职，各管一片，实行现场各环节盯控全覆盖。经过周密部署和精心安排，全体干部员工做好了迎接挑战的准备，站改施工一触即发。

挑灯夜战迎曙光

2012 年 10 月 24 日凌晨 4 点，现场机械调度刘小会已经起床整装待发，他挨个儿叫醒了沉睡中的机械司机们，今天的要点施工至关重要，否则贻误施工，影响既有线正常通行，集合前老刘安排了今天的施工计划，做了上岗前安全培训，整个过程 15 分钟结束。

凌晨 4∶20 分，寂静的兰州东站瞬间沸腾起来，车站站场亮如白昼，参战 800 多名员工提前到达指定地点，一个精神抖擞，摩拳擦掌，开始了施工前的各项准备措施：人员清点、物资检查、机具分发、安全防护……。两个安全防护工班工班长王金财、凌文才各自带领自己工班的 12 人，分布在既有铁路两边做起安全防护支起了一张现场安全防护网，5：24 分从兰州东站调度室传出 11044 号命令："5：25~8：25 为封闭施工时间"。施工命令刚一下达，施工现场顿时机械轰鸣，人声鼎沸。"一、二、哈嘿哈嘿……"800 多名员工响亮的号子声，钢钎和钢轨道渣的碰撞声，钢轨扣件的摩擦声在车站上空回荡，热火朝天的施工场面奏成了一部力量与美的交响曲。切割钢轨、道岔平移、夯平路基、插入新轨等各项工序紧张有序的展开。一组组道岔按既定方案顺利预铺组装，机械在狭小的站场内有序倒运着材料，每台机械有一名安全员现场指挥，确保其安全。

早晨 7 点，透着太阳升起的第一道曙光，第一组预铺道岔在工人们齐齐的号子声中推入指定地点。经过 180 分钟的紧张施工，三组道岔拆除和新铺轨道施工任务顺利销号，800 多名工人及 30 多台机械此时已经全部安全撤离施工现场。本次要点施工圆满结束。

刘小会、王金财、凌文才等工人们已是 4 个小时没有喝一口热水，干燥的冷风吹的嘴唇开裂，满脸通红，说话嗓子也哑了。早晨 8 点 25 分迎着初升的太阳，一辆旅客列车从东驶来，缓缓通过兰州东站，此时全体参建员工早已是汗流浃背，原本整洁的工作服、防护服上沾满了汗渍、油渍，但他们的脸上都洋溢着灿烂的笑容，在清晨曙光的照耀下格外美丽。

细中不懈建精品

项目经理吕鹏涛介绍："为熟练掌握既有线施工作业程序和标准，项目部建立了全员、全过程培训，对所有参建人员进行安全意识和技术培训达千余人次，天天讲安全，时时讲标准。对作业队长、技术主管、工班长、技术员进行强化培训和技术交底，在作业队建立模拟技术练兵场"。"细"中不能"懈"，否则事倍功半，影响工期节点。

项目部"一班人"把"细节"与"竹节"理论管理结合起来，即：施工中以节点工期目标为导向，以细化管理为中心，统筹工期、资金、人力、物力等客观体，充分激发员工积极性和主动性，为一个共同目标执著推进。项目经理吕鹏涛和员工们一起吃住在现场,督导施工。

兰州东站站场施工狭小,项目部采取了预铺轨道纵移的施工方法,最大纵移距离达700米。预铺道岔场地选择在线路外侧,以减少场内工作量,缩短封锁时间。预铺轨道平台采用木枕搭设,将木枕搭设成枕木跺,上下层木枕用耙钉钉牢,在顶面铺设两根通长的导轨,平台搭设完毕后,保证平整及组装后的道岔不倾斜,使预铺轨道整组长平良好,便于整体纵移。在天窗点施工前完成预铺工作,天窗点整体纵移至铺轨地点。

轨道铺设后采用线路中捣机平顺线路。线路中捣机数据采用电脑操作。然而在一次中捣施工中,测量负责人孙启彬发现了新铺轨道有点偏离铺轨设计位置,通过反复几次测量他确信中捣机捣固数据存在偏差,要求线路捣固机操作人员重新检查线路。线路捣固机操作人员确信电脑操作不可能错误,肯定是人工测量有问题。孙启彬与中捣机操作人员之间争执起来。孙启彬说:"轨道的曲线段线路捣固数据不能有任何闪失,否则线路无法正常接轨,即使接轨会对列车通行留下安全隐患,绝不能马虎大意,我要求你们重新捣固"。中捣机乔书记见小孙态度如此坚决,接受了小孙的建议。重新定位数据,捣固机再次缓缓移动,在最大弧度转向处发现了问题,线路捣固进入正确轨道。捣固结束最终发现由于中捣机直线零点数据定位错误,导致曲线线型偏离设计线路。乔书记等一行工作人员对我们的技术人员彻底服了。电脑操作也有失误,敢于挑战权威,对工作如此细致,精益求精令所有人折服。

2012年的国庆节兰州东站站改是否停工直至节前一天都没定下来,7月30日下午项目经理吕鹏涛到兰州枢纽建设指挥部开会,会上定下来国庆节要停工,要求在1小时内在东站作业的所有人员机具全部撤离。项目经理吕鹏涛出会场后电话布置给现场,要求40分钟完成撤离等候核查。开完会项目经理吕鹏涛赶到现场,离电话通知撤离仅仅半小时,现场所有机械、人员已经全部撤离。

拼搏奉献写辉煌

100多天的连续鏖战,100多天的艰苦拼搏得到了回报。兰州铁路局、兰州枢纽建设指挥部对全体参建员工的吃苦奉献、敢打硬仗、创造了辉煌业绩进行了褒奖。为这次站改施工的顺利完成，不论是兰州枢纽项目部、兰州东站改建项目部，不论是管理人员还是普通工人，大家都全身心投入到这场战役中，终于取得了最终的胜利。

项目经理吕鹏涛作为施工第一负责人，每天要第一个到施工现场签署当天施工任务命令，封闭点结束后还要参加施工总结会，布置点外施工和下一个封闭点的施工任务，每晚 8∶00 作业布置，早晨 5∶30 点名上班，夜间要点施工也是常有的事情，人的正常生物钟已经错乱了，每天平均睡眠时间只有三四个小时。睡眠严重不足，但他依然精神抖擞，始终盯在现场，仿佛永远不知疲倦。他总是第一个来，等工人收工检查没什么问题后最后一个走，他说："在这么关键的时候，自己说啥也要咬牙坚持，无论如何也要打赢这一仗！"

田广雪是现场一名调度，刚参加工作 1 年多时间，每天在现场盯控，调度工作是小田第一次接触，很多东西都不太熟悉，需要自己慢慢摸索。每次要点批复下来后协调组织现场负责人、技术、安质、工班安排当天各自的施工任务，同时跟踪任务的落实情况，将现场施工情况及时准确汇报项目项目领导。每天在现场盯控长达 14 小时，一日三餐没按点吃过饭，基本都在现场随便应付。

张超是 2010 年毕业一年的年轻的技术干部，他白天要到铁路局完善要点批复手续，一般都是提前联系铁路局工作人员，有时候难免找不到人，有时候在铁路局一等就是一天。为尽快批复总是苦口婆心的解释现场准备情况，希望铁路局领导顺利完善要点批复手续。

张东波是夜晚要点施工照明系统的负责人，夜间照明是个庞大复杂的体系，要求作业全场在夜间施工通明不留阴影死角，照明线路的架设不能影响铁路上面的接触网和路边的信号灯。为了满足车站的夜间施工照明需求，他提前架设铺通线路，安装增容变压器，多次往返于地方供电单位办理用电手续，为站改施工提供了安全可靠的用电保障。

刘小会是现场一名机械调度，白天晚上一直盯在现场，脸晒的黝黑，嗓子都喊哑了，嘴唇全是干裂的血口，有人劝他回去休息，他说："这个站工作量太大，事太多了，我不在现场心里不踏实。"

还有更多的普通职工,100 多天一直坚守在岗位上,为站改工作的顺利完成默默奉献着……

因为有了全体参建员工的共同努力,因为有了所有员工舍小家为大家的奉献精神,才换来了兰州东站站改施工的全面胜利。通过这次“大考”,展现了兰州东站站改项目部干部员工的凝聚力和战斗力,更展现了中铁二十局二公司综合施工能力和水平,大大提升了公司的企业形象和品牌知名度。

(作者为中铁二十局二公司党委宣传部部长)

后　　记

编写《誓把彩虹铺天下》这本书的初衷，是在我父亲身患重病的晚期，我想通过一件他喜欢做的事来充实他的时间，分散注意力，减轻痛苦，便想到了让他写回忆录。我对父亲说："您是喜欢总结的，我想请您回忆一下，把您在铁道兵的生活，尤其是在成昆铁路、襄渝铁路和青藏铁路建设中的亲身经历、施工经验和教训写下来。一方面这是国家的一笔宝贵财富，应该留给后人；另一方面，以书的形式，让您的铁道兵战友们重温那段激情燃烧的岁月，更好地享受这来之不易的快乐人生；同时我们这些铁二代、铁三代们还可以从前辈们的宝贵经验中汲取丰富的精神食粮，从而养成成功的习惯，始终走在时代的前列。"父亲愉快地接受了我的建议，并在最后一次住院前(2014 年清明节时期)完成了初稿。没想到他这次住院就再也没有回来，完成父亲的回忆录以飨世人，就成为我责无旁贷的责任。

在本书的编写过程中，我记忆深刻，终生难忘的几件事：

一、新中国的铁路建设如此艰辛

与我父亲一起"抗美援朝"从朝鲜回国，转战酒泉铁路支线(清水-绿园)建设的姜世禄叔叔回忆道：我们在杳无人烟的戈壁滩沙漠修铁路，遇到的困难大家都无法想象。举两个生活上的例子：

1.沙尘暴来了，大家面对面都看不见，本能地趴在地上，沙尘暴过后，马上集合队伍，分头去找被刮跑的帐篷。慢慢地大伙都摸到了规律，总能在(500 米)以内找到晚上睡觉用的帐篷。

2.一盆洗脸水的"充分"利用！在戈壁滩上水是非常宝贵的，生活用水必须从很远很远的地方拉来,我们每个连队每周只能“享用”一车水,每个班一天只能用一脸盆水。早晨大家轮流用这盆水洗脸,中午、晚上还接着用,晚上轮流洗完脚后,第二天把这盆水拌和到混凝土中才算“完成了历史使命”。

二、“人才”是第一生产力(崔俊道叔叔的感悟)

国团长的水平高是很出名的,但交代给我们的一件事,当时很不理解,即支持于总工程师搞特殊化! 国团长交代我们:“于工吃小灶的鸡自己买,其他的煤油、食油、佐料等都帮他去炊事班拿!”我们时常跟国团长嘟囔:“您团长都不搞特殊,为什么要支持于工搞特殊?”他总是轻描淡写的一句话:“只要于工在这里,我们的隧道就有办法打通,桥梁也有办法架起来,没有他,修铁路光靠咱们,千军万马也不顶用!”

三、“关角隧道”——总结过去,展望未来

新“关角隧道”为什么历时七年才贯通? 实际上隧道进入正常掘进阶段只用了 8 个月就贯通了。归根结底仍然是老毛病:吃亏在方案上,对水患估计不足。2014 年 8 月初,我来到新贯通的关角隧道参观考察,再一次验证了父亲在回忆录中有关关角隧道施工的阐述是正确的:必须先把水的问题解决了,工程才得以顺利进行! (隧道里放了一炮——隧道施工爆破,每昼夜 24 万立方米的地下水涌入施工作业面,进口的机械设备全部瘫痪了! 最后重新设计,在隧道下方先挖了一条暗河,多建了一条排水隧道)。

通过这件事,我更坚定了一定要把父亲留下的宝贵资料整理好,并尽早问世。这些年来,中铁建、中铁二十局的同志多次找过我父亲,向他请教并寻求建议、经验、珍藏的资料等,一些宝贵资料我父亲舍不得借出,这一次,我把父亲对祖国的热爱,铁道兵 47 团在“成昆铁路、襄渝铁路和青藏铁路”建设中总结的宝贵经验全部融入书中,这些经验和资料是铁道兵战士、民兵和三线学兵用鲜血和生命换来的!

四、走遍"烈士陵园"

2014年8月1日人民交通出版社在北京召开了这本书的启动会,王尔康叔叔和杨国诚叔叔特意从上海赶到北京参加会议。在启动会上王尔康叔叔十分激动地对我说:"小国我对你的要求是,去看一看每一位烈士,把他们的名字记下来,编到这本书里,让人们永远记住他们。"

我拿起相机,在父亲的战友和学生们的大力协助下,用了一个多月的时间,走遍了成昆铁路、襄渝铁路、青藏铁路线上铁道兵47团曾经战斗过的地方,拜访了团部旧址和七个烈士陵园,核对了每一位烈士的名字,书中的所以烈士墓碑我都一一拍照留存,历史将永远铭记他们!

五、成功是一种习惯

父亲的一生是辉煌的一生,他给我们树立了光辉的榜样,也创造了无穷无尽的财富。很多叔叔、阿姨对我说:"出这本书很有意义,但是太难了!"我回答说:"你们放心吧,我想做的事没有做不成的,成功是一种习惯,人的幸福是自己设计出来的!"

历时两年多的时间,《誓把彩虹铺天下》的书终于提前完成了(原计划3年),这期间得到了很多47团和铁道兵学院的叔叔、阿姨们的大力支持和帮助,心里的感激不尽言表,我一遍遍在心底默念他们的名字:姜世禄、喻烽星、张双明、颜炳荣、孙宝根、刘彦照、杜栓盈、赵祥根、周树华、杨国诚、王尔康、韩怀仁、萧根胜、韩耀先、柴炎、冯永胜、田谓东、姬建中、丁原臣、徐成涛、赵登善、苏作霖、万承茂、熊吉林……

感谢沈芳("永远的铁道兵"总制片人)、王新建(CCTV-10总编辑)的大力支持!

感谢陕西"安康博物馆"施昌成馆长的大力协助!

感谢"铁道兵希望学校"丰贵宝校长和师生们的大力支持!

更要感谢人民交通出版社的张征宇主任、刘永芬编辑和各位领导们的大力支持,没有你们的辛勤付出这本书也不可能如此顺利。

仅以此书献给47团2016年北京聚会的父辈战友,献给同父亲一起战斗过的部队、学校、战友们及铁二代、铁三代们,献给《铁道兵博物馆》、《铁道兵纪念馆》、《安康博物馆》,献给"铁道兵希望学校",献给所有关心和关爱《铁道兵》的朋友们!

国立军

2016年8月24日于北京

中铁二十局集团第二工程有限公司光辉历程

翻开中铁二十局集团第二工程有限公司（以下简称：二公司）的光辉历程，忠诚是二公司的性格，担当是二公司的品行，骄傲布满章节，自豪洒满段落，辉煌写满历史。

中铁二十局二公司原系中国人民解放军铁道兵十师四十七团（部队番号）。1949年4月，山东军区东海军分区将威海指挥部所属部队整编为独立第三团，同年6月19日，改变为山东警备第一团，1950年1月改变为华东警备六旅十六团，8月警备六旅撤编，十六团调编为警五旅十六团，11月改编为华东步兵一零一师三零三团；1952年2月改编为农三师第七团。1953年1月，改编为中国人民志愿军铁道工程第十师二十八团，并赴朝参加抗美援朝战争的铁路运输抢险；1954年8月改编为中国人民解放军铁道兵十师四十七团；1984年1月1日，集体转工并入铁道部，改编为铁道部第二十工程局第二工程处；1999年12月1日，改称中铁第二十工程局第二工程处；2002年7月21日，完成公司改制，企业改称中铁二十局集团第二工程有限公司，2007年5月10日集团公司撤销第二工程有限公司编制，5月15日，将西北工程公司人员、资产与原第二工程有限公司改制重组成立第二工程有限公司（公司原资质归属中交国际公司），2008年6月，公司恢复组建，定址首都北京。至此，凤凰涅槃后的二公司揭开了新的一页！

二公司注册资本金5亿元，拥有公路工程施工总承包、铁路工程施工总承包、市政公用工程施工总承包和矿山工程施工总承包壹级资质，水利水电工程总承包和房屋建筑工程总承包叁级资质，公路路面工程专业承包、公路路基工程专业承包、隧道工程专业承包和桥梁工程专业承包壹级资质，地基与基础专业承包壹级资质。2016年度公路施工企业全国综合信用评价AA。

铁军荣光　铸就辉煌

在铁道兵时期，中国人民解放军铁道兵十师四十七团，曾担负了抗美援朝战时朝鲜龟殷铁路的抢修抢建，并参加了国家重点铁路黎湛、鹰厦、南福、兰铜、成昆、襄渝、青藏、青绿等铁路项目的施工。

◀ 1949 年 8 月 15 日，解放战争中 10 师 47 团攻占长山列岛国民党海军楼

◀ 1953 年 2 月，抢修朝鲜龟殷铁路青川江木栈桥

▶ 1956 年 1 月，参与修建的黎湛铁路提前六个月全线通车

▶ 1958 年 11 月，参与建设的青海海晏金银滩原子城卫星站

▶成昆铁路西昌段铺轨（摄影：吴仕平）

◀建设成昆铁路时部队在大凉山行军（摄影：吴仕平）

1964 年 9 月 –1970 年 7 月，参建的成昆铁路工程获得国家科技进步特等奖

◀架设人间彩虹（摄影：吴仕平）

◀ 47 团团长国波（右一）率先到尘封了十多年的关角隧道调研（摄影：吴仕平）

►广大指战员在隧道中不顾生命危险战塌方（摄影：吴仕平）

1976 年 2 月—1982 年 10 月，承建的青藏铁路关角隧道是二十世纪世界海拔最高（轨道标高 3700 米）、线上最长（全长 4010 米）、地质状况最为复杂的铁路隧道。

1984 年铁道兵脱下军装后，公司先后承建了大秦、宝中、南昆、沪杭复线、西康、内昆、西合、渝怀、遂渝、青藏二期、襄渝二线、宁西二线、兰渝铁路、南广铁路等 50 多条国家重点铁路干线和江苏沂淮，陕西罕东，山东日照、荷日，辽宁锦赤，甘肃中川等地方铁路及专用线工程建设。

◀ 1998 年 8 月 —2000 年 11 月，参建的内昆铁路朱嘎隧道，是内昆铁路全线最长的瓦斯隧道，穿越总厚度达 265 米的煤层，瓦斯浓度为 5.4%

▶ 2001 年 1 月 —2005 年 10 月，参建的渝怀铁路第一长桥——两昌河特大桥（全长 1234.77 米）

◀ 2003 年 5 月 —2005 年 3 月，参建的遂渝铁路鹭鸶溪大桥 (2009 年获得中国建设工程鲁班奖)

在公路工程施工方面，先后参加了上海莘松，山东济青，浙江杭甬、上三、海宁，陕西西宝、西兰、西临、西禹、黄延、十天、铜黄、延延，甘肃天馋、馋兰、平定，四川成乐、成北出口、都汶、318 改建、纳黔、巴达，重庆北外环、水界、仪合、石万、简蒲、汶马，云南玉元、大保、昆石、保龙、新河、昆明东绕城高速公路，贵州玉三、遵崇、遵毕、仁赤、大思、毕生，湖南邵怀、溆怀、张桑，湖北十漫，河南商开、漯驻、郑新、濮阳、安阳，河北邢威，广东汕汾、广珠西线、广州西二环，江西赣粤、厦昆、武吉，江苏连徐、连宁，山西广源，青海共玉、天互等 80 多条高等级公路工程建设。在此期间，还参加了一批军用机场、港口、码头、工民建筑等配套工程的建设。

◀ 1985 年 3 月 —1990 年 12 月，参建的上海莘（莘庄）松（松江）高速公路是我国第一条高速公路

▶ 1998 年 2 月 —2001 年 10 月，参建的云南大（理）宝（山）高速公路大箐隧道获国家优质工程银质（2005 年获得此奖）

◀ 1999 年 5 月—2002 年 9 月，参建的我国第一条穿越横断山脉的高速公路——大（理）保（山）高速公路。被评为国家优质工程银质奖

▶ 承建的 2006 年被誉为“亚洲第一高墩大桥”黄延高速公路洛河特大桥（建设时间 2002 年 12 月—2005 年 11 月，其中主墩高 143.5 米）

▲ 2004 年 6 月—2006 年 7 月，承建的保（山）龙（陵）高速公路马家寨隧道是全线三大控制性工程之一

◀ 2004 年 8 月，承建的重庆水界高速公路石龙隧道（获火车头优质工程一等奖）

◀ 2004 年 4 月—2006 年 8 月，承建的湖南邵怀高速公路雪峰山隧道，全长 6950 米，创造了当时特长隧道贯通误差世界最小的记录（该工程获詹天佑土木工程奖）

▶ 2005 年 5 月—2008 年 12 月，承建的重庆绕外环第一长桥——朝阳寺特大桥（左线长 1552.665 米，右线长 1488.837 米，主桥墩高 120 米）

▶摊铺路面施工现场

现代铁军　勇争第一

经过数次改制和变革后，2008 年 6 月，二公司将首都北京作为恢复组建后的办公地。八年以来，二公司凭借北京难得的信息和区位优势，一如既往地秉承铁军优良传统，坚持“突出主业、强化专业”的战略思想取得了辉煌的业绩。短短 8 年时间里，建设的工程获得了 “全国优质工程金奖”1 项、詹天佑土木工程奖 1 项、鲁班奖 1 项、火车头优质工程奖 4 项，并荣获全国“先进施工企业”、“全国优秀施工企业”、国家“五一劳动奖状”，先后全国工程建设质量管理优胜企业，全国用户满意工程，公司工会被评为“全国模范职工之家”，连续 9 年，共计 11 次获得全国“安康杯”竞赛活动优胜企业等众多荣誉称号。

国内项目　名声在外

恢复组建后，二公司积极参与了众多铁路、公路、水利、地铁、房建等项目建设，赢得广泛赞誉。

1. 铁路工程建设

▲ 2009 年 7 月—2012 年 10 月，承建的兰渝铁路兰州枢纽项目杨家湾黄河特大桥（获国家铁路优质工程二等奖）

◀ 2010 年 10 月 —2014 年 12 月，二公司参建的山东省首条区域性城际高速铁路——青荣城际铁路

◀ 2010 年 4 月—2014 年 12 月，承建的“入疆高铁第一桥”红柳河特大桥

▶ 2009 年 10 月—2014 年 10 月，参建的哈齐客专工程

▶ 2013 年 5 月 —2015 年 8 月，承建的中川铁路茅茨岘立交特大桥

▶ 2011 年 3 月—2014 年 12 月，承建的其坡度、弯度均达到中国高铁极限的沪昆第一长桥——水桶木寨特大桥

▶ 2011 年 3 月—2016 年 3 月，承建的目前国内最典型、最复杂的喀斯特复杂地质特长高铁隧道沪昆客专（贵州段）大独山隧道（全长 11.8 公里），也被称为“沪昆第一难”

◀ 2014 年 11 月—2015 年 6 月，承建的新建兰州综合货场项目开通运用。2016 年 5 月 11 日南亚班列首发列车从这里出发

◀ 2015 年 7 月 -2016 年 8 月，承建的宝兰客专冉家石滩特大桥无渣轨道铺设

2. 公路工程建设

◀ 2009 年 3 月— 2012 年 11 月，承建的纳黔高速公路

◀ 2010 年 9 月 — 2013 年 6 月，承建的仁赤高速公路

▶ 2010 年 5 月 — 2013 年 10 月，承建的铜黄高速公路扁担沟大桥

◀ 2011 年 4 月 — 2012 年 10 月，承建的哈尔滨呼兰河呼口大桥

◀ 2012 年 11 月 —2015 年 10 月，承建的毕生高速公路法郎沟特大桥（全长 687 米，最大跨度 225 米，最高墩 133 米）

◀ 2013 年 4 月—2016 年 12 月，参建的济鱼高速公路

▶ 2014 年 6 月 —2016 年 2 月，承建的海拔 3600 多米的天互项目五台岭一号隧道

▶ 2016 年 3 月 —2017 年 6 月，承建的兰州国际港务区建设

3. 路面工程建设

◀ 2015 年 11 月—2016 年 12 月，二公司参加的济鱼项目路面工程施工

▶ 2014 年 11 月—2015 年 11 月，参建的简蒲路面项目路面工程施工

4. 地铁工程建设

目前，二公司承建了合肥、石家庄、郑州等地的地铁项目。

◀ 2016 年 3 月，二公司正在施工的合肥地铁 3 号线施工

▶ 2016 年 8 月，二公司正在施工的石家庄地铁 3 号线施工

海外项目　成绩斐然

二公司坚持“走出去”战略，积极拓展海外市场，取得了很大的发展，先后在安哥拉、塞拉利昂、莫桑比克、巴基斯坦等国家的铁路、公路等项目的建设。

◀ 2007 年 10 月—2016 年 8 月，参建的安哥拉国家本格拉铁路古玛—比耶段大修工程，全长 320 公里

◀ 2012 年 9 月 —2013 年 10 月，参建的塞拉利昂弗里敦道路修复工程

► 2013 年 5 月—2015 年 12 月，参建的莫桑比克纳卡拉走廊铁路工程

◀ 2016 年 7 月，二公司正在施工的巴基斯坦 卡 · 拉Ⅲ标高速公路

► 2016 年 9 月，中铁二十局二公司正在施工的安哥拉万博省卡旗古公路。

骏业腾飞　行业脊梁

立足 “十三五” ，迎接新挑战。二公司因势而谋、因势而动、因势而进，积极发挥主观能动性，创造性地推动企业发展。并结合公司实际，以战略眼光和全局思维，变中求新、新中求进、进中突破，破解发展难题、增强发展动力、厚植发展优势，推动企业实现跨越式发展。

忆往昔岁月峥嵘，看今朝山河锦绣。二公司人将团结一心、鼓足干劲、真抓实干、锐意进取，在提质增效、转型升级的道路上快速前进，在创新创业、创誉创效的征程中劈波斩浪，全力打造一个全面、快速、可持续发展的专业化公司，共同书写繁荣昌盛、工富企强的历史新篇！